KB181315

한국 현대시의 사랑에 대한 연구

김소월 · 한용운 · 이상 · 황동규 시에 대한 정신분석학적 접근

한국 현대시의 사랑에 대한 연구

김소월 · 한용운 · 이상 · 황동규 시에 대한 정신분석학적 접근

오주리吳周利

국학자료원

| 책머리에 |

사랑은 인간이 추구할 수 있는 이상(理想)의 하나입니다. 이 세상에 지고한 가치가 있다면 그것은 사랑이라 저는 믿었습니다. 그리고 사랑을 가장 잘 표현하는 존재가 있다면 그것은 시인이라 믿었습니다.

그렇다면 시인은 왜 사랑에 대하여 쓰는 것일까요? 그 까닭은, 시가 존재의 진실을 표현하는 언어라면, 한 인간의 존재의 진실은 바로 사랑하는 이를 향하는 언어에서 표현되기 때문일 것입니다. 그런 의미에서 시의 본질은 사랑의 본질과 통합니다. 시의 생명력이 되는 것이 사랑입니다.

그렇습니다. 저에게 사랑은 시(詩)였습니다. 저는 학자의 길에서 사랑의 시편들을 읽었고, 시인의 길에서 사랑의 시편들을 썼습니다. 그러한 가운데 결실을 맺은 것이 바로 이 책이 되었습니다.

이 책은 한국현대문학의 사랑에 대한 학문적 성찰로 쓴 여섯 편의 제 학술논문을 모은 연구서입니다. 이 논문들은 모두 프로이트(Sigmund Freud), 라캉(Jacques Lacan), 크리스테바(Julia Kristeva) 등 정신분석학자들의 이론을 방법론으로 원용하여 '사랑'에 접근하고 있습니다. 정신분석학은 존재론의 역사에서 인간의 영혼을 가장 섬세하게 비추는 거울이라 믿습니다.

'사랑시(Love Poem)'를 연구해 볼 것을 독려해주시면서 줄리아 크리스테바(Julia Kristeva)의 『사랑의 역사 *Histoires d'Amour*』를 권해주셨던 한계전 교수님, 시인이시자 연구자로서 제자에게 큰 사랑을 베풀어주신 오세영 교수님, 그리고 여기까지 오도록 학문과 인생에서 스승이 되어주신 저의 지도교수님이신 신범순 교수님께 감사의 말씀을 전합니다. 또한, 이 책의 출판을 허락해 주신 국학자료원의 사장님과 편집을 위해 노고를 아끼지 않아 주신 편집부께도 감사의 말씀을 전합니다. 마지막으로 제가 시로 태어나도록 제 안에 사랑을 일깨워 주신 당신께 사랑의 고백을 전하며 이 글을 마칩니다.

2020년 겨울

저자 오주리

| 차 례 |

제3장 이상 시의 '사랑의 진실' 연구

제4장 황동규(黃東奎) 초기 시(詩)에 나타난 나르시시즘의 사랑 연구

제2부 | 보론: 한국 현대소설의 사랑에 대한 연구

제5장 1930년대 후반 영국 신심리주의(新心理主義)의 사랑 담론 수용 연구

제6장 신경숙의 『깊은 슬픔』에 나타난 사랑과 슬픔의 의미 연구

제1부

한국 현대시의 사랑에 대한 연구

제1장 | 소월의 '사랑시' 연구

연가와 비가를 중심으로

Ⅰ. 서론

1. 연구사 검토 및 문제제기

소월(素月)(1902~1934)은 근대시 형성기[1]인 1920년『창조』를 통해「낭인의 봄」을 처녀작[2]으로 등단한 이래, 사랑의 시편을 모은『진달내꼿』(1925)을 생전의 단 한 권의 시집[3]으로 남긴 채 요절[4]한 비운의 시

1) 이광수가 조선의 신문학 또는 신문예가 일반적인 사회현상이 된 것이 1919년 3.1 운동 이후 각종 문예 잡지의 부흥 때문이며 특히「창조」가 순문예 잡지의 효시임을 지적하는 가운데 그 대표적인 시인으로 소월의 위상을 확인해 주고 있는 것은 시사하는 바가 크다. 이광수,「우리문예의 방향」,『조선문단』13, 1925. 11, pp.976~977.

2)「낭인(浪人)의 봄」외에「야(夜)의 우적(雨滴)」,「오과(午過)의 읍(涪)」,「그리워」,「춘강(春崗)」을 포함한 다섯 편을 소월의 처녀작으로 간주한다. 이어령,「김소월」,『한국전기작가연구』상, 동화출판공사, 1975, p.67.

3) 소월의 사후,『진달내꼿』에 수록되지 못한 시를 상재하기 위한 노력은 스승 안서(岸曙)의『소월시초』(박문서관, 1939)를 시작으로, 김종욱의『원본 김소월 전집』(홍성사,1982)과 오하근의『정본 김소월 전집』(집문당, 1995)을 거쳐 김용직의『김소월 전집』(서울대학교 출판부, 1996)에 이르러 완성된다.

4) 안서(岸曙)는 소월의 죽음에 대해 "내세상의 아름답은 모든 것은 물처럼 자최업시 하나하나 슬어지이니" (「요절한 박행시인 김소월에 대한 추억」,『조선중앙일보』,

인이다. 그럼에도 불구하고 소월의 시는 서정시의 근원으로서의 사랑시로 시대를 초월한 보편적 공명을 울리며 근대시사에 서정주의(lyricism)[5]의 서광을 비추인 것으로 평가된다. 근대시사에서 소월의 시가 서정시의 한 시원(始原)으로 여겨지고 있는 것은 그의 활동 시기가 신문예가 발흥한 근대시 형성기의 서단(緖端)과 일치하기 때문일 뿐 아니라, 그의 서정의 주정(主情)이 사랑이라는 인간의 근원적 감정에 닿아 있기 때문이다. 그러므로 백철이 소월에 대해 근대시를 정립한 선구자를 넘어 근대시의 근원적 '영천(靈泉)'이자 '서정화(抒情花)'[6]라 평한 것은 소월의 시사적 위상을 바로 정립한 것이라 할 수 있다.[7]

소월 시에 대한 문학사적 논의를 전반적으로 개괄하자면 형식미학에 대한 논의와 내용미학에 대한 논의로 나누어 볼 수 있다. 형식미학에 대한 논의는 율격, 시어, 수사학 및 시작법 등의 범주에서 이루어져

1935. 1. 22.)라고 애도하며, 소월이 "작가로는 위대하엿거니와 사람으로는 가장불행하엿"(「소월의 생애와 시가」, 『삼천리』59, 1935.2.)다고 증언함으로써, 소월의 요절이 비극적인 것이었음을 알 수 있다.

5) 소월의 시가 서정시 가운데서도 서정주의를 지향하고 있음에 대하여 처음으로 언급한 것은 박종화이다. 그는 1920년대 초의 시단을 총체적으로 조망하는 가운데 당시의 새로운 흐름으로 등장한 경향시와 비교하여 소월의 시를 아름다운 기교와 조율로써 안타까운 정서를 자아내는 서정시라고 규정한 바 있다. 박종화, 「문단의 일 년을 추억하야」, 『개벽』31, 1923.1, p.7.
이와 같은 규정을 재논의한 논문은 다음과 같다.
문덕수, 「리리시즘의 발견－김소월론」, 『문학춘추』, 1964. 11.
원형갑, 「소월과 시의 서정성」, 『현대문학』, 1960. 12.
한하운, 「영원한 민족의 서정시」, 『신문예』, 1959. 8.

6) 백철, 「소월의 현대시사적인 위치」, 신동욱 편, 『문학예술』, 새문사, 1982, pp.IV 11～24.

7) 소월의 시는 서정시의 본질로서의 초시간성을 지닌 진정한 의미의 서정시이지만, 근대시의 근원이 되지는 못한다는 김윤식의 견해(「1. 근대시사방법론비판」, 『근대시와 인식』, 시와시학사, 1992.)도 있으나, 근대시를 근대시사에서 자유시가 확립된 이후의 시로 보는 일반론을 따르기로 한다.

왔는데, 이 가운데 단연 논의의 중심이 되는 것은 율격에 대한 것으로 소월시의 여성운(女性韻)이 만들어내는 율동적 심미감이 사랑의 정서를 자연스럽게 유발하는 데 기여하고 하고 있음을 밝히고 있다. 내용미학에 대한 논의는 정조, 심리, 각종 주제론 등의 범주에서 이루어져 왔는데, 이 가운데 중심이 되는 것은 한(恨)의 정조와 비련(悲戀)의 상관성에 대한 것으로 시인의 비극적 사랑으로 인한 심리의 복합적인 구조를 밝히려 하고 있다. 특히 소월 시의 사랑[8]에 대한 논의는 소월론의 주류를 형성하며, 사랑의 전통성과 근대성에 이르기까지 그 양단을 아우르는 범위에서 한(恨)·혼(魂) 등의 전통적 개념과 사랑·욕망 등의 근대적 개념에 의해 전개되어 왔다.

소월 시의 사랑에 대한 문학사적 논의는 김동인[9]의 평문에서 시작되지만, 그 본격적인 논의가 이루어지는 것은 서정주[10]에 이르러서이다. 서정주는 소월 시의 사랑에 대해, 현실에서 이루어질 수 없으나 죽음을 넘어 영원한 이상형으로서의 애인에게 바치는 지고지순한 사랑이라 규정한다. 이에 앞선 고석규의 논의[11]는 소월 시의 원리로서 역설을 구명하는 가운데, 그 원인으로 선재(先在)하지 않는 님에 의한 부정 의식의 심화를 지적한다. 이는 소월 시의 사랑의 대상의 부재가 심리적 구조의 형성 원인임을 강조한 결론으로 김동리의 논의로 발전적으로 계

---

8) 유재천, 「소월시의 님의 실체에 대한 재론」, 『현대시세계』, 1988. 겨울.
유종호, 「임과 집과 길－소월의 시세계」, 『세계의 문학』, 1977.3.
조동일, 「김소월, 한용운, 이상화의 님」, 『문학과 지성』, 1976. 여름.
______, 「김소월 시에서 님이 존재하는 시간」, 『김소월 연구』, 새문사, 1982.
조정행, 「소월과 만해 대비연구－님과 죽음의식을 중심으로」, 동국대 대학원 석사논문, 1991. 8.
9) 김동인, 「내가 본 시인 김소월 군을 논함」, 『조선일보』 1929.11.12～14.
10) 서정주, 「김소월의 시에 나타난 사랑의 의미」, 『예술논문집』 2집, 예술원, 1963.9.
11) 고석규, 「시인의 역설」, 『문학예술』 1960.2.

승된다. 김동리의 논의[12]는 소월의 사랑의 대상에 대한 논의를 형이상학적 차원으로 심화하였다는 데 의의가 있다. 그는 소월 시에 나타난 사랑의 대상이 영원한 그리움의 대상으로, 그것이 비록 인간의 형상으로 현현된다고 할지라도 궁극적으로 충족되지 않는 추상성을 지니는 존재로 본다. 그의 존재론적 논의는 조동일에 이르러 시간성의 문제로 확장된다. 조동일[13]은 이에 대해 소월 시의 사랑의 대상으로서의 '님'에 초점을 맞추어 논의를 전개한다. 그는 소월 시의 비극성은 과거의 '님'을 현재의 '님'으로 전환하려는 불가능성에서 비롯된다고 본다. 나아가 오세영[14]은 소월 시의 심리적 구조와 시간의식을 결합하는 데까지 논의를 심화한다. 그는 소월 시의 한의 역설이 방어기제에 의한 반동형성에 있음을 지적함과 동시에, 내면에서 현재시제가 추방된 소월의 현재를 무시간 혹은 비실체적 시간으로 재규정하고, 이러한 단절된 시간성이 필연적으로 '꿈'의 이미저리로 귀결됨을 지적하며 논의의 심도를 더한다. 이어 유근조[15]는 소월의 사랑시가 소원충족을 위한 자기동일화의 원리로서의 의지적 상상력에 의해 꿈의 장을 구현하며, 이를 통해 임과의 만남을 가능하게 함을 밝힌다. 한편 정효구[16]는 소월 시의 텍스트성 분석을 통해 사랑이 전경화된 시들의 경우 나-너의 담화구조가 우세함을 들어, 텍스트 상에서의 화자와 청자 간의 담론을 주체와 타자 간의 언술행위에 대한 연구로 확산할 가능성을 보여 준다. 이어

12) 김동리, 「청산과의 거리-시인 김소월론」, 『한국 현대 시인 연구』, 민중서관, 1977.
13) 조동일, 「김소월의 시에서 님이 존재하는 시간」, 신동욱 편, 『김소월 연구』, 새문사, 1982.
14) 오세영, 「소월 김정식 연구」, 『한국 낭만주의 시 연구』, 일지사, 1982, pp.307~310.
15) 유근조, 「소월시의 바슐라르적 해석-꿈과 임의 상승적 의미고」, 『월산 임동권 박사 송수 기념 논문집』, 집문당, 1986. 4.
16) 정효구, 『김소월 시의 기호체계 연구』, 서울대학교 박사학위논문, 1989.

심선옥[17]은 소월 시의 근대성을 타자성과 여성성의 관점에서 역설적으로 구명하는 가운데, 소월의 사랑시가 근대적 사랑의 한 유형을 확립한 것으로 본다.

그러나, 소월 시의 사랑의 심리적 구조에 대해 가장 깊이 천착한 논의들은 정신분석학으로부터 그 인식의 틀을 원용한 연구들에 의해 이루어져 왔다. 소월 시에 대한 정신분석학적 연구는 그 대상에 따라 두 가지로 구분된다. 하나는 작가의 전기를 하나의 병적학(病跡學, pathography)의 대상으로 접근한 연구이며, 다른 하나는 텍스트를 심리적 구조물로서의 대상으로 접근한 연구이다. 그러나 양분된 초기 연구는 시 텍스트를 분석의 대상으로 하되, 작가의 실제의 삶을 텍스트 내 해석의 증거로 삼는 방향으로 극복되는 경향을 보인다.

정신분석학적 방법론에 의한 소월 시에 대한 연구는 1960년대에 전초를 보이나 그 논의가 본격적으로 이루어진 것은 1970년대 김종은[18]의 병적학적 연구가 정신분석학적 연구의 효시로서 차후 연구의 중요한 기반을 마련함으로써 가능해진 이후이다. 그는 소월의 출생부터 사망까지 정신분석학적으로 결정적 계기가 되는 시기들을 구분하여, 각 시기별로 그의 심리적 메커니즘에 영향을 준 인간관계와 그로 인한 증상을 세밀하게 분석하고 있다. 그는 소월 시의 한(恨)에 대한 구명에 있어 프로이트의 「우울증과 슬픔」을 원용하여, 한이란 의식적인 차원에서 현실에 대한 체념과 인종의 형식을 취하지만, 무의식적 차원에서 소원성취의 염원이 역동하고 있다고 규정한다. 이러한 한이 형성되는 데는 소월이 오이디푸스 콤플렉스 형성기를 극복하는 과정에서 동일시

17) 심선옥, 『김소월 시의 근대적 성격 연구』, 성균관대학교 국어국문학과 대학원 박사학위논문, 2000.
18) 김종은, 「소월의 병적－한의 정신분석」, 『문학사상』20, 1974. 5.

의 대상이 되는 아버지가 정신이상자였다는 데서 비롯되는 전도된 동일시와 이에 따르는 적대의식과 죄의식이 하나의 근원으로 작용하고 있음을 밝혀낸다. 이와 함께 아버지라는 동일시의 대상을 상실한 소월에게 대리 아버지(Father Substitute) 역할을 한 안서와의 공생 관계를 분석하는 과정을 통해, 소월에게 자기(self)와 자기 아닌 것(non-self)의 한계가 분명하지 않은 데서 오는 분리불안(separation anxiety)이 있음을 밝혀낸다. 나아가 그는 소월의 애정 관계에서의 좌절이 자살로 이어지는 데 대해 해명하고자 하는데, 특히 그의 연구의 가장 중요한 성과는 소월의 자살 전 증후군(Pre-suicidal Syndrome)과 자살의 구체적 원인을 정신의학적으로 비교적 엄밀하게 규명한 데 있다. 소월에게 자살 전 증후군으로서 퇴행과 내면화 현상이 현저해졌음을 해명한 것과 아편으로 음독자살을 하기 전 통음(痛飮)으로 인한 알코올 뇌 증후군이 고질화되었음을 해명한 것은 본고를 포함한 후행 연구의 귀중한 자료가 된다.

박진환의 논의[19]는 정신분석학적 소월론의 대상을 전기에서 텍스트로 확장하는데, 이는 정신분석학적 방법론에 대한 일반적인 비판을 지양하며 기존 논의를 발전적으로 계승했다는 데 의의가 있다. 그의 연구는 시 텍스트의 심층적 층위를 구성하는 심리와 시 텍스트의 표층적 층위로 표현된 수사학을 연계적으로 연구하고자 하는 시도로써, 소월 시에 두드러진 반복수사(反復修辭)를 정신 외상(trauma)으로 인한 상동증(常同症, sterotypy)과 음송증(音誦症, verbigeration)으로 보고자 하는 새로운 관점을 제시한다. 그러나 그의 이러한 시도 자체는 인정할 만하나, 시인의 고도의 수사학으로 정제된 언어를 환자의 무의도적인 언어

19) 박진환, 「소월시 연구－정신분석학적 비평 논고」, 국민대학교 석사학위논문, 1982.

로 환원하는 것은, 기존의 정신분석학적 방법론의 원용이 지속적으로 받아 온 것과 같은 비판의 여지를 여전히 남기고 있다. 또한, 그가 소월 시의 사랑의 대상인 '님'과 관련하여 하나의 의미 연쇄를 이루고 있는 어휘군인 '설움', '눈물', '그리움', '사랑' 등을 한을 은폐하기 위한 위장된 투사(投射)로서의 반동형성(反動形成)으로 본 것은, 심층 심리를 구명했다고 하기에는 다소 일차적인 개념들을 적용한 한계에 의해 한의 심리 구조를 오히려 단순 논리화한 오류를 보이는 것으로 판단된다.

양영신의 논의[20]는 정신분석학적 소월론의 일반론을 사랑의 심리의 한 이면으로서의 '불안'이라는 보다 세분화된 개념으로 접근했다는 데 의의가 있다. 그의 논의는 문장론의 관점에서 소월 시의 개별적인 텍스트 분석을 통해 미래가정법, 낱말 중복, 시점 불일치 등의 특징을 추출하고, 이러한 원인을 한의 심리의 한 요소로서의 불안에 의한 방어기제적(防禦基劑的) 반동형성으로 규정한다. 그러나 불안의 개념이 다소 광범위할 뿐 아니라, 소월 시의 사랑의 주체가 자기희생적 태도를 보이는 것은 방어기제조차 넘어서는 것이기 때문이라는 것을 간과한 측면이 있어 그 한계로 지적될 수 있다.

이혜원의 논의[21]는 소월 시의 비유 구조를 통한 욕망의 분석을 시도하는데, 이는 최근의 정신분석학적 논의인 윤수하[22] · 조두섭[23]의 논의와 함께 가장 진전된 수준을 보여 준다. 이러한 논의들은 공통적으로 라캉의 언어학적 정신분석학의 방법론을 원용함으로써 시 텍스트의

---

20) 양영신, 「소월시에 나타난 불안의 심리」, 연세대학교 석사학위논문, 1985.
21) 이혜원, 『한용운 · 김소월 시의 비유구조와 욕망의 존재방식』, 고려대학교 박사학위 논문, 1996.
22) 윤수하, 「소월시에 나타난 애증에 대한 연구」, 『한국언어문학』44, 2000.5.
23) 조두섭, 「김소월 시의 상호주관성의 원리」, 『어문학』 72, 2001.2.

심층과 표층을 연계적으로 분석하는 것을 가능하게 했다는 의의가 있다. 특히 이혜원은 소월 시의 주체가 님의 부재라는 심각한 결여의 상태에서 심화된 무의식적 욕망에 대해, 그 충족 불가능성을 체념적으로 받아들이는 소월 시만의 독특한 심리 과정에서 유발되는 비유구조를 섬세하게 분석해 내고 있다. 그러나 욕망은 인간이 태어나는 순간부터 죽는 순간까지 그 어느 순간에도 인간의 내적 원동력으로 작용하는 것으로, 소월의 시의 주제가 욕망이 아니라 사랑이라는 관점에서 보았을 때, 소월 시의 주체와 그 대상으로서의 '님'과의 관계를 욕망이라는 개념으로 접근하는 것은 다소 포괄적이라는 한계를 내비친다. 또한, 라캉은 사랑과 욕망을 상반되는 것으로 보며, 사랑의 대상과 욕망의 대상은 엄밀히 다르다는 것을 강조하고 있다. 사랑의 대상은 욕망의 대상이 되기도 하지만, 욕망의 대상은 사랑의 대상이 되지 못하며 사랑은 욕망의 원리를 뛰어넘기도 하기 때문에, '님'을 욕망의 대상으로만 보는 것은 부족하다.

또한, 윤수하의 논의는 욕망이라는 개념 대신 애증의 양가성 개념을 도입하고, 조두섭의 논의는 주체와 타자 간의 관계에 상호주체성이란 개념을 도입함으로써 정신분석학적 인식을 보다 예각화 하였다는 데 의의가 있으나, 두 논의는 소논문 규모에서 단편적으로 이루어짐으로써 사랑에 대한 본격적인 정신분석학적 접근은 이루어지지 못한 한계를 보인다.

본고는 기본적으로 이와 같은 정신분석학적 논의를 이어받아 소월의 사랑시를 혼의 형식으로서의 서정시의 근원이라는 전제하에, 사랑의 언술행위로서의 연가(戀歌)와 비가(悲歌)라는 관점을 도입하여 논의를 심화해 가고자 한다. 본고는 사랑의 언술행위로서의 사랑시의 사랑의 무의식적 구조를 밝히기 위하여, 신범순[24]의 서정적 주체로서의 시혼을 사랑의 주체로 재정립하는 가운데, 사랑의 주체와 타자와의 관계를 심미적 존재론으로 전개해 가고자 한다. 여기에 정신분석학의 사랑의 이론을 원용하는 것이 사랑의 심리적 메커니즘을 심층적으로 밝힐 수 있을 것으로 기대된다.

2. 연구의 시각

소월의 사랑시는 사랑의 생성과 소멸의 과정에 따라 연가(love song)와 비가(elegy)[25]로 나누어 볼 수 있다. 연가는 사랑의 현존(現存)이 주체의 언술행위(enunciation)로 발현된 텍스트이며, 비가는 사랑의 부재(不在)가 주체의 언술행위로 발현된 텍스트이다. 그러나 사랑의 현존과 부재 간의 구분은 현실[26] 논리에 따른 것으로, 주체의 심리적 현실(psychische realität)로서의 환상(幻想) 안에서는 그 구분이 무의미해진다. 그러므로 연가와 비가를 모두 사랑의 현존과 부재에 따른 사랑시의 양면으로 간주하여 한 범주 안에서 논할 수 있다.

현존과 부재는 시간과의 관련 하에 드러나는 존재의 양상으로, 사랑의 현존과 부재는 외부 세계의 객관적 시간이 아니라, 주체 내면의 주

---

24) 신범순, 「소월시의 서정적 주체에 대한 연구」, 서울대학교 석사학위 논문, 1985.
25) 그리스어 '슬픔(elegie)'에서 그 명칭이 온 서정시의 한 형식으로 죽음과 그에 따르는 비극을 주제로 한다. 처음엔 죽음과 관계된다면 전쟁 · 정치와 관련된 것도 포함되었으나, 후세에 오면서 주로 사랑과 관계된 죽음을 노래하였다.
오세영, 「시의 분류」, 『문학과 그 이해』, 국학자료원, 2003, p.391.
26) 현실(Reality)은 실재(the Real)와 엄밀한 구분을 요하는 개념이다. 실재가 언어의 이면이라면, 현실은 실재의 심연 위에 언어로 구성한 것이다.
P.Widmer, 『욕망의 전복』, 홍준기 · 이승미 역, 한울아카데미, 1998, pp.26~32.

관적 시간[27]에 의해 결정된다. 내면의 시간은 무의식의 지배를 받는 시간으로 무시간성(無時間性)[28]을 특징으로 한다. 나아가 이러한 무시간성은 사랑의 시간을 변증법적 시간과 상호주체적 시간(inter-subjective time)으로 변주하여 이해하는 전제가 된다.

무시간성이란 무의식의 과정이 시간의 순서에 지배되지 않으며 시간의 경과에 의해 변화하지도 않는다는 것을 의미함과 동시에[29] 의식에 무의식이 개입되면 시간은 망각된다는 것을 의미한다. 한편 존재론적 관점으로 무시간성은 주체성이 아직 확립되지 않은, 전-존재론적(pre-ontological)[30] 특성을 내포하는 것으로 규정될 수 있다. 전-존재론적이라는 것은 차후에 존재론적 지위로 승격될 가능성이 잠재되어 있음을 의미하는 것으로, 무의식에 억압되어 있던 것이 회귀하여 주체

---

27) 시간의 내재성(內在性)에 대한 인식은 아우구스티누스에서 시작되어, 칸트에 이르러 내감의 형식으로 규정되고, 후설을 경유하여 하이데거에 이르러 존재에 본질적으로 내재하는 것으로 인식되며 현존재라는 개념을 낳게 된다. 라캉의 시간성은 직접적으로는 프로이트의 무시간성 개념과 하이데거의 현존재 개념으로부터도 영향을 받았다. 한편 라캉은 시간의 내재성에 대한 베르그송의 개념에 대해서만큼은 프로이트의 개념과 논쟁적으로 구별하고 있다. 베르그송의 지속(duration)의 개념이 과거의 모든 시간들이 잘 조율된 총계를 이루는 것이라면, 프로이트의 시간은, 과거의 사건에서 한정된 언어의 선택의 순간에서 제외되었던 언어들의 잃어버린 시간들조차 복원하는 데 의의가 있다.
J. Lacan, "Function and Field of Speech and Language: I Empty Speech and Full Speech in the Psychoanalytic Realization of the Subject", *Écrits: A Selection*, Ed. and Trans. A. Sheridan, New York: W. W. Norton & Company, 1977, pp.47~48.
28) S. Freud, 「무의식에 관하여」, 『무의식에 관하여』, 윤희기 역, 열린책들, 1998, p.192.
29) *Ibid.*, pp.192~193.
30) 하이데거의 현존재(現存在) 개념이 존재의 필연적인 시간의 내재성을 함축하는 개념이라면, 프로이트의 무의식의 무시간성 개념은 전-존재론적 개념, 즉 아직 주체성이 확립되지 않은 전-시간적이며, 공간적으로 규정될 수밖에 없는 환상의 영역의 특성을 함축하는 개념이라고 할 수 있다.
S. Žižek, "The Deadlock of Transcendental Imagination", *The Ticklish Subject*, London · New York: Verso, 1999, p.63.

를 구성하는 한 부분이 되면, 주체는 다시 존재론적으로 시간적 존재가 될 수 있음을 암시한다. 이때 주체를 다시 시간적 존재로 재구성하게 하는 것이 바로 변증법적 시간이다.

변증법적 시간이란, 과거－현재－미래의 단선적(單線的) 구조 위에 그 인과관계를 보여주는 객관적 시간과 달리, 현재가 과거를 재구성하는 사후작용(retroaction)과 미래가 현재를 미리 규정하는 예기(anticipation)에 의해 개인의 역사를 하나의 의미연쇄가 되게 하는, 일종의 논리적 시간(logical time)이다.[31] 이에 따라 사랑시에서의 사랑의 현존은 기억에 의해 사후적으로 재구성됨으로써 확인되거나, 사랑의 부재는 예기에 의해 미리 체험되기도 한다. 과거의 시간과 미래의 시간을 현재의 주체를 중심으로 재구성되게 하는 변증법적 시간의 의의는 이렇게 시간을 현재화한다는 데 있다. 시는 본질적으로 시간을 현재화하는 장르이거니와, 시에서의 시간의 현재화의 의의는 주체의 진실을 드러내 준다는 데 있다. 시간을 현재화한다는 것은, 앓는 존재로서의 현재의 주체가 자신의 증상(symptom)을 생겨나게 한, 근원적 곤경으로서의 외상적(traumatic) 사건으로 돌아가, 그 원인을 주체 자신의 말로 옮김으로써 자기 증명의(self-evident) 진실을 드러내는 것을 의미한다.

변증법적 시간이 상호주체적 시간[32]의 관점으로 전환되는 것은 바로 이 지점이다. 사랑의 주체의 진실이 확실성을 보장받기 위해서는 반드시 타자의 승인을 필요로 한다는 데서 상호주체성(inter-subjectivity)이 문제되기 때문이다. 주체의 모든 말은 본질적으로 타자에게 대답을

---

31) D. Evans, 『라캉 정신분석 사전』, 강종주 외 역, 인간사랑, 1998, pp.209~212.

32) J. Lacan, "Function and Field of Speech and Language: II Symbol and Language as Structure and Limit of the Psychoanalytic Field", *op.cit.*, p.77.

구하는[33] 상호주체성에 의존해 있거니와, 특히 사랑의 언어는 주체가 또 다른 주체로서의 타자에게 주체 자신에 대해 말함으로써 진실을 구성하는 충만한 언어(full speech)[34]를 실현함으로써 이루어진다는 데서 더욱 그러하다. 요컨대, 소월의 사랑시에서의 시간성(temporality)은 무시간성을 기본 전제로 사랑의 현존과 부재를 주체의 내적 진실을 중심으로 현재화하는 변증법적 시간과 그 진실에 대한 주체와 타자 간의 상호 승인을 문제시하는 상호주체적 시간의 특성을 지닌다고 할 수 있다.

사랑의 주체와 타자의 관계는 일종의 주객변증법이다. 사랑은 주체와 타자의 관계를 나르시시즘적 구조하에 전제하는 데서 성립되는데,[35] 이는 주체와 타자 양자 간에 동일시(identification)와 이상화(idealization)가 그 중심에 있음을 의미한다. 동일시는 주체와 타자 간의 경계를 지워 자신의 존재를 망각하게 함으로써, 타자에 대한 원초적인 단절감으로부터 오는 외로움의 심연을 망각하게 한다. 이것은 주체가 자신의 시선을 타자라는 외부에 두고 있지만, 타자를 통해 획득한 분신(分身)의 이미지에 자신의 동일성을 위치시킴으로써, 타자에 의한 소외[36]

33) 모든 말은 대답을 요청하며 대답 없는 말은 없다. 말이 단지 침묵과 만날지라도, 청자가 있다고 가정된 것이다.
J. Lacan, "Function and Field of Speech and Language: I Empty Speech and Full Speech in the Psychoanalytic Realization of the Subject", *op.cit.*, p.40.

34) J. Lacan, "On Narcissism", *The Seminar of Jacques Lacan Book I : Freud's Papers on Technique 1953－1954*, Ed. J. A. Miller, Trans. S. Tomaselli, Cambridge University Press, 1988, p.107.

35) J. Lacan, "The Transference and the Drive", *The Seminar of Jacques Lacan Book XI: The Four Fundamental Concepts of Psycho-Analysis*, Trans. A. Sheridan, New York · London: W · W · Norton & Company, 1981, p.186.

36) 소외라는 용어는 프로이트 이론의 어휘에는 없다. 라캉은 소외를 주체에게 일어나는 우연의 사건이 아니라 주체를 구성하는 필수적 특질로 본다. 주체는 근본적으로 분열되어 있고 자신으로부터 소외되어 있어서 그러한 분할로부터 벗어날 수 없으며 통일성이나 통합의 가능성이 없다.

의 과정을 거친 자기 정체성의 확립을 이루게 됨을 의미한다.[37] 이것은 사랑에서의 상상적 동일시가 일종의 거울단계(the mirror stage)의 변주임을 보여준다. 따라서 주체의 사랑하는 상태로의 존재 이전은 상상적 동일시를 위한 이상적 자아(ideal ego)를 형성하게 하는 타자 안에서의 나르시시즘적 이미지의 발견으로부터 시작된다. 그리하여 사랑의 주체는 사랑의 대상으로서의 타자를 이상적 자아의 지위로 상정함으로써 자신이 도달하려 해왔던 완벽성을 이 대상을 통해 추구한다.[38] 그러나 이와 같은 상상적 동일시는 사랑의 주체를 사랑의 타자에 대한 대타적 존재로 성립하게 하는 데 그치는 것이 아니라, 자신을 대자적 존재로 성립하게 하는 상징적 동일시의 전제가 되기도 한다. 상상적 동일시가 자기 자신이 되고자 하는 이미지와 동일시하는 것이라면, 상징적 동일시는 타자 내의 어떤 응시를 위해 동일시하는 것인데, 사랑이 시작되는 순간 단지 자신만을 위한 것이던 상상적 동일시는 타자의 응시를 위한 상징적 동일시로 수렴됨으로써, 상상적 동일시가 상징적 동일시에 종속되는 결과를 낳는다. 이러한 과정을 통해, 사랑의 주체는 상상적 동일시를 넘어 사랑의 대상을 자아 이상(the ideal of ego)의 지위로 상정함으로써 그의 시선에 의해 자신을 새로운 방식으로 인식하게 되는, 상징적 동일시에 이르게 되는 것이다.[39] 이러한 동일시와 이상화에 의한 사랑의 주체의 형성 과정을 다시 시 텍스트의 형성과 연관시키면, 상상적 동일시는 '구성된' 동일시로서 하나의 이미지로 발현되며, 상징적

D. Evans, *op. cit.*, pp.199~200.

37) S. Žižek, 「타자 속의 결여: 케 보이?」, 『이데올로기라는 숭고한 대상』, 이수련 역, 인간사랑, 2002, pp.183~184.

38) R. Salecl, 「≪순수의 시대≫ 혹은 낭만적 사랑의 윤리학」, 『사랑과 증오의 도착들』, 이성민 역, 도서출판 b, 2003, p.28.

39) *Loc. cit.*

동일시는 '구성하는' 동일시로서 하나의 언술행위로 발현된다. 요컨대, 사랑은 상상계(l'imaginaire)와 상징계(le symbolique)가 만나는 차원, 즉 사랑의 주체가 사랑의 대상을 이상적 자아로 상정하는 상상적 동일시와 사랑의 대상을 자아 이상으로 상정하는 상징적 동일시를 동시에 성취하는 차원에서 이상화(idealization)의 극점에 다다르며 주체성의 절정에 도달한다고 할 수 있다.

사랑의 주체와 타자 간의 나르시시즘적 동일시와 이상화는 수사학적으로 은유[40]의 관점에서 재해석될 수 있다. 사랑은 주체와 타자를 나르시시즘적 동일시와 이상화의 관계에 놓이게 함으로써, 결여의 존재로서의 인간에게 은유[41]에 의한 존재론적 소생을 가능하게 한다. 이렇듯 은유의 언어가 존재를 이해하는 데 가장 근본적인 요소[42]가 되는 것은, 동일시란 곧 존재이길 바라는 것이기 때문이다.[43] 이것은 욕망이 소유를 바라는 것과 대비됨으로써 명확해진다. 사랑한다는 것은 '존재

---

40) 라캉은 기존의 철학이 은유의 기본 전제로서 유사성을 든다는 데 일차적으로 동의하면서, 언어의 치환의 축(substitutive axis)에 은유를, 결합의 축(combinatorial axis)에 환유를 대응시킨 야콥슨(R. Jakobson)에 따라 프로이트가 압축 (condensation)이라 부른 것을 은유로, 대체(displacement)라 부른 것을 환유로 재규정한다. 그러나 그는 은유와 환유를 대립적인 것이 아니라 단계적인 것으로 본다는 점에서 기존의 관점과 획기적으로 다르다. 즉 환유는 처음부터 존재하면서 은유를 가능하게 하는 것으로 보는 것이다. 그렇기 때문에 본고에서 은유 중심으로 논의하는 것은 환유에 대한 논의를 배제하는 것은 아니다.

J. Lacan, "Metaphor and Metonymy", *The Seminar of Jacques Lacan Book III: The Psychoses 1955－1956*, Ed. J. A. Miller, Trans. R. Grigg, New York · London: W · W · Norton & Company, 1997, pp.214~230. 참조.

41) 본고에서의 은유의 개념은 단순한 수사학적 개념을 넘어 아리스토텔레스로부터 시작하여, 리쾨르, 크리스테바로 이어지는 은유의 존재론에 그 맥락이 닿아 있다.

J. Kristeva, 『사랑의 역사』, 김영 역, 민음사, 1996, pp.411~423. 참조.

42) 정기철, 「리쾨르의 은유론」, 『상징, 은유 그리고 이야기』, 문예출판사, 2002, p.62.

43) J. Kristeva, *op.cit.*, pp.56~57.

한다'와 '~처럼'을 하나의 문맥 안에 결합한다.[44] 다시 말해, '나(사랑의 주체)는 당신(사랑의 타자)처럼 존재한다'는 것이 사랑의 은유이다. 이때 '~처럼 존재한다'와 같은 양상의 술어는 의미론적 비관여성(impertinence sémantique)[45]을 지닌다. 비관여성은 은유의 전제 조건으로, 은유가 주체와도 타자와도 직접적인 관여는 없다는 것을 의미한다. 이를 통해 사랑의 은유는 주체도 아니고 타자도 아닌, 주체와 타자의 '사이'에 형성되는 심연에서만 이루어짐을 알 수 있다. 은유는 '같음'이라는 동일성과 '다름'이라는 비동일성을 '닮음'이라는 새로운 동일성으로 종합하는 변증법에 의해 새로운 창조를 하는 것이다.[46] 즉, 사랑의 주체는 타자와의 은유적 동일시의 관계에 놓일 때, 존재의 새로운 변화를 겪고 활력을 발휘하여 현동적(現動的) 존재로 거듭나는 것이다.[47] 이것이 바로 소생의 역학으로서의 사랑의 체험이다.

사랑은 타자의 욕망, 즉 '당신이 나에게 원하는 것은 무엇인가'에 대한 하나의 해석이다.[48] 사랑은 타자의 욕망에 대해, "나는 당신 안에 결여되어 있는 그 무엇입니다. 나는 당신에 대한 헌신과 희생을 통해 당

---

44) J. Kristeva, *op.cit.*, p.254.

45) 리쾨르는 은유를 성립하게 하는 언어를 비관여적 술어(prédicat impertinent)라 한다. 여기서 관여성(pertinens)은 어떤 특성 또는 사건 내용을 드러내는 데 관여하는 것을 말한다. 닮음은 다름이 선행할 때 비관여적 술어를 통해 창조적 의미를 산출하며 은유가 되게 하는 것이다.
P. Ricœur, *La Métaphore Vive*, Paris: Seuil, 1975, p.212. (정기철, *op.cit.*, p.70. 재인용.)

46) 닮음이란 동일성과 관계한다. 훌륭한 닮음이란 부동성(dissimilarity) 속에서 유사성(similarity)을 직관적으로 지각하는 것을 뜻한다.
Aristoteles, *Rhetoric III*, 1412 b 11. (정기철, *op.cit.*, p.71. 재인용.)

47) J. Kristeva, *op.cit.*, p.420.

48) S. Žižek, 「타자 속의 결여: 케 보이?」, 『이데올로기의 숭고한 대상』, 이수련 역, 인간사랑, 2002, p.203.

신을 메우고 완전하게 할 겁니다"라고 대답한다.[49] 주체는 타자의 결여를 메우는 대상으로 자신을 제공함으로써 자기 자신의 결여를 메우는 것이다.[50] 사랑의 은유가 실현되는 것은 바로 사랑받는 자가 자신이 가지고 있지 않은 것을 줌으로써 사랑을 되돌려 받을 때이다.[51] 다시 말해 사랑은 주체가 타자에게 자신이 가지고 있지 않은 것을 주는 것이다.[52] 사랑하는 자로서의 주체는 결여한 자이나, 자신에게 결여된 것이 무엇인지 알지 못한다. 반면에 사랑받는 자로서의 타자는 무언가를 가지고 있는 자이나, 자신이 가진 것을 알지 못한다.[53] 이러한 아이러니가 발생하는 것은 사랑하는 자가 결여하고 있는 것이 사랑받는 자의 내부에 있는 것이 아니기 때문이다.[54] 이러한 불일치는 사랑하는 자와 사랑받는 자의 지위를 일방적인 것으로 고착시키지 않고, 사랑받는 자와 사랑하는 자의 지위를 교차시킴으로써 상호주체성 위에 사랑이 성립하는 것을 가능하게 하는 근거가 된다.

사랑은 이러한 주체와 타자 간의 상호주체성 위에서 사랑의 언술행위로서의 사랑시를 가능하게 한다. 사랑시는 주체와 타자가 사랑이라는 존재 양식으로 만남으로써 심미적 주체와 심미적 대상으로 거듭나며 쓰인다. 사랑의 언술행위의 과정에서 사랑의 주체는 심미적 주체, 즉 서정적 주체로 소생하며, 사랑의 타자는 심미적 대상, 즉 아름다운 왜상(anamorphosis)[55]으로 소생하는 것이다. 이와 같이 사랑시를 사랑

---

49) *Ibid.*, p.203.
50) *Loc. cit.*
51) M. Božovič, 「첫 눈에 앞서」, 『암흑지점』, 이성민 역, 도서출판 b, 2004, p.55.
52) R. Salecl, *op.cit.*, p.29.
53) M. Božovič, *op.cit.*, pp.55~56.
54) *Ibid.*, p.56.
55) 왜상이라는 개념은 텅 빔의 창조와는 다른, 공간의 환영(illusion)이란 의미로 16세

의 주체가 심미적 주체로서의 서정적 주체로 소생할 때 쓰이는 것이라고 한다면, 소월 시에서의 서정적 주체는 시혼(詩魂)[56]으로 재규정될 수 있다. 시혼은 영혼의 가장 이상적인 형태로서, 깊고 맑은 반향과 진동을 내는 악기로서 운율을 창조하며, 대상을 가장 잘 비추는 거울로서 이미지를 창조하는 심미적 주체이다. 그런데, 사랑의 주체와 타자 간의 동일시는 주체의 내면에서 상상적 · 상징적으로만 가능할 뿐, 실재[57]의 차원에서는 불가능하다. 그리하여 이러한 사랑에서 실재보다 중요한 것은 사랑의 주체 내적 진실을 구성할 수 있게 하는 내면 공간으로서의 환상(fantasy)[58]과 그것의 대상원인인 이미지의 존재가 된다.[59] 그런 의미에서, 주체가 동일시한 타자는 실재의 타자가 아니라, '내 안의 당신'으로서의 타대상(objet a)이다. 다시 말해, 타대상은 주체의 외부와

기 말에서 17세기 초 사이에 쓰이기 시작한다. 왜상은 시각적인 변형에 의해 첫 눈에 보이지 않던 어떤 형태를 해독 가능한 이미지로 전환함으로써 만들어진다. 예술 작품의 역할은 판독할 수 없는 형태로부터 아름다운 이미지가 출현하는 것을 보여 줌으로써 즐거움을 주는 것이다. 이상적인 사랑에서 사랑의 대상은 일종의 왜상으로서의 지위를 갖는다.

J. Laccan, "The Problem of Sublimation", *The Seminar of Jacques Lacan Book VII: The Ethics of Psychoanalysis*, Ed. J. A. Miller, Trans. D. Porter, New York · London: W · W · Norton & Company, 1997, pp.135~141.

56) 시혼(詩魂)의 개념은 소월의 시론 「시혼」으로부터 추출하여 소월 시의 일반적인 서정적 주체의 의미로 사용하기로 한다. 이에 대해서는 III 장 1절에서 자세히 논증하기로 한다.

57) 실재라는 개념은, 프로이트는 규정한 바가 없으며, 라캉에 의해 새롭게 규정된 개념으로, 라캉의 인식론에서 중요한 의미가 있다. 실재는 '존재하지 않는 것'에 대한 사유에서 비롯된 개념으로, '빈 것', '부재 하는 것'이 '무'이면서도 또한 아무것도 아닌 것이 아닌 '무'임을 암시한다. 실재는 언어 이면의 것, 즉 물질적 기질을 포함하는데, 인간에게 육체가 이에 해당한다. P. Widmer, *op. cit.*, p.26.

58) 프로이트는 환상(fantasy)이란 개념을, 상상으로 보여주는 장면, 즉 무의식적 욕망을 상연하는 무대를 가리키기 위해 사용하였으며, 라캉은 이를 가상공간으로서의 심리적 장소로 재정의한다. D. Evans, *op. cit.*, pp.436~439.

59) R. Salecl, 「≪순수의 시대≫ 혹은 낭만적 사랑의 윤리학」, *op.cit.*, p.28.

내부를 분리하는 경계의 내부에 있는, 주체의 객관적 요인이자, 대상화의 주관적 요인으로서의 타자이다. 따라서 타대상은 '날 닮은 나 아닌 것'이자 '당신을 닮은 내 것'으로서의 '가상의 그 무엇'이며, 이것이 바로 사랑의 대상, '님'인 것이다. 사랑의 주체가 사랑의 대상을 사랑할 때 그는 사랑의 대상 안에 있는 것보다 더 아름다운 것을 사랑하고 있는 것이다.[60] 따라서 '님'은 가상에 존재하며 왜곡된 가상일지언정 더 아름다운 이미지[61]로서의 왜상이 된다. 거울 기능을 가진 실린더로서의 왜상[62]은 주체와 타자의 이미지를 나르시시즘적으로 투사하며 그 자체로 하나의 미가 된다. 님은 사랑의 주체에게 대상의 현존으로부터 비롯된 관심과 무관하며, 주체 자신의 내부에 있어서만 하나의 표상으로써 의미부여 된다는 점에서 진정한 의미의 심미적 대상이다.[63]

그러나 사랑의 주체와 타자 간의 나르시시즘적 동일시에도 불구하고, 인간이 여전히 결여의 존재로 남을 수밖에 없는 것은 동일시의 이항대립항인 소외 때문이다. 소외는 관계의 형식에 있어서의 근원적인 합일 불가능성이다. 소외는 주체의 욕망과 타자의 욕망이 이율배반적으로 충돌할 때, 주체가 자신의 욕망을 타자에게 양도함으로써 발생한다.[64] 소외에 의해 주체는 타자로부터 자신이 이해할 수 없는 무의미를

---

60) J. Lacan, "In You More Than You", *The Seminar of Jacques Lacan Book XI: The Four Fundamental Concepts of Psycho-Analysis*, p.268.

61) 사랑의 대상으로서의 연인은 성적인 파트너가 아니라 하나의 이미지이다.
J. Lacan, "The Two Narcissism", *The Seminar of Jacques Lacan: Book I : Freud's Papers on Technique 1953－1954*, Ed. J. A. Miller, Trans. S. Tomaselli: Cambridge University Press, 1988, p.121.

62) 라캉은 왜상을 거울의 기능을 가진 투명한 실린더에 비유한다. 왜상은 관찰자가 보는 각도에 따라 다채롭게 변화하는 아름다운 이미지로 떠오른다.
J. Laccan, "The Problem of Sublimation: Marginal Comments", *The Seminar of Jacques Lacan Book VII: The Ethics of Psychoanalysis,* p.135.

63) I. Kant, 『판단력 비판』, 이석윤 역, 박영사, 2003, pp.58~70. 참조.

받아들이는 존재의 상실을 체험하며 자신 안에 결여를 남긴다.[65] 이러한 이유로 결여의 존재로서의 인간은 타자를 사랑하면서도 타자에 의한 실존적 공허에 시달리지 않을 수 없다. 소외는 사랑이 주체와 타자 간의 완전한 합일을 통해 결여를 메울 수 있게 하리라는 현혹(眩惑)이 현현(顯現)되게 하는 것이다.[66] 따라서, 사랑의 대상은 사랑의 주체를 본질적으로 소외시킬 수밖에 없거니와, 주체의 소외에 대한 자각은 타자와의 분리(separation)를 야기한다. 사랑의 순간 주체와 타자 간의 두 결여를 중첩하면 상호보완 때문에 결여를 제거할 수 있을 것이라는 현혹은 결국 상대방 안의 결여를 발견함으로써 분리가 이루어지게 된다. 분리는 일종의 '탈(脫)-소외'로서 타자 속의 결여에 의해 성취된다.[67] 즉, 분리는 타자도 역시 주체가 원하는 대상을 가지지 못한, 욕망하는 존재라는 것을 주체가 체험함으로써 나타난다.[68] 그것은 주체 자신의 결여를 메움으로써가 아니라 자신의 결여를 타자 속의 결여와 동일시함으로써 가능해진다.[69] '너'를 사랑하는 것과 '나'를 사랑하는 것이 일치하는 사랑, 즉 대상 리비도와 자아 리비도가 일치하는 나르시시즘적 사랑에서 주체와 타자 간의 분리가 일어나면, 대상 리비도는 모두 자아 리비도로 환원됨으로써, 주체에게 감당하기 힘든 리비도 과잉이 초래된다.[70] 이러한 자아 리비도의 과잉은 대상의 저항에 의해 되돌아오는

---

64) 홍준기, 「자크 라캉, 프로이트로의 복귀」, 『라캉의 재탄생』, 창작과 비평사, 2002, pp.127~128.
65) *Ibid.*, p.129.
66) S, Žižek, *op.cit.*, p.203.
67) *Ibid.*, p.214.
68) *Loc. cit.*
69) *Loc. cit.*
70) S. Freud, 「슬픔과 우울증」, 『무의식에 관하여』, 윤희기 역, 열린책들, 1998, pp.256~270. 참조

과정에서 공격성(aggressivity)을 내포하게 되는데, 이것은 사랑과 증오의 상호의존적 양가성으로 이해할 수 있다. 소월의 시에서는 타자에게 향해야 할 공격성이 내향화됨으로써 이로 인해 사랑의 주체는 대상 상실 자체로 인한 아픔 이상의 죽음 충동(death drive)을 내포하는 우울과 불안에 시달리게 된다.[71]

죽음 충동은 인간 조건(conditio humana)[72]이다. 죽음 충동은 상실에 기인하는 것으로, 죽음 충동을 느끼는 주체는 상실된 자기 자신과의 합일을 추구하지만, 오히려 실재의 허무라는 빈 공간에 부딪힐 뿐이다.[73] 다만 이 빈 공간을 둘러 만들어지는 것이 바로 예술이다.[74] 소월 시의 사랑의 주체가 죽음에 이르는 고통을 감당하는 것도 삶과 유리(遊離)된 죽음의 경계를 미를 위한 상황으로 받아들이고 있기 때문이다. 죽음의 경계란 단순히 '삶과 죽음 사이의 경계'가 아니라, 보다 본질적으로 '죽음과 죽음 사이의 경계'이다. 두 죽음 사이에서 전자의 죽음을 자연적 죽음이라고 한다면 후자의 죽음은 상징적 죽음이라고 할 수 있다. 상징적 죽음으로서의 '제2의 죽음'(the second death)은 생성과 부패의 순환을 무화(無化)시키고 무로부터(ex nihilo)[75] 삶의 새로운 형태를 창조하려는 절대적 죽음이다.[76] 이 모든 것을 가능하게 하는 것이 바로 사랑으로, 사랑에 눈 먼 상태(blindness)[77]는 모든 가치 체계를 무로 되돌리

---

71) 공격성은 나르시시즘의 한 이면으로, 동물적인 공격성과 무관하며 오히려 죽음에 대한 욕망과 관련이 있다.

J. Lacan, "Function and Field of Speech and Language", *Écrits: A Selection,* p.42.

72) J. Lacan, *Le Séminaire II*, p. 83. (P. Widmer, *op. cit.*, p.78. 재인용.)

73) P. Widmer, *op. cit.*, p.79.

74) F. Regnault, "L'art selon Lacan", *Conférences d'Esthetique Lacanienne*, Paris: Seuil, 1997, p.12.

75) J. Lacan, "The Articulations of the Play", *op.cit.*, p.260.

76) S. Žižek, 「당신은 항상 두 번 죽는다」, *op.cit.*, p.232.

며, 미 이외의 것을 무의미하게 만든다.[78] 다시 말해 미는 죽음과 존재의 관계를 매개하며 존재를 가장 본질적인 상태로 되돌리고 있는 것이다. 사랑의 주체는 자신을 죽음을 향한 존재(Zein zum Tode)로 받아들이는 데서 자기 자신의 존재와 새로운 관계를 정립하며[79] 미(美)만을 존재의 허망한 소멸을 막을 수 있는 대안으로 택한 것이다. 이러한 상징적 죽음의 결단을 통해 사랑의 주체는 자신의 잃어버린 연인을 자연적 죽음을 너머 생의 순환으로부터 해방된 이상적인 미로 승화시키는 것이다.

죽음 충동이 지배하는 죽음의 경계는 끝없는 고통으로 주체를 소진시키지만, 주체는 이 고통을 오히려 향락(jouissance)으로서[80] 즐긴다. 상실의 '수동성'이 놀이의 '능동성'으로 전환되는 것이다.[81] 이러한 고통의 놀이가 상연되는 무대는 바로 환상으로 이것은 미의 창조가 가능하도록 무의식적 욕망을 지속시켜 주는 역할을 한다. 주체는 환상 속에서 잃어버린 사랑을 재현하며, 사랑의 대상으로서의 연인을 심미화하는 데 자신의 모든 것을 바치고 있는 것이다. 그러나 환상은 상징적 질서인 타자가, 상징화될 수 없는 어떤 외상적인 불가능성인 향락의 실

---

77) J. Lacan, "Antigone Between Two Deaths", *op.cit.*, p.281.

78) J. Lacan, "The Articulation of the Play", *op.cit.*, p.260.

79) M. Heidegger, 『존재와 시간』, 이기상 역, 까치, 1998, p.338.

80) 향락(jouissance)은 쾌락의 법칙을 넘어서려는 '고통스러운 쾌락'으로, 주체가 증상을 통해 얻는 역설적 만족이다. 쾌락의 법칙을 돌파하여 향락으로 향하는 충동은 모두 죽음 충동이다. D. Evans, *op. cit.*, pp.431~432.

81) 이러한 논리는 '사라짐과 돌아옴의 놀이'(Fort-Da)를 통해 가장 단순화된 패턴을 발견할 수 있다. 사랑하는 이를 멀리 보내는 이 놀이의 목적은 사랑하는 이를 사라지게 하는 것 자체에 있는 것이 아니라, 그의 귀환을 맞이하는 즐거움을 누리는 데 있다. 이러한 놀이는 쾌락의 원칙을 넘어서는 예술의 속성을 잘 보여준다.
S. Freud, 「쾌락원칙을 넘어서」, 『쾌락원칙을 넘어서』, 박찬부 역, 열린책들, 1998, pp.20~24.

재를 중심으로 구조화된다는 사실을 감춤으로써 향락을 온순한 것으로 만들지만, 결국 환상의 횡단이 끝났을 때 죽음 충동만을 남기게 된다.[82] 환상의 대상으로 이상화된 연인이 단지 공백과 결여를 메우기 위한 허구로서 자신을 지탱해 왔음을 깨닫게 된 순간, 사랑의 주체는 더 이상 사랑이 남아 있지 않은 존재로 돌아와 죽음을 맞게 된다. 이것이 소월 자신의 자살이다. 소월의 자살은 불가능성의 가능성으로서의 죽음[83]을 스스로 선택한 것으로서, 자신이 시인으로서 사랑의 완성을 위해 노력할 가능성까지 저버린 것이다. 이로써, 사랑의 완성은 예술을 통해 대신 이루어진 채, 소월 자신이 더 이상 시를 쓸 수 없을 정도로 심신이 병약한 상태에 이르렀을 때 시인은 스스로 죽음을 택하게 된 것이다.

요컨대 소월 시의 사랑은 주체와 타자의 관계를 통해 내적 진실의 충만함을 실현하는 주체성의 절정이자, 상실의 존재로서의 분열된 주체에게 결여로 인한 공허를 깨닫게 함으로써 기존의 가치를 무로 되돌리고 미를 탄생하게 하는 심미성의 근원이 됨으로써 근대시 형성기의 서정성의 발흥을 가능하게 한 것이다. 이와 같은 시각에 따라 본고는 본론을 전개하고자 한다. II 장에서는 근대시 형성기의 사랑 담론으로부터 소월시의 사랑의 존재론을 존재의 상실과 시간성의 개념 하에 논의하고, III 장에서는 사랑의 현존이 발현된 언술행위로서의 연가, IV 장에서는 사랑의 부재가 발현된 언술행위로서의 비가에 대해 논의할 것이다.

82) S. Žižek, *op.cit.*, pp.215~216.
83) M. Heidegger, *op.cit.*, p.336.

II. 사랑시의 존재와 시간

1. '상실의 존재'의 사랑의 존재론

소월 시의 사랑은 근대적 사랑으로 이성(異性) 간의 사랑을 이상화하는 낭만적 사랑의 전형이다.[84] 근대시 형성기인 1920년 전후는 정신사적으로 개인의 발견과 내면의 발견이 이루어진 시기이다. 이 시기는 '자아'를 발견한 참인간이 새 시대의 인간상으로 떠오르며, 자아와 내면의 요구로서의 감정의 문제, 특히 사랑의 문제가 인간성의 구현에서 최고의 가치를 지니는 것으로 부각된다.[85] 3.1 운동 이후의 시대적인 상실의식은 더더욱 사랑을 지고의 가치를 지닌 것으로 이상화하게 한다. 이 시기의 사랑은 '전통적인 사랑'[86]의 보편적 성격이 남녀 간의 사랑[87]으로 변화하는 한편, 사랑의 신성과 순결성에 대한 예찬 또한 극에 달해 사랑을 위해 바쳐진 죽음으로서의 정사(情死)가 사회적으로 유행

---

84) A. Giddens, 「낭만적 사랑, 그리고 다른 애착들」, 『현대 사회의 성 · 사랑 · 에로티시즘』, 배은경 · 황정미 역, 새물결, 1999, pp.81~85.

85) 권보드래, 「연애의 죽음과 생」, 『연애의 시대』, 현실문화연구, 2003, p.194.

86) 전통적인 사회에 존재했던 사랑의 유형은 크게 네 가지로 제시될 수 있다. 첫째, 부부이기 때문에 존중하며 사랑한다는 의무와 책임의 애정 관계, 둘째, 부모의 명에 의해 결혼했지만, 부부가 진정으로 사랑하게 되는 행복한 윤리적 사랑, 셋째, 혼전의 열정적인 사랑, 넷째, 혼후 · 혼외의 사랑.
함은선, 「중국 고대 문학에 나타난 사랑」, 『전통과 사회』13, 2000, pp.96~111.(김동식, 「낭만적 사랑의 의미론」, 『문학과 사회』, 2001 봄, p.130 재인용.)

87) 1920년대 이전까지 우리말의 '사랑한다'는 오래도록 '생각하다'의 뜻으로, 남녀 간의 사랑뿐 아니라, 신, 인류, 부모, 친구에 대한 사랑도 포함하는 단어였다. 그러다 중국과 일본을 경유하여 1910년대 초반부터 love가 남녀 간의 사랑이란 의미의 戀愛로 번역되기 시작하여 1920년대에는 자유연애라는 말의 약자로 널리 유행하게 된다. 한편, love나 연애라는 말을 대신하여 사랑이란 말이 남녀 간의 사랑으로 변화되며 정착된 계기는 나도향의 「청춘」부터이다.
권보드래, 「연애라는 말」, *op.cit.*, pp.12~16.

한 시기이기도 하다.[88] 1920년대 중반 사회주의 수용 이후 사랑에 대한 찬미는 오히려 사랑에 대한 혐오로 변질되며 종말을 맞았다는 사실을 상기해 볼 때, 소월의 사랑시가 근대시 형성기의 '서정화'가 될 수 있었던 것은 이러한 정신사적 맥락과 깊은 연관이 있다.

소월의 시가 사랑의 상실로부터 시작되는 역설은 이러한 데서부터 살펴볼 수 있다. 즉, 소월의 사랑시는 사랑의 상실로 인한 시련의 한 가운데 놓인 사랑의 주체가 억압될 수밖에 없던 자신의 사랑에 대한 진실을 사랑의 대상인 연인을 향해 상상적으로 재현해 내는 언술행위인 것이다. 소월의 사랑시가 상실로부터 시작될 수밖에 없는 역설은 사랑에 의해 "바리운 몸"(「바리운 몸」)이 된 사랑의 주체가, 그럼에도 불구하고 사랑을 앓는 방식이 아니고는 살아낼 수 없는 존재가 되어 있기 때문이다.

> 可憐한, 可憐한, 可憐한人生에
> 첫째는 살음이다, 살음은곳살님이다.
> 살님은곳사랑이다,
> [중략]
> 그러면사랑은?
> 사랑이마음인가,
> [중략]
> 사름의삿튼죽음, 세월이빠르잔코.
> 사랑을함도죽음, 제마음을못죽이네.
> 살음이어렵도다. 사랑하기 힘들도다
>
> ―「可憐한 인생」 부분.[89] (406)

88) 권보드래, 「구여성과 신여성」, *op.cit.*, p.97.

소월의 사랑시에서 사랑은 곧 "살음"이다. "可憐한 人生"이 죽음으로 향하는 "시름"의 세월일지라도, 사랑은 이미 자신의 "마음"이기에 차마 그 사랑을 지우지 못하고, 시련으로서의 사랑을 살음 그 자체로 살아내는 것이다. 그런 의미에서 상실로 인해 앓고 있는 존재의 결여는 사랑에 의한 것이기도 하지만, 역으로 그 존재의 결여가 바로 사랑을 가능하게 하는 전제조건이기도 한 것이다. 이렇듯 소월의 사랑시는 사랑이 존재의 상실[90]을 가져오는 것이기 이전에, 상실된 존재가 사랑을 갈망하게 하는 것임을 보여주며 인간이 존재론적으로 상실된 존재(Désêtre)[91]임을 암시한다. 사랑이 어렵고 살음이 어려움에도 그 앓음을 거부하지 않는 것은 죽음으로부터 도피가 아니라 죽음을 향한 존재로서 자신의 본질을 사랑을 통해 정립하고자 하는 것이다.

> 나히차라지면서 가지게되엿노라
> 숨어잇든 한사람이, 언제나 나의,
> 다시깁픈 잠속의 꿈으로 와라
> 붉으렷한 얼골에 가늣한 손가락의,
> 모르는듯한거동도 前날의모양대로
> 그는 야저시 나의팔우헤 누어라

---

89) 이 논문에서 인용된 소월 시는 김용직 편저의 『김소월 전집』을 따르는 것으로 한다. 그 가운데 가장 최종적으로 발표된 완성작을 연구의 대상으로 삼는다. 인용 지면은 괄호 안에 표기하기로 한다.

90) 인간을 상실의 존재로 규정하게 하는 '원초적 상실'은 주체에게 그 어떤 기의도 완벽하게 의미부여를 할 수 없다는 데서 오는 존재의 상실이다. 이러한 원초적 상실 앞에서 주체에게 의미를 갖는 모든 것은 상징이 된다. 여기서 상징은 두 가지 의미이다. 하나는 '주체라는 존재'와 '주체가 소유하고 있는 것'에 대한 상징이고, 다른 하나는 '주체가 아닌 것(非存在)'과 '주체가 소유하지 않은 것(非所有)'의 상징이다. P.Widmer, *op.cit.*, p.66.

91) J. Kristeva, 「사랑의 아픔, 은유의 세계」, *op. cit.*, p.418.

그러나, 그래도 그러나!
말할 아무것이 다시업는가!

— 「숢으로오는한사람」 부분. (31)

"숢으로 오는 한 사람"은 혼자 잠들기에 몸서리쳐지는 빈자리로 형상화된 공간, 즉 존재의 결여를 메우는 그리움의 대상으로서의 연인이다. 사랑의 주체는 "나히차라지면서" 언제나 꿈속에서 자신의 마음에 숨어 있던 누군가를 만나듯, 그 그리움의 대상을 만난다. 그러나 주체는 막상 그 대상을 만나도 "그러나, 그래도, 그러나"라는 무의미한 말만 반복할 뿐, 그 어떤 의미도 구성해 내지는 못한다. 사랑의 주체에게는 무언가 말을 하기 위해 타자가 필요했던 것이 아니라, 타자의 현존[92] 자체가 필요하기 때문에 말이 필요했던 것이다. 인간의 필연적 타자 지향성은 인간이 본질적으로 '말하는 존재'(parlêtre)[93]일 수밖에 없음을 보여준다. 그러므로 사랑하는 연인이 "야자시 나의 팔우헤 누워" 주기만 한다면 "말할 아무것"이 다시 "업"는 자신을 발견하게 되는 것이다. 타자의 부재가 '말'을 필요하게 하고, 타자의 현존이 '말'을 사라지게 한다.

나혼자섯노라, 아직도아직도,
東녁하늘은 어둡은가.
天人에도사랑눈물, 구름되여,
외로운숢의벼개, 흐렷는가

92) P.Widmer, *op.cit.*, p.60.
93) Lacan은 언어의 존재로서의 인간 존재의 근본적인 상황을 가리키기 위하여 parler(말하다)와 être(존재)를 합성한 응축적 표현으로서 parlêtre란 어휘를 만들었다. S. Žižek, 『이데올로기의 숭고한 대상』, p.197.

나의님이어

— 「새벽」 부분. (113)

그대잠든품속에 안기렷더니,
애스러라, 그리는 못한대서,
그대여, 드르라 비가되여
저 구름이 그대한테로 나리거든,
생각하라, 밤저녁, 내눈물을.

— 「구름」 부분. (115)

사랑의 주체가 "나 혼자 섯노라"고 허공을 향하여 외치는 것은 "천인"과 같은 고귀한 자가 "사랑눈물"을 흘려줌으로써 위로를 해주길 원하는 것이 아니다. 사랑의 주체가 '나'를 말하는 순간 필요로 하는 것은 그 누구도 아닌, '나'를 '너'로 받아 줄 타자이다. 주체가 자신에 대해 1인칭 단수 대명사인 '나'로 말하는 것은 타자의 관점에서 '너'라고 불리는 상호보완성94) 위에 가능한 것이기 때문이다. 그러므로 사랑의 주체는 눈물 끝에 "나의 님이어"라고 부르는 여운 안에 자신의 향할 곳 없는 사랑의 진실을 모두 담으려 하고 있는 것이다. "그대"라는 이름의 타자를 부르는 것은 "그대 품에 안기"려는 것 즉, 타자의 현존을 불러일으키기 위한 것이지만, "애스러"웁게도 그것이 불가능해졌을 때도 다시 "그대"라는 타자의 이름을 부르지 않을 수 없는 것은, "그대" 곁에 내리는 비가 "그대"로 인한 내 아픔의 "눈물"이라는 진실을 승인받고자 하기 때문이다. 인간은 자기 증명을 위해 타자를 필요로 하기에, 주체는 타자로부터 메시지를 받음95)으로써만 충만한 언어를 실현할 수 있는 것

94) P.Widmer, *op.cit.*, pp.91~92.

이다. 사랑의 주체가 사랑의 타자로부터 답을 얻을 수 없음을 고통스러워하는 것은 자신의 연인 아닌 다른 사람을 향한 언어는 텅 빈 언어(empty speech)[96]가 되기 때문이다. 소월의 사랑시에서 사랑의 주체가 자신의 진실을 내적 독백의 형식이 아니라, 고백의 형식으로 말하고 있는 것은 '나－너'라는 관계 안에 자신을 세움[97]으로써 내가 존재함을 보이기 위함이다.

> 해가山 마루에 저므러도
> 내게두고는 당신 째문에 저뭅니다.
>
> 해가 山마루에 올나와도
> 내게 두고는 당신째문에 밝은아츰이라고 할것입니다.
>
> 쌍이 써저도 하눌이 문허저도
> 내게두고는 씃까지모두다 당신 째문에 잇습니다.
>
> 다시는, 나의 이러한맘쌘은, 째가 되면,
> 그림자갓치 당신한테로 가우리다.

---

95) J. Lacan, "The Other and Psychosis", *The Seminar of Jacques Lacan Book III: The Psycoses 1955－1956*, Ed. J. A. Miller, Trans. R. Grigg, New York · London: W · W · Norton & Company, 1997, p.36.

96) 텅 빈 언어는 충만한 언어와 반대되는 개념으로, 이는 자신의 욕망을 시인해 줄 수 없는 타자에게 헛되이 행해진 말을 의미한다.
J. Lacan, "The Other and Psychosis", *op.cit.*, p.37.

97) '나－너'는 하나의 근원어(根源語)이다. 근원어 '나－너'를 말하는 것은 타자를 객체화하는 것이 아니라, 관계를 세우는 것이다. 근원어를 말하는 사람은 그 말속에 들어가 그 안에 산다.
M. Buber, 「근원어」, 『나와 너』, 표재명 역, 문예출판사, 2001, pp.7~9.

오오, 나의 愛人이엇든 당신이어.

—「해가山마루에저므러도」 전문. (44)

"해가山 마루에 저므러도 내게두고는 당신 때문에 저"물고, "해가 山 마루에 올나와도 내게 두고는 당신때문에 밝"는다는 것은, 사랑의 주체가 자신의 내면화된 세계의 중심에 사랑의 타자가 있음을 고백한 것이다. 사랑의 주체의 존재의 기반은 사랑이며, 사랑은 두 연인의 진실을 세계의 극한, 곧 무한(infinity)까지 펼치는 무대[98]이다. 그러므로, "오오, 나의 愛人이었던 당신이어"라고 부르는 주체는, '나는 당신을 사랑합니다'라는 고백과 '나는 당신으로 인해 존재합니다'라는 고백을 동시에 하고 있는 것이다. "나의 애인"이라는 그 부름 안에는 이미 "쌍이 써저도 하눌이 문허저도 내게두고는 끗까지모두다 당신 때문에 잇"다는 부연이 없다 할지라도, '나는 당신을 사랑함으로써 존재한다'는 사랑의 존재론[99]이 내포되어 있는 것이다. 사랑의 주체로서의 '나'는 '사랑하기 때문에, 존재한다'라는 것을 "愛人"이라는 이름의 '너', 곧 사랑의 타자를 부름으로써, 사랑의 언술행위로서의 사랑시를 가능하게 하고 있는 것이다.[100]

몹쓸은꿈을 깨여 도라눕을때,

[중략]

---

98) A. Badiou, "What Is Love?", *Sexuation*, Durham and Lonon: Duke University Press, 2000, pp.270~276.

99) *Ibid.*, p.277.

100) 사랑의 언술행위에서, '나'라는 1인칭의 복권이 필연적인 것은, 사랑의 목적이 근본 주체를 세우기 위한 것이라는 존재론적인 데 있기 때문이다.
R. Barthes, 『사랑의 단상』, 김화영 역, 문학과 지성사, 2000, p.11.

니저바렷던드시 저도 모르게,
얼결에 생각나는 「깁고깁픈언약」

— 「깁고깁픈언약」 부분. (93)

두동달이벼개는
어듸갓는고
언제는 둘이자든 벼개머리에
「죽쟈 사쟈」 언약도 하여보앗지

— 「원앙침」 부분. (159)

소월의 사랑시에서 사랑의 주체와 사랑의 타자 사이에 영원한 사랑을 위한 "깁고 깁픈 언약"이 맺어지는 것은, '사랑한다'는 것이 곧 '사랑받기 원한다'는 것[101]이기 때문일 것이다. 사랑이 깊어질수록 커지는 불안은 마침내 "죽쟈 사쟈" 하는 죽음 앞에서의 사랑의 맹세로 두 연인을 이끈다. 나는 당신을 사랑함으로써 존재하는데, 당신이 나를 사랑하지 않는다면, 나의 존재의 이유도 사라지는 것이기 때문이다. 이러한 데서 사랑의 상호적[102]인 성격이 다시 확인된다. 그러나 사랑에서 '하나' 됨은 일종의 불가능성[103]으로, 그 불가능성은 환상 안에서만 이루어진다.[104] 사랑은 존재의 결핍을 채우기 위해 합일의 대상을 찾는 것

101) J. Lacan, "The Field of the Other: From Interpretation to the Transference", *The Seminar of Jacque Lacan Book XI: The Fundamental Concepts of Psycho-Analysis*, Ed. J. A. Miller, Trans. A. Sheridan, New York · London: W · W · Norton & Company, 1981, p.253.
102) J. Lacan, "On Jouissance", *The Seminar of Jacque Lacan Book XX: On Feminine Sexuality, the Limits of Love and Knowledge,* Ed. J. A. Miller, Trans. B. Fink, New York & London:W · W · Norton & Company, 1999, p.4.
103) *Ibid.*, p.6.
104) 환상은 상상적 동일시와 상징적 동일시의 간극으로 인한 타자 속의 비일관성을

이기 때문에, 이러한 상호성이, 사랑이 주체와 타자 간의 융합(fusion)이라는 전제하에 가능한 것인가, 아니면 분화(disjunction)라는 전제하에 가능한 것인가, 사이의 긴장이 생긴다. 사랑은 구조적으로 주어진 '둘'(a Two)을 통해 엑스터시 안에서 '하나'(a One)로 만드는 것이 아니다.[105] 사랑의 외연으로서의 사건의 관점에서 보자면, 분화(disjunction)[106]는 필연적인 것이다. 그러나, 주체에게 사랑이 내면화되는 순간부터, 분화보다는 합일에의 갈망이 더 크게 환상을 지배한다고 할 수 있다. 따라서, 사랑의 주체가 느끼는 사랑의 대상에 대한 상실감은 완전한 합일이라는 환상이 메우지 못하는 잔여에서 비롯된다고 할 것이다.[107]

> 니칠 듯이 볼 듯이 늘보던 듯이
> 그렵기도그려운 참말 그려운
> 이 나의맘에 속에 속모를곳에
> 늘 잇는그사람을 내가압니다.

은폐하고 극복하기 위한 시도로서 존재한다.
S. Žižek, 「타자 속의 결여: 케 보이」, p.216.

105) A. Badiou, *op.cit.*, pp.265~266.

106) 원칙적으로, 사랑은 주체와 타자가 분화라는 조건 하에서 두 연인이 남자와 여자라는 각각의 위상을 차지함으로써만 성립한다. 남자와 여자로의 분화는 사랑의 진리 과정에 있어서 필연적이다. 욕망이 대상에 대해 하나의 포로라면, 사랑은 둘로의 분화 하에 인간성의 진리를 만들어 가는 것이다. 욕망이 동성애적(homosexual)이라면, 사랑은 이성애적(hetrosexual)이다. *Ibid.*, p.279.

107) 따라서 환상 안에서 쓰이는 사랑시는 사랑의 주체와 대상의 활동이 기호 표현의 상처에 의해 쓰인 것이라고 할 수 있다. 환상의 동력은 향락의 핵으로, 그 핵을 중심으로 환상의 연출이 조직된다. 환상은 향유의 한 방식이자, 잉여 향유의 주위에 세워진 틀로서, 대상 a의 형성물이다. 지젝은 환상의 특성에 대해, 환상이 항상 대상으로서의 대상 a를 전제해야 함으로 인해 필연적으로 상호주체성(intersubjectivity)을 지닌다는 것을 지적한다.
S. Žižek, 「환상의 일곱 가지 베일」, 『환상의 돌림병』, 김종주 역, 인간사랑, 2002, pp.24~25.

[중략]
남은 다 어림업다 이를지라도
속에깁히 잇는 것, 어찌하는가.
하나진작 낫모를 그 내사람은
다시업시 알뜰한 그 내사람은
나를 못니저하여 못니저하여
애타는그사랑이 눈물이되어,
한숫 맛나리 하는 내몸을 가져
몹쓸음을 둔사람, 그 나의 사람?

—「맘에속읫사람」 부분. (303)

사랑의 주체는 자신의 연인이 "맘에속읫사람"으로 있기에 '나의 사람'이라 부르며 자신의 환상 안에서 그를 그리지만, 눈물의 근원이 된 그 "몹쓸음을 둔사람"이 과연 "나의 사람?"인가 스스로 반문하는 순간을 맞는다. '내 안의 연인'이란 실상 사랑하는 주체의 결여를 메우기 위해 환상을 빌려 주체 안에 들여온 (타)대상(objet a)이라는 것을 자각하는 순간이다. 그럼에도 "맘에속"보다 더 깊은 "속모를곳'까지 차지해 버린 연인을 마음에서 지운다는 것은 자신의 존재를 지우는 것이기 때문에 불가능하다. 결여의 존재는 '나 자신보다 더 나의 내부에 있는'[108] (타)대상이 궁극적으로 무(無)라는 것을 알지만 중요한 것은 '님'의 의미라기보다 존재론적[109]으로 '님'이 주체의 결여 안에 존재함으로써 주체를 지탱하는 것임을 아는 것이다. 그러므로 사랑한다는 것은 단순히 사랑의 대상을 사랑하는 것이 아니라, 사랑의 대상을 상실했음에도 불구하고 사랑을 포기하지 못해 사랑하는 것[110]이다. 왜냐하면, 사랑하지

108) S. Žižek, 『향락의 전이』, 이만우 역, 인간사랑, 2002, p.344.
109) *Ibid.*, p.347.

않고는 존재할 수 없기 때문이다.

> 어둑컴컴한 풀업는들은
> 찬안개우로 써흐른다.
> 아, 겨울은 깁펏다, 내몸에는,
> 가슴이 문허져나려안는 이서름아!
>
> 가는님은 가슴엣사랑까지 업세고가고
> 젊음은 늙음으로 밧구여든다.
> 들가시나무의 밤드는 검은가지
> 닙새들만 저녁빗헤 희그무려히 꼿지듯한다.
>
> —「半달」 부분. (80)

"가는 님은 가슴에 사랑까지 없애고 가고"라는 시구를 통해, 현실의 "님"과 가슴의 "사랑"이 다르다는 것을 확인할 수 있다. 사랑의 주체에게 현실의 "님"이 가는 것보다 두려운 것이, 자신의 안에서 "사랑"이 소멸하는 것이다. 사랑의 소멸은 달의 "빛"을 "죽"게 하듯이, 자신의 생명을 빼앗아 "젊음을 늙음으로 밧구"는 힘이다. 그러므로 사랑의 대상을 상실한 주체의 빈 가슴으로 스미는 "찬 안개" 는 바로 사랑의 부재의 은유이다. 사랑의 순간, 대상의 상실은 곧 자아의 상실인 것이다. 주체가 타자를 포기하더라도 사랑을 포기하지 못하는 것은 사랑이 소멸하는 순간 자신의 존재의 이유도 사라지기 때문이다. 요컨대, 사랑하는 존재는 언제나 상실한 존재로서, 상실한 타자의 현존을 되돌리기 위해 말하는 존재이다. 따라서, 사랑하는 존재는 '말하는 존재'이다. 그

110) S. Freud, 「슬픔과 우울증」, 『무의식에 관하여』, 윤희기 역, 열린책들, 1998, p.260.

런 의미에서 사랑의 언어활동은 문학[111]이 되며, 문학의 체험은 근본적으로 사랑의 체험[112]이 된다.

2. 사랑의 진실의 재구성을 위한 시간성

소리조차업는 흰밤에,
나는혼자 거울에 얼굴을 뭇고
뜻업시 생각없이 드려다보노라.
나는 니르노니, 「우리사람들
첫날밤은 꿈속으로 보내고
죽음은 조는동안에 와서,
別죠흔일도업시 스러지고마러라」.

— 「黃燭불」 부분. (105)

못니저 생각이 나겟지요,
그런대로 한세상지내시구려,
사노라면 니칠날잇으리다.

[중략]

「그립어살틀히 못닛는데,
어쩨면 생각이 써지나요?」

— 「못니저」 부분. (38)

나의凶한꿈보이느냐?
말드러라, 애틋한 이女子야, 사랑의 째문에는
모두다 사납운 兆朕인 듯, 가슴을 뒤노아라.

— 「몹쓸꿈」 부분. (69)

---

111) J. Kristeva, 「사랑의 찬가」, *op. cit.*, p.9.
112) J. Kristeva, 「사랑의 아픔, 은유의 세계」, *op.cit.*, p.426.

하이한 여울턱에 날은점을때.
나는 門에 섯서 기다리리
새벽새가 울며지새는그늘로
세상은희게, 또는 고요하게,
번쩍이며 오는아츰부터,
지나가는길손을 눈여겨보며,
그대인가고, 그대인가고.

—「나의 집」 부분. (111)

사랑의 주체는 사랑의 타자와의 가장 감격적인 사랑의 순간으로서의 "첫날밤"을 다만 "꿈속으로 보내고" 있다. 소월의 사랑시에서 꿈은 이루지 못한 사랑을 실현하기 위한 무의식적 공간인 환상으로 설정되어 있다. "소리조차업는 흰밤"은 현실감이 사상된 환상의 시간으로, "뜻업시 생각없이" 바라보는 "거울" 안의 공간에는 "첫날밤"의 시간과 "죽음"의 시간이 동시에 흐른다. 이러한 환상 안의 시간은 꿈, 곧 무의식의 시간적 특성으로서의 무시간성에 지배된다. 무시간적이라는 것은 꿈이 이루어지는 과정은 시간의 순서에 따라 일어나지 않으며, 시간의 경과에 따라 변화하지도 않는다[113]는 것이다. 한편 무의식이 개입되면 시간은 망각된다는 의미이기도 하다. 사랑의 주체가 "그대"라는 이름의 연인을 기다리는 데는, "하이한 여울턱에 날은점을때"부터, "새벽새가 울며지새는" 때까지 하루의 시간을 모두 같게 느끼는데, 이것은 바로 사랑의 주체가 시간을 망각하게 되었기 때문이다. 그러나 무시간성은 존재론적 관점에서 전-존재론적(pre-ontological) 시간으로 볼 수 있으며, 따라서 억압된 것은 회귀를 통해 다시 시간적 존재로 재구성된

113) S. Freud, *op.cit.*, pp.192~193.

다. 이때는 "못니저"라는 부정어법이나 "몹쓸숢"이라는 반어에 의존하여 사랑에 대한 억누를 수도, 억누르지 않을 수도 없는 양가감정을 드러낸다. 그러나 결과적으로 그러한 수사법의 도움으로, 언젠가 잊히리라는 불확실한 미래를 향한 약속을 통해, 현재의 사랑을 지속하는 것을 가능하게 하며, 한편 '나는 그녀를 사랑하지 않을 수 없다'는 '진실의 효과'114)를 내고 있는 것이다. 그런 의미에서 소월의 사랑시에서 꿈을 펼쳐지게 하는 밤이라는 무의식의 시간은 바로 사랑의 주체가 사랑에서의 내면의 진실을 재구성하는 시간이라고 할 수 있다.

> 뿌리가 죽지않고 살아있으면
> 그맘이 죽지않고 살아있으면
> 자갯돌 밭에서도 풀이피듯이
> 記憶의 가시밭에 꿈이핍니다.
>
> —「記憶」 부분. (389)

> 먼훗날 당신이 차즈시면
> 그때에 내말이 「니젓노라」
> [중략]
> 오늘도어제도 아니닛고
> 먼훗날 그때에 「니젓노라」
>
> —「먼후일」 부분. (3)

사랑의 주체는 잃어버린 사랑에 대해서도, "뿌리가 죽지 않고 살아 있으면 그 맘이 죽지 않고 살아 있으면" 다시 "記憶의 가시밭에 꿈"이 핀다는 믿음으로, 과거의 사랑을 현재로 불러낸다. 한편, "먼 훗날 당신

114) S. Žižek, 『환상의 돌림병』, p.75.

이 차즈시면"이라는 미래에 대한 가정을 통해, 언젠가 다시 만날지 모르는 재회에 대한 여지를 남김으로써 사랑을 현재화한다. 다시 말해, 현재라는 시간에서의 사랑의 부재는 사랑의 주체의 내면의 의지가 작용하는 데 따라, 사랑이 현존했던 과거로 돌아갈 수도 있으며, 다시 재회에 의해 사랑을 현존하게 할 미래로 미리 갈 수도 있다. 그러므로, 사랑시의 시간은 내면의 주관적 시간으로서의 변증법적 시간이라고 할 수 있다. 그런데 여기서 중요한 것은 이렇게 사랑의 시간을 현재화하는 것은 사랑의 주체가 시간에 대해 취할 수 있는 최선의 입장이라는 점이다. 사랑의 순간에 대한 최고의 경의의 표현은 '이 순간이 멈추었으면 좋겠다'고 말하는 것이다. 즉, 사랑의 순간을 영원으로 만들고자 하는 바람이 주체의 욕망으로 요동치고 있는 것이 사랑시에서 변증법적 시간성에 의해 끊임없이 시간을 현재화하는 이유이다. 과거의 어느 한 시간이나, 미래의 어느 한 시간에 대해 영원이라고 말하는 것은 아무런 의미가 없다. 존재란 언제나 현존재로서만 의미가 있기 때문이다. 과거일 뿐인 과거의 한 시간이나, 미래일 뿐인 미래의 한 시간은 현재의 나와는 아무런 상관없는 시간이다. 그 시간들은 나에게 살아있음으로 존재하게 하지 않는 시간, 즉 죽어 있는 시간과 마찬가지인 것이다. 변증법적 시간이 끊임없이 자신의 진실이 있는 시간을 재현해 내는 것, 이것은 바로 사랑의 순간을 사랑한다는 것이다. 사랑시는 사랑의 한순간을 영원으로 만드는 시이다. 서정시의 본질이 영원성에 있다고 한다면, 그것은 모든 시간을 존재의 중심을 관통하는 현재로 살아내기 때문일 것이다. 사랑을 저버리고 간 연인이 돌아올 시간인 미래가 줄 희망보다, 과거가 주는 추억보다, 지금 내가 여기서 그 사람을 잊지 않고 기다리고 있다는 것, 이것이야말로 사랑하는 자의 실존적 형상이라고 할 수 있다. 기다림은 언제나 현재적이기 때문이다. 기다림이야말로, 연인이 부재하는 시간에 사랑의 주체로 하여금 여전히 사랑할 수 있게 한다. 언제나 현존재로서 살아있는 것, 지금, 이 순간을 영원으로 만드는 것, 이것이 사랑하는 자의 영혼에 흐르는 시간성이라고 할 것이다. 이것이 바로 과거이든 미래이든, 사랑의 주체의 진실이 있는 시간을 현재화하는 변증법적 시간의 의의라고 할 수 있다.

눈물에쌔여 오는모든 記憶은
피흘닌 傷處조차 아직새롭은
[중략]
내靈을 에워싸고 속살거려라.
[중략]
「그대의 가슴속이 가뷔엽든 날
그립은그한쌔는 언제여섯노!」

— 「가을아츰에」 부분. (77)

눈들이 비단안개에 둘니울쌔,
그쌔는 차마 닛지 못할쌔러라.
[중략]
첫사랑잇든쌔도 그런날이오
영이별잇든날도 그런쌔러라.

— 「비단안개」 부분. (64)

그러나, 사랑의 기억을 되살리는 것이 행복의 순간을 재현하기 위한 것만은 아니다. 오히려 사랑의 기억은 "눈물에 쌓여 오는" "피흘린 상처"의 기억으로, "그대"를 "가벼"운 마음으로 그릴 수 있는 장밋빛 기억과는 거리가 멀다. "비단 안개"는 "첫사랑"의 기억 위에 포개진 "영 이별"의 기억에 의해 외상(外傷, trauma)으로 남은 그 상처가 무의식적으로 주체를 불러낼 때 떠오르는 이미지인 것이다. 그럼에도 외상의 순간으로 사랑의 주체가 되돌아가지 않을 수 없는 것은, 그 순간을 그대로 방치해 두고는 주체의 내적 진실을 구성하지 못한 채 사장해야 하기 때문이다. 그러므로 사랑시에서 사랑의 주체가 시간을 현재화하는 것은, 앓는 존재로서의 주체가 상실의 근원이 되는 외상으로 돌아가, 그 원인을 주체 자신의 언어로 해명함으로써 사랑의 진실을 되찾고자 하는 것이다. 외상은 주체의 언어로 상징화를 거부하는 지점이다.[115] 다시 말해, 주체 내부의 이질성이자 이타성이라고 할 수 있다. 그것은 타자로부터 유래한 것이다. 사랑의 진실이 성립하기 위해서는 자신만의 진실성으로는 절반의 진실밖에 되지 않는다. 중요한 것은 타자와 공유하는 진실이어야 한다는 것이다. 그러나 타자의 진실은 언제나 투명성과 불투명성을 오가기 마련이다. 이러한 데서 변증법적 시간성은 상호주체적 시간성으로 문제의 중심을 옮겨야 하는 것이다. 나의 '연인'에 대한 진실만이 아니라, 연인의 '나'에 대한 진실은 상호의존적으로 기대어 있는 것이기 때문이다.

그립다
말을할까
하니 그리워

115) S. Freud, "Studien über Hysterie," *Gesammelte Werke*, Bde. I, Frankfurt a. M.: S. Fischer, pp.82～83; S. Freud, "Weitere Bemerkungen über die Abwehr-Neuropsychosen," *Gesammelte Werke*, Bde. I, pp.380～381. (P. Widmer, *op. cit.*, p.67. 재인용.)

그냥 갈까
그래도
다시 더 한番

―「가는 길」 부분. (155)

흰눈은 한닙
또 한닙
嶺기슭을 덥플때.
집신에 감발하고 길심매고
웃둑 니러나면서 돌아서
[중략]
다시금 또 보이는,
다시금 또 보이는.

―「두사람」 부분. (36)

사랑의 주체가 사랑의 타자에게 "그립다" 말을 함으로써, 사랑에 대한 자신의 내적 진실을 전하려 하여도, 상대방의 그것이 무엇인지 알기 전에는 말할 수 없는 망설임의 시간이 있게 된다. 이러한 망설임은 상호적이어서, 두 연인은 이별 후 "돌아서도", 서로의 진실을 다시 확인하고자 하기에 "다시금 또 보이"고, "다시금 또 보이"는 것이다. 이러한 망설임에 의한 시간의 지체는 서두름을 낳는다. 그러나 그러한 서두름은 다시 타자를 더 멀어지게 한다. 사랑에서, 적당한 망설임과 적당한 서두름이란 있을 수 없다. 그것은 자기 스스로 결단 내릴 수 없는 문제이기 때문이다. 내가 타자에게 다가가지 못하는 망설임의 시간에도 타자가 나에게 다가오면 만남의 시간이 된다. 내가 타자에게 다가가려는 서두름의 시간에도 타자가 원하지 않으면 만남은 이루어지지 않는다.

그런 의미에서, 사랑의 주체가 타자에게 던지는 사랑의 언어는 본질적으로 타자에게 대답을 구[116]하는, 상호주체성에 의존한다고 할 수 있거니와, 그 말이 승인을 받는 결정의 순간도 타자에게 달려 있으므로 이러한 시간성을 상호주체적 시간[117]이라고 할 수 있다. 상호주체적 시간은 변증법적 시간과 함께 사랑의 진실을 구성하기 위한 시간이 무엇을 필요로 하는지 알게 해준다. 그것은 바로 '현재'라는 시간과 '타자'와 공감할 수 있는 시간이다. 다시 말해, 변증법적 시간과 상호주체적 시간은 사랑의 현재성과 사랑의 타자성을 드러내 주는 시간성이라고 할 수 있을 것이다.

요컨대 소월 사랑시에서의 사랑의 생성과 소멸의 과정은 현실의 객관적 시간으로서의 연대기적 시간이 아니라, 내재적 시간으로서의 변증법적 시간이며, 타자에 의해 진리의 실현 여부가 결정되는 상호주체적 시간인데 이것은 모두, 현실의 시간과 단절된 무의식의 시간으로서 사랑시의 특징적인 시간이다. 현실이 아닌 내면의 시간으로서의 무시간성, 그것이 사랑의 진실을 찾아가기 위한 가장 근본적인 전제가 되는 시간성이라면, 변증법적 시간성과 상호주체적 시간성은 사랑의 가장

---

116) J. Lacan, "Function and Field of Speech and Language: I Empty Speech and Full Speech in the Psychoanalytic Realization of the Subject", *Écrits: A Selection*, p.40.

117) 상호주체적 시간은 게임 이론(the theory of game)에 의해 인간의 행동의 형식을 구성한다. 주체의 행동은 타자의 행동에 좌우된다. 주체의 행동은 망설임(hesitation)의 운율분석(scansion) 안에서 확실성(certainty)의 출현을 발견한다. 타자의 행동에 주어진 이러한 행동은 미래에 와야 할 의미(meaning-to-come)로서, 과거로부터 비롯된 결론들을 내포한다. 결론의 순간(moment for concluding)을 재촉하는 서두름에 의해 타자 안에서의 주체의 움직임이 실수인지 진실인지 결정되게 만드는 시간을 이해를 위한 시간(time for understanding)이라고 하는데, 이 안에서의 주체에 의해 예상된 확실성이란 것이 입증된다.

J. Lacan, "Function and Field of Speech and Language: II Symbol and Language as Structure and Limit of the Psychoanalytic Field", *op.cit.*, p.75.

중요한 두 본질, 현재성과 타자 지향성을 확인해 준다고 하겠다. 사랑의 현존과 부재는 근본적으로 이러한 시간성 위에 놓여 있거니와 다음 장에서는 시간에 대한 관점을 구조의 관점, 즉 나르시시즘의 구조의 관점으로 전환하여 논의를 전개하기로 한다. 나르시시즘의 구조는 지금까지 논의한 시간성에 의해 비실재적으로 재구성된 시간성을 가지고 있는 것으로 이해하면 되겠다.

Ⅲ. 사랑의 현존의 심미화로서의 연가

1. 존재의 현동화로 열리는 사랑의 심연

그립은우리님의 맑은노래는
언제나 제가슴에 저저잇서요
[중략]
고히도 흔들니는 노래가락에
내잠은 그만이나 깁피드러요
[중략]
그러나 자다깨면 님의노래는
하나도 남김업시 닐허버려요
드르면듯는대로 님의노래는
하나도 남김업시 닛고마라요.

―「님의 노래」 부분. (16)

사랑의 주체가 타자인 "님"을 가슴에 간직하는 방식은 "님의 노래"가 들려 오는 대로 듣는 것이다. 사랑에 의해 심미적으로 결정화된 청각 영상[118]으로서의 "님의 노래"를 향해 마음의 귀를 여는 것이 사랑의 주체가 타자를 받아들이는 방식인 것이다. "님의 노래"는 자신을 망각하도록 "깊은 잠"으로 이끌고, 그 안에서 타자의 언어와 동일시하는 과정을 통해, 주체는 타자로 향한 가능성이 열려 새로운 주체가 되어 가는 것이다. 그러므로 "님"은 단순한 사랑의 대상이 아니라 주체와 대등한 위상[119]을 가진 주체이며, 그런 의미에서, 사랑시에서의 주체와 타자는 서로에 의해 '사랑의 되어감의 주체'[120]가 되는 상호주체성을 보인다고 할 수 있다. 님으로부터의 사랑 노래는 꿈과 같은 사랑의 심연에 이르게 하지만, 사랑의 주체는 그것을 듣는 것만으로는 "하나도 남김업시 닛고" 말아 버린다. 사랑을 다시 재현하기 위해서는 이제 님을 위하여 사랑의 노래를 불러 주어야 하는 차례가 되는 것이다.

> 왜안이 오시나요.
> 暎窓에는 달빗, 梅花쏫치
> 그림자는 散亂히 휘젓는데
> 　　　[중략]
> 저멀니 들니는것!
> 봄철의 밀물소래
> 물나라의 玲瓏한九重宮闕, 宮闕의오요한곳,
> 잠못드는龍女의춤과노래, 봄철의밀물소래.
>
> 어둡은가슴속의 구석구석
> 　　　[중략]
> 환연한 거울속에, 봄구름잠긴곳에,

118) J. Kristeva, *op.cit.*, pp.63~65.
119) A. Badiou, *op.cit.*, p.270.
120) *Ibid.*, p.266.

소슬비나리며, 달무리둘녀라.
이대도록 왜안이 오시나요. 왜안이 오시나요.

—「愛慕」 부분. (68)

「愛慕」는 한 밤의 사랑을 위해 연인을 향해 부르는 사랑의 세레나데(serenade)로서의 연가로 규정될 수 있다. 사랑을 나누기 위한 환상적 시공간으로 설정된 봄밤의 바닷가에 밀려오는 "밀물"에 대한 묘사는 남녀 간의 육체적 사랑에 대한 암유(暗喩)로 볼 수 있다. 사랑의 대상인 여인이 자기 스스로는 알지 못하는 환상의 궁궐이 그녀의 몸 안에 있음을, 사랑의 주체는 감미로운 노래로 일러줌으로써 사랑을 일깨우고 있는 것이다. 사랑의 주체는 "님의 노래"를 들을 때는 '사랑받는 자'의 지위였다면, 여기서는 '사랑을 하는 자'의 지위에 놓이게 된다. 사랑의 주체는 사랑의 타자에게 자신이 받은 것, 즉 사랑받는 자의 지위를 돌려줌으로써 사랑하는 자가 된다. 사랑의 타자는 그 반대가 된다. 이로써 사랑하는 자와 사랑받는 자의 지위는 일방적으로 고정되어 있지 않고 상호적으로 교차[121]되는 가운데 주체와 타자 사이의 상호적인 언술행위가 진행되어 간다.

사랑의 주체가 "님의 노래"를 듣는 것이 사랑의 언어에 대한 수동성의 측면이라면, 다시 새로운 사랑 노래로서 '애모'의 마음을 담은 세레나데를 만들어 전하는 것은 사랑의 언어에 대한 능동성의 측면이다. 이러한 수동성과 능동성은 사랑의 주체와 타자 상호 간에 교차한다. 사랑의 타자가 사랑의 주체에게 들려준 "사랑 노래"는, 다시 응답으로서의 새로운 "사랑 노래"를 만들어내는 과정으로 반복되는 것이다. 이로써

121) M. Božovič, *op.cit.*, pp.55~58.

사랑 노래를 통해, 두 주체가 자신이 가지고 있지 않은 것을 상대방에게 줌으로써 사랑이 성립된다.[122] 그런 의미에서 소월의 사랑시는 상호주체적 언술행위라고 할 수 있다.

> 당신은 사랑의 달님이 되고
> 우리는 사랑의 달무리 되자.
> [중략]
> 당신은 분명한 약속이되고
> 우리는 분명한 지킴이 되자.
> [중략]
> 당신은 온 천함의 달님이 되고
> 우리는 온 천함의 잔별이 되자.
>
> —「드리는 노래」 부분. (381)

「드리는 노래」는 두 연인이 달 아래 사랑의 맹세를 하고 있는 연가로서, 소월의 사랑시 가운데 가장 전형적인 사랑의 찬가라고 할 수 있다. 이 시에서의 사랑의 연인은 영원한 사랑에의 약속을 하며 전 세계를 채울 듯한 합일에의 충만에 젖어 있다. 이 사랑의 찬가에는 오직 사랑에 대한 넘치는 예찬만 드러나며[123] 사랑의 고뇌는 망각 너머에 있다. 사랑은 "달"의 표상을 통해 이상적인 가치들을 모두 응축하고 있으며, 사랑의 주체와 타자는 "달"에 의해 빛나는 "달무리"와 "잔별"로 형상화되

---

122) *Ibid.*, p.55.

123) 사랑 안에 있다는 것은 그 대상을 과대평가(over-estimation)하고 있다는 것이다. J. Lacan, "The Field of the Other", *The Seminar of Jacques Lacan Book XI: The Four Fundamental Concepts of Psycho-Analysis,* Ed. J. A. Miller, Trans. A. Sheridan, New York & London: W · W · Norton & Company, 1981, p.256.

는 가운데, 사랑의 환희의 최고치를 보여주고 있다. "달"이라는 심미적인 영상 안에서 사랑의 이미지가 결정화되고 있는 것이다.

물구슬의봄새벽 아득한길
하늘이며 들사이에 넓븐숩
저즌향기 붉은한닙우의길
실그물의 바람비처 저즌숩
나는 거러가노라 이러한길
밤저녁의그늘진 그대의숨
흔들니는 다리우 무지개길
바람조차 가을봄 거츠는숨

―「숨길」 전문. (188)

사랑의 주체가 연인을 만나러 가는 길로서의 "숨길"은 "무지재길"로서 "물구슬", "실그물"과 같은 아어(雅語)들이 이상화된 시각 영상을 이루는 가운데 사랑에의 몰입 과정을 보여 준다. 사랑에의 몰입은 모든 감각이 찬연(燦然)하는 일종의 최면과 같은 도취의 순간으로 인도한다. 그 절정의 순간에 만나게 되는 것은 심미적 영상의 중심에 있는 사랑의 대상, "그대"이다. "숨길"이 연인을 만나게 한 것이라고 할 수도 있지만, 연인을 만나러 가는 길이라면 어떤 길이라도 "숨길"이 될 수 있는 것이다. 사랑이 있는 곳이라면, 그곳은 어디든지 환상의 "숨길"이 되는 것이다. 사랑은 이렇듯 환상 안에서 심미적 영상의 절정을 만들어내는 결정현상(crystallization)을 그리며, 사랑의 담론을 시적인 것(poéticité)[124]으로 만든다. 그러므로 사랑시는 '사랑에 대한 시'임과 동시에 '사

124) J. Kristeva, *op.cit.*, p.54.

랑에 의한 시'로서 사랑에 의해 탄생하는 언어의 심미적 결정체라고 할 수 있다.

봄풀은 봄이되면 도다나지만
나무는밋그루를썩근셈이요
새라면 두죽지가 傷한셈이라
내몸에 쏫필날은 다시없구나
[중략]
가면서 함께가쟈하든말슴은
당신을 아주닛든 말슴이지만
죽기前 또못니즐말슴이외다

—「님의말슴」 부분. (20)

사랑의 주체로 하여금 사랑을 말하지 않을 수 없게 하는 것은 "님의 말슴"이다. "님의말슴"은 사랑의 타자가 연인으로서 곁에 있을 때는 사랑의 주체의 영혼의 정수로 흘러 삶의 이유를 알게 하지만, 떠났을 때는 반대로 사랑의 주체를 날개 잃은 "새"이자 다시 피어날 수 없는 "꽃"이 되게 하는 시련을 남긴다. "함께가쟈하든" "님의말슴" 한 마디가 "죽기前 또못니즐말슴"으로 남아 사랑의 주체의 생사를 좌우하는 것이다. 이렇듯 사랑시는 사랑의 주체의 시련을 담지한 언술행위의 시련으로 발현된다. 그러나 사랑시가 이보다 본질적으로 사랑에 바쳐지는 찬가인 것은, 사랑에서 사랑의 주체는 사랑의 타자로부터 받은 것을 위해 자신의 모든 것을 바칠[125] 수 있는 최고의 그 무엇으로 이상화되기 때문이다. 이렇듯 연가는 사랑의 주체와 타자 간의 은유적 소생에 의한

125) J. Kristeva, *Ibid.*, pp.10~11.

존재의 현동화로 열린 사랑의 심연에 바쳐진 찬가이다.

2. '아름다운 영혼'에 비친 '아름다운 왜상'

봄가을업시 밤마다 돗는달도
「예전엔 밋처몰낫어요.」

이럿케 사뭇차게 그려올줄도
「예전엔 밋처몰낫어요.」

달이 암만밝아도 쳐다볼줄을
「예전엔 밋처몰낫어요.」

이제금 져달이 셔름인줄은
「예전엔 밋처몰낫어요.」

―「예전엔 밋처몰낫어요」 전문. (40)

이 시는 제목과 같은 시행(詩行) "예전엔 밋처몰낫어요"의 반복수사를 통해 사랑에 의해 변화해가는 과정의 사랑의 주체를 보여준다. "예전"이라는 과거의 부정을 통해 현재의 새로운 변화를 강조하고 있는 것이다. 이때 어느 한 시점을 기준으로 과거와 현재를 구분하였을 때, 과거의 주체가 현재의 주체로 이전하며, 자신에 대한 즉자적 인식에서 대자적 인식으로 변화했음을 알 수 있다. 상상적 동일시가 상징적 동일시로 수렴된 것이다. 이러한 변화는 타자와의 만남에 의해 가능한 바, 시에 숨겨져 있는 예전과 현재를 나누는 기준이 되는 사건으로 사랑이 그 중심에 있음이 "사뭇"칠 듯한 그리움이나 "셔름"이란 시어를 통해 유추

될 수 있다. 누구에게나 예사로운 자연물인 "달"이 오직 한 주체만의 단 하나의 진실로 변화하는 과정, 그것은 바로 주체가 세계에 대해 세계를 자아화(自我化)하는 서정적 태도를 취하게 되었다는 것을 의미한다. 이것은 곧 서정적 주체의 탄생이다. 이를 소월의 시론 「시혼」과 관련하여 보면 다음과 같다.

> 우리에게는 우리의 몸보다도 맘보다도 더욱 우리에게 各自의 그림자같이 가깝고 各自에게 있는 그림자같이 반듯한 各自의 靈魂이 있습니다. 가장 높이 느낄 수도 있고 가장 높이 깨달을 수도 있는 힘, 또는 가장 높이 느낄 수도 있고 가장 높이 깨달을 수도 있는 힘, 또는 가장 強하게 振動이 맑게 울리어 오는, 反響과 共鳴을 恒常 잊어버리지 않는 樂器, 이는 곧, 모든 물건이 가장 가까이 비치어 들어옴을 받는 거울…우리의 靈魂이 우리의 가장 理想的 美의 옷을 입고, 完全한 音律의 발걸음으로 … 말의 아름다운 샘물에 心想의 작은 배를 젓기도 하며, … 이 곧, 이르는 바 詩魂으로 그 瞬間에 우리에게 顯現되는 것입니다.
>
> —「詩魂」 부분. (495~501)

소월은 모든 존재에게 영혼이 있다고 믿는데, 그 가운데 영혼이 심미적으로 소생하여 미를 인식하고 창조하게 되었을 때 그 영혼을 시혼이라 한다. 시혼이란, 소월의 시론에 입각하여 보았을 때, 가장 이상적인 미를 창조할 수 있는 상태로 고양된 영혼으로, 음율, 심상, 정조를 최고의 상태로 조합하여 시를 만들어내는 서정적 주체이다. 이러한 시혼은 "악기"와 "거울"의 은유로 변주되는데, 각각 "악기"는 청각적 상상계에 비친 아름다운 영혼을, "거울"은 시각적 상상계에 비친 아름다운 영혼을 가리키는 것으로 볼 수 있다. 그런데 소월의 시에서 일반적인 영혼이 시혼으로 존재의 이전이 되게 하는 것은 바로 사랑의 체험이다. 그러므로 사랑시는 사랑의 주체가 서정적 주체로서의 심미적 주체로 소생할 때 쓰이는 것으로 소월 시에서의 그 사랑의 주체는 시혼(詩魂)이라고 할 수 있다.

> 그러한 우리의 詩魂은 勿論 境遇에 따라 大小深淺을 自在變換하는 것도 아닌 同時에, 時間과 空間을 超越한 存在입니다. … 靈魂은 絶對로 完全한 永遠의 存在며 不變의 成形입니다. 藝術로 表現된 靈魂은 그 自身의 藝術에서, 事業과 行蹟으로 表現된 靈魂은 그 自身의 事業과 行蹟에서, 그의 첫 形體대로 끝까지 남아 있을 것입니다. / 따라서 詩魂도 山과도 같으면은 가람과도 같으며, 달 또는 별과도 같다고 할 수는 있으나, 詩魂 亦是 本體는 靈魂 그것이기 때문에, 그들보다도 오히려 그는 永遠의 存在며 不變의 成形일 것은 勿論입니다.
>
> ―「詩魂」 부분. (495~501)

한편 소월은 "시혼"과 "예술로 표현된 영혼"을 구분하고 있는데, 시혼이 창작의 주체로서의 언술행위의 주체라면, "예술로 표현된 영혼"은 서정적 주체의 외화(外化)된 주체, 즉 언표의 주체라고 할 것이다.[126] 나아가 "예술로 표현된 영혼"을 시혼의 음영에 의해 심미화된 영혼이라고 보는 관점은, 예술이 곧 예술가의 내면에 대한 심미적 반영이라는, 예술의 나르시시즘적 속성에 대한 이해가 내포되어 있는 것으로 볼 수 있다.[127] 이러한 관점에서 볼 때, 시혼은 서정적 주체로 규정

---

126) 신범순은 전자를 서정적 주체(das Lyrische Subjekt), 후자를 시적 자아(the poetic I)로 규정하였다.
신범순, *op.cit.*, pp.6~7.

127) 나르시시즘적 내면의 공간은 심리적 · 이상적 · 응시적 내재성의 반영의 공간으로 자기 영상의 공간으로 예술가의 정신 공간이다.

될 수 있으며, 서정적 주체를 보다 심미적 주체로서 탄생하게 하는 것은 사랑의 대상과의 은유적 관계에 의한 소생이다.

불빗헤써오르는 샛보얀얼골,
그얼골이 보내는 호젓한 냄새,
오고가는입술의 주고밧는盞,
가느스름한 손낄은 아르대여라.

검으스러하면서도 붉으스러한
어렴픗하면서도 다시分明한
줄그늘우헤 그대의목노리.
달빗치 수풀우흘 써흐르는가.

—「粉얼굴」 부분. (73)

「粉얼굴」은 사랑의 감정에 몰입해 있는 주체의 시선이 그 대상인 여인의 아름다움에 매료되어 있는 상태를 보여 준다. 여인의 흰 피부색, 화장품의 향, 입술의 감촉, 손의 촉감, 그리고 아련한 목소리에 이르기까지, 한 여인의 매력에 대한 정밀묘사는 사랑의 감정에 몰입해 있는 주체의 시선이 그 대상에 닿을 때만 발견되는 아름다움의 형상화인 것이다. 다시 말해 여인의 하얗게 분 칠 한 얼굴은 사랑의 주체가 연인에 대한 응시를 내면으로 투사하여 미적으로 형상화한 이미지로, 사랑의 주체가 심미적 주체로 존재의 이전이 되게 하는 것이 그 대상의 심미성에 의한 것임을 보여준다.

J. Kristeva, *op.cit.*, p.211.

달아래 싀멋없이 섯든그女子,
서잇든그女子의 햇슥한얼골,
햇슥한그얼골 적이 파릇함.
[중략]
그립다 그한밤을 내게 갓갑든
그대여 쉼이깁든 그한동안을
슬픔에구엽음에 다시사랑의
눈물에 우리몸이 맛기웟든때
[중략]
오오 그싀멋업시 섯든 女子여!

—「記憶」 부분. (66)

여인의 얼굴은 다시 달의 은유를 통해 흰빛의 이미지로 응축된다. 소월 시에서 달의 흰 빛은, "가느스름"하고, "어렴풋"하고, "싀멋없"고, "햇슥한" 등과 같은 감각의 형용으로 슬픈 연인의 이미지를 세밀하게 묘사함과 동시에 이를 하나로 아우른다. 여인의 흰 얼굴은 그 자체로 심미화되기도 하지만, 어둠 속에 흔들리는 미묘한 음영을 그대로 비추며 이미지들을 하나로 모으는 실린더 역할을 하기도 하는 것이다. 실린더[128]란 일종의 형상을 가진 거울로, 거울이 외부 세계의 이미지를 반영하는 기제에 대한 일반적인 은유라면, 실린더는 그러한 거울의 기능과 더불어 그 이상으로 하나의 완결된 형상성을 가지고 있는 기제에 대한 은유로 볼 수 있다. 그러므로 여인은 달의 빛을 반영함과 동시에 그로써 자신이 하나의 심미적 완결성을 지닌 존재가 되고 있는 것이다.

---

128) J. Laccan, "The Problem of Sublimation", *The Seminar of Jacques Lacan Book VII: The Ethics of Psychoanalysis*, p.135.

푸른구름의옷닙은 달의냄새.
붉은구름의옷닙은 해의냄새.
안이, 땀냄새, 때무든냄새,
비에마자 축업은 살과 옷냄새.

푸른 바다…… 어즐이는 배……
보드랍은그립은 엇든목숨의
조그마한푸릇한 그무러진靈
어우러져빗기는 살의 아우성……

다시는 葬事지나간 숩속엣냄새.
幽靈실은널쒸는 배깐의냄새.
생고기의 바다의냄새.
느즌봄의 하늘을써도는 냄새.

모래두던바람은 그물안개를 불고
먼거리의 불빗츤 달저녁을우러라.
냄새만흔 그몸이좃습니다.
냄새만흔 그몸이좃습니다.

―「女子의 냄새」 전문. (71)

「女子의 냄새」는 사랑의 대상으로서의 여인의 심미성을 감각적으로 극대화한 작품이라고 할 수 있다. 이 시에서는 "여자의 냄새"라는 후각적 이미지를 통해 사랑이 상기되는데, 그것은 "푸른 구름의 옷 입은 달의" 또는 "비에 맞아 추거운 살과 옷" 또는 "늦은 봄의 하늘을 떠도는" 등과 같은 형용에 의해 시각적 · 촉각적 이미지와 결합한 감각의 향연을 보여주고 있다. 감각만큼 현재적인 것은 없다. 그러므로 사랑의 현존을 심미화 하는 연가에서 감각이 극대화 되고 있는 것은 당연한 논리라고 하겠다. "어우러져빗기는 살의 아우성"이 들려오며 사랑의 주체는 감각이 마비되고 있는데, 사랑의 현존을 믿어 의심할 수 없는 것이다. 이렇듯 현재성을 일깨우는 감각에 의해 사랑의 환희를 느끼는 사랑의 주체는 다시 이 감각 자체를 연인을 심미화하기 위한 것으로 승화하고 있다. 소월의 사랑시에서 사랑의 대상으로서의 연인의 이미지를 이상화하기 위한 감각의 형용은 시각뿐 아니라, 청각, 후각, 촉각 등을 넘나들며 공감각과 복합감각으로 이루어지는데, 연인을 이상적 미로 승화시키기 위한 은유를 가능하게 하는 감각의 체험이 「女子의 냄새」를 통해 잘 형상화되고 있는 것이다. 소월의 사랑시에서 심미화되는 사랑의 대상은 사랑의 주체가 이상적 미를 발견할 수 있는 내면적 동일시의 대상으로, 사랑의 주체와 은유적 관계에 있는 한편, 은유의 하부구조로서의 감각의 향연에 의해 그 심미적 체험을 뒷받침하고 있는 것이다.

> 박게는 눈, 눈이 와라,
> 고요히 窓아래로는 달빗치드러라.
> 어스름타고서 오신그女子는
> 내숢의 품속으로 드러와안겨라.
>
> 나의벼개는 눈물로 함싹히 저젓서라.
> 그만그女子는 가고마랏느냐.
> 다만 고요한새벽, 별그림자하나가
> 窓틈을 엿보아라.
>
> —「숢숟그옛날」 전문. (29)

물 고운 紫朱 구름,
하늘은 개여 오네.
밤중에 몰래 온 눈
솔숲에 꽃피었네.

— 「紫朱구름」 부분. (34)

앞의, 논의의 대상이 된 시들에서 사랑의 대상이 심미화되는 수사적 원리를 보면, 연인의 모습 안에서 자연의 이미지가 은유적으로 형상화되고 있다고 할 수 있다. 그러나 이번 논의의 대상이 된 시들에서의 그 수사적 원리를 보면, 자연 안에서 님의 이미지가 은유적으로 형상화되고 있다. 다시 말해, 연인과 자연의 은유적 관계에서 원관념과 보조관념이 서로 반대의 위치를 차지하고 있다. 은유란 부재(不在)하는 것을 현존하게 하는 수사인 까닭에 사랑의 주체의 시선이 닿을 수 없는 곳에 있는 대상이 은유의 대상이 되는 것이다.[129] 이 시들에서는 연인이 부재하는 상황이나 사랑의 관계가 단절된 상황이 아니라, 사랑이 지속되는 가운데 시공간적으로 잠시 격리되어 있는 상황이다. 위의 시들에서 표면적으로는 사랑의 주체가 자연물을 완상하고 있는 것으로 설정되어 있지만, 사랑의 주체가 자연 안에서 발견하는 것은 사랑의 대상으로서의 연인의 이미지이다. 「옴숟그옛날」에서 사랑의 주체가 오기를 기다리는 것은 일차적으로 "눈"이지만, "눈"은 곧 "여자"로 대체되고 있다는 데서 사랑의 주체가 오는 눈을 맞고자 하는 바람은 곧 사랑의 대상인 연인이 오기를 바란 것임을 알 수 있다. "눈"은 곧 연인의 은유이다. 그런데, 온 것은 "여인"이 아니라 "눈물"이며, "눈물"은 다시 "별"로

129) 홍준기, 「자크 라캉, 프로이트로의 복귀」, 『라캉의 재탄생』, 창작과비평사, 2002, p.86.

대체된다. 이러한 시어의 대체 과정을 통해, "눈"과 "별"이 연인의 은유임이 밝혀진다. "눈"은 "달"과 함께 소월의 사랑시에서 연인에 대한 은유로 가장 빈도 높게 사용되는 시어 중 하나이다. 다음 시에서 눈이 개고 나면 "자주(紫珠) 구름"이 사랑의 주체의 내면의 영상에 떠오르는데, 이것으로 연인은 다시 "눈"에서 "자주 구름"으로 대체되며 새로운 은유적 이미지를 획득함을 알 수 있다. 말하자면, 사랑의 주체가 사랑의 감정에 몰입해 있는 순간, 연인은 사랑의 주체의 내면에 심미적으로 결정화된 영상을 남겨서, 연인과 일시적으로 시공간 상으로 격리된 순간에도 자연을 통해 연인의 이미지를 발견한다고 할 수 있다. 이렇게 사랑의 주체의 내면의 영상으로 결정화된 사랑의 대상은 실제의 연인보다 더 아름다운 왜상으로 남아 사랑의 타자가 사랑의 주체의 곁에 일시적으로 부재 하는 중에도 다른 대상을 관찰하는 시선 자체를 심미화하는 것이다.[130)]

소사온다 둥근해 / 해쪽인다둥근해
ᄭᅳᆫ임업시그자테 / 타고잇는둥근해.

그가소사올쌔면 / 내가슴이쒸논다

130) 심미화된 왜상으로서의 여인의 이미지를 시 이외에 소설에서 찾으면 다음과 같다.

몹시나 瘦瘠한 그 女子의 팔다리, 間間이 神經的으로 썰리는 곱으장한 그 女子의입술, 갸름한그女子의 콧머리, 그表情은 느즌봄 깁허드는夜半의 가득히 잠 가진 안개속에서 먼野原을 써돌아흐르는 燐光과도가터 고요하고도 날카라왓다. 그러나 그女子의 모든表情과 姿態에는 미트로부터 무엇이 싸진것가티 보엿다. 그의全身에 나타나든모든 表情이 一時에 푹 써저업서지지나 안흘가하는 念慮가 나도록 그의 表情과姿態에는沈着도 아닌 空虛한 點이 잇섯다.

—「함박눈」 부분. (474~479)

너의우슴소래에 / 내가슴이쒸논다.

물이되랴둥근해 / 둥근해는네우슴
불이되랴둥근해 / 둥근해는네마음.

그는숨어잇것다 / 신비롭은밤빗체
너의웃는우슴은 / 사랑이란그안에.

그는매일것는다 / 씃티업는하눌을
너의맘은헴친다 / 생명이란바다을.

밝은그볏아래선 / 푸른풀이자란다
너의우슴압페선 / 내 머리가 자란다

불이붓는둥근해 / 내사랑의우슴은
동편하눌열닌문 / 내사랑의얼골은.

— 「둥근해」 전문. (349~350)

「둥근해」는 소월의 사랑시 가운데 사랑의 환희를 보여주는 몇 안 되는 시 중 하나이다. 소월의 사랑시가 사랑을 시각적 영상으로 그려낼 때, 그것은 주로 어둠으로부터 비치는 불투명한 빛이나, 물 위 또는 액체화 된 것을 통해 비치는 농담을 지닌 빛이거나, 창을 통해 한 번 가려진 간접적인 빛이거나, 색채 · 명암 · 농담 모든 면에서 양(陽)의 감각보다 음(陰)의 감각으로 드러나는 것을 상기해 볼 때, 위의 시는 상당히 이색적인 것을 알 수 있다. 그만큼, 사랑의 환희는 사랑의 전 과정에서 보았을 때 한 순간이며, 그러한 순간이 시각적 영상으로 결정화되었을 때 이색적인 이미지로 드러나게 된다. 위의 시에서 사랑의 타자인 연인은 사랑의 주체를 심미적 소생으로 인도하는 강렬한 아름다움의 뮤즈(muse)로 상징된다. 시각적 이미지를 가능하게 하는 근원이 태양의 빛이라고 했을 때, 태양으로 은유화된 연인은 사랑의 주체에게 예술적 근원이 되고 있다고 해도 과언이 아니다. 위의 시에서 "둥근해"는 단지 태양을 가리키는 것이 아니라, "물"과 "바다"가 되기도 하고, "불"과 "하늘"이 되기도 한다. 사랑의 주체는 그 바다 안에서 헤엄치며 그 불 아래서 생명으로 자라난다. 다시 말해, "둥근해"는 실재의 태양이 아니라, 사랑의 주체의 내면의 태양으로, 그것은 바로 사랑으로 가득 찬 연인의 마음, 즉 "네우숨"과 "네마음"인 것이다. 이 시에서 사랑의 환희에 가득 찬 사랑의 타자는 다시 사랑의 주체의 환희가 된다. 사랑의 주체가 사랑의 타자에게 사랑을 줌으로써 환희가 되고 그 환희는 다시 나의 환희가 된다. 사랑을 주는 환희와 사랑을 받는 환희가 교차하고 있다. 사랑을 주는 자의 환희는 자신이 추구하던 이상적 자아를 발견함으로써 느끼는 환희이다. 사랑을 받는 자의 환희는 자신에 대한 자부심으로 다시 자신을 사랑할 수 있게 되는 데서 오는 환희이다. 다시 말해, 사랑의 환희란 주체가 타자를 사랑함으로써 다시 주체 자신을 사랑할 수 있게 되는 환희이다.[131)]

요컨대, 심미적으로 이상화된 사랑의 대상으로서의 연인은 실재보다 더 아름다운 이미지[132)]로서의 왜상이다. 왜상은 사랑의 주체와 타자의 가장 이상적인 미[133)]를 하나로 응축하며, 그 자체로 하나의 미가

---

131) J. Lacan, "From Love to the Libido", *The Seminar of Jacques Lacan Book XI: The Four Fundamental Concepts of Psycho-Analysis*, Ed. J. A. Miller, Trans. A. Sheridan, New York & London: W · W · Norton & Company, 1981, p.194.

132) J. Lacan, "The Two Narcissism", *The Seminar of Jacques Lacan: Book I : Freud's Papers on Technique 1953－1954*, Ed. J. A. Miller, Trans. S. Tomaselli: Cambridge University Press, 1988, p.121.

된다. 사랑시가 사랑에 대한 찬가로서의 연가로 나타날 때, 심미화의 절정에 이르는 것은 바로 이렇게 사랑의 대상으로서의 연인이 하나의 미적 대상으로 결정화될 때라고 할 수 있다.

Ⅳ. 사랑의 부재의 승화로서의 비가

1. 죽음에 이르는 병으로서의 '사랑앓이'

소월의 연가에서 사랑이 심미적으로 이상화되며 하나의 절대적인 미로 결정화되는 순간, 사랑의 주체와 타자, 두 연인은 사랑이 자신들을 완전한 합일에 이르게 하리라는 현혹에 빠져든다. 그러나 사랑의 주체와 타자 간의 동일성과 비동일성의 변증법은 한 번 완성되어 영원히 보존되는 것으로 멈추지 않는다. 사랑의 주체와 타자 간의 은유적 관계에 의한 존재의 현동화는 연인 사이에 끊임없이 유동하는 감정의 흐름을 만들며 도취의 상태에 이르게 하기도 하지만, 또한 끊임없이 유동하는 의문의 흐름을 만들며 사랑의 현혹으로부터 현현되는 순간을 만들어내기도 한다.

> 새하얀흰눈, 가븨얍게밟을눈,
> 재갓타서 날닐듯써질듯한눈,
> 바람엔흣터저도불낄에야 녹을눈.
> 게집의마음. 님의마음.
>
> ―「눈」 전문. (92)

133) I. Kant, *op.cit.*, pp.58~70. 참조.

이가람과져가람이 모두쳐흘너
그무엇을 쯧하는고?

미덥음을모르는 당신의맘

—「失題」 부분. (56)

「눈」에 나타나는 사랑하는 여인의 마음은 "새하얀흰눈"처럼 순수하고 순결하여 작은 상처에도 "가븨얍게밟"힐 듯, "날닐듯", 그리고 "써질듯" 애스럽다. 이러한 여인의 마음은 심미성의 절정에 이르게 하는 사랑스러움이기도 하지만, 믿음이라는 관점에서 볼 때, 사소한 위기에도 "바람에훗터"지고 "불낄에" 녹을 듯 못 미더운 것이기도 하다. 사랑은 주체와 타자 사이의 감정의 교류이다. 사랑의 주체와 타자 사이의 경계를 지우는, "이가람과져가람이" 하나 되어 흐르듯 아름다운 감정의 교류 안에도, 타자의 이타성(異他性)은 여전히 주체가 이해하지 못할 새로운 의문이 되어 돌아온다. 그리하여 사랑의 주체는 연인의 마음이 과연 "무엇을 쯧하"는지 끊임없이 되묻지 않을 수 없다. 그러므로 사랑은 '당신이 나에게 원하는 것은 무엇인가'라는 질문에 대한 답을 구하는 과정의 연속이 된다.[134] 사랑의 주체는 결코 한 순간도 투명성을 지니지 못하는 타자의 마음을 헤아리지 못한 채 원래 "미덥음을모르는" 마음이 "게집의맘"이리라 단정하며 타자에 대한 무명(無明) 속에 남는다. 사랑의 주체가 불안에 시달리는 것은 바로 이러한 이유 때문이다. 불안은 속이지 않으며 치명적이다.[135] 자신이 '알지 못할 그 무엇'

---

134) S. Žižek, 「타자 속의 결여: 케 보이?」, 『이데올로기라는 숭고한 대상』, p.203.
135) 불안은 실재와 환상 사이의 간극에 놓여 있는 주체가 환상에서 벗어나 실재와 접촉하려 할 때 느끼는 어려움이다.
J. Lacan, "Of the Subject of Certainty", *The Seminar of Jacques Lacan Book XI: The*

으로서의 타자에 대한 불안과, 그럼에도 불구하고 그러한 타자로부터 도피할 수 없는 것이 바로 사랑하는 영혼의 불안인 것이다. 불안은 인간에게 다가오는 가장 확실한 느낌으로 인간 존재의 근본조건이다.136) 그렇기 때문에 사랑이란 타자와의 교감을 통해 미를 유발하는 감정일 수 있을망정, 언제나 무명에 둘러싸여 있으면서 도피할 수 없음으로 인한 불안을 동반하는 치명적인 것이 된다. 그러므로 사랑의 주체는 자신을 불안 안에 있게 하는 여인의 마음을 들여다보지 못하여 다만 "눈"에 그 불안을 투사하여 망연히 그 마음을 헤아릴 뿐이다.

> 그대를불신(不信)만전다니짓노라.
> 흘러가는물이라맘이물이면
> 당연히임의닛고바렷슬러라.
> 　　　[중략]
> 덧업는살음이라쓴세상이라
> 슬펴도하엿지만맘이물이라
> 저절로차츰닛고마라섯노라.
> 　　　　　— 「흘러가는 물이라 맘이물이면」 부분. (355)

불안은 사랑의 상실에 대한 불안이라는 실존적인 의미를 지닌다.137) 사랑은 타자와의 관계를 통해 자신의 존재를 정립하는 것이므로, 사랑하는 자의 불안이란 바로 사랑하는 대상의 상실을 가져올지 모르는 타자와의 관계 훼손에 대한 것이라고 할 수 있다. "미더움을 모르는 맘"으

Four Fundamental Concepts of Psycho-Analysis, p.41.

136) 홍준기, 「라캉과 프로이트, 키르케고르」, 『라캉의 재탄생』, p.191.

137) 프로이트가 모든 불안의 원형을 거세 불안으로 본 것은 단지 생물학적 기관의 상실에 대한 불안이 아니라, 사랑의 상실에 대한 불안으로 보아야 한다. *Ibid.*, p.197.

로서의 '불신'이 문제가 되는 것은 바로 이러한 이유 때문이다. 불신은 타자와의 관계를 근본적으로 위협하는 것으로 불안의 원인이 된다. 그러나 불안을 사랑의 어두운 이면으로만 볼 수는 없다. 사랑하는 이는 연인에 대한 불신으로 마음에 상처를 입음에도 불구하고, "흘너가는 물"과 같은 여린 심성은 그 어떤 상흔의 기억도 남기지 않은 채 지워버리고 만다. 사랑하는 주체는 "맘이물이라" 연인으로부터의 상흔도 잊어버리고, "맘이물이라" "쓴세상"을 덧없이 살아가는 슬픔도 잊어버리고 마는 것이다. 불안은 인간에게 고통이기도 하지만 살아있음의 가장 근본적인 증거이기도 하기 때문이다. 사랑의 주체는 불안에도 불구하고 '사랑의 물' 안에 잠겨 꿈을 꾸는 영혼인 것이다. 그러므로 불안은 사랑에 몰입한 것과 같이 아름다운 꿈을 꾸는 정신이 갖는 심적 상태이자, 그러한 가운데 주체와 타자 사이에 존재하는 차이를 없애고자 하는 정신[138]이라고 할 수 있다. 사랑하는 이의 "물"과 같은 마음이란 주체와 타자를 '맺힘'도 '끊김'도 없이 하나가 되게 하길 바라는 마음일 것이기 때문이다. 그러므로 상처받은 마음은 스스로 상처를 지우며 영원히 사랑할 수 있는 상태로 되살아난다. 그리하여 이러한 "물"과 같은 마음을 지닌 사랑의 주체는 연인으로부터 상처받을 수 있는 위기의 순간에도 다시 상처받을 가능성에 자신을 드러내며[139] 사랑을 지속해 가는 것이다.

---

138) S. Kiekegarrd, 『불안의 개념』, 임규정 역, 한길사, 1999, p.159.

139) 타자에의 노출은 타자에 의해 상처받을 가능성이다.
E. Levinas, *Otherwise Than Being*, Trans. A. Lingis, Pittsburgh: Duquense University Press, 1998, p.75. (민승기, 「라캉과 레비나스」, 『라캉의 재탄생』, p.317. 재인용.)

가도 아주가지는
안노라시든
그러한約束이 잇엇겟지요
[중략]
가도 아주가지는
안노라심은
구지닛지말라는 부탁인지요

—「개여울」 부분. (153)

그대가 도리켜 무를줄도 내가 아노라.
「무엇이 無信함이잇더냐?」하고,
그러나 무엇하랴 오늘날은
야속히도 당쟝에 우리눈으로
볼수업는그것을, 물과갓치
흘너가서 업서진맘이라고 하면,

—「無信」 부분. (186)

깁피밋든心誠이 荒凉한 내가슴속에,
[중략]
「인저는, 당신네들도 다 쓸데업구려!」

—「깁피밋든心誠」 부분. (83)

그러나 사랑의 상처에도 불구하고 끊임없이 사랑을 되살려내려는 주체의 노력은 결국 자신의 바람을 거스르고 마는 연인의 멀어져 감에 의해 걷잡을 수 없는 허무감으로 변질되고 만다. 불안은 타자가 주체의 이름을 명명할 때만 극복 가능하다.[140] 그러므로 아직 사랑의 현혹에

140) 홍준기, *op.cit.*, p.223.

서 벗어나지 못하는 주체는 타자가 보이는 불확실한 태도, 즉 "가도 아주가지는 안노라"는 묘연한 태도에 대해 "구지닛지말라는 부탁"인지 무엇인지, 그 진의에 대해 질문을 던지며 견고한 약속 받아 내고자 한다. 불안은 이렇듯 관계가 확실성과 불확실성 사이에서 유동할 때 심화되는 것이다. 이러한 상태에서 함부로 던져진 연인의 "약속"은 오히려 사랑의 주체를 결박하는 잔인한 언질이 된다. 이미 믿음을 상실한 관계에 던져진 "약속"의 잔인함은 사랑의 주체로 하여금 '불신(不信)'보다 악화된 "무신(無信)"이라는 방어적 심리를 형성하게 한다. 이러한 시들은 에로스(Eros)와 프시케(Psyche)의 신화에서처럼, 사랑하지만 믿을 수 없고, 믿음을 확인하려는 순간 사랑할 수 없다는 사랑과 믿음 사이의 이율배반적 성격을 보여주고 있다. 이와 같은 "무신"의 상태는 이제 다시 되돌아올지 모를 연인이 "도리켜" 물으며 "무엇이 無信함이잇더냐"고 호소하여도 더 이상 받아들일 수 없게 한다. 사랑의 주체가 할 수 있는 대답은 이제 과거의 사랑은 "물과갓치" "흘너가서 업서진맘"만 남아 "깁피밋든心誠"조차 모두 "쓸데업"는 것이 되어버리고 말았다는 것뿐이다. 가슴의 "황량(荒凉)"함으로부터 나오는 이러한 언사에는 사랑이 이제 무(無)에 이른 것이 아니냐는 절망과 원망이 담겨 있다. 사랑에서의 가장 본질적인 불안은 바로 이와 같이 사랑 자체가 무가 아닐까 하는 것에 대한 불안이다.[141] 이것은 사랑의 주체나 타자나 사랑의 소멸

141) 사랑의 불안은 남성의 경우 팔루스(phalus)가 무(無)라는 것이 발각될 것이 두렵기 때문에, 여성의 경우 남성이 왜 자신을 사랑하는지 알 수 없기 때문에 비롯된다고 한다.
R. Salecl, "Love Anxiety", *Reading Seminar XX: Lacan's Major Work on Love, Knowledge, and Feminine Sexuality*, New York: State University of New York Press, 2002, pp.93~98.

의 이유가 자신의 존재 내부에 있을까봐 불안해 한다는 것이다. 이러한 불안은 사랑의 주체가 타자를 사랑하는 이유를 타자가 가지고 있지 않으며, 사랑의 타자가 주체를 사랑하는 이유도 주체가 가지고 있지 않기 때문에 비롯되는 것이다.142) 사랑은 본질적으로 주체가 타자의 결여를 메우는 대상으로 자신을 줌으로써 자기 자신의 결여를 메우는 것이기 때문이다.143) 그러나 이것은 역설적으로, 소월 시의 사랑이란 '아무것도 아닌 존재'를 '아무것을 위해서 사랑하는 것이 아니'라 단지 사랑을 위해서 사랑하는 것임을 보여준다. 사랑은 허무를 자각할 때 시작되는 것이며, 아니면 사랑으로 인해 그동안의 삶의 허무를 자각하게 되는 것이다. 그럼에도 불구하고 사랑의 소멸은, 허무를 넘어설 유일한 가치라고 믿어 온 사랑조차 다시 허무라고 느끼게 하고 만다. "물과갓치" "흘너가서 업서진맘", 즉 더 이상 사랑이 남아 있지 않은 자신의 마음이 주는 당혹감, 더 이상 사랑을 되살릴 수 없을 듯한 불안이 존재로 하여금 주저앉아 눈물 흘리게 만든다. 불안은 무에 근거하고 있음으로써144) 사랑을 갈망하게 하였지만, 다시 그 불안은 사랑에 의해 가중되어 존재로 하여금 자신이 죽음 앞에 떨리는 존재임을 눈뜨게 한다.

> 어룰업시지는꼿츤 가는봄인데
> 어룰업시오는비에 봄은우러라.
> [중략]
> 애달피고흔비는 그어오지만

142) M. Božovič, *op.cit.*, pp.55~56.
143) S. Žižek, *op.cit.*, p.203.
144) 불안은 아무것도 아니고 아무 데도 없는 '그것'에 대한 불안이다.
M. Heidegger, *op.cit.*, p.255.

내몸은꼿자리에 주저안자 우노라.

— 「봄비」 부분. (63)

봄은 가나니 저믄날에,
꼿츤 지나니 저믄봄에,
속업시 우나니, 지는 꼿츨,
속업시 늣기나니, 가는봄을.

— 「첫치마」 부분. (202)

사랑의 현혹 너머로 보이는 허무의 그림자는 사랑의 주체로 하여금 죽음에 이르는 병으로서의 절망[145]에 이르게 한다. 그리하여 사랑이 소멸해 감에 따라 깊은 절망에 빠져 가는 사랑의 주체가 바라보는 봄날의 지는 꽃은 "어룰(얼굴)"이 없다. 또한, 봄날의 내리는 비도 "어룰"이 없다. "어룰"이 없다는 것은 사랑이 절정에 이른 순간 시인의 영혼에 심미성의 결정체로 승화되었던 연인에 대한 상실감이 자연물에 투사되어 나타난 것이다. 사랑의 주체는 다만 "어룰업시지는꼿" 위로 "애달피 고흔 비"가 내리는 "꼿자리"에 주저앉아 눈물 흘리고 있다. "어룰업시지는꼿"이 사랑을 상실한 주체와 동일시되고 있는 은유의 대상이라면, "꼿자리"는 사랑이 지나간 상흔의 자리와 그러하다고 할 수 있다. 사랑의 대상은 사랑의 주체 자신의 눈으로는 볼 수 없는 자신의 윤곽을 예민하게 비추어 주는 거울이 된다.[146] 그러므로 자신의 얼굴에 아름다운 영상을 비추어 주던 연인의 상실과 이에 따른 사랑의 상실은 존재의

145) S. Kierkegaard, 「절망이 죽음에 이르는 병이라는 것」, 『죽음에 이르는 병』, 박환덕 역, 범우사, 1995, p.31.

146) 타자는 사랑하는 이의 윤곽을 그려주는 민감한 거울이다.
L. Irigaray, 『근원적 열정』, 박정오 역, 동문선, 2001, p.105.

모든 살아 있는 움직임을 멈추고 깊은 슬픔에 잠기게 한다. 그리하여 눈물 흘리는 것 이외에는 아무것도 할 수 없는 사랑의 주체의 머리 위로 내리는 비는 고우나 애달플 수밖에 없는 것이다. 연가에서 일종의 "얼굴"로서의 "달"의 은유를 통해 이상적 미의 결정화가 이루어지는 것이 나르시시즘의 동일시와 이상화의 국면이었다면, 이제 꽃이 지며 "어룰"조차 없어져버린 것은, 사랑의 소멸과 함께 소외와 분리의 국면이 전개되고 있음을 암시한다. 이렇게 사랑의 주체와 타자 간의 분리의 국면은 "속" 조차 없어져 버리게 하는데, "속"이란 마음보다 더 깊은 마음의 공간으로, 소월의 경우 '시혼'이 살아있는 내면의 공간이라고 할 수 있다. 따라서, 속없이 운다는 것은 이제 대상 상실로 인한 존재 상실의 아픔이 더 이상 시혼(詩魂)으로 하여금 미의 창조를 위한 내면의 공간으로 기능할 수 없도록 서정적 주체를 훼손시키고 있음을 보여준다. 연가가 현존하는 것과의 동일시에 의해 존재의 충만함을 보여주는 은유가 지배하는 사랑의 시였다면, 비가는 부재하는 것과의 동일시에 의해 존재의 상실됨을 보여주는 은유가 지배하는 사랑시인 것이다.

山에는 꼿픠네
꼿치픠네
갈 봄 녀름업시
꼿치픠네

山에
山에
픠는꼿츤
저만치 혼자서 픠어잇네

山에서우는 적은새요
꼿치죠와
山에서
사노라네

山에는 꼿지네
꼿치지네
갈 봄 녀름없이
꼿치지네

— 「山有花」 전문. (180)

「山有花」는 '있음'에 대한 시이다. 존재가 존재함에 대해 그 어떤 형용사도 갖지 않을 때, 그것은 실존(實存) 자체를 보여주고 있는 것이다.[147] 이 시에는 꽃이라는 존재 자체를 위한 형용사는 존재하지 않는다. 꽃은 아무런 형용사 없이 단지 '있'을 뿐이다. 살아 있음의 형상으로서의 형용사를 모두 지운다는 것은 존재의 실존 자체만을 드러내 보이는 것이다. 그것은 살아 있음과 반대되는 것, '살아 있으되 살아 있지 아니함'을 보여주는 것이다. 소월의 시에서 "살음"이 곧 '사랑'이라고 하는 데 비추어 보아, 살아 있음의 형상을 보여주는 형용사를 모두 지운 이 시는 '사랑 없음'을 보여주고 있는 것이다. 이 시는 '나 단지 여기에 있음'과 '그대 단지 거기에 있음'만을 보여주고 있다. 이것은 '나 있는 곳에 그대 있지 아니함'과 '그대 있는 곳에 나 있지 아니함'을 보여주는 것과 같다. 주체는 주체대로 타자는 타자대로 단지 '있'을 뿐, 다가가지도 멀어지지도 않는 상태는 사랑의 역학이 멈춘 상태이다. 사랑이란 주

147) R. Barthes, 「그대로」, 『사랑의 단상』, 김희영 역, 문학과 지성, 2000, pp.296~297.

체와 타자가 서로에게 '살아있는 되어감'이 되도록 허용하는 과정 가운데 두 사람 사이의 심연을 만들어 가는 것이라면[148] 더 이상 아무런 만남이 이루어지지 않는 이러한 상황은 사랑의 소멸을 예고한다.[149] "꽃"이 "새"에게 사랑의 대상에 대한 은유라면, "꽃"과 "저만치" 떨어진 거리에서 "꽃"을 바라만 보고 있는 것은 주체와 타자 사이의 사랑의 심연이 좁혀질 수 없는 거리로서의 공허(空虛)로 남았음을 암시한다. "꽃"과 "새"는 은유적 동일시의 대상으로서 '날 닮은 당신'도 아니며, '내 안의 당신'도 아니다. 두 존재 사이의 '같음'과 '다름' 사이에 그 어떤 '닮음'도 창조되지 않는다. 이러한 단계는 사랑의 주체와 타자 간의 소외가 시작되는 과정에 따르는 존재 상실로 인한 고통조차 무감각(無感覺)으로 남은 상태이다. 사랑의 절정이 감각의 향연을 동반한다면, 무감각은 반대로 사랑이 소멸한 증거라고 할 수 있다. 절망의 심화와 함께 사랑에 대한 끊임없는 평가절하는 결국 사랑의 대상과의 관계에 대한 포기로 귀결되고 마는 것이다.[150] 이제 사랑의 주체와 타자는 사랑 이전과 같은 존재의 근원적 고독에 직면한다. 고독이란 인간은 반드시 타자를 필요로 하는 결여의 존재라는 것에 대한 은폐이다. "우는 새" 즉, 존재 안에 결여를 가진 '슬픔의 존재'는 "꽃"을 사랑하지만 사랑하기를 체념한다. 단지 그대로 있을 뿐이다. 자신 안의 결여를 타자에 의해 채우려는 시도로서의 사랑을 근본적으로 체념한 것이다. 이것은 '꽃이 피는 것'을 보지만, 또한 '꽃이 지는 것'을 보기 때문이다. 결여의 존재인 "새"가 자신의 결여를 메우기 위해 "꽃"이라는 타자로부터의 사랑을 구한다 할

---

148) L. Irigaray, *op.cit.*, p.37
149) *Ibid.*, p.39.
150) J. Lacan, "To Conclude: in You More than You", *The Seminar of Jacques Lacan Book XI: The Four Fundamental Concepts of Psycho-Analysis*, p.276.

지라도, 타자도 역시 결여의 존재라는 것, 즉 '피었으나 다시 질 수밖에 없는 존재'라는 것을 보고 있는 것이다.151) 그렇기 때문에 사랑의 대상으로서의 "꽃"이 사랑의 주체인 "새"에게 전유된다 할지라도, 한번 메워진 결여는 다시 결여를 남길 수밖에 없다는 것을 있는 그대로 바라보는 것이다. 그것은 피었다 질 수밖에 없는 '소멸의 존재'로서의 "꽃"이 "새" 안으로 들어와 존재의 일부가 되었다가 소멸로 인하여 더 큰 결여를 남긴다면, 그때의 존재 상실은 처음의 결여로 인한 아픔보다 더할 것이기 때문이다. 그 때문에 사랑에 의해서도 그 결여는 메워지지 않는다는 현실을 관조하는 것이 고독인 것이다. 그렇기 때문에 이 시의 시간은 "갈 봄 녀름업"는 시간이 된다. 존재와 무관한 시간인 것이다. 소월의 시에서 사랑이 형상화 될 때의 시간이 주체와 타자 간의 상호주체적인 관계 안에서의 상호 승인적인 진실을 찾기 위한 변증법적인 시간이었다면, 이 시의 시간은 주체와 타자 간의 관계의 역학도 없고, 사랑의 주체로서의 '나'만의 진실도 없는 시간인 것이다. '나의 진실'이 재현되던 사랑의 시간은 이제 나와 아무런 상관없이 무의미한 순환을 하는 시간으로 되돌아가고 마는 것이다. 이러한 모든 것은 사랑의 주체와 타자 간의 열렬한 나르시시즘적 동일시에도 불구하고 완전한 합일이 좌절될 수밖에 없는, 관계의 근원적인 불가능성으로서의 소외와 분리를 보여준다. 결여의 존재로서의 인간은 타자를 사랑하면서도 타자에 의한 실존적 공허를 그대로 안고 있지 않을 수 없는 고독의 존재임을 「山有花」는 보여주는 것이다. 그러나 이 시가 위대한 것은 역설적으로 사

151) 주체의 타자에 대한 이러한 태도를 일종의 분리(separation)라고 할 수 있다. 분리는 일종의 '탈(脫)－소외'로서 타자 속의 결여를 발견하고 그 결여와 자신의 결여를 타자 속의 결여와 동일시함으로써 가능해진다.
S. Žižek, *op.cit.*, p.214.

랑의 대상에 대한 모든 형용사를 지움으로써 사랑의 대상을 있는 그대로 사랑하고 있음을 보여준다는 것이다. 존재의 실존적 고독과 타자에 대한 관조, 그것은 역설적 의미에서 타자의 '어떠어떠함'이라는 부분적인 속성이 아니라, 타자의 있는 그대로(tel qu'il est)[152]를 사랑하고 있다는 것을 보여주고 있기 때문이다. 진정한 사랑은 타자의 실존을 있는 그대로 사랑하는 것이다.

가는나뷔바라며,
눈물짐이어
　[중략]
어제보든진달내,
흐터짐이어.
　[중략]
골에우는새소래
여터감이어.
　[중략]
이름모를시름에,
해느즘이어.

— 「午過의 泣」 부분. (285)

봄에 부는바람, 바람부는봄,
적은가지흔들니는 부는봄바람,
내가슴흔들리는바람, 부는봄,
봄이라 바람이라 이내몸에는
꽃이라 술盞이라하며 우노라.

— 「바람과 봄」 전문. (90)

---

152) R. Barthes, *op.cit.*, p.297.

사랑은 상처로 존재한다.[153] 그러므로 "앓음"은 사랑하는 이의 실존적 형상이다. '사랑앓이'로서의 병은 치유되어야 할 그 무엇이 아니다. 사랑을 앓고 있는 이가 "가는 나뷔 바라며 눈물짐이어, "어제보든 진달내, 흐터짐이어", "골에 우는 새 소래 여터감이어", 그리고 "이름 모를 시름에 해느즘이어"라며 탄식하는 것은 소멸되어 가는 존재들의 이미지에 자신을 동일시하면서 고통의 중심으로 몰입해가고 있음을 보여준다. 이때의 소멸은 단지 현존하던 것의 소멸이 아니라, 소멸되어 가던 것의 소멸이다. 사랑하는 이의 바람과 무관하게 "가는 나뷔"는 사랑의 형상을 지우며 사라지는 존재로서 주체로 하여금 "눈물"이라는 상실의 흔적을 남기는 것이다. 다시 말해, 존재는 존재로부터 그 '사라짐'에 동일시하고 있다. 그러나 이렇게 사랑하는 이의 상처가 깊어질수록 사랑은 깊어지는 것이 된다. 소멸되어 가는 것들과의 동일시에 의해 존재 상실의 흔적이 내면의 영상을 깊이 드리우고 있기 때문이다. 상처가 존재의 뿌리까지 파고들수록 존재는 근본적으로 열리게 된다. 이렇듯 사랑의 상처는 내면성을 심화하면서 주체성을 고양한다.[154] 이러한 이유로 사랑을 하는 이는 어떤 의미에서 존재의 외피를 잃어버린 상태에 자신이 노출되도록 방치하고 있는 것과 같다. 사랑앓이라는 병을 있는 그대로 앓고 있는 것이다. 건강을 모순을 해소할 수 있는 능력[155]이라고 한다면, 병은 모순을 있는 그대로 받아들이는 것이다. 사랑은 모순 그 자체를 진실로 다루는 것이기 때문이다.[156] 사랑의 모순이란 자신에게 자신의 욕망과 타자의 욕망이 충돌하여 타자의 욕망이 자신에게

153) J. Kristeva, 「사랑의 찬가」, *op.cit.*, pp.14~15.
154) R. Barthes, 「황홀」, *op.cit.*, p.254.
155) S. Kierkegaard, *op.cit.*, p.67.
156) A. Badiou, *op.cit.*, p.269.

상처가 된다고 할지라도 그것을 있는 그대로 받아들인다는 데 있다. 타자를 사랑함으로 인한 자기소외조차 받아들이는 것이다. 소월 시에서 존재의 외피를 벗기며 중심으로 파고들어 사랑앓이의 아픔을 단순한 병이 아닌 내면성의 심화로 승화하는 것은 바로 "바람"이다. 소월 시의 바람은 아픔이다.[157] "바람"은 사랑의 주체에게 불가항력적인 아픔의 근원이다. 소월 시에서 사랑의 환상에 의해 심미적으로 결정화되는 계절로서의 봄은 "바람"에 의해 근본적으로 흔들리며 상흔의 계절이 된다. "봄에 부는 바람"은 봄을 점령하여 "부는봄"이란 표현이 가능하게 한다. 봄은 바람이 지배하는 계절인 것이다. "바람"은 "적은가지"뿐 아니라, 사랑을 상실한 주체의 내면까지 파고들어 아픔을 심화한다. 사랑의 주체는 바람이 주는 상처에 수동적으로 노출된 것이다. 피부를 파고드는 바람은 표피적인 아픔이 아닌 "꽃"과 "술"과 "눈물"을 하나로 뒤섞는 미칠 듯한 아픔으로 존재의 중심에 소용돌이로 파고들어 사랑의 주체를 흔들림의 존재로 만든다.

> 나는 세상모르고 사랏노라.
> [중략]
> 오히려 세상 모르고 사랏스면!
> ─「나는 세상 모르고 사랏노라」 부분. (196)

> 不運에우는그대여. 나는 아노라.
> 무엇이 그대의不運을 지엇는지도.
> ─「不運에우는그대여」 부분. (102)

---

157) 바람이 원형 상징적으로 내포하고 있는 상승과 자유의 의미는 소월 시에 없다.

이렇듯 사랑의 고통에의 지나친 침몰은 현실유리(déréalité)[158] 상태에 이르게 한다. 이러한 상황에서 문득 의식을 차리고 나면, "나는 세상 모르고" 살아왔음을 알게 된다. 그러나 결국 다시 "오히려 세상 모르고" 살기 바란다는 데서, 사랑의 주체는 자신의 이런 사랑앓이를 하나의 운명으로 받아들이고 있음을 알 수 있다. 사랑의 주체는 사랑에 우는 자신을 "불운(不運)"에 우는 처지라며 탄식하지만, "불운"이라는 단어 자체가 사랑에 대한 운명론적 태도를 반영한다고 할 수 있다. 사랑의 주체를 울리는 것은 이제 연인도 그 무엇도 아니다. 다만 운명이 그를 울리고 있을 뿐이다. 이것은 눈물의 존재론이다. 눈물은 사랑하는 존재의 고유한 기호이다. 눈물은 언어적 표현을 넘어 전존재의 흔들림으로부터 나오는 진실의 메시지다.[159] 사랑의 아픔으로부터 도피하거나 외면하지 않으면서 그것을 전존재로 살아내고 있음의 증거로서의 눈물은 사랑하는 이의 운명과 함께한다. 그래서 소월 시의 눈물은 "사랑눈물"이다. 소월은 "사랑눈물"이라는 시어를 '사랑'과 '눈물' 사이에 그 어떤 연결어(連結語)도 없이 하나의 단어로 사용하는 것은 바로 소월의 사랑의 존재론이 눈물의 존재론과 같은 맥락에 닿아 있기 때문이다.

2. 비련의 사랑의 미로의 승화를 위한 제2의 죽음

이세상 모든 것을
한갓 아름답은눈얼님의

---

158) 사랑하는 사람이 현실과 마주하여 느끼는 부재의 감정이나 현실감의 상실. R. Barthes, 「얼어붙은 세상」, *op.cit.*, p.118.
159) R. Barthes, 「눈물의 찬가」, *op.cit.*, p.245.

그림자쑨인줄을.

—「希望」 부분. (191)

人間보다도 달빗이 더 갓갑아오누나
외롭은몸에는 지어바린世上이어.

—「五日밤散步」 부분. (336)

세상은 무덤보다도 다시멀고
눈물은 물보다 더덥음이 업서라.

—「찬저녁」 부분. (142)

잇다가업서지는세상에는
[중략]
갓가웁는 그대쑨이 내게잇거라!

—「비난수하는맘」 부분. (143)

사랑을 상실한 자의 절망은 더 이상 자기 자신이길 욕망하지 않는 절망[160)]으로 악화되어 죽음에 이르는 병으로서의 절망을 불치의 것으로 만든다. 소월 시의 "희망"이라는 시어는 이미 세상 모든 것에 체념한 자의 반어적 표현에 불과하다. 사랑을 상실한 자는 아름다운 빛으로 다가오는 희망조차 "한갓 아름답은 눈 얼님"과 같은 "그림자쑨"이라고 부정하며 죽음에 이르는 병으로부터 벗어나려 하지 않는다. 오히려 죽어가는 존재 또는 이미 죽은 존재와 자신을 동일시한다. 사랑을 상실한 이는 하늘에서조차 "무덤"을 보며, 사랑을 잃음과 동시에 이미 잃어버린 것과 같은 세상에 절망한다. 사랑을 잃은 이는 "잇다가 업서지는 세

160) S. Kierkegaard, *op.cit.*, p.23.

상"임을 깨닫고 나니, "人間보다도 달빗이 더 갓갑"게 다가옴을 느끼는 것이다. 이렇듯 사랑을 상실한 이는 한층 죽음에 다가선다. 그는 이제 "무덤"으로부터 "그 누가 나를 헤내는, 부르는 소리"(「무덤」)를 들으며, 정처 없이 떠돌다 "依支없은" 자신의 "靈"이 "썰"(「찬안개덮어나리는」)고 있는 것을 본다. 이미 산 사람의 모습이 아닌 사랑을 상실한 주체는 자살의 상념에 시달리며 사랑과 죽음 사이를 방황한다.161) 사랑이 곧 "살음"이라는 생리로 살아온 사랑의 주체에게 사랑 없는 삶은 죽음과 같아 "사랏대나 죽엇대나 갓튼 말"(「生과 死」)이라고 단정하게 한다. 이는 곧 사랑 없는 삶이란 '삶 속에 죽어 있음'(dead in life)162)이라는 절망임을 보여준다. 이러한 단계를 거치며, 사랑을 잃은 주체는 슬픔에 몰두하여 자신에게 상처 낼 정도의 우울에 침잠되어, 현실유리적 공간에 유폐된 채 다만 자신의 미적 이상을 위해 자신의 모든 것을 바치려는 미학적 태도를 가지려 한다.163) 소월의 「시혼」에 의하면, 일상과 단절된 창작의 공간으로서 "어둡음의 골방"이 상정되어 있는데 이곳은 "살음을 좀 더 멀니한, 죽음에 갓갑은" 곳, 즉 "사름에서는 좀 더 도라안즌 죽음의 새벽 빗츨 밧는" 공간으로, 사랑을 상실한 주체가 죽음을 앞두고 아름다운 미를 창조하기 위해 마련한 공간에 대한 은유라고 할 수 있다. 사랑의 상실로 인한 절망에 의해 죽음으로 향하게 된 주체는 미

---

161) 사랑하는 자는 죽을 때까지 방황하도록 선고받은 자이다. 자살하지 못 하는 한 사랑을 위해 끝없이 방황한다.
R. Barthes, 「유령의 배」, *op.cit.*, pp.134~135.

162) J. Lacan, "Antigone between Two Deaths", *The Seminar of Jacques Lacan Book VII: The Ethics of Psychoanalysis*, p.271.

163) R. Salecl, "Love Anxieties", *Reading Seminar XX: Lacan's Major Work on Love, Knowledge, and Feminine Sexuality*, New York: State University of New York Press, 2002, p.95.

를 창조하기 위한 존재로 자신을 상징적으로 재규정 하고 있는 것이다. 사랑에 '눈 먼 상태'가 현실적 가치를 무로 되돌렸으나, 바로 그 무의 지점에서 미가 태어나고 있는 것이다. 사랑의 주체는 아름다운 "달빛"이 흐르는 곳의 위안, 즉 아름다움이라는 맹목적 위안이 있는 곳에서 사랑을 잃은 자신을 "외롭은" 세상에 "저버린 몸"으로 내던질 수 있는 것이다. 사랑은 미를 발견하게 하고, 미는 눈멀게 하며 이 안에는 죽음 충동이 흐른다.[164] 그리하여, 사랑의 주체는 "눈물은 물보다 더덥음이 업"다는 체념감에 눈물의 존재론조차 포기하고 "세상은 무덤보다도 다시멀"다고 탄식하면서 잃어버린 연인을 향하여 "오오 갓가웁는 그대뿐이 내게 잇"으라는 말과 함께 사랑을 위한 죽음을 선택한다. 사랑을 상실한 주체가, 죽음을 필멸의 존재인 인간이 받아들여야만 할 그 무엇이 아니라, 자신의 의지에 따라 선택할 수 있는 것으로 인식의 전환을 하는 순간이다. 이때 인간이 피할 수 없는 자연적 죽음을 제1의 죽음이라고 한다면, 주체가 스스로 선택한 상징적 죽음을 제2의 죽음(the second death)이라고 할 수 있다. 상징적 죽음으로서의 제2의 죽음은 생성과 부패의 순환을 무화시키고 무로부터 삶의 새로운 형태를 창조하려는 절대적 죽음이다. 죽음은 인간이 자기지(self-knowledge)를 추구하려는 존재라 할지라도 영원히 알 수 없는 대상이다.[165] 그러므로 이러한 죽음에 대응하기 위해서 소월 시의 주체는 맹목으로서의 미의 추구를 통해 존재의 허망한 소멸을 막으려 한다. 인간은 자신을, 죽음(상징적 죽음)을 향한 존재로 받아들이는 데서 비로소 자신의 존재와 새로운 관계를 정립할 수 있게 되는 것이다. 그런 의미에서 죽음은 존재를 가장 본

164) J. Lacan, *op.cit.*, p.281.
165) *Ibid.*, pp.272~273.

질적인 상태로 되돌리는 것이라고 할 수 있으며, 이때 죽음과 존재의 관계를 매개하는 것이 소월에게는 바로 미이다.[166] 요컨대, 소월의 사랑의 주체는 제2의 죽음을 향한 현실과 유리된 영역에서 사랑에 의해 발견한 미를 추구하기 위해 죽음으로 향하는 자신을 자신의 본질적 상태로 받아들이고 있는 것이다.

나는 어쩨면 생겨나와
이니야기 듯는가?
묻지도마라라. 來日날에
내가 父母 되여서 알아보랴?

—「부모」 부분. (60)

엄마야 누나야 江邊살쟈.
뜰에는 반짝이는 金모래빗,
뒷門박게는 갈닙의노래
엄마야 누나야 江邊살쟈.

—「엄마야 누나야」 전문. (206)

누나라고 불러보랴
오오 불설워
싀새움에 몸이 죽은 우리 누나는
죽어서 접동새 되엿습니다.

아웁이나 남아되는 오랍동생을
죽어서도 못니저 참아못니저
야삼경 남 다 자는 밤이 깁프면

166) J. Lacan, "The Demand for Happiness and the Promise of Analysis", *op.cit.*, p.295.

이 山 저 山 올마가며 슬피웁니다

— 「접동새」 부분. (178)

오오 안해여, 나의사랑!

하늘이 무어준 짝이라고

믿고사름이 맛당치안이한가.

— 「부부」 부분. (110)

사랑의 주체가 제 2의 죽음을 향한 경계 영역에 서게 된 상황은 '인간의 법'과 '하늘의 법' 사이의 갈등을 유발한다. 소월 시의 사랑의 주체는 인간의 법을 어기지 않으면서 동시에 하늘의 법을 따르는 최선의 방법을 찾기 위해 고심한다. 사랑으로 인한 인간의 법과 하늘의 법 사이의 갈등은 관점을 달리하여 보면, 공동체의 도덕률과 개인의 내적 진실 간의 갈등이며, 또한 선과 미의 갈등이기도 하다. 이러한 갈등이 심미적 주체로서의 사랑의 주체에게 윤리의 문제로 인한 딜레마에 빠지게 한다. 소월에 대한 전기적 사실과 기존의 논의를 통해서도 소월이 도덕주의자임은 쉽게 확인된다.[167] 그러나 소월의 윤리 의식은 이데올로기적인 것이라기보다 인륜의 공동체 안에서의 삶을 통해 감성적 차원까지 체화(體化)된 것이다. 소월 시에는 '부모 · 자식', '형제 · 자매', '남편 · 아내'에 이르기까지, 가족 관계에 관한 시가 많다. 그리고 이들에 대한

167) 소월은 전통적인 유교 윤리가 강한 가문의 장남으로 태어나, 가족들의 큰 사랑과 기대를 받으며 성장하였다. 소월의 아버지가 외상적 정신이상자였으며, 그의 아버지 역할을 대신한 할아버지가 사업상 부도를 하였다는 불안정한 가족사적 요소에도 불구하고, 소월의 인륜에 대한 기본적인 윤리 의식은 가족에 대한 윤리 의식에서 비롯되고 있음을 그의 전기적 사실과 시를 통해 알 수 있다. 소월의 전기적인 사실은 다음 책을 참고하였다.
오세영, 『김소월, 그 삶과 문학』, 서울대학교출판부, 2000.

강한 감정적 유대감이 형성되어 있다. 그런데 이러한 유대감은 윤리 의식 그 자체로 드러난다기보다 오히려 그러한 인륜에 얽매여 살 수밖에 없는 인간들에 대한 동정과 연민으로 나타난다. 소월은 '부모'의 심정을 자식이 헤아리는 것을 같은 '부모' 입장이 되어야만 알 수 있다고 하며 부모를 효(孝)의 대상으로 본다기보다 자식과 같은 인간으로 본다. 소월은 타자의 삶에 대한 애정 어린 관찰을 통해 그들이 인륜에 대한 책임감에 묶여 있는 존재라기보다 "죽자면 못 죽을" 것도 없는 허무 의식을 가진 자신과 같은 인간임을 읽어낸다.(「어버이」) 이렇듯, 소월은 부모, 형제, 아내에 대해서 모두 같은 인간으로서의 고뇌를 가진 동병상련의 대상으로 본다. 이러한 태도는, "누나"가 "누나"의 역할을 못 한다 할지라도, '아내'와 정이 없다 할지라도 소월이 끝까지 잃어버리지 않는 인륜보다 깊은 차원의 인간애로 확장되고 있는 것이다. 소월의 이러한 윤리성이 자신의 내적 진실과 충돌하는 도덕적 딜레마의 상황에서 어떠한 선택을 하게 되는지는 다음의 시들을 통해서 확인된다.

> 슬픔을누가不健全하다고 말을하느냐,
> 조흔슬픔은 忍從이다.
> 다만 모든恥辱을참으라, 굴머죽지안는다!
> 忍從은가장德이다,
> 최선의反抗이다
>
> —「忍從」 부분. (410)

> 可憐한, 可憐한, 가련한人生에
> 첫재는살음이다, 살음은곳살님이다,
> 살님은곳사랑이다, 그러면,

사랑은무엔고? 사랑은곳
제가저를희생함이다.
그러면희생은무엇? 희생은
남의몸을내몸과갓치생각함이다

—「可憐한人生」 부분. (406)

소월의 윤리성이 확인되는 대표적인 작품으로 「忍從」과 「可憐한人生」이 있다. 소월은 일제의 식민치하에서 우리의 민족 공동체가 학대와 빈곤에 의해 눈물 흘리고 있음을 누구보다 잘 알면서도 투쟁이라는 방식으로 대응할 것을 권하지 않는다. 투쟁은 오히려 우리 자신에 대한 "毒"(「忍從」)이 되어 스스로를 상하게 하는 몸부림에 불과하다는 논리이다. 투쟁의 대안으로 소월은 인종(忍從)을 역설한다. 인종은 "슬픔"이지만 "조흔슬픔"이라고 주장한다. 슬픔이 좋은 것은 우리 민족 자신의 괴로움을 있는 그대로 긍정하는 감정이기 때문이다. 소월은 사회적 악에 대응하여 '분노에 의한 투쟁'이 아니라 '슬픔에 의한 노래'를 선택한다. 사회적 악으로서의 폭력에 대해 똑같이 폭력으로 되갚음 하지 않는 것이다. 악을 악으로 갚는 것은 같은 악이 된다는 논리이다. 이러한 데서 소월은 악에 대해서조차 언제나 선으로 갚음을 하는 모럴리스트임을 알 수 있다. 소월은 그 어느 한 순간도 악에 대한 허용을 합리화하지 않는다. 소월의 체화된 선(善)의 논리가 가장 잘 확인되는 작품은 「可憐한人生」이다. 이 시를 통해 역설되고 있는 것은 "희생(犧牲)"이다. "희생"은 사랑의 전제 조건으로 "남의 몸을 내 몸과 갓치 생각"하는 것이다. 소월의 타자에 대한 존중 의식은 그의 인생관의 기본이 되고 있는 것이다.

그런 의미에서 소월 시에서의 인종과 희생은 상당히 적극적인 의미를 지니는 것으로 재해석되어야 한다. '하늘의 법'과 모순되는 '인간의 법'을 위반하는 것이 욕망의 차원에서 그릇된 것은 아니지만, 소월은 그로 인해 주체가 투쟁적인 자세로 변하는 것이 오히려 주체의 내부 세계를 훼손시킨다는 논리로서 자신의 예술적 가치만을 옹호하고 공동체적 가치를 파괴하지 않으려 한다. 소월은 현실에 대해 투쟁이란 방식으로 저항하는 것이 아니라, 인종이란 방식으로 저항함으로써, 자신의 내부 세계를 지키고 이 안에서 미(美)를 통한 승화를 이루어 내는 길을 택하게 된다. 소월이 '인간의 법'을 존중하는 이유는 전술한 바와 같이 '인간의 법'에 묶여 있는 공동체의 구성원들을 존중하기 때문이다. 소월의 시 가운데, 가족 공동체에 대한 시들이 적지 않은데,[168] 이런 시들은 모두 소월의 강한 윤리성을 보여줌은 위에서 확인된 바와 같다. 그러므로 소월의 윤리성은 관념적이거나 실천적인 차원에서의 윤리성이라기보다, 감정적인 차원에서 시인으로서의 폭넓은 공감 능력에서 비롯된 것이라고 결론 내릴 수 있다. 소월은 사랑을 잃은 자의 아픔을 자기 자신에게서뿐 아니라, 공동체의 일원들 한 명 한 명에게서 발견하고, 그들과 동병상련함으로써, 그들을 자신과 같이 여기며, 사랑의 범위를 확장하고 있다.

소월의 이러한 면이, 인간의 법을 위반하지 못하여 자살을 택하게 한 원인으로 보인다. 선은 상징적 질서로서의 대타자의 시선에 동일시하는 것이다. 대타자는 주체가 삽입되어 있는 상징적 구조로, 실정적인 사회성이 아닌 규범적인 사회성을 지님으로써 우리의 심적 자기경험을 규제하는 외적이며 비심리적인 우주로 기능[169]하기 때문에 사랑의

168) 「어버이」, 「부부」, 「엄마야 누나야」, 「집생각」, 「바라건대는 우리에게 우리의 보섭대일짱이 잇섯더면」, 「물마름」, 「밧고랑우헤서」, 「제이,엠,에스」, 「의와 정의심」 등.

주체의 내적 진실과 충돌을 피할 수 없다. 그러나 미는 상징적 질서에 대해 눈멀게 하는 것이며, 예술은 상징계의 빈 곳을 둘러싸며 만들어지는 것이다. 즉, 미와 예술은 선에 반하는 지점에 있다.[170] 이때, 사랑의 진실은 선의 편에 있는 것이 아니라 미의 편에 있다. 사랑의 아름다움에 다가갈수록 사랑의 주체는 선에의 요구를 지킬 수 없는 딜레마에 빠지는 것이다.[171] 그러나 관습적 의미의 선을 따르는 것이 진정한 윤리적 행위인 것만은 아니다. 인간의 욕망을 억압하는 상징적 질서에 저항하는 것, 그것이 관습적 선을 넘어선 윤리적 행위라고 할 수 있다. 소월은 엄격한 도덕주의자로서 관습적 선의 경계를 뛰어넘을 수 없었다. 그러나, 사랑에 의해 발견한 자신의 내적 진실은, 상징적 질서로서의 대타자 안의 결여[172]를 보게 함을 알고 있었다. 대타자도 자신의 내부에 결여를 안고 있는 존재임을 간파하고 있던 것이다. 이러한 딜레마의 상황에서, 소월이 선택할 수 있는 유일한 길은 자살이었을 것이다. 자살은 욕망의 관점에서 가장 성공적인 것이다.[173] 자살은 상징계를 전면으로 무화시킨다는 점에서 가장 윤리적인 선택이다. 그러면서도 관습적인 선으로서의 인륜에 얽매여 있는 공동체의 구성원들의 삶도 훼손하지 않을 수 있는 선택이다. 그러므로 자살은, 자신의 내적 진실을 발견하게 한 사랑을 옹호하는 것임과 동시에, 공동체의 관습적 선도 옹호하는 것이며, 마지막으로 주체를 설득할 수 없는 상징계의 비윤리성을 전면적으로 부정하는 것이다. 자살만이 사랑과 미, 선과 윤리, 개인적

---

169) R. Salecl, 「사랑 속의 큰 타자」, 『사랑과 증오의 도착들』, p.34.

170) J. Lacan, "The Function of the Beautiful", *op.cit.*, p.237.

171) J. Lacan, "The Death Drive", *op.cit.*, p.217.

172) S. Žižek, *op.cit.*, p.213.

173) J. Lacan, *Television*, Trans. Hollier, New York: Norton, 1990, p.43. (민승기, *op.cit.*, p.338. 재인용.)

진실과 공동체의 인륜을 모두 지킬 수 있는 귀결점이었던 것이다. 이로써 소월이 인간의 법을 존중하되 끝내 그가 따른 것은 인간의 법 너머에 있는 하늘의 법이 된다.[174] 하늘의 법이란 사랑을 지고의 가치로 승인하여 주는 법 이상의 법인 것이다.

산산히 부서진이름이어!
虛空中에 헤여진이름이어!
불너도 主人업는이름이어!
부르다가 내가 죽을이름이어!

心中에남아잇는 말한마듸는
끗끗내 마자하지 못하엿구나.
사랑하든 그사람이어!
사랑하든 그사람이어!

붉은해는 西山마루에 걸니웟다.
사슴이의무리도 슬피운다.
써러저나가안즌 山우헤서
나는 그대의이름을 부르노라.

서름에겹도록 부르노라.
서름에겹도록 부르노라.
부르는소리는 빗겨가지만
하늘과땅사이가 넘우넓구나.

---

174) J. Lacan, "To Conclude: In You More Than You", *The Seminar of Jacques Lacan Book XI: The Four Fundamental Concepts of Psycho-Analysis*, p.276.

선채로 이자리에 돌이되여도
부르다가 내가 죽을이름이어!
사랑하든 그사람이어!
사랑하든 그사람이어!

―「招魂」 전문. (145)

「招魂」은 사랑의 주체가 사랑의 타자의 죽음에 바치는 진혼곡이다. 죽음은 불가능성의 가능성으로 잃어버린 사랑을 되살릴 가능성조차 사라지게 하며, 동시에 사랑의 주체의 존재의 이유조차 사라져버리게 한다. "산산히 부서진이름"은 사랑의 타자가 죽음에 의해 그 현존이 부재로 바뀌었음을, 나아가 "虛空中에 헤여진 이름"은 존재가 비존재로 바뀌며 현실에서 그 의미를 완전히 상실했음을 의미한다. 그렇기 때문에, "불너도 主人 업는이름"이라는 것은 그 실체 없음으로 인해 명명조차 무의미해짐을 암시한다. 그럼에도 불구하고 사랑의 타자의 이름은 "부르다가 내가 죽을이름"이다. 그 이름이 가리키는 실체가 없더라도, 가상을 통해 그 이름이 영원히 존재하게 할 표상을 창조하겠다는 사랑의 주체의 의지가 표명되고 있는 것이다. 가상이란 다름 아닌 "心中" 즉, 내면으로 "쯧쯧내 마자하지 못"한 사랑의 고백이 사랑시로 부활하는 심리적 공간이다. 그러므로 "사랑하든 그사람이어! 사랑하든 그사람이어!"라는 외침은 사랑의 타자의 부활을 위해 부르는 것이되, 가상공간으로서의 내면에서의 허상으로의 부활을 위해 부르는 것이다. 그렇기 때문에, 그 부름은 "빗겨"가고, 그 이름을 부른 대가로 자신도 죽을 수밖에 없는 것이다. 나르시스의 신화가 실체가 아닌 허상을 사랑의 대상으로 삼아 사랑한 대가로 죽음을 맞이한 것과 같은 대목이다.

갓든봄은왓다나
닙만수북써잇다
헐고외인못물까
내가섯서볼때다.

물에드는그림자
어울니며흔든다
세도못할물소용
물면으로솟군다.

채솟구도못하야
솟구다는삼킨다
하건대는우리도
이러하다할소냐.

바람압페품겨나
제자리를못잡아
몸을한곳못두어
애가탈손못물아.

한때한때지나다
가고말것뿐이라
다시헛된세상에
안뎡박게잇겟나.

— 「봄 못」 전문. (347)

소월 시의 바다는 사랑에 대한 그리움이 그려 낸 하나의 이상향이다. 사랑하는 이의 눈에 비치는 바다는 "쉽하눌"처럼 "써오"르는 공간이자

나의 "님 계시는마을이 내 눈" 앞에 환상처럼 떠오르는 공간으로, 언제나 그리움의 안개가 "흩어지는 물꽃"처럼 "안득"이며 피어오르는 마음의 이상향이다.(「山우헤」) 그러나 바다는 "고기잡이꾼들이 배 우에 안자 사랑 노래 부르는" 곳으로 사랑의 주체의 가슴에 묻어 둔 사랑의 음율을 일깨우지만, 그가 스스로는 결코 가 닿을 수 없는 공간으로 제시되어, 다만 "어디"라는 의문사에 의해서만 가정적으로 상상할 수 있는 공간이기도 하다.(「바다」) "바다는" '이곳'이라는 현실을 기준으로 볼 때, '이곳이 아닌 곳'으로서 가정적으로만 지칭할 수 있는 "저 편 딴 나라" 즉, 현실 너머의 세계인 것이다.(「바다」) 그러므로 소월 시의 사랑의 주체는 언제나 "물"처럼 흘러간 사랑을 원망하면서도, 다시 "물" 건너 떠나간 연인을 그리워하며, "물"처럼 사랑의 대상이 영원한 죽음에 이른 그곳에 다다르고 싶어하는 것이다.175) 이러한 바람은 죽음에 대한 두려움을 넘어선 죽음에의 충동으로 나타나는데, 이러한 충동은 시에서 "물"의 유희로 표현되기도 한다. 노을 진 바다를 바라보며 "바람우헤 올나서서 푸룻한 구름의 옷을 닙고 붉갓튼저해를 품에안고" "쒸놀고십"다는 욕망을 보여주는 「붉은 潮水」에는 사랑의 주체가 사랑에 완전히 몰입했을 때와 같은 시각적 영상의 결정화가 전면적으로 드러난다. 이것은 사랑의 타자가 부재함에도 불구하고 다시 사랑의 타자와 결합할 가능성을 상상적으로 기대하게 한다. 그것은 죽음을 통해서만 가능한 결합이다. 소월의 대부분의 시에서 "바다"가 사랑의 그리움으로 가득한 이상향으로 그려진다면 「붉은 조수」에서는 사랑에 자신을 다 내던지고자 하는 죽음 충동의 공간으로 그려진다. 그러나, 바다는

175) 소월의 전기 상으로 확인해 보았을 때 소월의 사랑은 '오순'이란 인물과 사춘기 때 시작되어 소월이 결혼한 이후 몇 년 지나서인 소월이 20대 초반일 때 '오순'이란 인물의 죽음으로서 그 비극성이 더 해진 것으로 알려져 있다.

여전히 사랑의 주체가 직접 가 닿을 수 없는 이상향과 같은 공간에 불과하다. 사랑을 상실한 이가 물 앞에서 죽음에의 유혹에 가장 깊이 잠겨 드는 것을 보여주는 시는 바로 「봄 못」이다. 소월의 시에서 사랑의 소멸을 "물마름" 또는 "물때"만 남은 흔적 등으로 표현하는 것에 비추어 볼 때, 충일한 물의 이미지는 사랑의 절정을, 메말라버린 물의 이미지는 사랑의 소멸을 각각 표상한다고 할 수 있다. 이러한 시각에서 보았을 때, "봄 못"은 물은 물이로되, 더 이상 사랑을 재생하게 할 수 없어진 불모의 물로서 죽음을 유혹하는 물이 된다. 소월의 사랑시에서 봄은 사랑의 상실을 가장 가슴 아프게 환기하는 계절로, 봄날, 지난 겨울의 흔적으로서의 "닙만수북써잇"는 못은 "헐고 외"진 곳에서 "한때한때 지나다" "가고말것쌘" 인 "헛된세상"에 더 이상 미련을 두지 말고 자신에게 뛰어들라며 삼킬 듯 말을 걸어오는 물이다. 사랑의 상실로 인한 고통의 감각을 가장 심화하며 존재를 뿌리 째 흔들던 바람은 역시 이 시에서도 다시 사랑이 되살아날 수 없음에 슬퍼하는 사랑의 주체를 물로 뛰어들도록 유혹한다. 이러한 가운데 사랑을 상실한 주체의 "그림자"는 물속으로 점점 잠기어 가고 물 소용돌이는 거칠어 간다. "물"로 들어감으로써 잃어버린 사랑의 봄으로 되돌아가고자 하는 것이다. 이 때 사랑의 주체가 뛰어든 물은 나르시스의 죽음과도 같은 것이라고 할 수 있다. 나르시스가 뛰어든 물은 예술가의 내면에 드리워진 사랑의 대상이 떠오르는 심리적 공간이라고 보았을 때, 마음속의 사랑을 다 감당치 못해 자살한 소월의 죽음은, 그러한 의미에서, 죽음을 통한 예술의 완성이라고 할 수 있다. 사랑의 완성을 현실이 아닌 예술을 통해 대신 이루게 된 것이다. 사랑의 주체가 자신의 연인에 대한 사랑의 극한을 보여주며 사랑시의 정점에 이른 시는 다음의 시일 것이다. 이 시는 소월이 이상적으로 그려온 자신의 사랑을 가장 심미적으로 보여주고 있다.

나보기가 역겨워
가실째에는
말업시 고히 보내드리우리다

寧邊에藥山
진달내쏫
아름따다 가실길에 뿌리우리다

가시는거름거름
노힌그쏫츨
삽분히즈려밟고 가시옵소서

나보기가 역겨워
가실째에는
죽어도아니 눈물흘니우리다

—「진달내 쏫」 전문. (165)

「진달내 쏫」은 "나보기가 역겨워 가실 째"라는 가정적인 상황을 환상 안에 전개한 사랑시이다. 사랑의 주체는 자신을 미래에 될, 그리고 동시에 이미 된 그 무엇으로 설계한다.[176] 사랑의 주체는 모든 표현 속에서 완전한 것을 미래에 투사하고자 한다. 이것은 사랑을 잃어버린 상황에서도 잃어버린 사랑을 다시 이상화하고자 하는 의지가 예기의 상

176) P.Widmer, *op.cit.*, pp.88~89.

황을 설정하는 것이다. 그리하여 사랑에 대한 완벽한 상을 만들기 위한 환상의 무대 위에는 미래를 현재화한 시간이 흐르게 된다.177) 이를 통해 재현해 내려는 것은 사랑의 주체가 연인에게 줄 수 있는 최고의 사랑과 그것을 바치는 자기 자신이다. 사랑의 주체는 떠나가는 연인을 위해 "진달내꼿"을 뿌려준다. "진달내꼿"은 사랑의 주체가 연인을 위해 사랑의 선물로 바치는 것이지만, 이것은 "즈려밟"히며 죽어 갈 것이라는 점에서, 사랑의 타자로부터 버려진 자신과 동일시되는 대상이라고 할 수 있다. 소월의 다른 사랑시들에서, 이미 사랑을 떠난 사랑의 타자와 상반된 욕망을 지닌 사랑의 주체가 자신을 "바리운 몸"으로 인식할 수밖에 없었다면, 이 시에서는 자신을 버리려는 사랑의 타자와 자신을 동일시함으로써 타자의 욕망에 순응하고 있다. 타자의 욕망을 충족시켜 주기 위해서 자신의 모든 욕망을 완전히 타자에게 양도함으로써 진정한 사랑을 이루려는 것이다. 이것은 남의 몸을 나의 몸과 같이 여기는 희생이 사랑의 전제라는 소월 자신의 사랑의 존재론을 극적으로 심미화 하는 것이다. 여기서 연인이 자신의 욕망을 거스르는 결정을 함으로써 자신의 사랑을 단념시키며 자신에게 가장 잔인한 모습을 보이는데 대해 가질 만한 증오나 공격성이 보이지 않는 것은, 타자에 대한 사랑이 자신에 대한 사랑을 넘어서고 있기 때문이다. 이렇듯 더 이상 자신을 사랑하지 않으며 오히려 "역겨워" 하는 타자를 위해, 자기 보존적 원리에서 비롯된 원망이나 증오를 버리고, 철저히 자기희생을 하는 것은, 바로 타자를 절대적인 지위로 숭고화(sublimation) 하기 위함이다. 이렇게 자신이 사랑한 연인을 숭고함의 대상으로 만드는 것은 그 무엇

177) J. Lacan, 「주체 기능 형성 모형으로서의 거울 단계」, 『욕망 이론』, 민승기 역, 문예출판사, 1994, p.44.

을 위해서가 아니라, 오로지 사랑 안에서만 존재할 수 있던 자기 자신을 위해서이다.[178] 사랑의 주체가 희생을 통해 특정한 목적을 달성하려는 것이 아니라, 다만 사랑이 위기에 놓인 순간에 자기희생을 통해 자신의 사랑을 이상적인 것으로 지키려는 것이다. 자신이 사랑한 타자가 이상적인 존재로 남아 있을 때만이 자신의 사랑도 이상적인 사랑으로 남을 수 있기 때문이다. 사랑의 타자가 자신에게 사랑을 단념시키는 극한의 순간에조차, '나는 사랑하기 때문에 존재한다'는 것을 증명하기 위해 할 수 있는 것은 '사랑을 위해 자신을 버릴 수 있음'을 보이는 것밖에 없다. 사랑에서의 이러한 자기희생적 태도는 여성적 태도[179]라고 할 수 있는데, 이러한 태도는 사랑의 존재론을 스스로 입증하는 것이다. 사랑을 위해 자신을 내던지는 여성은 사랑이 존재론적인 문제임을 보여주는 것이다.[180] 이렇듯 사랑과 존재를 일치시킬 수 있을 때만이 자신의 사랑에 대한 진실을 하늘에 닿는 무한(infinity)으로 확장할 수 있다.[181] 따라서 사랑의 주체가 자신을 "바리운 몸"으로 인식할 때, 실연의 고통을 고통 그 자체로 표출할 뿐, 승화의 여지를 보여주지 않았던 때에 비해, 「진달내 꼿」은 쾌락의 원칙을 넘어서 죽음 충동이 흐르는 향유(jouissance)의 단계로 나아감으로써 자신의 사랑을 죽음을 통한 승화의 가능성으로까지 나아가게 한다. 말하자면, 「진달내 꼿」은 인간의 조건으로서의 죽음 충동이 향유로 흐르는 것을 미학적으로 받아들

---

178) S. Žižek, 「여성의 체념 대 희생」, 『믿음에 대하여』, 최생열 역, 동문선, 2003, pp.76~86.

179) S. Freud, 「매 맞는 아이」, 『억압, 증후, 그리고 불안』, 황보석 역, 열린책들, 1998, pp.174~175.

180) 사랑의 순간 여성의 지위는 존재론적이다.

A. Badiou, *op.cit*,, p.277.

181) *Ibid.*, p.276.

여, 버려짐의 '수동성'을 놀이로의 '능동성'으로 전환하는 장면을 보여 주고 있는 것이다. 이것은 진정으로 미가 탄생하는 차원이다. 사랑의 진실을 찾아가는 과정 중의 주체가 죽음의 경계에 섬으로써 미와 자신의 본질을 연결함으로써, 자신의 사랑을 죽음을 넘어선 것으로 만들고 있는 것이다. 이로써 죽음을 향한 존재(being- for-death)는 사랑을 위한 존재(being-for-love)[182]로 거듭나며 비련의 사랑을 숭고한 사랑으로 승화하고 있는 것이다.

그리하여, 연인의 죽음이 역설적 의미에서 소월의 사랑시를 위한 가장 큰 선물[183]이었다면, 소월의 사랑시에 바쳐진 죽음은 연인을 위한 가장 큰 선물이라고 할 수 있다. 따라서 소월의 사랑시는 사랑의 상실로 죽음을 향한 존재로서의 슬픔을 노래한 데 그치는 것이 아니라, 사랑의 주체와 타자, 두 상실의 존재가 사랑을 위해서 목숨을 바친 대가로 얻은 예술적 결정체라고 할 수 있다. 그런 의미에서 사랑의 주체와 타자의 죽음은 사랑의 심연에 바쳐진 죽음이며, 그 위에서 사랑과 미가 죽음과 함께 삼위일체 되는 것이다.

V. 결론

본고는 소월 시의 사랑을 근대적 사랑으로서 이성(異性) 간의 사랑을 이상화하는 낭만적 사랑의 전형으로 보는 데서 출발하였다. 소월 시의 사랑에 대한 이러한 태도를 1920년대 근대시 형성기에 자아의 발견에

182) *Ibid.*, p.278.

183) 사랑은 나를 당신에게 주는 것이다.

L. Irigaray, 『근원적 열정』, 박정오 역, 동문선, 2001, p.100.

있어서의 사랑의 가치에 대한 예찬적 태도와 맞물려 있음을 보았다. 소월 시의 사랑에 대한 사랑지상주의적인 태도는 한편 예술지상주의적인 태도로 연결되는데, 이러한 사랑에서 실재(實在)보다 중요한 것은 사랑의 주체의 내적 진실의 구성을 가능하게 하는 내면 공간으로서의 환상과 그것의 대상원인인 이미지의 존재라고 보았다. 사랑은 타자와의 관계를 통해 주체의 내적 진실의 충만함을 추구하는 주체성의 절정이자, 분열된 주체의 결여로 인한 공허를 인식하게 함으로써 기존의 가치를 무(無)로 되돌리고 미(美)를 탄생하게 하는 심미성의 근원이다. 이러한 사랑은 근대시 형성기의 서정성의 발흥을 가능하게 한 핵심이 된 것이다.

소월의 사랑시는 사랑의 상실로 인한 시련의 한가운데 놓인 사랑의 주체가 억압될 수밖에 없던 자신의 사랑에 대한 진실을 사랑의 대상인 연인을 향해 상상적으로 재현해 내는 언술행위이다. 소월의 사랑시는 사랑이 존재의 상실을 가져오는 것이기 이전에, 상실된 존재가 사랑을 갈망하게 하는 것임을 보여주며 인간이 존재론적으로 상실된 존재(Désêtre)임을 암시하였다. 사랑의 주체는 사랑의 타자와의 관계 안에서 자신을 사랑을 위한 존재로서 세우는 것을 사랑의 시를 통해 실현하려 하였다. 이것을 가능하게 하는 소월의 사랑시에서의 사랑의 생성과 소멸의 과정은 현실의 객관적 시간으로서의 연대기적 시간이 아니라, 내재적 시간으로서의 변증법적 시간이며, 타자에 의해 진리의 실현 여부가 결정되는 상호주체적 시간이었다. 이것은 모두, 현실의 시간과 단절된 무의식의 시간으로서 사랑시의 시간적 특성이었다.

사랑의 현존과 부재는 이러한 시간의 관점에 의해 나눈 것이다. 다음으로 소월의 사랑시를 연가(love song)와 비가(elegy)라는 두 관점으로 살펴보았다. 이는 사랑의 생성과 소멸의 과정에 따른 것으로 연가는 사랑의 현존(現存)이 주체의 언술행위로 발현된 텍스트로, 비가는 사랑의 부재(不在)가 주체의 언술행위로 발현된 텍스트로 전제하였다.

우선 연가는 사랑의 대상인 타자의 언어와 동일시하는 과정을 통해, 주체가 타자로 향한 가능성을 열어 새로운 주체가 되어 가는 가운데 쓰는 언술행위였다. 그러므로 소월의 시에서 사랑의 대상으로만 논의되어 온 '님'은 단순한 사랑의 '대상'이 아니라 주체와 대등한 위상을 가진 주체이며, 그런 의미에서, 사랑시에서의 주체와 타자는 서로에 의해 '사랑의 되어감의 주체'가 되는 상호주체성을 보였다. 또한, 연가에 나타나는 사랑의 감정에의 몰입은 모든 감각을 깨우는 최면의 순간을 만들어내며 심미적 영상의 핵심으로서의 사랑의 대상, 연인을 심미화 하였다. 사랑은 환상 안에서 심미적 영상의 절정을 만들어내는 결정현상을 그리며, 사랑의 담론을 시적인 것으로 만듦으로써 쓰이는 언술행위로서의 사랑시를 가능하게 하는 것이다. 그러므로 사랑시는 '사랑에 대한 시'임과 동시에 '사랑에 의한 시'로서 사랑에 의해 탄생하는 언어의 심미적 결정체였다.

더불어 연가에서의 사랑은 세계에 대해 주체만의 단 하나의 진실을 추구하도록 변화하는 과정, 즉 주체가 세계에 대해 세계를 자아화하는 서정적 태도를 취하게 함으로써 서정적 주체를 탄생하게 하였다. 이것은 사랑의 주체가 서정적 주체로서의 심미적 주체로 소생한 것으로 소월의 시에서의 그 사랑의 주체는 시혼이었다. 사랑의 주체가 심미적 주체로 존재의 이전이 되게 하는 것은 그 대상의 심미성에 의한 것으로 심미적으로 이상화된 사랑의 대상으로서의 연인은 실재보다 더 아름다운 이미지로서의 왜상으로 규정되었다. 왜상은 사랑의 주체와 타자의 가장 이상적인 미를 하나로 응축하며, 그 자체로 하나의 미가 되는 것으로 연가의 중심 이미지라는 것이 확인되었다.

그러나 무엇보다 연가는 사랑의 환희로 넘쳐났다. 사랑의 주체와 타자 간에 사랑을 주는 환희와 사랑을 받는 환희가 교차하는 것이다. 사랑의 환희란 나르시시즘적 구조 위에서 은유적 소생에 의한 것으로, 주체가 타자를 사랑함으로써 다시 주체 자신을 사랑할 수 있게 되는 환희임도 확인되었다.

비가에서는 사랑의 부재가 발현된 언술행위로서 사랑이 소멸해 가는 과정의 시작을 알리는 불안으로부터 그 논의가 시작되었다. 사랑이란 미(美)를 유발하는 감정일 수 있을망정 그것은 언제나 불안을 동반하는 위태로운 것이기 때문이다. 불안은 사랑에 몰입한 것과 같은 아름다운 꿈을 꾸는 정신이 갖는 심적 상태로, 나와 타자 사이에 존재하는 차이를 없애고자 하는 정신이다. 불안은 역설적으로 사랑이란 '아무것도 아닌 존재'를 '아무것을 위해서도 사랑하는 것이 아니'라 단지 사랑을 위해서 사랑하는 것임을 보여준다. 사랑은 허무를 자각할 때 시작되는 것이거나, 사랑으로 인해 그동안의 삶의 허무를 자각하게 되는 것이다. 그럼에도 불구하고 다시 사랑은 허무 다음의 마지막 의미라고 생각되다 다시 사랑조차 허무라고 느끼게 하고 만다. 그러한 까닭에 불안은 무에 근거하고 있음으로써 존재로 하여금 죽음에의 존재로 눈을 돌리게 한다. 비가에서는 사랑의 소멸과 함께 주체와 타자 간의 소외와 분리의 국면이 전개된다. 사랑에서의 사랑의 대상의 상실은 자아의 상실로, 상실의 아픔을 미적으로 승화할 수 없을 만큼 서정적 주체의 존재의 상실이 오게 한다. 이러한 점 또한 불안과 더불어 죽음의 문제에 직면되게 한다. 여기서 사랑의 상실로 인한 절망에 의해 죽음으로 향하게 된 주체는, 현실과 절연된 상황을 미를 창조하기 위한 상황으로 받아들인다. 사랑에 '눈 먼 상태'는 현실적 가치를 무(無)로 되돌리는데, 바로 그 무의 지점에서 미가 태어나는 것임이 확인되었다. 소월의 시에서 사랑의 주체가 스스로 선택한 상징적 죽음인 제2의 죽음은 삶과 절연된 영역에서 사랑에 의해 발견한 미를 추구하기 위해 죽음으로 향하는 자신을 자신의 본질적 상태로서 받아들이는 것이었다. 마침내 비가가 절정에 가까워지면 사랑의 주체는 자신을 버리려는 사랑의 타자와 자신을 동일시함으로써 타자의 욕망에 순응하게 된다. 실연의 고통을 즐기는 고통, 즉 향유(jouissance)의 단계로 나아감으로써 사랑을 승화하는 것이다. 그러나 이러한 향유에도 극한이 있어 이것은 결국 자살로 사랑의 주체를 이끌게 된다. 그전에 사랑의 주체가 죽음을 앞두고 '인간의 법'과 '하늘의 법' 사이의 갈등을 한다. 사랑의 주체가 인간의 법을 어기지 않으면서 동시에 하늘의 법을 따르는 최선의 방법을 찾기 위해 고심하다 내린 결론이 자살이라고 할 수 있었다. 그러한 의미에서 소월의 시의 자살은 두 사람의 만남에 의해 발견된 두 존재 사이의 심연에 비친 아름다운 환상으로 뛰어든 나르시시즘적 동반자살이다. 나르시시즘의 수면 위에 사랑과 죽음과 미가 삼위일체 되는 것이다.

| 참고문헌 |

1. 기본 문헌

김소월, 『김소월 전집』, 김용직 편주, 서울대학교 출판부, 1996.

2. 국내논저

강동식, 「낭만적 사랑의 의미론 연구」, 『문학과 사회』 2001년 봄.

고명수, 「김소월론－심리비평적 접근」, 『동원대논문집』3, 1998.12.

권보드래, 『연애의 시대』, 현실문화연구, 2003.

김대규, 「아니마의 시학－소월시의 여성화 문제 연구」, 『연세어문학』4, 연세대학교 국어국문학과, 1973.

김동리, 『한국 현대 시인 연구』, 민중서관, 1977.

김동인, 「내가 본 김소월군을 논함」, 『조선일보』, 1929.11.12~14.

김 억, 「기억에 남은 사람들」, 『조광』, 1939.10.

_____, 「김소월의 추억」, 『박문』9, 1939.7.1.

_____, 「소월의 생애」, 『여성』39, 1936.6.

_____, 「소월의 생애와 시가」, 『삼천리』61, 1935.4.

_____, 「요절한 박생시인 김소월에 대한 추억」, 『조선중앙일보』, 1935.1.14.

김상환 · 홍준기 외, 『라캉의 재탄생』, 창작과비평사, 2002.

김윤식, 『근대시와 인식』, 시와시학사, 1992.

김종은, 「소월의 병적－한의 정신분석」, 『문학사상』20, 1974.5.

문정희, 「한국현대시의 실연시 분석」, 『동서문학』, 1986.6.

박진환, 「김소월시연구－정신분석학적 비평 시고」, 국민대학교 국어국문학과 석사학위논문, 1982.

서영채, 『한국 근대소설에 나타난 사랑의 양상과 의미에 관한 연구』, 서울대학교 국어국문학과 박사학위 논문, 2002.

서정주, 「김소월의 시에 나타난 사랑의 의미」, 『예술논문집』2, 예술원, 1963.

신범순, 「소월시의 서정적 주체에 대한 연구」, 서울대학교 국어국문학과 석사학위 논문, 1985.

______, 「현대시에서 전통적 정신의 존재형식과 그 의미－김소월과 백석을 중심으로」, 『국어교육』96, 국어교육연구회, 1998.

심선옥, 『김소월시의 근대적 성격 연구』, 성균관대학교 국어국문학과 박사학위논문, 2000.

안란영, 「소월의 임의 문제」, 『국어국문학연구』, 이대문리대국문학회, 1961.2.

양영신, 「소월시에 나타난 불안의 심리」, 연세대학교 국어국문학과 석사학위 논문, 1985.

오세영, 『김소월, 그 삶과 문학』, 서울대학교출판부, 2000.

______, 『문학과 그 이해』, 국학자료원, 2003.

______, 『한국낭만주의시연구』, 일지사, 1982.

유근조, 「소월시의 바슐라르적 분석－꿈과 임의 상승적 이마고」, 『월산 임동권 박사 송수기념 논문집』, 집문당, 1986.

유재천, 「님, 고향, 민족의 변증법－김소월론」, 『현대문학』35.9, 1989.

윤수하, 「소월시에 나타난 애증에 대한 연구」, 『한국언어문학』44, 2000.5.

이광수, 「민요소고」, 『조선문단』3, 1924.12.

______, 「우리문예의 방향」, 『조선문단』13, 1925.11.

이어령, 「김소월」, 『한국전기작가연구』상, 동화출판공사, 1975.

이영섭, 「시에 있어서 대상 인식의 문제－김소월의 시 정신과 현대시」, 『문학사상』172, 1987. 2.

이혜원, 『한용운 · 김소월 시의 비유구조와 욕망의 존재방식』, 고려대학교 국어국문학과 박사학위 논문, 1996.

정기철, 『상징, 은유 그리고 이야기』, 문예출판사, 2002.
정효구, 『김소월시의 기호체계 연구』, 서울대학교 국어국문학과 박사학위 논문, 1989.
조동일 외, 신동욱 편, 『김소월 연구』, 새문사, 1982.
조두섭, 「김소월 시의 상호주관성의 원리」, 『어문학』72, 2001.2.
홍신선, 「돈과 임의 두 얼굴」, 『문학사상』172, 1987.2.

3. 국외 논저

Badiou, Alain,"What is love?", *Sexuation*, Ed. R. Salecl, Durham and London: Duke University Press, 2000.
Barthes, Roland, 『사랑의 단상』, 김화영 역, 문학과지성사, 2000.
Božovič, Miran, 『암흑지점』, 이성민 역, 도서출판 b, 2004.
Buber, Martin, 『나와 너』, 표재명 역, 문예출판사, 2001.
Evans, Dylan, 『라캉 정신분석 사전』, 김종주 외 역, 인간사랑, 1998.
Frued, Sigmund, 『꿈의 해석』상, 김인순 역, 열린책들, 1998.
______________, 『꿈의 해석』하, 김인순 역, 열린책들, 1998.
______________, 『무의식에 관하여』, 윤희기 역, 열린책들, 1998.
______________, 『억압, 증후, 그리고 불안』, 황보석 역, 열린책들, 1998.
______________, 『정신분석강의』하, 임홍빈 · 홍혜경,열린책들 역, 1998.
______________, 『쾌락원칙을 넘어서』, 박찬부 역, 열린책들, 1998.
Giddens, Anthony, 『현대 사회의 성 · 사랑 · 에로티시즘』, 배은경 · 황정미 역, 새물결, 1999.
Heidegger, Martin, 『존재와 시간』, 이기상 역, 까치, 1998.
Irigaray, Luce, 『근원적 열정』, 박정오 역, 동문선, 2001.
Kant, Immanuel, 『판단력 비판』, 이석윤 역, 박영사, 2003.
Kiekegarrd, Sören, 『불안의 개념』, 임규정 역, 한길사, 1999.
______________, 『죽음에 이르는 병』, 박환덕 역, 범우사, 1995.

Kristeva, Julia, 『사랑의 역사』, 김영 역, 민음사, 1996.

Lacan, Jacques, *Écrits: A Selection*, Ed. and Trans. A. Sheridan W · W · Norton & Company, New York, 1977.

____________, *The Seminar of Jacques Lacan Book XI: The Four Fundamental Concepts of Psycho-Analysis*, Ed. J. A. Miller, Trans. A. Sheridan, New York · London: W · W · Norton & Company, 1981.

____________, *The Seminar of Jacques Lacan Book I: Freud's Paper on Technique 1953-1954*, Ed. J. A. Miller, Trans. S. Tomaselli, Cambridge: Cambridge University Press, 1988.

____________, *The Seminar of Jacques Lacan Book III: The Psychoses 1955-1956*, Ed. J. A. Miller, Trans. R. Grigg, New York · London: W · W · Norton & Company, 1997.

____________, *The Seminar of Jacques Lacan Book VII: The Ethics of Psychoanalysis*, Ed. J. A. Miller, Trans. D. Porter, New York · London: W · W · Norton & Company, 1997.

____________, *The Seminar of Jacques Lacan Book XX: On Feminine Sexuality, the Limits of Love and Knowledge*, Ed. J. A. Miller, Trans. B. Fink, New York · London: W · W · Norton & Company, 1999.

____________, 『욕망 이론』, 권택영 외 편역, 문예출판사, 1994.

Regnault, Fronçois, *Conférences D'Esthétique Lacanienne*, Paris: Seuil, 1997.

Salecl, Renata, *Reading Seminar XX: Lacan's Major Work on Love, Knowledge, and Feminine Sexuality*, New York: State University of New York Press, 2002.

____________, 『사랑과 증오의 도착들』, 이성민 역, 도서출판 b, 2003.

Widmer, Peter, 『욕망의 전복』, 홍준기 · 이승미 역, 한울아카데미, 1998.

Žižek, Slavoj, *The Ticklish subject*, London · New York: Verso, 1999.

__________, 『믿음에 대하여』, 최생열 역, 동문선, 2003.

__________, 『이데올로기라는 숭고한 대상』, 이수련 역, 인간사랑, 2002.

__________, 『향락의 전이』, 이만우 역, 인간사랑, 2002.
__________, 『환상의 돌림병』, 김종주 역, 인간사랑, 2002.

제2장 | 릴케의 『두이노의 비가』와 한용운의 『님의 침묵』에 나타난 '사랑'의 의미 비교 연구

I. 서론

비교연구에는 대체로 두 방향의 연구, 즉 발생론적(genetisch) 연구와 유형적(typologisch) 연구가 있다.[1] 전자는 비교대상 간의 영향관계가 직접적일 때 취해지고, 후자는 그렇지 않을 때 취해진다. 릴케(Rainer Maria Rilke)의 『두이노의 비가 (*Duineser Elegien*)』(1923)와 한용운의 『님의 침묵』(1926)의 비교는 후자의 경우에 해당되는 바, 이 논문은 두 시집을 대등한 지위로 상정하여 각각의 특성을 연구한 다음, 항목별로 비교해 가치를 드러내 보고자 한다.

릴케와 한용운의 비교연구에 대한 선행연구[2]로는 전광진과 김임구

1) Peter V. Zima, *Komparatistik, Einührung in die Vergleichende Literaturwissenschaft*, Tübingen, 1992, S. 94~165. (김임구, 「자아의 상승과 타아에의 헌신 — 라이너 마리아 릴케와 한용운의 잠재정신사적 경험 양식 비교」, 『비교문학』23, 한국비교문학회, 2004, p.188. 재인용.)

2) 전광진, 「님과 천사 — 릴케와 한용운의 비교연구」, 『독일문학』 60, 한국독어독문

의 논문이 있다. 전광진은 『두이노의 비가』와 『님의 침묵』에서 각각 절대적 지위를 차지하고 있는 '천사(Engel)'와 '님'을 비교하고 있다. 그는 각 시집의 세계를 "천사가 지배하는 상징 공간과 님이 현현하는 침묵의 공간"으로 본다.[3] 한편, 김임구는 문학사를 잠재정신사적(Potentialkomponente) 관점[4]에서 조명하여 릴케와 한용운을 비교한다. 릴케와 한용운은 "내적 창조기의 패러다임"이 형성되는 시기에 활동했다는 점에서 유사하다.[5] 그에 따르면, 근대는 주체를 통한 세계의 정초라는 과제를 안은 시대로서, 내적 창조기는 그 마지막 단계라고 한다.[6] 이 시대에는 존재의 유한성과 무상성이 문제의 중심에 놓이며, 바로 릴케의 '천사'와 한용운의 '님'이 그러한 맥락에서 등장한다는 것이다.[7] 릴케에 대해 나르시시즘의 관점으로 본 김현[8]이나, 실존주의적 관점으로 본 김주연[9]도 위와 같은 견해를 지지한다고 할 수 있다. 한편 한용운이 활동하던 한국근대문학의 형성기는 '자아'[10]와 '사랑'[11]의 문제가 폭발적으로 표출되었는데, 한용운의 '님'이 그러한 시대정신을 모두 담지하고 있다.

학회, 1996.; 김임구, 위의 논문.

3) *Ibid.*, p.188.

4) 잠재정신사적 관점이란, 의식적으로 감지되지 않는 시대적 패러다임의 변환을 구명하고자 하는 관점이다. 김임구, *op.cit.*, p.187.

5) *Ibid.*, pp.187~190.

6) *Ibid.*, pp.190~191.

7) *Ibid.*, p.191.

8) 김현, 「바라봄과 텅빔」, 『존재와 언어/ 현대 프랑스 문학을 찾아서 – 김현문학전집 12』, 문학과지성사, 1992, p.231.

9) 김주연, 「릴케의 생애와 작품」, 『릴케』, 문학과지성사, 1993, p.15.

10) 근대적 자아의 확립과정에 대해 다음 논문 참조. 신범순, 「반근대주의적 혼의 시학」, 『한국시학연구』4, 한국시학회, 2001.

11) 근대문학 형성기의 사랑의 중요성에 대해 다음 논문 참조. 권보드래, 「연애의 죽음과 생」, 『연애의 시대』, 현실문화연구, 2003.

요컨대, 릴케의 『두이노의 비가』와 한용운의 『님의 침묵』은 절대적 타자에 의해 구성되는 체계를 가지며, 주체의 완성을 추구하는 패러다임의 시대에 쓰였다는 상동성에 근거해 비교연구 되어 왔다. 본고는 두 시집의 주제를 관통하는, '사랑'의 문제를 중심으로, 기존 논의의 여백을 천착하여 두 시집을 비교해 보고자 한다.

II. 릴케의 『두이노의 비가』에 나타난 사랑의 의미

1. 절대적 타자로서의 '천사'에 대한 사랑

『두이노의 비가』는 「제1비가」부터 「제10비가」까지 10편의 독립된 시들로 구성된 연작시집이다. 각 편마다 완결된 구조와 주제를 담고 있어 시집 전체를 하나로 재구성하기는 어렵다. 그러나 이들 각 시편의 일관성을 유지해 주는 것은 다음과 같다. 첫째, 세 편[12]을 제외하고 천사가 등장한다는 점, 둘째, 천사를 비롯한 타자와의 관계에서 사랑의 문제가 제시된다는 점, 셋째 비가(Elegie)의 특성상, 죽음의 문제가 제시된다는 점 등이다. 이에 따라 전체의 이야기를 보자면, 천사를 부르는 것으로 시작해서 사랑과 실존에 대한 물음과 답을 구하다 죽음에 대한 비탄으로 대단원의 막을 내린다는 것이다. 우선 도입부 격으로 나머지 시들의 밑그림을 제시하는 「제1비가」를 살펴보면 다음과 같다.

---

12) 「제3비가」, 「제6비가」, 「제8비가」에는 천사가 등장하지 않는다. 대신에, 「제3비가」에는 "하신(河神)"과 "해신(海神)"이, 「제6비가」에는 "영웅"이, 「제8비가」에는 "신(神)"이 등장한다.

> 내가 이렇게 소리친들, 천사의 계열 중 대체 그 누가/내 목소리를 들어줄까? 한 천사가 느닷없이/나를 가슴에 끌어안으면, 나보다 강한 그의/존재로 말미암아 나 스러지고 말 텐데./아름다움이란/우리가 간신히 견디어내는 무서움의 시작일 뿐이므로./우리 이처럼 아름다움에 경탄하는 까닭은, 그것이 우리를/ 파멸시키는 것 따윈 아랑곳하지 않기 때문이다./모든 천사는 무섭다./나 이러한 심정으로 어두운 흐느낌의 유혹의 소리를/ 집어삼키는데, 아, 대체 우리는 그 누구를/필요로 하는가? 천사들도 아니고 인간들도 아니다.
>
> —「제1비가」 부분. (443)[13]

시의 첫 대목에서 시적 주체로서의 "나"는 "천사"를 향해 "소리"친다. 이것은 타자를 호명하고 소환하는 행위이다. 소리 자체가 언어와 일치하는 것은 아니다. 그러나 인간의 언어는 필연적으로 타자를 필요로 하는 데서 만들어졌으며, 그런 의미에서 엄마를 부르는 갓난아기의 울음이 터져 나오는 순간부터 인간은 '말하는 존재(parlêtre)'[14]이다. 이 시의 시적 주체가 불완전한 인간으로서 구원자를 찾듯이 불특정의 천사들을 향하여 소리치는 것도 갓난아기가 엄마를 부르는 울음과 유사하다고 할 수 있다. 그럼으로써 이 시에서 "소리"는 나와 타자 사이의 거리를 채운다. 나의 외부에 '관계'라는 또 하나의 세계를 만드는 것이다. "흐느낌"을 "유혹의 소리"라고 하는 것도 같은 맥락이다. 그러나 이 시에서 그 소리를 듣는 타자가 보이지 않는다. 그러나 이것은 타자의 부재와는 다르다. "나"는 "천사"의 제약을 받기 때문이다. 타자의 '대답

---

13) 이 논문에 인용된 『두이노의 비가』 시편들은 모두 R. M. Rilke, 『형상시집, 신시집, 진혼곡, 마리아의 생애, 두이노의 비가, 오르페우스에게 바치는 소네트』, 김재혁 역, 책세상, 2000. 의 번역을 따랐다. 인용 지면은 괄호 안에 표기하기로 한다.

14) parlêtre는 parler(말하다)와 être(존재)를 합성하여 라캉(J. Lacan)이 만든 개념어이다. S. Žižek, 『이데올로기의 숭고한 대상』, 이수련 역, 인간사상, 2002, p.197.

없음'을 '침묵'이라는 형식의 대답으로 간주해야 한다. 또한 그래야만 "나"와 "천사"의 관계정립이 가능하다. 『두이노의 비가』 전편(全篇)에 "너", "당신", "그대"라는 2인칭이 호명되고 있는 것은 내면[15]의 독백을 넘어서고자 하는 의지로 볼 수 있다. 이것은 자기 혼자만의 존립 불가능성을 인정하는 것이자, 한편 외부로부터 상처받을 가능성에 자신을 노출[16]하는 것이다. 즉, 나르시시즘의 포기라고 할 수 있다. 릴케는 이전에 「나르시스」라는 동일한 제목의 시편을 두 편이나 가지고 있거니와, 때문에 천사를 부른다는 것은 변화의 중대한 국면이라고 할 수 있다. 이 대목에서 『두이노의 비가』에는 실려 있지 않지만 「나르시스」 시편들을 잠시 살펴볼 필요가 있다.

> 나르시스는 죽었다. 자신의 아름다움 때문에/자신의 본질로의 접근이 부단히 이루어졌고 [중략] 그는 사랑했다. 그에게서 나오고, 다시 회귀하는 것을
>
> — 「나르시스」 1 부분.

> 아무것도 없다, 급히 서두르는 돌멩이들의 무관심 외에는/그리고 나는 볼 수 있다. 얼마나 내가 슬퍼하는지를./이것이 그들의 외관에 있는 나의 상이었던가?//그것이 그러니까 그들의 꿈속에서 이쪽으로 고양되었는가/달콤한 공포로? 나는 벌써 거의 그것을 느낀다./왜냐하면, 마치 내가 나를 나의 시선에서 잃어버리듯이:/내가 생각할

15) 『두이노의 비가』에서 내면은 계속 변주되는 핵심어 중 하나이다. 발화가 내면이 허구화 된 공간에서 이루어지는 문제에 대해서는 다음을 참조할 수 있다.
J. Derrida, 「6장. 침묵을 지키는 목소리」, 『목소리와 현상』, 김상록 역, 인간사랑, 2006, p.105.

16) E. Levinas, *Otherwise Than Being*, Trans. A. Lingis, Pittsburgh: Duquense University Press, 1998, p.75. (민승기, 「라캉과 레비나스」, 『라캉의 재탄생』, 창작과비평사, 2002. p.317. 재인용.)

수 있었을 텐데, 내가 살인적이라는 사실을.

— 「나르시스」 2 부분.

첫 번째 「나르시스」에서 "자신의 아름다움"에 취해 있는 것은 자신의 "본질로의 접근"이었다. 자신에게서 "나오고" 다시 자신에게로 "회귀"하는 사랑의 동선 안에서, 자기가 자신의 사랑의 주체이자 대상이었던 것이다. 이 시에서는 죽음이라는 결말에도 불구하고 자기애적 충족감이 보인다. 그러나 두 번째 「나르시스」에서는 내면의 심연 속의 슬픔과 공포, 그리고 죽음에 마주치게 된다. 내면의 심연에서 마주한 "돌맹이"는 아름답지 않을 뿐 아니라 아무런 의미도 없는 무(無)를 가리키는 것으로 볼 수 있다. 존재의 한계와 불완전성에서 기인하는, 결여를 만난 것이다. 그러므로 그 허무에 자신을 투신하는 것을 포기하지 않을 때 마주하게 되는 것은 "살인적"인 죽음의 공포인 것이다. 그 공포의 체험에 의해 나르시시즘은 상처를 입고 만다. 그러한 나르시시즘의 균열에서 바로 타자를 향한 개방성이 시작되는 것이다. 이러한 맥락에서 『두이노의 비가』는 기존의 「나르시스」 시편들과 구분되는 지점에 놓여 있다.

무섭지 않은 천사는 없다./[중략]/나 노래로 찬양했다. 토비아의 시절은 어디로 갔는가,/[중략]// 거울들: 제 몸 속에서 흘러나간 아름다움을/다시 제 얼굴에 퍼담는.

— 「제2비가」 부분. (448)

기독교 문화권에서 천사란 정신(Geist)이자, 존재의 원형들(Archetypen des Seins)이며, 근원의 힘(Urmächte)[17]이다. 그러나, 「제2비가」에서

"토비아의 시절"[18]은 지났다고 말한다. 즉 『두이노의 비가』의 천사는 신을 보좌하여 신과 인간 사이를 중개하는 역할을 한다는 기독교의 의미는 탈색되어 있는 것이다.[19] 천사는 "아름다움"의 상징이지만, "파멸"에 이르게 할 만큼의 위력을 가진, 무서운 존재이기도 하다.(「제1비가」) 그러므로 천사에 대한 갈등도 나타난다. 시적 주체는 누군가를 "필요"로 하지만, 그 누군가가 천사는 아니라고 부인하기도 한다. (「제1비가」) 천사는 "아름다움", 즉 예술로 시적 주체를 이끄는 자로 볼 수 있다. 스스로 구현하지 못한 아름다움을 이미 가지고 있는 자로서의 천사, 즉 거울 비추기를 통해 얻을 수 없던 그가 외부에 나타난 것이다.[20] 이러한 점은 「제2비가」의 "거울들: 제 몸속에서 흘러나간 아름다움을 다시 제 얼굴에 퍼담는"이라는 시구에서 분명해진다. 여기서 관계의 문제, 즉 타자를 "필요"로 하는 문제를 좀 더 살펴보아야 한다.

> 그래, 봄들은 너를 필요로 할지 모르지. 많은 별들은/네가 저희들을 느끼기를 바랐다.
>
> — 「제1비가」 부분. (444)

> 일찍 떠난 자들은 우리를 필요로 하지 않으니,/어느덧 자라나 어머니의 젖가슴을 떠나듯 조용히 대지의/품을 떠난다, 우리는. 그러나 그토록 큰 비밀을/필요로 하는 우리는, 슬픔에서 그토록 자주 복된 진보를 우려내는 우리는, 그들 없이 존재할 수 있을까?//언젠가 리노스를 잃은 비탄 속에서 튀어나온 첫 음악이 메마른 침묵을 꿰뚫었다는 전설은 헛된 것인가./거의 신에 가까운 한 젊은이가 갑작스

17) 전광진, 「초월의 공간」, 『릴케의 두이노의 비가 연구』, 삼영사, 1986, pp.41~42.
18) 토비아에 대해선 김재혁, 「「두이노의 비가」 주」, R. M. Rilke, *op.cit.*, p.490.
19) 전광진, *op.cit.*, p.43.
20) 김현, *op.cit.*, p.231.

레 영원히/떠나버려 놀란 공간 속에 비로소 공허함이 우리를/매혹시키고 위로하며 돕는 소리를 내기 시작하였다는 것을.

— 「제1비가」 부분. (446~447)

타자를 "필요"로 한다는 것은 타자에 의해 자신이 "느껴"지기를 바라는 것이고, 타자 없이는 "존재"할 수 없다는 것이다. 이러한 대타적(對他的) 인식에 의한 주체의 확립은 자기소외를 전제로 한다. 관계성으로 인해 자기 안의 결여를 갖게 되는 주체는 주인과 노예의 변증법에서처럼 타자에 대해 필연적으로 수동성을 갖는다. 그러한 시적 주체의 강등된 지위가 바로 『두이노의 비가』에서 나타난 천사와의 관계 속에서의 지위이다. 역으로 나를 필요로 하지 않는 천사는 나에 대해 상대적으로 자유롭고 능동적인 지위를 가지고 있다. 그렇기 때문에 이 시의 마지막에서 시적 주체는 "매혹"을 위하여, 다른 한편으론 "위로"를 위하여 "소리"를 내기 시작한 것이다.

2. 무소유의 사랑(Besitzlose Liebe)[21]

위대한 사랑의 여인들을 노래하라, 하지만/그들의 유명한 감정도 그리 오래 지속되지는 못하리./[중략]/생각하라, 영웅이란 영속하는 법, 몰락까지도 그에겐/존재하기 위한 구실이었음을, 그의 궁극적 탄생이었음을./그러나 지친 자연은 사랑의 여인들을/두 번 다시는 그 일을 할 기력이 없는 듯,/제 몸 속으로 거두어들인다./[중략]/사랑

21) 무소유의 사랑이라는 개념은 릴케가 직접 말한 것이 아니라 릴케의 시 구절을 보고 후대 연구자들이 명명한 것이다.
이정순, 「릴케의 중기 시작품에 보이는 사랑의 관념」, 『릴케의 서정시 연구 – 중기 이후』, 한빛문학, 2006, p.124.

하는 남자에게 버림받은/한 처녀가 사랑에 빠진 그 여인의 드높은 모범에서/자기도 그처럼 되었으면 하는 바람을 느끼는 것을?/언젠가 이처럼 가장 오래된 고통들이 우리에게/열매로 맺지 않을까? 지금은 우리가 사랑하며/연인에게서 벗어나, 벗어남을 떨며 견딜 때가 아닌가?/발사의 순간에 온 힘을 모아 자신보다 더 큰 존재가 되기 위해/화살이 시위를 견디듯이.

— 「제1비가」 부분. (444)

비가(elegy)는 죽은 자들에게만 바쳐진 것은 아니다. 살아 있는 자들도 죽은 자들이 지상에 남겨 놓고 간 "비밀"과 "슬픔"을 필요로 하는 것이다. 죽은 자들의 "슬픔"과 "비밀"이 살아 있는 자들에게도 의미가 있다는 것은 위의 시에서 나오는, 사랑에 대한 많은 에피소드들에서 찾을 수 있다. 여기서 노래를 하려거든, 즉 시로써 칭송을 하려거든 "위대한 사랑의 여인들"을 그 대상으로 삼으라 하고 있다. 그들은 '소유하지 않는 사랑', 즉 '무소유의 사랑'을 한 여인들을 가리킨다.[22] 그런데 여기서 더 문제적인 것은 그러한 사랑조차 오래 가지는 못할 것이라고 하는 데 있다. 여기서 옹호되는 사랑은 만족을 모르고 헌신하는 여인들의 사랑도, 영웅의 영속적인 사랑도 아니다. 오히려 버림받고 고통 속에 있는 여인을 사랑의 모범으로 삼고 있다. 이 시에서는 그녀만이 가장 진실한 사랑을 한 전범이다. 그러한 여인은 때 이르게 죽음을 맞이한 자이며 그 여인의 아무도 모를 슬픔과 비밀이 우리에게 진실을 전하여 그것에 기대어 우리가 삶을 견디며 살 수 있다는 것이다. 그러한 이유는 다음 인용 부분을 통해 유추해 볼 수 있다.

22) 김재혁, 「두이노의 비가 주」, R. M. Rilke, *op.cit.*, p.489.

더 이상 구애하지 마라, 저절로 터져 나온 목소리여/[중략]/조용한 여자친구에게/구애를 하여, 네 목소리를 듣고서 그녀의 마음속에서/하나의 대답이 서서히 눈을 뜨고 몸이 뜨거워지게 하고 싶은 것이다/[중략]/천사여, 내가 구애를 한다고 해도! 그대는 오지 않는다./나의 부름은/언제나 사라짐으로 가득 차 있기 때문이다. 그토록 강렬한/흐름을 거슬러서는 그대는 올 수가 없다.

—「제7비가」 부분. (470~474)

「제7비가」에서는 "구애"가 핵심적인 시어로 등장한다. 그것은 릴케가 진실한 사랑과 그렇지 않은 사랑을 구별하기 위해 제시한 것이다. 이 시는 "구애"를 하지 말라는 강렬한 명령문으로 시작되고 있다. 내적인 욕망으로부터 터져 나온 목소리가 "구애"가 되지 않도록 강력하게 경고하고 있다. "구애"라는 것은 한낱 자신의 욕정을 상대방에게 강제하기 위한 것에 불과하기 때문이다. 그러므로 "천사"는 아무리 "구애"를 해도 전혀 반응하지 않고 오히려 그 저속한 사랑을 실패하도록 만든다. 모두 릴케적인 사랑으로 명명되는 '무소유의 사랑'의 맥락에서 해석될 수 있다. 무소유의 사랑이라는 릴케적인 사랑의 개념[23]이 탄생하게 된 시는 다음과 같다.

그렇게 소유욕마저 없어져, 그렇게 참된 가난으로 가득 차,/당신 자신까지도 더 이상 탐내지 않았어요: 성스러워진 거지요. [중략]//이 그릇된 사랑은 습관처럼 연륜에 기반을 두고서/권리를 자칭하고 부당함을 먹고 무성하게 자랍니다./소유에 대한 권리를 가진 남자가 어디에 있나요?[중략]//누군가의 책임이 있다면 그것은 바로, 가슴속에 키워야 하는 모든 자유를 위해 사랑의 자유를 배가시키지 못한

---

23) 이정순, *op.cit.*, p.189.

책임이지요./우리가 사랑을 할 때면, 우리에겐 이것밖에 없습니다:/
서로를 놓아주라는 것이죠.

— 『진혼곡: 어느 여자 친구를 위하여』[24] 부분.

위의 시에서 보다시피 내면("가슴속")의 "자유"를 위해 상대방을 놓아주는 것이 바로 무소유의 사랑이다. 그리고 이 시는 그러한 무소유의 사랑으로 인해 "성스러워"진다고 한다. 그것은 다시 말해 상대를 자신의 욕망으로 속박하는 것이 아니라 상대를 독립된 주체 자체로 인정하는 것이다. 그것은 상대를 대상화함으로써 대상이 탈인격화[25] 되는 것에 반대하는 사랑이다. 그러나 이러한 사랑은 힘들다. 「제7비가」에서 보는 바와 같이, 사랑에 빠진 자들은 서로 지배하거나 압제할 가능성이 많다.[26] 가장 비권력적이어야 할 것 같은 사랑의 관계가 변질될 수 있는 것이다. 릴케는 이러한 예속 관계를 피하기 위해 사랑의 대상을 장악하지 않고, 내적 자연(inner nature)으로서의 욕망이 순환하게 내버려 두는 것이다.[27] 그것은 내적 자연의 명령만 따르는 사랑이다. 그러한 예가 「제1비가」에서 모범으로 삼은 여인 같은 경우이다. 타자를 자유롭게 해주는 그러한 사랑은 자유를 추구하는 예술가에게 필연적이었을 것이다. 그것은 "자신보다 더 큰 존재가 되기 위"한 것이기도 하다. (「제1비가」) 그러한 사랑의 관점에 대해 근대사회에서의 비시민적인 가치관이라고 비판[28]하는 시각도 있지만, 릴케는 자신의 작가로서의 실존 안에서 발견한 사랑의 원리를 긍정한 것이다.

---

24) R. M. Rilke, *op.cit.*, pp.396~402.
25) R. Barthes, 『목소리의 결정』, 김웅권 역, 동문선, 2006, p.370.
26) *Ibid.*, p.375.
27) *Loc. cit.*
28) 김재혁, 『릴케의 작가 정신과 예술적 변용』, 한국문화사, 1998, p.185.

그는 자신의 내면의 것을 사랑했다, 내면의 황야를,/그의 내면에 있는 원시림을 사랑했다,/ [중략]/우리의 내면 속의 단 하나의 존재, 미래의 존재가 아니라,/수없이 끓어오르는 것을 사랑하는 것. /[중략]/산맥의 잔해처럼 우리의 가슴 깊은 밑바닥에서/쉬고 있는 아버지들을 사랑하는 것. 지난날의 어머니들의/메마른 강바닥을 사랑하는 것. /[중략]/소리 없는 모든 자연 풍경을 사랑하는 것이다.

—「제3비가」 부분. (454~455)

「제3비가」에서 주목할 시어로는 바로 "내면"과 "자연"이다. 이것이 위에서 반대한 "구애"하는 사랑에서 나타난 '욕정'이나 '강요'와 대립적인 지점에 있는 개념이다. 육체적인 사랑이 아니라, 내면의 사랑, 그리고 강요하는 사랑이 아니라 자연을 따르는 사랑, 그것이 릴케가 제시하고자 하는 사랑이다. 「제3비가」에서 "내면의 황야" 또는 "내면에 있는 원시림"이란 비유는 내면과 자연을 동일시하고 있다는 것을 알게 한다. 내면은 자연과 같다.[29] 그 안으로 들어가도록 이끄는 것은 한 사람에 대한 사랑이지만, 그 안에서 발견하게 되는 것은, 여러 타자들이다. 그들은 무의식에 침잠해 있던 자들, 즉, "아버지들"이기도 하고 "어머니들"이기도 하다. 내면의 그들을 만나는 풍경을 "모든 자연 풍경"이라고 하고 있다.

생물들은 온 눈으로 열린 세계를 바라본다./[중략]/죽음을 보는 것은 우리뿐이다.

—「제8비가」 부분. (475)

29) 내면과 자연을 동일시하는 관념은 루소(Jean Jacques Rousseau) 등의 전통에서도 찾아 볼 수 있지만, 릴케에게 직접적으로는 영향을 미친 것은 프로이트(Sigmund Freud)의 이론이라고 전한다.
김재혁, 「두이노의 비가 주」, R. M. Rilke, *op.cit.*, pp.491~492. 참조.

나아가 릴케의 시에서 "생물"은 긍정적으로 형상화되고 있다. 「제8비가」에서 "생물"은 세계를 향해 열려 있는 존재로, 반대로 인간은 세계에 닫혀 죽음을 바라보는 존재로 진술된다. 인간에게 생명을 회복하라는 역설적 전언인 것이다. 같은 맥락에서 생물 대 인간의 관계는 아이 대 어른의 관계, 일찍 죽은 자들 대 살아남은 자들의 관계로 확대된다. 각각 전자는 천사가 옹호하는, 이상적(理想的)인 자들이며, 후자는 천사가 비판하는 자들이다. 전자에 속한 자들만이 진정한 사랑에 이를 수 있다고 이 시편들은 주장한다. 그런 의미에서 릴케의 무소유의 사랑은 내적 자연으로서의 내면에 대한 사랑으로 발전해 간다고 할 수 있다.

> 가장 눈에 띄는 행복은/우리가 그것을 마음속에서 변용시켰을 때 드러나는 법인데.//세계는, 사랑하는 이여, 우리의 마음 속 말고는 어디에도 없다./우리의 인생은 변용 속에 흘러간다. 그리고 외부 세계는 점점 더/적게 사라진다.
>
> ㅡ「제7비가」 부분. (472)

> 이들은 가장 덧없는 존재인 우리에게서 구원을 기대한다./이들은 우리가 자신들을 우리의 보이지 않는 마음속에서 ㅡ 오 끊임없이 ㅡ/완전히 우리 자신으로 변용시켜 주기를 바란다! /[중략]/대지여, 그대가 원하는 것은 이것이 아닌가? 우리의 마음에서/보이지 않게 다시 한 번 살아나는 것. ㅡ 언젠가 눈에 보이지/않게 되는, 그것이 그대의 꿈이 아니던가? ㅡ 대지여! 보이지 않음이여!/변용이 아니라면, 무엇이 너의 절박한 사명이랴!
>
> ㅡ「제9비가」 부분. (482)

위의 시 「제9비가」에서는 "변용(變容)"이 핵심적인 시어로 떠오른다. 행복은 마음속의 "변용"에 의해 드러난다든지, 인생은 "변용" 속에 흘러간다든지, 사물이 인간으로 "변용"시켜주길 바란다든지(「제7비가」), 그리고 마지막으로 "대지"가 보이지 않는 것이 되었다 다시 살아나게 하도록 하는 것을 "변용"이라고 하는 데서(「제9비가」), 릴케의 변용이라는 개념을 유추할 수 있다. 변용이란 스스로 변화하는 것이자, 전(全) 존재론적으로 변화하는 것이다. 변화하는 것이 마음이든, 인생이든, 사물이든, 아니면 자연이든, 스스로 완전히 변화하여 또 다른 자연의 상태가 되었을 때, 그것을 변용이라고 한다. 이러한 변용은 "외부 세계는 점점 더 작게 사라진다"고 한 데서 알 수 있듯이 외부의 힘에 의한 변화가 아니라 내부의 힘에 의한 변화이다. 나아가 변용은 창조적인 전환 과정이라고 할 수 있다. 릴케가 그의 시세계를 통해 마련하고자 한 세계내면공간을 가능하게 하는 것은 바로 이 변용이라고 본 기존 논의[30]도 있거니와, 변용은 내적 자연으로서의 내면의 자유를 추구해 가는 사랑의 원리인 것이다.

3. '죽음을 향한 존재(being towards death)'에 대한 사랑

> 왜, 우리 현존재는 짧은 순간을 월계수처럼[중략]보낼 수 있다면,/왜 아직도 인간이기를 고집하는가,/[중략]/이곳에 있음이 의미가 있기 때문이다./[중략]/모든 존재는 단 한번뿐, 단 한번뿐, 더 이상은 없다./[중략]/나의 어린 시절도 나의 미래도/줄어들지 않고 있다.……넘치는 현존재가/내 마음 속에서 솟아나기 때문이다.
>
> —「제9비가」 부분. (479~482)

30) 류신, 「천사의 변용 변용의 천사」, 『비교문학』 36, 한국비교문학회, 2005, p.237.

변용이 존재의 지속이라는 점에서 보았을 때, 그것은 "현존재(Dasein)"의 긍정과도 맞물린다. 위의 시에서 "현존재"로서의 인간은 "있음" 자체에 의미가 있다고 한다. 그러한, 순간의 긍정은 변용에 의한 상승이 주는 만족 때문일 것이다. 현재의 '나'이면서도 "어린 시절"의 '나'와 "미래"의 '나'이기도 한, 현존재는 내면에 충일감이 흐른다. 이렇듯 릴케의 사랑은 무소유의 사랑, 내적 자연과 변용을 긍정하는 사랑, 그리고 현존재를 긍정하는 사랑으로 점차적으로 발전해 가는 것이다.

> 파괴적인 운명의 한복판에 서 있었고,/어디로 가야할지 모름 속에 서 있었다. 마치 존재하는 것처럼,/[중략]./천사여, 나는 그것을 그대에게 보여준다. 자 여기! 그대의 눈길 속에/그것이 구원을 받게 해다오.
>
> —「제7비가」 부분. (473)

> 그는 어느 젊은 비탄을/사랑하고 있는 것 같다……그녀의 뒤를 따라 초원으로 들어선다/[중략]/부질없는 짓, 그녀는 비탄인 걸./[중략]/홀로 그는 올라간다, 태곳적 고통의 산을./그의 발걸음에서는 소리 없는 운명의 소리 한번 울리지 않는다./그러나 그들, 영원히 죽은 자들이 우리에게 하나의 비유를 일깨워 주었다면,/보라, 그들은 손가락으로 텅빈 개암나무에 매달린/겨울 눈을 가리켰는지도 모른다
>
> —「제10비가」 부분. (484~488)

그리고 현존재라는, 시간의 유한성 안에서의 존재인식은 필연적으로 '죽음을 향한 존재'31)로서의 인간을 긍정하게 한다. 그러한 실존적 상황을 「제10비가」에서는 "어디에 가야할지 모르는", 그렇기 때문에

---

31) M. Heidegger, 『존재와 시간』, 이기상 역, 까치, 1998, pp.317~347.

"운명"의 "파괴" 앞에 노출된 상황이라 하고 있다. 여기서 천사는 구원자로서 등장한다.(「제7비가」) 그러나 천사는 삶과 죽음의 경계를 오가며 인간을 위로하고 살아남은 자들을 위로할 수 있지만, 그의 역할은 거기까지다. 천사가 다 어루만져주지 못하는 인간의 어둠 때문에 시적 주체가 만나게 되는 여인이 있는데, 그녀의 이름은 바로 "비탄"(die Klage)[32]이다.(「제10비가」) 인간을 죽음에 인도하는 것은 비탄의 여인뿐이다. 그리고 종국에 "태곳적 고통의 산"으로 비유된 죽음의 세계에 가는 것은 인간 "홀로"이다. 그 누구도 자신의 죽음을 대신해 줄 수 없다.[33] 그러나 자신도 죽는다는 점, 이것이 죽은 자를 위해 울어 줄 수 있는 이유이다.

릴케는 현세를 "해석된 세계"(「제1비가」)라고 부르며 비판하였다. 『두이노의 비가』는 자연과도 같은 내면의 세계를 옹호했으며, 그러한 관점에서 전존재(全存在)의 내적인 변화로서의 변용에 의해 현존재를 긍정하고 비탄에 잠겨 타자의 죽음을 아파할 수 있는 사랑을 궁극적으로 보여주고자 했다.

Ⅲ. 한용운의 『님의 침묵』에 나타난 사랑의 의미

1. 절대적 타자로서의 '님'에 대한 사랑

한용운의 『님의 침묵』은 연가풍의 연작시를 하나로 모은 시집이다.

---

32) 여기서 여인의 이름이 비탄이 된 것은 독어로 비탄이라는 명사가 여성형인데, 이것을 의인화했기 때문일 것이다.

33) M. Heidegger, *op.cit.*, pp.319~324.

우선, 『두이노의 비가』에서 상상력의 중심에 놓였던 '천사'에 대응하는 존재로서 '님'의 의미는 다음과 같은 시들을 통해 확인해 볼 수 있다.

> <님>만 님이 아니라 기룬 것은 다 님이다. 중생이 석가의 님이라면/철학은 칸트의 님이다.
>
> ―「군말」 부분. (3)[34]

이 시는 시집의 서시(序詩) 격이다. 시집 전반의 '님'이 어떤 의미인지 제시하고 있다. "긔룬 것은 다 님"이라고 했을 때 사랑의 대상의 일의성을 넘어서고자 한 것이다.[35] 기존의 연구들에서 '님'을 연인 이외에 조국, 부처, 자연 등으로 다양하게 규정한 것도 원래의 텍스트가 이처럼 열린 해석을 원했기 때문이기도 할 것이다.[36] 이것은 불교적 가치관도 뛰어넘는다.

> 사랑의 속박이 꿈이라면/출세의 해탈(解脫)도 꿈입니다./웃음과 눈물이 꿈이라면/무심의 광명도 꿈입니다./일체만법(一切萬法)이 꿈이라면/사랑의 꿈에서 불멸을 얻겠습니다.
>
> ―「꿈이라면」 부분. (75)

---

34) 이 논문에 인용된 한용운의 시편들은 모두 한계전 편저의 『한용운의 님의 침묵』(서울대학교출판부, 1999)의 현대어본을 따랐다. 인용 지면은 괄호 안에 표기한다.

35) 단, 예외가 있다면, 「논개의 애인이 되어 그의 묘에」와 「계월향」에서만, "님"이 각각 논개와 계월향이라는 의기로 지명되어 특정 대상으로 한정되어 있다. 그리고, 「사랑의 불」에서는 논개와 계월향이 모두 나온다.

36) '님'에 대해 조연현(『한국현대문학사』, 인간사, 1961)은 부처, 자연, 조국으로, 김학동(『한국근대시인연구』, 일조각, 1674)은 생명의 근원으로 보았다. (「침묵하는 님의 역설-한용운론」, 『한국 현대 시인 연구-20세기 전반기를 중심으로』, 월인, 2003, p.55. 재인용.)

명상의 배를 이 나라의 궁전에 매였더니 이 나라 사람들은 나의 손을 잡고 같이 살자고 합니다./그러나 나는 님이 오시면 그의 가슴에 천국을 꾸미려고 돌아왔습니다.

—「명상」 부분. (102)

「꿈이라면」은 불교의 교리와 대립되는 주장을 하고 있다. 해탈(解脫)도 관점에 따라 꿈에 불과하지 않느냐고 반문하는 것이다. 나아가 불교에서의 일체만법도 사랑에서 찾을 수 있다고 한다. 다른 시에서 소유와 집착을 긍정했던 것도 같은 맥락이다.[37] 또한 불교의 개념을 빌려오고 있으나 불교의 본질과 무관한 시로 「명상」도 있다. "명상"은 수도(修道)나 선(禪)에 비견될 것이 아니다. 여기의 "명상"은 마음 속 님에게 이르는 수단이다. 이렇듯 『님의 침묵』의 세계는 불교의 원리보다 사랑의 원리가 우위에 있다. 또한, 이 시집에서는 기독교 상징도 자주 원용된다는 점도 이 시집을 불교의 원리로 환원해서는 안 된다는 사실을 방증한다.[38]

아아 이 세상에는 님이 아니고는 나의 길을 낼 수가 없습니다.

—「나의 길」 부분. (13)

나에게 생명을 주든지 죽음을 주든지 당신의 뜻대로만 하셔요./나는 곧 당신이어요.

—「당신이 아니더면」 부분. (27)

---

37) 이와 같은 시로 「선사의 설법」이 있다.

38) 『님의 침묵』에는 기독교 상징으로서 "천사", "악마"(「?」), "포도주"(「포도주」), "모세"(「이별」), "천당", "지옥"(「금강산」) 등이 원용되고 있다.

천국의 음악은 님의 노래의 반향(反響)입니다. 아름다운 별들은 님의 눈빛의 화현(化現)입니다./[중략]/아아, 나는 님의 그림자여요.

— 「님의 얼굴」 부분. (62)

연애는 절대 자유요, 정조는 유동(流動)이요, 결혼식장은 임간(林間)이다.」/[중략]/용서하여요, 님이여 아무리 잠이 지은 허물이라도, 님이 벌을 주신다면, 그 벌을 잠을 주기는 싫습니다.

— 「잠꼬대」 부분. (78~79)

이제 구체적으로 님의 성격을 구명해 보고자 한다. 우선 「나의 길」에서 님은 내가 세상을 살아가는 "길"을 내주는 인도자이다. 「당신이 아니더면」에서는 님의 지위가 훨씬 격상된다. 즉, 그는 신과 같이 삶과 죽음을 결정짓는 자이다. 그런 맥락에서 "나는 곧 당신이어요"라는 구절은 자신을 버리고 절대적 타자와 일체를 이루고자 하는 열망을 보여준다고 하겠다. 「님의 얼굴」에서 아름다운 사물들이 님의 "반향(反響)"이자 "화현(化現)"이라 한 것은 님이 릴케에서의 천사와 마찬가지로 변용(變容)에서 자유로운 자라는 것을 의미한다. 그에 비해 님의 "그림자"로 비유되는 "나"는 종속적이고 수동적인 존재이다.

그러나 님의 이면에는 「잠꼬대」에서 보는 바와 같이 "나"를 벌 할 수 있는 권능마저 있다. 이 시는 당시의 자유연애사상을 "잠꼬대"라고 비난한다. 시의 주체는 그러한 사랑의 유혹을 받았던 것에 죄의식을 느끼며 님에게 사죄하고 있다. 이것은 오세영이 님을 "깨달음의 경지에 들게 하는 참다운 아(我) 즉, '무아(無我 anātman)'"[39]로 본 것과 일맥상통한다. 이것은 다시 말해, 님이 "나"에게 모럴의 이상(理想)을 제시하는

39) 오세영, *op.cit.*, pp.54~55.

초자아(super ego)[40]의 지위에 있다는 것을 의미하기도 한다.[41]

2. 상호주체적(intersubjective) 사랑

> 나는 발자취나마 님의 문밖에 가본 적이 없습니다./아마 사랑은 님에게만 있나비요.[42]
>
> —「꿈 깨고서」 부분. (14)

> 나는 슬픔의 삼매에 '아공(我空)'이 되었습니다.//[중략]사랑의 광인(狂人)이여./아아 사랑에 병들어 자기의 사랑에게 자살을 권고하는 사랑의 실패자여.
>
> —「슬픔의 삼매(三昧)」 부분. (33)

님의 성격과 "나"의 성격은 상당히 상반된다는 것을 위와 같은 시편들을 통해 살펴볼 수 있다. 먼저, 「꿈 깨고서」라는 시에서 님은 "나"에게 다가올 수 있지만, "나"는 님에게 다가갈 수 없는 것으로 설정되어 있다. 그렇기 때문에 "사랑은 님에게만 있나"보다고 체념한다. 즉, 이 시는 님에 대한 "나"의 수동성을 보여준다고 할 수 있다. 한편, 「슬픔의 삼매(三昧)」에서 세계는 "허무"로 가득 차 있으며 님 없이 홀로인 "나"는 "아공(我空)"의 상태에 이른다. "아공"이란, "나"라는 실체 없음에 대한 자기지(自己知)에서 나온 표현이다. 그리하여 사랑에 성공하지 못한

---

40) S. Freud, 「자아와 이드」, 『쾌락의 원칙을 넘어서』, 박찬부 역, 열린책들, 1998, pp.124~129.

41) 이것은 관계의 수직성을 보여주는 것이기도 하다. 나아가 동시에 자유보다 복종의 원리에 더 따르고 있다는 것을 알게 한다.

42) '있나 봐요'의 충청도 방언.
한용운, 『님의 침묵』, 한계전 편저, 서울대학교 출판부, 1996, p.14.

자들의 표상, 즉 “취한 미인”, “사랑의 광인”, “사랑의 실패자” 등이 시적 주체와 동일시된다. 이러한 인식이 자기구원을 할 수 없다는 결론에 이르게 한다고 가정해 볼 수 있다. 요컨대, 이 시편들에서는 님과 대조되는 “나”의 수동성과 자아상실의 상태를 확인할 수 있다.

> 당신의 맑은 새벽에 나무 그늘 사이에서 산보할 때에 나의 꿈은 작은 별이 되어서 당신의 머리 위에 지키고 있겠습니다.
>
> —「나의 꿈」 부분. (90)

> 당신을 좇아오는 사람이 있으면 당신은 나의 죽음의 뒤에 서십시오./죽음은 허무와 만능이 하나입니다.
>
> —「오셔요」 부분. (108~109)

> 그것은 내가 이기기를 좋아하는 것이 아니라, 당신이 나에게 지기를 기뻐하는 까닭입니다.
>
> —「꽃싸움」 부분. (106)

그러나 님이 능동적 지위를, 내가 수동적 지위를 갖는 데에 예외가 없는 것은 아니다. 먼저 「나의 꿈」에서 “나”는 님을 위해 무엇을 할 수 있는가에 답하고 있다. 미미하나마 님에 대한 “나”의 능동성이라고 할 수 있다. 그러한 “나”의 태도가 적극적으로 변하는 경우도 없지 않다. 「오셔요」에서는 님을 지키기 위해서 죽음까지 불사한다. 죽음이라는 도저한 부정은 어떤 위협 앞에서는 강력한 방어수단이 되기도 한다. 그러므로 죽음은 “허무”인 동시에 “만능”이다. “나”는 님과 같은 절대자가 아니기 때문에, 죽음이라는 “만능”의 수단으로 님을 지키려 한다. 한편, 님의 지위가 수동적인 것으로 변모할 때도 없지 않다. 「꽃싸움」에서 님이 "나"를 위해 져주는 싸움을 하는 것은 희생의 태도이다. 『님의 침묵』에서 희생은 님과 "나" 사이에 이처럼 상호적이다.

> 너의 님에게 주는 것이 너에게 주는 것과 같다.
>
> —「잠 없는 꿈」 부분. (28)

> "이것이 님의 님이라"고 울음 섞어서 말하겠습니다.
>
> —「참말인가요」 부분. (65)

> 님은 내가 사랑할 뿐 아니라 나를 사랑하나니라.
>
> —「군말」 부분. (3)

사랑의 상호성은 모든 사랑의 공통분모이다. 그러나 상호주체성(intersubjectivity)은 다르다. 한용운 시의 사랑은 상호성을 넘어 상호주체성으로 나아가고 있다. 사랑의 상호주체성은 위의 시편들을 통해서 살펴 볼 수 있다. 「잠 없는 꿈」에서와 같이 "님에게 주는 것이 너에게 주는 것과 같다"는 논리도 성립되며, 「참말인가요」에서와 같이 자신을 "님의 님"이라는 논리도 성립되는 것이다. '주는 것'과 '받는 것'을 동시에 요구하고, 또한 '상대방을 자신의 사랑의 타자로 삼기'와 '자신이 상대방의 사랑의 타자가 되어 주기'를 동시에 요구하는 것이다. "님은 내가 사랑할 뿐 아니라 나를 사랑하나니라"도 상호주체성을 직접적으로 드러낸 시구이다. 릴케와 달리 한용운의 상호주체성은 그만의 특징 요소라고 할 수 있다.

그러한 상호주체성을 가능하게 하는 것은 한용운 시 특유의 힘이다. 그의 시의 주체는 자신에 대한 믿음이 강하다. 표면적으로는, 님은 절대적인 지위를, 자신은 수동적인 지위를 갖는 것처럼 보이지만, 그 수동적 지위를 능동적으로 마련한다는 점에서 단순히 수동성을 특성으로 보기 어려운 점이 있다.[43] 또한 님은 "나"를 사랑해 주는 대상이지만, 자신 또한 님을 위해 지켜주고 헌신하는 자라는 점에서 자신의 사랑을 받는 자이기도 하다.

> 나로 하여금 님한지 하나가 되게 하서요.
>
> —「하나가 되어 주서요」 부분. (22)

> 다른 사람들은 나의 홍안(紅顔)만을 사랑하지만은 당신은 나의 백발도 사랑하는 까닭입니다.
>
> —「사랑하는 까닭」 부분. (72)

> 나는 당신을 사랑하여요. 나는 당신의 '사랑'을 사랑하여요.
>
> —「<사랑>을 사랑하여요」 부분. (96)

그러한 상호주체성은 위의 시구들에서 보는 바와 같이 동일시(identification)에의 열망으로 귀결된다.「하나가 되어 주서요」에서처럼 타자와의 완전 동화되고,「사랑하는 까닭」에서처럼 전인적으로 사랑하고,「사랑을 사랑하여요」에서처럼 사랑 자체를 사랑하는 것이다.[44] 그러한 동일시의 운동성은 어떠한 완전성을 향해 간다.『님의 침묵』이

---

43) 최동호가 한용운 시의 기다림이 타율적인 것이 아니라 자발적이라고 주장한 것도 수동성과 능동성에 대한 본고의 논지와 일맥상통한다.
최동호,「한용운 시와 기다림의 세계」, 김학동 외,『한용운 연구』, 새문사, 1999, p.I－50.

44) "사랑을 사랑하"게 되는 사랑의 속성에 대해서는 R. Barthes,『사랑의 단상』, 김희영 역, 문학과지성사, 2000, pp.50~55. 참조.

지향하는 사랑의 궁극의 한 점을 위의 시들을 통해 엿볼 수 있다.

> 남들은 자유를 사랑한다지만 나는 복종을 좋아하여요./[중략]//그러나 당신이 나더러 다른 사람을 복종하라면 그것만은 복종할 수가 없습니다./다른 사람을 복종하려면 당신에게 복종할 수가 없는 까닭입니다.
>
> —「복종」 부분. (52)

> 당신이 나를 버리지 아니하면, 나는 복종의 백과전서가 되어서 당신의 요구를 수응(酬應)하겠습니다.
>
> —「버리지 아니하면」 부분. (97)

그러면, 한용운 시의 사랑의 상호주체성이 어떠한 모럴에 의해 지탱되고 있는지 살펴볼 필요가 있다. 그것은 먼저 「복종」과 「버리지 아니하면」에서와 같이, "복종(僕從)"이라고 하겠다. 시적 주체는 "자유(自由)"를 모르는 것은 아니지만 "복종"하고 싶은 데 "복종" 하는 것은 "행복"이라는 역설을 주장한다. 칸트에 따르면, 자유란, 주체의 자율성에 기반을 둔 덕목이다.[45] 그러나 한용운의 복종은 타율성에 기반을 둔, 비윤리성을 띠는데, 이것은 문학적 역설로 사랑의 아름다운 덕목이 된다.

> 당신을 기다리는 것은 정조보다도 사랑입니다.//[중략]/자유연애의 신성(神聖)(?)을 덮어놓고 부정하는 것도 아닙니다./[중략]/나의 정조는 '자유정조'입니다.
>
> —「자유정조」 부분. (20~21)

---

45) I. Kant, 『윤리형이상학정초』, 백종현 역, 아카넷, 2010, pp.169~181. 참조.

연애가 자유라면 님도 자유일 것이다.

—「군말」 부분. (3)

"복종"이라는 개념은 "정조"라는 개념으로 변주되기도 한다. 「자유정조」에서 "자유"는 "정조"와 대립적이다. 그러나 앞의 시보다 더 발전된 논리를 보여준다. 그것은 바로 "자유정조"라는 개념에 의해서다. 이 개념은 서로 모순되는 두 개념을 결합한, 한용운 나름의 조어(造語)이다. 이러한 개념어가 담고 있는, 내적 진실은, 구도덕에서처럼 강요에 의한 정조가 아니라, 자유롭게 스스로 지키는 정조라는 것이다. 물론, 위의 시에서 보는 바와 같이 한용운의 연애 개념에 "자유"라는 이상이 없는 것은 아니다. 어떤 절대성과 이상성(理想性)을 지닌 존재는 반드시 스스로 자유로운 존재이기도 할 것이다. 한용운의 님은 그러한 존재이다. 즉, 시적 주체는 자유라는 이상을 표상하는 존재로서의 님을 사랑함에 있어 "자유정조"라는 모럴을 따르는 것이다.

3. 죽음에 저항하는 사랑

간접의 사랑이라도 있는 것이다./[중략]/만일 애인을 자기의 생명보다 더 사랑한다면 무궁을 회전하는 시간의 수레바퀴에 이끼가 끼도록 사랑의 이별은 없는 것이다.//[중략]/진정한 사랑을 위하여는 괴롭게 사는 것이 죽음보다도 더 큰 희생이다./이별은 사랑을 위하여 죽지 못하는 가장 큰 고통이요, 보은이다./[중략]사랑은 [중략] 먼 마음을 서로 비치는 무형에도 있는 까닭이다./[중략]//그리고 진정한 사랑은 곳이 없다./[중략]/그리고 진정한 사랑은 때가 없다./진정한 사랑은 간단이 없어서 이별은 애인의 육(肉)뿐이요, 사랑은 무궁이다.//[중략]아아, 이별의 눈물은 진이요 선이요 미다./아아, 이별의 눈물은 석가요 모세요 잔다르크다.

— 「이별」 부분. (16)

아아 님 생각의 금실과 환상의 여왕이 두 손을 마주잡고, 눈물의 속에서 정사(情死)한 줄이야 누가 알아요.//우주는 죽음인가요./인생은 눈물인가요./인생이 눈물이면/죽음은 사랑인가요.

— 「고적한 밤」 부분. (12)

「이별」은 제목 그대로 이별의 상황에 놓여 있다. 이러한 상황은 『님의 침묵』 전반에 전제된 상황이기도 하다. 그러나 이별은 오히려 사랑을 성숙시켜 줄 계기이다. 또한 이 시는 사랑을 위해 죽는 것보다 이별의 아픔 자체를 견뎌내는 것이 더 위대하다고 노래한다. 왜냐하면, 그것은 더 한 "희생"을 감내해야 하기 때문이고,[46] 그것은 님으로부터 받은 사랑에 대한 "보은"이기 때문이다. 한편 이 시는 "간접의 사랑"도 있다고 한다. 자기 안의 님을 사랑하면 "무궁을 회전하는 시간"에도 이별은 없다는 것이다. 나아가, "무형"의 사랑도 비슷한 맥락에서 이해될 수 있다. 이별은 단지 "육(肉)", 즉 몸의 문제일 뿐이기 때문이다. 그러므로 "진정한 사랑은 곳이 없다"는 논리와 "진정한 사랑은 때가 없다"는 논리도 성립된다. 시간과 공간의 유한성을 넘어[47] 언제나 존재하는 초월적인 사랑이 『님의 침묵』이 지향하는 사랑이다. 사랑의 위대함이 종교

---

46) 사랑하는 님과 나의 관계에 있어서의 희생의 가치를 나타낸 대표작인 『나룻배와 행인』에서도 같은 원리를 찾아볼 수 있다.

47) 사랑의 무형성과 시공간에 대한 초월성은 다음과 같은 시구에서도 확인된다. "그 나라는 국경이 없습니다. 수명은 시간이 아닙니다. /사랑의 존재는 님의 눈과 마음도 알지 못합니다." (「사랑의 존재」)

성으로 승화되는 것이다. 따라서 이별로 승화된 사랑은 "진" · "선" · "미", 그리고 "석가" · "모세" · "잔다르크"라고 칭송되기에 이른다. 이것은 위대한 예술을 탄생하게 하는 논리로 이 시집 전체를 관통한다. 1920년대는 「고적한 밤」에서 보는 바와 같이 "환상"과 "눈물"로 도피한 퇴폐적 낭만주의가 풍미하며 "정사"가 찬미되었다. 그러나 한용운의 시는 눈물로서의 인생과 사랑으로서의 죽음에 의문을 던지며, 사랑한다면 죽음조차 극복해야 한다는 절대긍정의 정신을 보여준다.

나는 나의 노래가 세속 곡조에 맞지 않는 것을 조금도 애달파하지 않습니다./[중략]/참된 노래에 곡조를 붙이는 것은 노래의 자연에 치욕입니다./[중략]/나의 노래는 사랑의 신(神)을 울립니다.

— 「나의 노래」 부분. (25)

나는 그들의 사랑의 표현인 것을 보았습니다./[중략]/사랑의 신성(神聖)은 표현에 있지 않고 비밀에 있습니다.

— 「칠석」 부분. (104)

만일 인위가 있다면 '어찌하여야 처음 마음을 변치 않고 끝끝내 거짓 없는 몸을 님에게 바칠꼬' 하는 마음 뿐입니다.

— 「의심하지 마셔요」 부분. (34)

만족을 얻고 보면 얻은 것은 불만족이요, 만족은 의연히 앞에 있다.

— 「만족」 부분. (82)

입술을 다물고 눈으로 말하지 마셔요./[중략]/즐거운 사랑에 웃으면서 차디찬 잔부끄럼에 울지 마셔요.

— 「첫 <키스>」 부분. (57)

「나의 노래」는 자신의 곡조에 "세속"의 인위가 가미되는 것을 거부하고 "신성"과 "자연"을 추구한다. 「칠석」에서도 세속적인 관점에서 "표현"하는 사랑이 아니라, "신성"한 "비밀"의 사랑을 추구한다. 나아가, 「의심하지 마셔요」에서는 자신의 사랑에 "인위"가 없으며, 만약 있다면 변절을 막을 때만이라고 한다. 「만족」에서도 "의연"으로 만족을 얻을 수 있다고 한다. 이처럼, 인위를 배제하고 자연의 원리에 따라 신성에 이르고자 하는 한용운의 사랑의 양상은 환희에 찬 에로티시즘으로도 확장된다. 「첫키스」 이 시는 제목에서부터 "키스"라는 단어가 들어간다. 한용운의 경우, 키스, 포옹 등 에로티시즘의 표현을 많이 쓴다. 그러나 앞에서 본 바와 같이 한용운이 "육(肉)"만의 사랑을 주장하는 것은 아니다. 오히려 한용운은 한국근대시사에서 형이상학의 깊이로 인정받는 시인으로, 한용운 시의 키스와 같은 에로티시즘은 생에의 충동으로서의 에로스(eros)로 보아야 하며, 이것은 죽음에의 충동으로서의 타나토스(thanatos)를 넘어서고자 하는 데서 샘솟는 것으로 보아야 할 것이다.

그러므로 고통의 회피를 위해 죽음을 선택하는 것에 반대하며 자연의 원리에 따라 환희에 찬 에로스를 긍정하는 한용운의 사랑은 죽음에 저항하는 사랑이라고 규정할 수 있겠다.

Ⅳ. 릴케의 『두이노의 비가』와 한용운의 『님의 침묵』에 나타난 사랑의 의미 비교

1. 릴케의 '천사'에 대한 사랑 vs 한용운의 '님'에 대한 사랑

먼저 사랑의 대상이란 관점에서 릴케의 '천사'와 한용운의 '님'을 비교를 해보고자 한다.

천사는 신을 보좌하고 신과 인간 사이를 중개하는 존재이다. 그러나 『두이노의 비가』에서의 천사는 기독교라는 종교의 색채를 탈색하고 있다. 『두이노의 비가』가 「나르시스」 시편 이후에 등장하는 데서 알 수 있듯이, 릴케의 천사는 예술가의 나르시시즘이 실패하는 지점에서 등장한다. 천사는 아름다움과 위용을 가진 자로서 인간이 갈구하는 구원으로 인도해줄 것이 기대된다. 그러나 『두이노의 비가』의 천사는 인간을 절망으로부터 구하지 못한다는 데서 비극성이 심화된다.

반면, 한용운의 '님'은 "긔룬 것은 다 님"(「군말」)이라고 말해지고 있듯이 다의적으로 열린 해석이 가능하다. 불교 특유의 개방성이 종교성 이상(以上)을 허용하고 있다. 님은 높은 이상을 제시하는 일종의 인도자이자, 각성자이다. 또한 시적 주체의 찬양을 받는 아름다움과 위용을 동시에 지녔다. 『님의 침묵』은 님과의 이별이 전제된 상황 하에서 쓰였음에도 불구하고 님에 대한 시적 주체의 태도는 무한히 낙관적인 데 낭만성이 있다.

천사와 님은 시적 주체에 대해 이상(理想)을 체현한 절대적 타자의 지위를 지니고 있다는 데서 공통점이 있다. 그리고 천사와 님 모두 기독교와 불교라는 종교에서 원용된 초월적 존재이나 종교성은 탈색하고 있다는 점, 그리고 일종의 구원자이자 아름다움과 위용을 지닌 존재라는 점도 공통적이다.

그러나 『두이노의 비가』는 죽음에 이르는 자의 슬픈 노래로서의 비가이며, 『님의 침묵』은 사랑의 노래로서의 연가(love song)로 대비된다는 점에서 가장 큰 차이가 있다. 그것은 천사와 시적 주체, 님과 시적 주체의 관계 때문이다. 전자는 주객 사이의 이화(異化)의 국면이, 후자는 주객 사이의 동화(同化)의 국면이 우세함으로써, 전자는 사랑의 비극성이, 후자는 사랑의 낭만성이 펼쳐지고 있는 것이다.

2. 릴케의 무소유의 사랑 vs 한용운의 상호주체적 사랑

다음으로 두 시인의 사랑의 특성을 비교해 보고자 한다. 먼저 릴케의 사랑은 '무소유의 사랑'이라고 할 수 있다. 그것은 "사랑하는 남자에게 버림받은 한 처녀"(「제1비가」)에게서 본보기를 발견한 사랑이다. 그러한 사랑은 자신의 욕망 충족을 위해 상대방에게 "구애"하지 않는 사랑이며(「제7비가」), 내면의 자유를 위해 상대방을 놓아줌으로써 성스러운 경지에 이르는 사랑이다.(『진혼곡: 어느 여자친구를 위하여』) 추구해야 할 것은 오직 내적 자연으로서의 내면의 자유이며, 그것은 스스로 "변용"(「제9비가」)해 나가는 존재의 내적 힘이기도 하다.

한용운의 사랑은 '상호주체적 사랑'이라고 할 수 있다. 한용운의 시적 주체는 님에 대해 많은 인간적 약점을 지닌 존재로서 수동성을 지닌다. 그러나 한용운의 시적 주체는 그 수동성을 스스로 선택한다는 점에서 능동성을 가지기도 한다. 또한 사랑의 주체와 타자 간의 존경과 희생이 쌍방향적이라는 점에서 상호주체성을 강하게 보인다. 님이 자유라면, 나는 자유정조라는 식으로 대응하고 있는 것이다.

릴케의 '무소유의 사랑'과 한용운의 '상호주체적 사랑' 모두 인간성을 초월하여, 이상적이고 신성한 사랑을 지향한다는 공통점이 있다. 그러나 릴케의 경우 상대방을 자유롭게 해주는 데 좀 더 방점을 두고 있으며, 한용운의 경우 자유정조라는 역설적인 개념에서 알 수 있듯이 상대방에 의한 구속에 좀 더 방점을 두고 있다는 것은 큰 차이라고 할 수 있겠다.

3. 릴케의 '죽음을 향한 존재'에 대한 사랑 vs 한용운의 죽음에 저항하는 사랑

릴케의 『두이노의 비가』와 한용운의 『님의 침묵』은 세상에 던져진 존재로서의 인간의 유한성과 불완전성에 대한 자각이 두드러진다. 그러한 인간의 근원적 한계 때문에 '천사'나 '님' 같은 절대적인 존재를 두 시인은 갈구했다고도 볼 수 있다. 그러한 맥락에서 죽음의 문제는 두 시집에 산재해 있다.

릴케의 경우 궁극적으로 "현존재"(「제9비가」)로서의 인간, 즉 죽음을 향한 존재로서의 인간을 긍정하는 길에 이른다. 천사가 삶과 죽음의 경계를 넘나들 수 있는 존재라 할지라도 죽음은 오롯이 인간만의 것이다. 릴케는 인간의 그러한 비극성을 받아들이고 있는 그대로 수용한다. "비탄"(「제10비가」)을 의인화하여 죽음으로 가는 길에서 인간의 동반자처럼 여기는 것이 바로 그러한 예이다.

그러나 한용운의 경우 사랑이 죽음마저 이겨내는 논리를 보여준다. 사랑을 위해서 고통을 감내하면서라도 죽지 말고 살라는 것이다. 그러한 절대긍정의 힘은 생에의 충동으로서의 에로스로 표출되며 그것은 키스나 포옹 등의 표현으로 거리낌 없이 드러난다.

릴케와 한용운 모두 인간이 유한자라는 인식을 공유하고 있으나 릴케의 경우 그 비극성을 철저히 수용하는 방향으로, 한용운의 경우 그것을 극복하는 방향으로 나아간다. 그리하여 릴케의 사랑은 '죽음을 향한 존재'에 대한 사랑으로, 한용운의 사랑은 죽음에 저항하는 사랑으로 대별된다.

| 참고문헌 |

1. 기본 자료

Rilke, Rainer Maria, 『형상시집, 신시집, 진혼곡, 마리아의 생애, 두이노의 비가, 오르페우스에게 바치는 소네트』, 김재혁 역, 책세상, 2000.

한용운, 『님의 침묵』, 한계전 편주, 서울대학교 출판부, 1996.

2. 국내 논저

권보드래, 『연애의 시대』, 현실문화연구, 2003.

김임구, 「자아의 상승과 타아에의 헌신 – 라이너 마리아 릴케와 한용운의 잠재정신사적 경험 양식 비교」, 『비교문학』23, 한국비교문학회, 2004.

김재혁, 『릴케의 작가 정신과 예술적 변용』, 한국문화사, 1998.

김주연, 「릴케의 생애와 작품」, 『릴케』, 문학과 지성사, 1993.

김현, 「바라봄과 텅빔」, 『존재와 언어/ 현대 프랑스 문학을 찾아서 – 김현문학전집 12』, 문학과 지성사, 1992.

류신, 「천사의 변용 변용의 천사」, 『비교문학』 36, 한국비교문학회, 2005.

민승기, 「라캉과 레비나스」, 『라캉의 재탄생』, 창작과비평사, 2002.

신범순, 「반근대주의적 혼의 시학」, 『현대시학연구』4, 한국시학회, 2001.

오세영, 「시의 분류」, 『문학과 그 이해』, 국학자료원, 2003.

______, 「침묵하는 님의 역설–한용운론」, 『한국 현대 시인 연구 – 20세기 전반기를 중심으로』, 월인, 2003.

이정순, 「릴케의 중기 시작품에 보이는 사랑의 관념」, 『릴케의 서정시 연구 – 중기 이후』, 한빛문학, 2006.
전광진, 「님과 천사 – 릴케와 한용운의 비교 연구」, 『독일문학』 60, 한국독어독문학회, 1996.
______, 『릴케의 두이노의 비가 연구』, 삼영사, 1986.
최동호, 「한용운 시와 기다림의 세계」, 김학동 외, 『한용운 연구』, 새문사, 1999.
한국철학사상연구회 편, 『철학대사전』, 동녘, 1997.

3. 국외논저 및 번역서

Barthes, Roland, 『사랑의 단상』, 김희영 역, 문학과지성사, 2000.
____________, 『목소리의 결정』, 김웅권 역, 동문선, 2006.
Derrida, Jacques, 『목소리와 현상』, 김상록 역, 인간사랑, 2006.
Freud, Sigmund, 「자아와 이드」, 『쾌락의 원칙을 넘어서』, 박찬부 역, 열린책들, 1998.
Heidegger, Martin, 『존재와 시간』, 이기상 역, 까치, 1998.
Kant, Immanuel, 『윤리형이상학정초』, 백종현 역, 아카넷, 2010.
Žižek, Slavoj, 『이데올로기의 숭고한 대상』, 이수련 역, 인간사상, 2002.

제3장 | 이상 시의 '사랑의 진실' 연구

I. 서론

이상이 전존재를 던져 해결하고자 한 문제는 세계와의 단절이라는 문제이다. 세계를 거대한 하나의 타자성(他者性)으로 인식한 이상이 단절의 문제를 해결하고자 한 방식은 역으로 관계의 문제를 재상정한 것이다. 그러므로 김현이 이상 문학의 근본 문제가 "'만남'의 문제"[1]에 있음을 지적한 것은 이상 문학에서의 '타자'의 문제와 '관계'의 문제의 중요성을 드러내 준 의미 있는 통찰이라고 할 수 있다.

이 세계에 피투성의 존재로 태어난 익명의 존재로서의 한 인간이 죽음에 대한 불안 앞에서 진정한 '나'를 실현하는 것은, 대명사로서의 '나'를 넘어 고유명사로서의 "이 나"[2]로 다시 태어나는 존재론적 비약을 통해서이다. 이것은 또한 이 세계의 총체성으로 환원되지 않는 나의 단

1) 김 현, 「이상에 나타난 '만남'의 문제」, 『자유문학』, 1962. 10. (최재서 외, 권영민 편저, 『이상 문학전집』4, 문학사상사, 1996, pp.159~183. 재수록.)
2) 가라타니 고진, 「단독성과 개별성에 대하여」, 『언어와 비극』, 조영일 역, 도서출판 b, 2004, p.342.

독성을 증명하는 것이다. 나의 단독성의 필연적인 근거는 세계의 그 무엇으로도 환원되지 않는 나 자신만의 진실의 존재에 대한 믿음에 있다. 진실은 주체와 세계의 일 대 일 대면에서 세계에 있는 것이 아니라 주체에 있으며, 그런 의미에서 진실은 언제나 주체에 대해 내적 진실이다. 그러나 세계와 나를 단절된 것으로 인식하여 자신을 대타적으로 정립할 때, 총체성에 대한 단독성의 지위에 선 주체의 허약성은 스스로 하나의 체계로서 자기목적성과 자기완결성을 지닐 수 없다는 데 있다. 이것이 바로 주체가 필연적으로 타자를 향해 개방성과 의존성을 띨 수밖에 없는 근원적인 결핍이다. 그러므로 주체의 내적 진실은 자기 안에서 발견되고 구성되어 완성되지 못하고, 그것을 승인해 줄 타자와의 관계를 필요로 하게 된다.

그런 의미에서 모든 주체는 분열(split)이 있다고 보아야 하며, 오히려 분열이 주체 구성을 위한 전제가 된다고 할 수 있다. 그러므로 기존 논의에서 일반적으로 규정되어 온 이상 문학에서의 주체의 분열이란 개념은 좀 더 엄밀한 분절에 의해 재규정 되어야만 한다. 그것은 일단 데카르트의 '나는 생각한다. 고로 존재한다(Cogito ergo sum)'는, 자의식의 현존에 대한 믿음에서 성립되는 주체 개념과 비교될 때, 상대적으로 분열적 양상이 극명해 보여 온 것이라고 가정해 볼 수 있다. 그러나 데카르트의 주체에 대한 명제에서 유의미한 것은 오히려 존재론적 차원, 즉 신에 의거하지 않은 자의식이 자신의 존재의 근거가 된다는 실존적 선언 그 자체이다.[3] 이러한 관점에서 볼 때, 이상 문학에서의 주체의 분열이란 대개의 인간이 어느 정도 가진 분열의 일면을 텍스트의 표층

3) 데카르트의 주체 개념의 실존성에 대한 견해는 다음 참조.
가라타니 고진, 「개체의 지위」, 『유머로서의 유물론』, 이경훈 역, 문화과학사, 2002, p.11~17.

적 층위까지 자의식적으로 극명하게 드러낸다는 차이밖에 없다. 그러므로 이상 문학에서 주체의 분열이란 개념이 일반론적으로 해소되는 것을 면하기 위해서는 주체성의 문제가 타자성의 문제로 확장되어 관계의 역학 안에서 구체적으로 논의되어야만 한다.

이상 문학에서 '타자와의 관계'라는 대명제 하에 귀속되는 제반 문제들은 '사랑'의 문제에서 첨예화된다. 이에 대해 신범순은 이상이 진실이 없는 타락의 시대에 여성과의 관계 속에서 사랑의 순결성을 끊임없이 확인하려는 '사랑의 진실'을 문제 삼았음을 지적하며, 거짓으로 가득한 현실 세계와 거울 속의 또 다른 세계를 배회하는 가운데 그의 문학 세계가 만들어지고 있다고 한다.[4] 서영채는 이상 문학의 사랑은 그 불가능성으로 인한 절망이 타자와의 단절을 더 심화하므로, 이상은 그러한 상황 자체를 유희로서의 예술로 전화하게 되는데, 그러한 일련의 과정이 곧 미적 주체의 탄생으로 가는 과정이 된다고 본다.[5] 사랑의 주체들 사이에 그들의 내면에 진실이 존재한다는 믿음을 갖는 것이 사랑에 대한 진지성의 전제가 되나, 그것 자체에 대한 불신이 진실과 거짓의 연쇄 속에 진실성을 교란되게 만든다는 것이다.[6] 이처럼 이상에게서 사랑의 주체와 타자 간의 관계에서 진실성의 문제를 중심으로 언어의 표리 간에 불일치가 문제시되는 수사학이 형성되는 것은 본질적으로 사랑의 진실에 모순(矛盾)이 내포되어 있기 때문이다. 그 모순은 단순히 텍스트 표층에서 형식 논리의 층위에 그치는 것이 아니라 이상 시

---

4) 신범순, 『축제와 여성주의』, 서울대 국문과 박사과정 한국 현대 시사 연구 교재, 2006, pp.2~3.

5) 서영채, 『한국 근대 소설에 나타난 사랑의 양상과 의미 연구: 이광수, 염상섭, 이상을 중심으로』, 서울대학교 국어국문학과 대학원 박사학위 논문, 2002, p.185.

6) *Ibid.*, pp.187~188.

의 본질적 층위인 이른바 "내면의 수사학(rhétorique profonde)"[7]에까지 닿아 있다. 이 논문은, 이상 시의 진실성이 모순의 수사로 인해 교란된 것이 내면의 진실이 부재하기 때문이 아니라, 진실 자체가 모순을 내포하기 때문이라는 시각을 제안하고자 한다.

진실은 확실성과 정확성을 띠는 것이라기보다 오히려 가변성과 불확정성을 띠며 모호하게 그 정체를 숨기고 있는 것이다.[8] 그러므로 진실을 포착하려는 시의 언어는 개방성을 전제한 가운데 상반된 두 힘 사이의 긴장을 내포함으로써 살아 있는 언어의 형태를 띤다.[9]

이러한 진실의 본질에 가장 근접한 시의 언어는 은유(隱喩)로, 은유적 진실이라는 개념으로 이 문제를 가장 깊이 천착한 이는 리쾨르(P. Ricœur)이다.[10] 은유는 기본적으로 '~은 ~이다'라는 구조를 지니는 가운데 긴장을 내포한다.[11] 여기서 중요한 것은 계사(copula)에서 발생하는 존재론적 긴장, 즉, '~이다'를 '~로 존재 한다'로 해석할 수 있는 계사의 실존적 기능에서 비롯되는 긴장이다.[12] 이 경우, '~이다'는 '~이지 않다'를 내포하게 된다.[13] 왜냐하면 '~로 존재한다'는 의미의 '~이다'는 비동일성을 가진 타자와 자신을 동일시하고자 하는 존재론적 열정의 표현이긴 하지만, 또한 끝내 자신과 타자가 완전히 같을 수 없다

---

7) 고인숙, 「보들레르의 <rhétorique profonde>를 위한 試論」, 김붕구 외, 『상징주의 文學論』, 민음사, 1982, p.89.
8) P.E. Wheelwright, 『은유와 실재』, 김태옥 역, 한국문학사, 2000, pp.34~36.
9) *Ibid.*, pp.39~40.
10) 리쾨르의 은유론에 의한 선행연구로는 다음 논문이 있다.
유원춘, 「이상 시의 은유 연구」, 서울대학교 국어국문학과 대학원 석사학위논문, 1991.
11) P. Ricœur, *The Rule of Metaphor*, Trans. Robert Czerny, Toronto: UTP, 1979, p.247.
12) *Ibid.*, p.248.
13) *Loc. cit.*

는 것을 의미하기도 하기 때문이다. 동일성과 비동일성 사이의 상호작용인 은유는 다만 '같음'이라는 동일성과 '다름'이라는 비동일성 사이에서 '같음'도 '다름'도 아닌 '닮음'이라는 새로운 제3의 동일성으로 지양될 뿐이다. 그러므로 은유가 존재론적 열정을 동반하여 진실에 이르는 것은, 절실한 믿음의 순간, 즉 존재론적 수행의 순간에만 가능하며, 그로써만 언어는 자기 자신을 넘어서는 언어가 되어 존재의 제한에서 벗어난다.[14] 다시 말해 진실은, "은유적 존재가 존재와 존재의 부정을 의미"[15]하는 것이 동시에 이루어지는 가운데, 오로지 절실한 믿음에 의해 새로운 의미를 만들어내는 데 있으며, 이는 곧 진실의 문제가 자신에 대한 존재의 물음을 던지는 실존의 문제로까지 나아감을 알게 한다.

나아가 이러한 실존적 연관에서 볼 때, 진실, 즉 참이라는 것은 존재 그 자체 내에서 발견되면서 있다는 것이다.[16] 그러므로 진실로서 존재한다는 것이야말로 진정한 인간 현존재의 존재방식[17]이자, 그로써만 진실의 가장 근원적인 현상에 다다를 수 있다.[18] 그러나 진실은 비진실과의 대립과 혼재 안에 있다. 진실을 가리키는 그리스인의 표현 알레테이아(aletheia)가 망각의 강 레테(lethe)를 벗어나는 것, 즉 "비은폐성"[19]의 의미로 이해되었다는 것은 의미심장하다. 진실에 대한 이러한 이해는 진실이란 무언가 비본질적인 것에 은폐되어 있던 것 사이에서 자신의 본질을 드러내는 것, 즉 "존재내부"[20]에서 일어나는 것임을 암시하

---

14) *Ibid.*, p.249.
15) *Ibid.*, p.306.
16) M. Heidegger, 『존재와 시간』, 이기상 역, 까치 출판사, 2001, p.295.
17) *Ibid.*, p.297.
18) *Ibid.*, pp.297~298.
19) 진중권, 『미학 오디세이』 2, 새길, 1996, p.87.
20) S. Žižek, 『무너지기 쉬운 절대성』, 김재영 역, 인간사랑, 2004, p.119.

기 때문이다. 진실은 역설적으로 자신의 중심 속의 "'본질적인 반대 본질' 또는 '특유의 비본질'"[21]로서의 비진실 안에서만 스스로를 드러낼 수 있는 것이다.[22] 결국 사랑의 진실의 문제는 이러한 비진실의 문제를 관통해가지 않을 수 없다. 이러한 데서 이상 시의 사랑의 진실의 문제가 난해성을 띨 수밖에 없는 것이다. 여기서 난해성으로 비치는 타자성이 단순히 비진실로 매도되는 오류에서 벗어나기 위해 진실은 '나'라는 "1인칭"[23]으로 말해져야 한다는 것 또한 확인될 것이다. 사랑이란 주체와 타자 양자 간에 이루어지는 것이나 일방적으로 한편이 다른 한편에 의해 대상화되어선 안 되기 때문이다. 이러한 사랑의 근본을 깨달아 가기까지가 이상 시에서 사랑의 진실을 찾아가는 과정이다. 이상으로, 진실에 대해 상술된 일련의 시각에 따라 이상 시의 사랑의 진실의 문제를 구명해 가는 데 부딪히는 난점을 풀어가고자 한다.

II. 죽음의 문제에서 사랑의 문제로의 전환과정 —타나토스에서 에로스로

13人의兒孩가道路로疾走하오.
(길은막다른골목이適當하오.)

[중략]

13人의兒孩는무서운兒孩와무서워하는兒孩와그렇게뿐이모였소.

[중략]

21) *Loc. cit.*,
22) *Ibid.*, pp.119~121.
23) A. Zupančič, 「진리에서의 문제들」, 『니체와 라캉: 정오의 그림자』, 조창호 역, 도서출판 b, 2005, p.182.

(길은뚫린골목이라도適當하오.)

13人의兒孩가道路로疾走하지아니하여도좋소.

—「烏瞰圖 詩第一號」 부분.[24] (13~14)

이상의 세계에 대한 단절적인 인식의 근저는 공포가 지배하고 있다. 그러한 점은 「烏瞰圖 詩第一號」에서 "무서운兒孩"와 "무서워하는兒孩"만이 존재한다는 데서 극단적으로 드러난다. 공포를 호소하며 질주하는 자들과 공포를 만들며 질주하는 자는 구분되지 않는다. 공포의 대상과 공포의 원인이 구분되지 않는 것이다. 이 세계에서 공포로부터 도피하는 것은 불가능하다. 질주는 도피의 일종이나 그 끝은 닫혀 있는 출구로서의 막힌 골목이다. 세계는 이미 폐쇄되어 있는 것이다. 그러나 도피의 끝이 개방되어 있는 출구로서의 열린 골목이라고 해도 아무런 의미가 없다. 왜냐하면, 주체는 이미 이 세계로부터 도피조차 할 수 없다고 단정하고 있기 때문이다. 이 시에서 더 이상 "疾走하지아니하여도좋"다는 것은 세계로부터의 도피에 대한 체념의 표현인 것이다. 공포는 현존재가 세계 안에 있다는 것의 증거로서 필연적인 것이다.[25] 그러나 이상에게는 세계 안에 있는 것 전체가 타자라는 이름을 가진 것으로서 모두 공포가 된다. 그의 세계는 그 자체가 이미 소통 불가능한 타자성이며 주체와 조화를 이루는 것이 불가능하다. 그러므로 공포에 포위되어 있는 주체는 세계 단절되어 있는 것이다.

싸움하는사람은즉싸움하지아니하던사람이고또싸움하는사람은
싸움하지아니하는사람이었기도하니까싸움하는사람이싸움하는구

24) 이하 이 논문의 인용 시 표기는 이상, 『이상문학전집』1, 이승훈 엮음, 문학사상사, 1999. (초판 7쇄)를 따른다. 인용 지면은 숫자만 표기한다.

25) M. Heidegger, *op.cit.*, pp.194~198.

경을하고싶거든싸움하지아니하던사람이싸움하는것을구경하든지
싸움하지아니하는사람이싸움하는구경을하든지싸움하지아니하던
사람이나싸움하지아니하는사람이싸움하지아니하는것을구경하든
지하였으면그만이다.

— 「烏瞰圖 詩第三號」 전문. (23)

공포는 타자에 대한 위협을 내포하는 것으로 그러한 세계 안의 존재자들은 타자와 싸우는 방식으로 관계를 맺는다. 이것이 「烏瞰圖 詩第三號」가 보여주는 세계의 또 다른 단면이다. 이 시에는 "싸움하는사람"과 "싸움하지아니하는사람", 그리고 "싸움하던사람"과 "싸움하지아니하던사람", 이렇게 네 사람이 나온다. 싸움에 대해, 긍정과 부정 그리고 현재와 과거의 두 기준으로 네 부류의 사람으로 나뉘는 것이다. 그런데 이 시는 싸우는 이는 과거에 싸우지 않던 이거나, 현재 싸우지 않는 이라는 논리 안에서 결국 시간상의 차이만 있을 뿐 누구든 싸우지 않을 수 없으며, 싸우지 않는다 하더라도 싸우는 것과 다르지 않다는 인식을 보여주고 있다. 싸움은 공포를 더욱 증폭한다. 이상의 시 세계에서 공포가 싸움을 유발하였는지, 싸움이 공포를 유발하였는지 그 선후 관계는 분명치 않다. 세계는 공포이며, 그러한 세계 안에서 타자는 싸워야 하는 대상이다. 그러한 세계 인식은 결국 어떻더라도 상관없다는 체념 안에서 고착되어버린다.

두번씩이나咯血을한내가冷情을極하고있는家族을爲하여빨리아
내를맞아야겠다고焦燥하는마음이었다. 나는24歲나도어머니가나
를낳으셨듯이무엇인가를낳아야겠다고생각하는것이었다.

— 「肉親의章」 부분. (223)

크라이스트에酷似한襤褸한사나이가있으니이는그의終生과殞命까지도내게떠맡기려는사나운마음씨다. 내時時刻刻에늘어서서한時代나訥辯인트집으로나를威脅한다. 恩愛나의着實한經營이늘새파랗게질린다.나는이육중한크리스트의別身을暗殺하지않고는내門閥과내陰謀를掠奪당할까참걱정이다. 그러나내新鮮한逃亡이그끈적끈적한聽覺을벗어버릴수가없다.

—「肉親」 전문. (92)

나의아버지가나의곁에서조을적에나는나의아버지가되고또나는나의아버지의아버지가되고그런데도나의아버지는나의아버지대로나의아버지인데어쩌자고나는자꾸나의아버지의아버지의아버지의[중략] 아버지가되느냐나는왜나의아버지를껑충뛰어넘어야하는지나는왜드디어나와나의아버지의아버지의아버지와나의아버지의아버지의아버지노릇을한꺼번에하면서살아야하는것이냐.

—「烏瞰圖 詩第二號」 전문. (21)

이러한 세계에서 공포에 질린 아이는 시간의 흐름에 따라 아버지가 되어야 한다. 그러나 시간은 자연의 순리 그대로 아이를 아버지로 만들어 주는 것은 아니다. 아이에서 아버지로 가는 그 존재의 이전을 사이에 두고 죽음에 대한 인식이 개입된다. 그는 「肉親의 障」에서 두 번의 각혈[26]을 계기로 죽음에 눈뜬다. 이것이 어머니와 같이 2세를 갖고자 하게 하며 또한 아내를 구하고자 하게 한다. 여기서 아버지 되기를 각오한 계기가 각혈이라는 것은 의미심장하다. 그것은 바로 타나토스(thanatos)를 에로스(eros)로 전환하고자 하는 의지의 발현이기 때문이

26) 전기적으로 이상의 첫 각혈은 1930~1931로 추측되나 정확히 확인되는 것은 1933년으로 「烏瞰圖」 연작이 발표되기 1년 전이다.
김윤식, 「이상 연보」, 『이상연구』, 문학사상사, 2002, pp.420~424.

다. 각혈에 의해 죽음에 눈을 뜬 것이 결과적으로 에로스를 지향하게 한다는 것은 에로스만이 타나토스를 물리치는 힘이 되기 때문이다. 에로스는 사랑에의 지향과 미(美)에의 지향을 동시에 내포하는 것처럼, 이상에게서도 각혈은 사랑과 예술에 투신하게 하는 근본적인 원인이라고 할 수 있다. 남녀 간의 사랑을 통해 2세를 남기고자 하는 욕망과, 예술을 통해 자신의 죽음 이후에 자신의 이름을 남기고자 하는 욕망은 그 근본이 같은 것이다. 그러므로 이상에게서 각혈의 체험이 사랑과 문학의 출발점이 되는 것이다. 그러한 이상의 어버이 되기에의 욕망으로서의 가족에 대한 사랑은 「肉親」에서 "恩愛"라고 할 만큼 각별하다. 이 시의 서정적 주체는 자신을 "크라이스트" 즉 예수와 동일시하고 있거니와, 예수와 같은 삶을 살기 위해서는 시대를 위해 자신을 희생해야 함을 알고 있다. 그러나 그는 예수와 같은 숭고한 사랑보다 살붙이들 간의 사랑인 가족애를 선택하려 한다. 그러므로 일반적으로 '恩愛'는 신의 인간에 대한 사랑이라는 의미와 가족 간의 사랑이라는 두 가지 의미를 동시에 내포함으로써 긴장을 띠고 있지만, 이 시 안에서는 전자에서 후자로 그 의미가 옮겨가고 있는 것으로 보아야 한다. 이 시의 시적 주체는 가족에 대한 사랑을 위해 기꺼이 자신의 자아상에 포개지는 예수의 상을 "암살"하려는 생각까지 한다. 물론 자의식이 강한 그는 미처 그것을 실행에 옮기지는 못하지만, 한 성인의 인류에 대한 사랑에 비해 가족에 대한 사랑이 작지 않다는 것을 보여주고 있다. 그러나 가족에 대한 사랑은 쉽게 실현되지 않는다. 「烏瞰圖 詩第二號」에서 그는 "아버지" 되기에 대해 실존적인 질문을 던지고 있다. 졸고 있는 "아버지"의 모습과 "나"의 동일시를 통해 "나는" "아버지"가 된다. 그러나 그뿐이다. 이 시에서는 "나는왜드디어나와나의아버지의아버지의아버지와나의아버지의아버지의아버지노릇을한꺼번에하면서살아야하는것이냐" 라는 질문에 대해서 "아버지"의 역사와 역할이 도대체 자신에게 어떤 의미인지, 스스로 그 답을 구하지 못하고 있다. "아버지"에 대한 상상적 동일시에 동의하면서도 상징적 동일시를 체화하지 못한 그 사이에 긴장이 형성되고 있는 것이다. 결국 "아버지"로서의 상징성을 획득하지 못함으로써 그는 "아버지" 되기에 성공하지 못하고 있다고 보아야 한다.

> 저사내어머니의얼굴은薄色임에틀림이없겠지만저사내아버지의얼굴은잘생겼을것임에틀림이없다 [중략] 참으로兒孩라고하는것은아버지보담도어머니를더닮는다는것은그무슨얼굴을말하는것이아니라性行을말하는것이지만 [중략] 험상궂은얼굴임은卽저사내어머니의얼굴만을보고자라났기때문에그럴것이라고생각되지만저사내아버지는웃기도하고하였을것임에는틀림이없을것이지만大體로兒孩라고하는것은곧잘무엇이나숭내내는性質이있음에도불구하고저사내가조금도웃을줄을모르는것같은얼굴만을하고있는것으로본다면저사내아버지는海外를流浪하여저사내가제법사람구실을하는저사내로장성한後로도아직돌아오지아니하던것임에틀림이없다고생각되기때문에또그렇다면저사내어머니는大體어떻게그날그날을먹고살아왔느냐하는것이問題가될것은勿論이지만어쨌든간에저사내어머니는배고팠을것임에틀림없으므로배고픈얼굴을하였을것임에틀림없는데귀여운외톨자식인지라저사내만은무슨일이있든간에배고프지않도록하여서길러낸것임에틀림없을것이지만아무튼兒孩라고하는것은어머니를가장依支하는것인즉어머니의얼굴만을보고저것이정말로마땅스런얼굴이구나하고믿어버리고선어머니의얼굴만을열심으로숭내낸것임에틀림없는것이어서
>
> — 「얼굴」 부분. (129~130)

그러한 "아버지" 되기에 대한 분열적인 태도는 「얼굴」에서 변주된다. 이 시에서 한 "사내"는 "아버지의 얼굴"과 "어머니의 얼굴"에 대해 동시에 회상하는데, "아버지"는 울고 웃는 표정 많은 남자였고, "어머니"는 무표정한 "박색"의 여자였던 것으로 기억하면서 그 자신은 "아버지"가 아닌 "어머니"를 닮아가며 자랐다고 한다. 그것은, 아이는 원래 "아버지"를 본으로 삼는 것이 옳으나 "아버지"는 방랑하여 안 계시고, "어머니"가 생존을 위해 현실을 책임졌었기 때문에 자연히 "어머니"께 의지하며 자랐기 때문이라고 한다. "아버지"는 현실에 부재하며 결여적으로만 존재하는 것으로, "어머니"는 생존의 상징으로 상정되어 있는 것이다. "사내"는 "아버지의 얼굴"이 아닌 "어머니의 얼굴"을 닮았다는 것은 "아버지"가 아닌 "어머니"와 동일시를 하며 성장하였으나 "아버지"가 되어야 하는 딜레마 가운데 그 자신이 놓여 있다는 자각을 드러내고 있는 것이다. 그렇기 때문에 "아버지" 되기로 가는 과정에서 "어머니"에 대한 거부는 다음과 같은 시들에서 보다 극명하게 드러난다.

> 房거죽에極寒이와닿았다. 極寒이房속을넘본다. 房안은견딘다. 나는讀書의뜻과함께힘이든다. 火爐를꽉쥐고집의集中을잡아땡기면 유리窓이움푹해지면서極寒이혹처럼房을누른다. 참다못하여火爐는 식고차갑기때문에나는適當스러운房안에서쩔쩔맨다. 어느바다에潮水가미나보다. 잘다져진房바닥에서어머니가생기고어머니는내아픈 데에서火爐를떼어가지고부엌으로나가신다. 나는겨우暴動을記憶하는데내게서는억지로가지가돋는다. 두팔을벌리고유리창을가로막으면빨래방망이가내등의더러운衣裳을뚜들긴다. 極寒을걸커미는어머니－奇蹟이다. 기침藥처럼따끈따끈한火爐를한아름담아가지고내體溫위에올라서면讀書는겁이나서곤두박질을친다.
>
> －「火爐」 전문. (55)

> 아들—여러아들—老婆의結婚을걷어차는여러아들들의육중한구두—구두바닥의징이다. [중략] 아기들이번번이애총이되고되고한다. 어디로避해야저어른구두와어른구두가맞부딪는꼴을안볼수있으랴.
>
> —「街外街傳」 부분. (64~65)

"어머니"는 「火爐」에서 전형적인 모성 상징인 '방'과 '바다'의 이미지로 변주된다. 또한 이 시에서의 "어머니"는 생존과 생활의 수단의 상징으로서의 "화로"가 죽어가던 것을 살려내는 힘을 지닌 존재이다. 그러나 "어머니"의 따뜻한 모성이 중심이 된 「火爐」의 세계에서는 그녀는 이상하게 "독서"와는 이율배반적인 관계에 있다. 그러므로 독서하던 시의 주체는 "어머니"를 거부하려 한다. 모자간(母子間)의 적대적인 관계는 「街外街傳」에서 보다 극단화된다. 「鳥瞰圖 詩 第一號」를 연상하게 하는 이 시에서 모자는 전쟁 중에 있다. "아들"(들)은 자신(들)의 어머니의 결혼을 반대하고, 그 대가로인지 죽어서 아이들의 무덤인 "애총"으로 가고 마는 것이 「街外街傳」이 그리고 있는 모자상인 것이다. 앞의 시에서 어머니의 모성을 거부하는 데서 더 나아가, 자신을 태어나게 한 근원적 원인인 어머니의 결혼조차 방해하는 것은 상징적인 아버지 되기에 실패한 데서 오는 두려움으로부터 도피하기 위해 나타나는 증상들이다. 이와 같이 부모를 통해 온전한 부부상을 갖지 못한 그는 아버지와 어머니의 관계에서의 불화를 자신의 시 안에서 남성인 시적 주체가 다른 여성들과 관계 맺는 방식 안에서 재생산한다. 아버지와 어머니에 대한 기억의 트라우마(trauma)가 잔상으로 남아 부부관계에 무의식적으로 간섭하는 것이다. 그러므로 남성과 여성 사이의 부조화의 심연은 부모의 대를 이어 자신의 세대에서도 그대로 재현된다.

Ⅲ. 동일성의 논리 안에서의 사랑의 진실

鸚鵡 ※ 二匹

二匹

※ 鸚鵡는哺乳類에屬하느니라.

내가二匹을아아는것은내가二匹을알지못하는것이니라. 勿論나는希望할것이니라.

鸚鵡 二匹

"이小姐는紳士李箱의夫人이냐" "그렇다"

나는거기서鸚鵡가怒한것을보았느리라. 나는부끄러워서얼굴이붉어졌었겠느니라.

鸚鵡 二匹

二匹

勿論나는追放당하였느니라. 追放당할것까지도없이自退하였느니라. 나의體軀는中軸을喪失하고또相當히蹌踉하여그랬던지나는微微하게涕泣하였느니라.

"저기가저기지" "나" "나의-아-너와나"

"나"

sCANDAL이라는것은무엇이냐."너" "너구나"

"너지" "너다" "아니다너로구나"

나는함뿍젖어서그래서獸類처럼逃亡하였느니라. 勿論그것을아아는사람或은보는사람은없었지만그러나果然그럴는지그것조차그럴는지.

―「烏瞰圖 詩第六號」 전문. (30)

이 시 「烏瞰圖 詩第六號」에서 "鸚鵡"는 자신을 닮은 여인의 은유로서 사랑의 대상이다. 그녀가 말을 따라 한다는 것은 상징적 동일시를 할 수 있을 것이라고 기대된다는 것이다. 이상에게서 타자와의 관계에서 동일성을 찾으려는 것은 근원적인 갈망 중 하나이다. 나로 하여금 나를 나 자신이게 하는 것을 내 안에서 찾는 것은 한계가 있다. 이상이 거울에 집착하나 그 안에서 자신을 찾으려는 시도가 결국 공허하게 무화되고 마는 것은 그 때문이다. 그러므로 거울 앞에서 무너진 허약한 자아는 타자와의 닮음의 확인을 통해 자기 확신을 갖고자 한다. 사랑이 의미 있는 것은 바로 그러한 이유에서이다. 사랑하는 대상 안에서 나를 닮은 모습을 통해 자기 정체성을 공고히 하며, 나를 사랑하는 것처럼 남을 사랑하고, 남을 사랑하는 것처럼 나를 사랑하는 과정에서 치유가 이루어지는 것이다. 나와 다른 타자가 나를 바라보는 것을 마주하는 것 자체가 상처에 자신을 노출하는 것이니만큼, 날 닮은 타자가 나를 바라보는 것을 마주하는 것은 치유가 될 수 있는 것이다. 그러한 타자에 대해서는 갈수록 이상(理想)을 투사하여 기대가 높아지기 마련이다. 그러나 위기가 없지 않다. 사랑하는 사람의 진심을 몰라 방황하기도 하고, 다시 희망을 가지고 남은 사랑을 찾으려고도 한다. 이 시에서 앵무새로 표상되는 그녀는 "哺乳類"로서 젖을 가진 여성, 즉 모성이라는 상징까지 내포하고 있다는 점에서 아내이자 어머니가 되어 준다는 희망을 주는 여자인 것이다. 그러나 이 시 안에서 그녀는 어느 순간 노하여 화를 내며 "體軀는中軸을喪失"한 것 같은 남성 주체의 성적 열등감을 자극하는 양면성을 보이기도 하는 것이다. 그러한 여인은 일종의 괴물이다. '날 닮은 너"로 은유된 앵무새는 사랑의 대상으로서의 여인으로 자신의 말을 따라 하는 것 같지만, 그 말은 결코 의미화되지 못한다. 그녀는 사랑의 주체의 거울상인 것처럼 인식되지만 실은 분노의 표정만을 돌려보낼 뿐 아무런 의미도 되돌려 주지는 않는 것이다. 그것은 거울에서도

상이 맺히지 않는 부분으로서의 암점의 존재를 깨닫게 된 것과 같은 경험이다. 그 암점은 동일화가 불가능한 타자성으로 여겨지는 것이다.[27] 그러나 암점은 거울의 한계지점이라고 여겨질 수도 있지만, 실은 거울이라는 것 자체가 성립되기 위한 필수조건이기도 하다.[28] 그럼에도 불구하고 이 시의 주체는 아직 타자의 이질성을 주체와의 관계 안의 필연성으로 용인하지 못하고 있다. 다만, 타자성의 암점에 대해 허망함을 절감하고 있을 뿐이다.

이것은 사랑의 주체와 타자 간의 은유적 진실의 양가성을 보여준다. 사랑의 타자는 '나'이자 '나 아닌 것'인 것이다. 이것은 존재론적인 필연이다. 그러므로 자신을 긍정할 것으로 기대되던 상대는 다시 자신을 부정하는 것으로 되돌아오는 것이다. 한편, 진실이 한 인간의 존재의 내부로부터 발생하며 이 세상에 유일무이한 단독성으로 있다고 할 때, 이 시의 "sCANDAL(스캔들)"은 진실과 정반대 편에 놓인다. 하이데거의 관점에서 보았을 때 진실이란 존재의 열어 밝혀짐에서 드러나는 것이라면, 스캔들이란 주체와 전혀 무관한 타자들에 의해 왜곡되는 방식으로 폭로되는 것이며, 이것은 오히려 진실의 은폐로서의 비진실이 되기 때문이다. 그래서 이 시에서의 관계의 변화는 사랑일 때는 원래 "나" "나의－아－너와나"가 결국 "나", 즉 동일성으로 귀결되던 데서 스캔들에 의해, "너" "너구나"/"너지" "너다" "아니다너로구나"로 결국 "너", 즉 타자성으로 귀결되는 데로 옮겨 가고 있는 것이다. '이다'와 '이지 않다'라는 모순이 결국 '이다'로 지양되는 은유[29]의 과정 속에서, 사랑일

---

27) S. Žižek, 『그들은 자기가 하는 일을 알지 못하나이다』, 박정수 역, 인간사랑, 2004, pp.264~266.
28) *Ibid.*, p.265.
29) P.Ricœur, *op.cit.*, pp.247~248.

때는 타자도 '나'로 귀결되지만, 사랑을 타락시킨 스캔들에서는 끝내, 타자인 '너'를 '너'로만 제한한다. 결국 '너'를 스캔들로 단정한 '나'는 사랑의 타락을 견딜 수 없어 눈물에 젖은 채 아무도 보지 않는 곳으로 도망친다. 이상 시의 독특한 점은 이렇듯 은유의 언어에 숨겨져 있는 모순 그 자체를 다 드러내 준다는 데 있다. 그 과정은 존재의 떨림을 함축하고 있다. 사랑의 진실과 진실이 부정되는 처절함 속에 분열을 겪는 주체의 고통이 그대로 표현되고 있는 것이다.

優雅한女賊이 내뒤를밟는다고 想像하라
내門 빗장을 내가지르는소리는내心頭의凍結하는錄音이거나, 그「겹」이거나……
—無情하구나—
燈불이 침침하니까 女賊 乳白의裸體가 참 魅力있는 汚穢—가 아니면 乾淨이다

[중략]

猴는 드디어 깊은睡眠에빠졌다 空氣는乳白으로化粧되고
나는?
사람의屍體를밟고집으로돌아오는길에皮膚面에털이솟았다 멀리 내뒤에서 내讀書소리가들려왔다

[중략]

睡眠뒤에는손가락끝이濃黃의小便으로 차겁더니 기어방울이져서 떨어졌다

—「破帖」 부분. (205~206)

猿猴를흉내내이고있는마드무아젤.

[중략]

저女子의下半은男子의上半에恰似하다.(나는哀憐한邂逅에哀憐해
하는나)

—「建築無限六面角體—AU MAGASIN DE NOUVEAUTES」
부분. (167)

사랑하는 대상으로서 날 닮은 당신의 표상으로서의 앵무는 다른 시에서 원숭이로 변주되기도 한다. 「破帖」의 "猴"와 「建築無限六面角體—AU MAGASIN DE NOUVEAUTES」의 "猿猴"가 바로 그것이다. 앵무새와 원숭이의 공통점은 인간을 흉내내나 언어의 의미는 통하지 않는다는 점이다. 원숭이의 은유로 표상되는 그녀는 「破帖」에서 아름다운 "乳白의裸體에空氣같은化粧"을 하고 "나"의 곁에서 잠들지만, 잠에서 깨어나면 "濃黃의小便"으로 남는 비참함을 느끼게 한다. 여기서 여인과 밤에 이루어지는 사랑에 실패한 것에 대한 암시와 그것에 대한 자괴감이 느껴진다. 그러므로 이 시에서 "無情"함으로 "나"에게 상처를 입히는 여인은 연인이 아니라 "女賊"이 되는 것이다. 그러한 여인과의 관계에서는 사랑이 상징적인 차원으로 상승될 수 없다. 그러므로 이 시에서 상징화의 행위로서의 "독서"는 홀로만의 작업이 된다. 그렇기 때문에 「破帖」이라는 시에서의 여인은 "나"를 닮았으나 끝내 이해하지는 못하는 원숭이인 고로, 원숭이는 동일성 안에서 비동일성이 극명하게 드러나 보이게 하는 대상의 은유이다. 이러한 은유는 대칭의 미의식을 건축을 통해 보여주는 「建築無限六面角體—AU MAGASIN DE NOUVEAUTES」에서도 발견할 수 있다. 이 시 안에서 건축의 기하학적 대칭성은 남녀관계의 대칭성과 유비 관계를 이루고 있다. 이 시에서 "猿猴"를 흉내내고 있는, "마드무와젤"이라는 아름다운 경칭으로 불리는 여인은 "女子의下半은男子의上半에恰似"하다는 데서 알 수 있듯이, 남사

와 유사성을 지니는 존재로 인식되지만, 그 유사성은 끝내 두 남녀의 일치점을 만들어 주지는 못한다. 유사성은 오히려 어긋남을 확인해 주는 유사성이다. 그러므로 이 시에서 타자 앞에 기쁘게 섰던 주체는 남녀의 "哀憐한邂逅에哀憐" 할 수밖에 없는 것이다. 결국 "나"의 안에서 의미화되지 않는 타자로 남는 여인들은 날 닮았다는 동일성의 발견이 주는 환희를 오히려 어긋남의 비동일성으로 되돌려 줌으로써 "나"를 더욱 좌절시킨다. 사랑하는 "나"의 감정은 애처롭고 가련하지만, 사랑받는 당신은 "나"에게 무감정한 것이다. "나"는 당신을 사랑함으로써 존재하는데, 당신은 "나"의 존재를 부정한다는 모순에 대한 인식은 사랑을 타락된 것으로 보이게 한다.

△은 나의 AMOUREUSE이다.

나는하는수없이울었다.
[중략]
나는遊戲한다.
▽의슬리퍼는菓子와같지아니하다.
어떻게나는울어야할것인가
*
쓸쓸한들판을생각하고
쓸쓸한눈내리는날을생각하고
나의皮膚를생각하지아니한다.

記憶에對하여나는剛體이다.
정말로
"같이노래부르세요"
하면서나의무릎을때렸을터인일에對하여

▽은나의꿈이다.

스틱! 자네는 쓸쓸하며有名하다.

[중략]

마침내▽을埋葬한雪景이었다.

—「破片의 景致」 부분. (100~101)

사랑의 타락에 대한 주제는 「破片의 景致」에서도 변주된다. "△"는 이 시 안에서의 "나"의 연인이다. 역시 같은 시 안에서 그녀를 사랑하는 "▽"는 사랑에서의 남성 주체이다. 이 "▽"는 사랑하던 때의 "나"로서 사랑에 진실이 있던 때의 "나"이다. 그러한 "나"는 사랑이 유희에 불과한 것으로 전락한 것에 대한 슬픔과 고뇌를 가진다. 그러나 유희는 사랑을 희화화하는 것이 아니다. 이미 사랑에 울고 있는 주체가 '어떻게' 울 것인가를 고민할 때, 바로 그 '어떻게'에 해당되는 것이 유희화인 것이다. 그는 끝내 사랑의 슬픔을 한낱 비웃음으로 전락시키지 않는다. 그는 이 시에서 아직도 기억이 "剛體"의 형상이라고 하는데, 그것은 곧 사랑의 기억이 변함없이 아름답다는 의미이다. 그는 순결의 표상이라고 할 수 있는 "눈"에 과거의 자신인 "▽"를 "매장한"다. 그러한 "눈"의 쓸쓸함 안에 남성의 상징인 "스틱"의 쓸쓸함이 오버랩 되는 것이 「破片의 景致」의 한 장면인 것이다. "눈"에의 자신의 "매장"은 타락하여 더 이상 사랑의 진실성을 갖지 않는 순결하지 않은 사랑에 대한 반성으로 과거의 자신과 현재의 자신을 결별하게 하는 행위이다. 그것은 역설적으로 사랑의 순결을 보존하는 것이기도 하다. 그는 이 시에서, "같이노래부르세요"라고 말하며 자신의 무릎에 앉던 애인을 여전히 진정으로 그리워하고 있는 까닭이다. 그는 기존의 논의에서와 같이 사랑을 유희화 하는 것을 의도하고 있는 것이 아니라, 유희화 될 수밖에 없는 사랑의 슬픔을 적나라하게 보여주고 있는 것이다. 그것은 다름 아닌 슬픔의 역설을 통한 진실의 표현이다.

△은나의 AMOUREUSE이다.

종이로만든뱀을종이로만든뱀이라고하면
▽은뱀이다.

▽은춤을추었다.

▽의웃음을웃는것은破格이어서우스웠다.

—「▽의遊戲」 부분. (103)

光線을즐기거라,光線을슬퍼하거라,光線을웃거라,光線을울거라,

[중략]

視覺의이름을가지는것은計量의嚆矢이다. 視覺의이름을發表하라.

□ 나의이름.
△ 나의아내의이름(이미오래된과거에있어서나의AMOUREUSE는이와같이도聰明하리라)

[중략]

視覺의이름은사람과같이永遠히살아야하는數字的인어떤一點이다.

—「線에 關한 覺書 7」 부분. (164~165)

이 시 「▽의유희」에서 "웃음"이 나오는 것은 오직 웃어서는 안 될 사랑의 슬픔 앞에서 울지 않을 때, 즉 있어서는 안 될 "파격"이 있을 때뿐

이다. 계속 이 시의 논리를 따르면, "유희"에서 "웃음"이 "파격"이라는 것은 그것이 유희의 본질은 아니라는 것이다. 그러므로 이상 시에서의 유희의 의미를 진실성을 교란하는 것으로 보아서는 안 된다. 오히려 유희는 칸트적 의미에서의 "놀이"(spiel)[30]의 개념으로 보아야 한다. 놀이는 곧 예술화이다. 이상의 유희의 의미는 예술화를 가리키는 것에 한정되는 것으로 보아야 한다. 그러므로 이상에게 "웃음"의 함의는 "익살"(laune)[31]과 무관하다. 익살은 오히려 미의 영역으로서의 예술과 구분되는 곳에 있다. 유희라는, 예술화를 통해 얻어지는 것은 형식미이다. 형식미는 철저히 주관의 문제인 진실의 문제에는 전혀 영향을 미치지 않는다. 그러므로 "웃음"은 하나의 기호에 불과하다. 기호는 그 자체의 지위만으로는 아무것도 의미하지 않는다.[32] 이 시의 의미구조 안에서 "즐기거라"와 "슬퍼하거라", "웃거라"와 "울거라"와 같이, 이항대립적인 한 쌍 안에서만 그 가치를 갖는다. 즉, "웃음"은 사랑의 두 주체인 남과 여 사이의 관계의 파행을 가리키는 하나의 기호일 뿐이다. 여기서 보다 중요한 것은 이상의 놀이를 위한 기호화의 궁극적인 목적이 무엇이냐 하는 것이다. 이상이 시 안에서 사랑하는 관계에 있는 남자를 "▽"(또는 "□")로, 그리고 상대 여자를 "△"로 기호화하는 것은 이 시에서 규정하는 바와 같이 "視覺의이름"을 붙이는 행위이다. 즉, 청각 언어로 된 이름이 아니라 시각 언어로 된 이름인 것인데, 그것은 계량화라는,

30) I. Kant, 『판단력비판』, 이석윤 역, 박영사, 2003, p.212.

31) *Ibid.*, p.222.

32) "종이로만든뱀"(「▽의遊戲」)도 마찬가지다. 그것은 이상 시에 자주 나오는 성적 콤플렉스에서 비롯된 남성 성기에 대한 비유로 볼 수도 있지만, 보다 중요한 것은 '~를 ~라고 한다면 ~는 ~이다'라는 명명을 통해, 유희를 위한 하나의 기호로 설정되고 있다는 것 자체이다. 그 의미는 시 전체에서 사랑을 나누는 남성과 여성의 관계 안에서만 해석될 수 있다.

이상 나름의 근대성에 대한 파악에서 영감을 얻어 그 명명(命名) 방식을 빌려 온 것이다. 시각적으로 기호화된 것은 계량화된다는 슬픔을 가지고 있긴 하지만 한편 시각성 고유의 성격에 의해 영원성을 획득한다. 그러므로, 이 시에서 "시각의이름"은 "영원히살" 수 있다고 하는 것이다. 그러한 이 시의 의미의 맥락 안에서 "△"는 시간을 초월하여 과거의 연인 즉, "AMOUREUSE"이자 또는 현재의 아내일 수도 있는 것이다. 다시 말해, 사랑의 주체들을 시각적으로 기호화 하는 것은 일종의 형식미의 획득으로 예술 안에서 영원성을 갖게 하기 위한 것이다. 여기서 중요한 것은 바로 그 영원성의 지향 안에 사랑에 대한 진실이 있다는 것이다.

△은 나의 AMOUREUSE이다.

▽이여씨름에서이겨본經驗은몇번이나되느냐.
▽이여보아하니外套속에파묻힌등덜미밖엔없고나.
▽이여나는呼吸에부서진樂器로다
　나에게如何한孤獨은찾아올지라도나는○ ○하지아니할것이다.
　오직그러함으로써만나의生涯는原色과도같이豊富하도다.
그런데나는캐러밴이라고.
그런데나는캐러밴이라고.

―「神經質的으로 肥滿한 三角形」 부분. (121)

이 시 「神經質的으로 肥滿한 三角形」에서도 역시 "△"로 기호화된 여성과 "▽"로 기호화된 남성이 사랑의 주인공이 된다. "△"를 사랑하던 "나" "▽"는 자신의 무력감을 씨름에서 이겨 본 적이 없는 자라고 한다. 그는 사랑으로 타자와 엮어진 관계 안에서 언제나 약자이며 그런고로 언제나 패배자이다. 사랑 앞에 타자를 위해 자신의 욕망을 버리고 차라리 패배를 받아들이는 "나"는 진정으로 사랑을 하는 자이다. 이에 반해 "나"의 연인이었던 "△"가 "나"에게 "신경질적"인 태도에 "비만"한 용모로 변하는 순간은 그녀에게서 사랑의 종말이 온 순간임을 알 수 있다. "신경질"은 타자와 일체감이 형성될 때 감각적으로 오는 쾌감과 반대되는 것으로 타자에 대한 거부 반응을 유발하는 상태라고 할 수 있다. 또한 "비만"은 이상의 여러 시들에서 욕망의 과잉에 대한 비유적 표현으로 유추된다. 그러므로 "신경질적"인 데다 "비만"하다는 표현은 타자에 대해 포용력을 갖지 않으면서, 진실 없는 사랑임에도 불구하고 오로지 욕망에만 부풀어 올라, 대상에 대한 집착만 남은 관계에서 오는 역겨움의 의미를 내포한다고 할 수 있다. 이럴 때 이 시에서 "나"는 차라리 고독하게 사막을 혼자 횡단하는 "캐러밴(caravan)"이 된다. 무조건적으로 관계 자체를 원한다기보다는 진실성이 있는 관계만을 원하는 것이다. 그러므로 고독한 사막의 순례자로서의 삶을 택하는 것은 역설적으로 사랑을 지키고자 하는 노력이라고 할 수 있다. 위의 시들에서 주목해야 할 것은 "▽"와 "나"가 같은 존재이지만 다른 의미를 지닌다는 것이다. 내가 사랑을 함으로써 "△"의 연인이 될 때만 "나"는 "▽"이다. 그녀의 사랑을 잃으면 "나"는 더 이상 "▽"가 아니고, 절대적인 고독을 받아들여야 한다는 것이다. 이것은 사랑의 역학에서 이상이 자기중심이 아니라 철저히 타자에 의해 자신의 의미를 규정한다는 것을 보여준다. "△"와 "▽"는 의미 없이 기호의 유희로 선택된 도형의 일종에 불과하지만 이 두 기호만큼 사랑이 동일성과 비동일성 사이에서 또 다른 동일성으로 지양해 가는 닮음의 변증법이라는 것을 잘 보여주는 것은 없다. 사랑의 진실이란 그러한 관계의 역학 안에서만 자신을 드러낸다.

요컨대, 사랑의 두 주인공인 남과 여를 "▽"와 "△"로 시각화하여 표현한 일련의 시들은 시간의 흐름 속에서 변할 수밖에 없는 사랑의 진실을 시간에 저항하여 변함없는 것으로 보전하기 위해 형식미를 갖춘 시들이라고 할 수 있을 것이다. 그러나 사랑하는 두 사람의 관계를 은유적 관계로 형성되지 못하게 하는 모순의 출현은 사랑을 고통스럽게 하는데, 이는 다음 장에서 다루어질 바이다.

Ⅳ. 비동일성의 현현에 의한 사랑의 위기 —진실과 비진실 사이의 모순

사랑이란 철저히 둘의 문제이며, 그러므로 이 둘의 관계에 보다 안정적인 충실함을 보이도록 덕목으로 개념화한 것이 순결(純潔)이다. 이상은 타자와의 단절에 그 누구보다 민감했으며, 그러한 이유로 분리불안 증상을 보일 정도로 타자에 대해 집착한다. 그러나 타자에 대한 욕망이 단순히 사랑의 대상에 대한 소유의 형식이나 지배의 형식으로 발현되지는 않는다. 오히려 이상의 순결의 문제는 진실의 문제의 중심에 놓여 있다. 사랑에서의 진실의 문제는 사랑의 주체가 그 타자에게 순결에 대해 질문을 던지는 형식으로 제시된다. 사랑의 균열은 바로 그 질문에 의해 발생한다. 그것이 사랑하는 주체와 타자 간의 완전한 동일화를 방해하는 것이다. 여기서 순결의 문제로서 이상의 시에서는 '정조(貞操)'의 개념이 등장한다.

안해를즐겁게할條件들이闖入하지못하도록나는窓戶를닫고밤낮으로꿈자리가사나워서가위를눌린다. 어둠속에서무슨냄새의꼬리를

逮捕하여端緖로내집내未踏의痕迹을追求한다. 안해는外出에서돌아오면房에들어서기전에洗手를한다. 닮아온여러벌表情을벗어버리는醜行이다. 나는드디어한조각毒한비누를發見하고그것을내虛僞뒤에다살짝감춰버렸다.그리고이번꿈자리를豫期한다.

— 「追求」 전문. (77)

순결에서 가장 중요한 것은 무엇보다도 '당신이 사랑하고 있는 사람이 진정 나인가? 만약 내가 아니라면 누구인가?'이다. 이 시에서 사랑의 주체는 아내가 자신으로부터 멀어져 가며 누구를 만나는지 알 수 없는 "외출"을 하고 돌아오는 것에 대해 원망하는 마음을 가진다. 이 시에서 "외출"이란 시어는 어의 그대로의 의미와 함께 두 남녀를 동일성으로 묶어 주는 영역을 벗어나는, 말하자면 일종의 외도라는 의미를 동시에 지닌다. 그럼에도 불구하고 그가 회복되길 바라는 것은 사랑 안에서의 동일성의 경험이다. 이 시에서 사랑을 하는 남성 주체는 "닮아온여러벌표정을벗어버리는추행이다"라고 말하고 있는데, 이것은 아내가 자신과 닮았다고 인식할 때 느꼈던 행복감을 잃어버린 것에 대한 상실감의 표현이다. 그는 여전히 아내와의 닮음 즉 동일성을 통한 일체감을 공유하길 바란다. 이 시에서 그녀가 자신과의 닮음을 지워버리는 것을 가능하게 하는 "비누"를 숨기는 행위가 바로 그러한 심리의 반증이다. 그러나 그러한 바람은, 이 시의 세계에서 현실이 아닌, 무의식적 욕망이 실현되는 장소로서의 꿈[33]을 꾸는 공간, 즉 "꿈자리"에서밖에 기대되지 않는다. 그는 아내를 잃어버리지 않으려 하지만 둘 사이의 심연은 이미 벌어져 있다. 그가 자신도 모르게 "외출"하고 돌아오는 아내에 대해 요구하는 것은 사랑에 대한 충실이란 의미에서의 정조나 순결이다. 이와

33) S. Freud, 「꿈은 소원성취이다」, 『꿈의 해석』 상, 김인순 역, 열린책들, 1998, p.180.

같이 위의 시들에서 아내와의 일체감의 상실이 사랑의 주체에게 무력감을 느끼게 하는 양상이 다음 시들에서는 아내에 대한 불신과 의심을 느끼게 하는 양상으로 나타난다.

> 白紙위에한줄기鐵路가깔려있다. 이것은식어들어가는마음의圖解다. 나는每日虛僞를담은電報를 發信한다. '明朝到着'이라고. 또나는나의日用品을每日小包로發送하였다. 나의生活은이런災害地를닮은距離에漸漸낯익어갔다.
>
> —「距離 — 女人이出奔한境遇」 전문. (220)

> 出奔한 안해의 歸家를 알리는 「페리오드」의 大團圓이었다.
>
> 너는 어찌하여 네 素行을 地圖에 없는 자리에 두고 花瓣을 떨어진 줄거리 모양으로 香料와 暗號만을 携帶하고 돌아왔음이냐.
>
> 時計를 보면 아무리 하여도 一致하는 時日을 誘引할 수 없고 내 것 아닌 指紋이 그득한 네 肉體가 무슨 條文을 내게 求刑하겠느냐.
>
> 그러나 이곳에 出口와 入口가 늘 開放된 네 私私로운 休憩室이 있으니 내가 奔忙中에라도 네 거짓말을 적은 片紙를 「데스크」 위에 놓아라.
>
> —「無題」3 부분. (213)

위의 시들은 「距離 — 女人이出奔한境遇」의 표현대로라면 사랑에 대해 "식어들어가는마음의圖解"의 단면을 각각 보여준다. 그러나 사랑이 식어가는 것이 곧 관계의 완전한 단절을 의미하는 것은 아니다. 사랑의 주체는 관계의 지속을 위해 자신이 사랑하는 여인인 아내라는 이름의 그 대상을 자신 앞으로 호출하기를 멈추지 않는다. 두 사람을 연결해 주는 "전보"(「距離 — 女人이出奔한境遇」)와 "편지"(「無題」3)의 송수신을 위해 노력하는 모습이 바로 그것이다. 그러나 앞의 시에서 "전보"는 "허위"를, 뒤의 시에서 "편지"도 역시 "거짓말"을 전할 뿐이다. "외출"(「追求」)이라는, 관계의 외면적 단절은 내면의 진실성마저 부정하는 "허위"(「距離 — 女人이出奔한境遇」)와 "거짓"(「無題」3)으로 변질되어 있는 것이다. 남자의 "마음의圖解"(「距離 — 女人이出奔한境遇」)를 완전히 벗어난 여인은 "지도에 없는 자리"(「無題」3)에 가버려 있다. 사랑의 주체로서의 남자는 사랑을 저버린 그 여인을 죄인이라며 심판하고 싶어 한다. 그 죄목은 자신에게 없던 그 시간에 "내 것이 아닌 지문이 그득한 네 육체"(「無題」3)가 되어버린 것, 즉 제3의 타자에게 사랑을 판 것이다. 그 여인은 사랑하는 그 순간만큼은 한 사람만을 사랑해야 한다는 순결의 원칙을 어긴 것이다. 그러나 그러한 사랑의 윤리로 자신을 배신한 여인을 심판하는 것은 양심일 뿐, 양심의 심판만으로 상대를 단죄하지는 못한다. 오히려 그녀로부터 "거짓말"을 했다면 "거짓말"을 했다는 고백을 통해 마지막까지 진실을 구제하고 싶어 한다. 사랑의 주체의 이러한 태도야말로 지고한 사랑의 윤리를 보여준다. 전술한 바와 같이, 진실이란 주체의 말함을 통해 열어 밝혀져 보이는 것이다. 그러나 진실은 또한 그래야만 하는 당위성을 가지는 의무이기도 하다.[34] 이상에게서 진실은 실존의 문제이자 윤리의 문제인 것이다. 그런데, 의무란 권리에 상응하므로, 진실에 대한 권리를 가진 사람이 있을 때만 그 상대로서 진실에 대한 의무를 가질 사람도 있는 것이다.[35] 그러나 한편 타자를 해칠 수 있는 경우에는 진실에 대한 권리도 허용되

34) I. Kant, *Ethical Philosophy*, Indianpolis, IN: Hacket, 1994, pp.162~163. (A. Zupančič, 『실재의 윤리』, 이성민 역, 도서출판 b, 2004, p.80. 재인용.)

35) *Loc. cit.*

어선 안 된다.[36] 이상은 이러한 도덕률을 철저히 따르고 있다. 사랑의 타자에게 진실에 대한 의무가 있고, 자신에게는 그에 상응하는 권리가 있음에도, 이상은 타자에게 해가 갈 만큼 강제하지 않고 다만 스스로 괴로워한다. 이상 시의 사랑의 주체가 타자의 양심에 의한 심판이 아니라, 주체 자신의 고백을 통한 진실의 드러냄을 가능하게 하는 "편지"라는 형식에 집착하는 것은 바로 타자에 대한 윤리에 충실하기 때문이다.

紙碑一

안해는아침이면外出한다 그날에 該當한 한 男子를 속이려 가는 것이다 ... 나는 물어 보면 안해는 모두 率直히 이야기한다 나는 안해의 日記에 萬一 안해가 나를 속이려 들었을 때 함직한 速記를 男便된 資格 밖에서 敏捷하게 代書한다.

紙碑二

안해는 정말 鳥類였던가 보다 안해가 그렇게 瘦瘠하고 가벼워졌는데도 날지 못한 것은 그 손가락에 끼었던 반지 때문이다 ... 어느 날 정말 안해는 없어졌다 그제야 처음房안에 鳥糞 냄새가 풍기고 날개 퍼덕이던 傷處가 도배 위에 은근하다

紙碑三

안해의 벗어 놓은 버선이 나 같은 空腹을 표정하면서 곧 걸어갈 것 같다 나는 이房을 첩첩이 닫고 出他한다

—「紙碑 — 어디갔는지모르는안해」 부분. (198~199)

내키는커서다리는길고왼다리아프고아내키는작아서다리는짧고 바른다리가아프니내바른다리와아내왼다리와성한다리끼리한사람

36) *Loc. cit.*

처럼걸어가면아이夫婦는부축할수없는절름발이가되어버린다無事한世上이病院이고꼭治療를기다리는無病이끝끝내있다.

— 「紙碑」 전문. (197)

나의步調는繼續된다
언제까지도나는屍體이고자하면서屍體이지아니할것인가

— 「BOITEUX · BOITEUSE」 부분. (111)

아내의 "외출"을 모티프로 나타나는 비극적 양상은 이 시편들에서 보다 극단화된다. 「紙碑 — 어디갔는지모르는안해」에서 아침이면 "외출"을 하는 아내는 "남자를 속이려"고 간다. 그런 아내는 내 앞에서는 솔직하게 말하지만, 그녀만의 내밀한 내면 고백이 담긴 "일기"는 역시 남편을 또 속이고 있다는 의심으로부터 자유로울 수 없다. 그 시에서 아내는 마치 "조류"처럼, 언제든 떠날 것 같으며, 다만 "반지"라는 결혼의 서약 때문에 떠나지 못해 다시 돌아온다. 그러나 그녀가 결혼 생활로부터 완전히 떠나지도 못 떠나지도 않는 것은 외형상으로 그러할 뿐이다. 그녀의 마음은 이미 결혼 생활 안에 없는 것이다. 이 시의 시적 주체는 그녀가 떠난 자리를 확인하며 자신 또한 "출타"한다. 그러한 관계 안에서의 "안해"와 "나"는 "절름발이"가 되고, "무사한세상이 병원"이 되며, "치료를기다리는무병"이 병이 되는 세계가 「紙碑」의 세계인 것이다. 그러나 한편 시적 주체가 그러한 모순 형용의 은유로써 드러내고자 하는 것은 "나"만의 진실이다.[37] "나"에게는 세계 자체가 병원이고, 그러한 세계 안에 있는 "나"는 무조건 이유 없는 병자이다. 병 없이도 병인 것이다. 이 "무병"의 병이 과연 병인가 병이 아닌가 하는 것은 중

37) P.Ricœur, *op.cit.*, p.247.

요하지 않다. 그것은 단지 완전히 단절되어 회복에 대한 기대가 없는 부부관계의 은유인 것이다. 그러한 비극적 사랑의 양상을 보여주고 있는 것이 바로 '종이로 만든 비석'으로서의 「紙碑」의 세계이다. 그것은 사랑의 종말이라는, 존재의 상징적 죽음 앞에 바치는 일종의 묘비명인 것이다. 그러나 상징적 죽음과 상관없이 현실에서의 "나"는 여전히 살아 있다.[38] "나"는 죽었으면서 살아 있는 것이다. 이러한 상징과 실재 사이의 모순이 「BOITEUX · BOITEUSE」에서는 "언제까지도나는屍體이고자하면서屍體이지아니할것인가"라는 실존적 질문을 던지게 한다. "시체"이면서 동시에 "시체"이지 않은, 즉 '이다'와 '이지 않다'라는 그 모순된 '시체의 은유'는 스스로 은유가 가진 고유한 긴장의 구조를 펼쳐 보임으로써 진실을 전하고 있다.[39] 그 진실의 숨겨진 의미를 해석 가능하도록 도와주는 빌미가 되는 이 시에서의 시구는 "나의步調는繼續된다"이다. 사랑앓이라는, 그 존재의 아픔을 완전히 치유하지 못 한 채 살지도 죽지도 못하는 그 주체들은 불구의 존재로서의 "절름발이"인 것이다. 사랑에 있어서 한 쌍인 남과 여는 홀로만 불구인 것이 아니라 남자든 여자든 서로에 대해 "절름발이"다.[40] 이것이 차라리 사랑을 위해 죽지도 못하는 더 한 비극인 것이다.

> 내두루마기깃에달린貞操배지를내어보였더니들어가도좋다고그런다. 들어가도좋다던女人이바로제게좀鮮明한貞操가있으니어떠냔다. 나더러世上에서얼마짜리貨幣노릇을하는세음이냐는뜻이다.

---

38) P. E. Wheelwright, *op.cit.*, pp.39～43.

39) P. Ricœur, *op.cit.*, pp.247～248.

40) 제목 「BOITEUX · BOITEUSE」는 프랑스어로 절름발이의 남성형과 여성형을 가리킨다.

나는일부러다홍헝겊을흔들었더니窈窕하다던貞操가성을낸다. 그리고는七面鳥처럼쩔쩔맨다.

—「白晝」 전문. (82)

"정조"를 주제로 하고 있는 시 「白晝」에서 보듯이, 이상은 역설적인 의미에서 정조의식이 강한 순결주의자이다. 이 시에서 그는 자신의 "정조" 있음을 자랑스럽게 내세우고, "정조"를 조롱당한 여자로 하여금 수줍어하게 한다. 그는 기생에게도 순결성을 요구한다. 아내에게 요구하고자 하였으나 그렇게 하지 못했던 "정조"를 기생에게 요구하는 것은 아이러니가 아닐 수 없다. 처녀가 "정조"에 대응하며, 창녀가 "정조"의 상실에 대응한다면, "정조"의 상실이라는 것도 "정조"라는 개념의 범주 안에서만 이해될 수 있다. 그가 사랑을 원하는 타자에게 요구하는 진실은 "정조"이지만, 그것을 상실함으로써 타락한 아픔을 지닌 실존은 절망 그 자체도 모두 사랑하는 것이다.

눈이存在하여있지아니하면아니될處所는森林인웃음이存在하여있었다

[중략]

一小隊의軍人이東西의方向으로前進하였다고하는것은
無意味한일이아니면아니된다.

[중략]

三心圓

[중략]

疎한것은密한것의相對이며또한
平凡한것은非凡한것의相對이었다
나의神經은娼女보다도더욱貞淑한處女를願하고있었다

—「수염」 부분. (106~107)

이러한 아이러니는 「수염」의 "소한것은밀한것의상대이며또한/평범한것은비범한것의상대였다/나의신경은창녀보다도더욱정숙한처녀를원하고있었다"와 같은 구절에서 더욱 극명해진다. "창녀"와 "처녀"는 "정조"를 기준으로 서로 양립하는 모순된 위상에 놓여 있지만, 이 시의 주체는 "삼심원" 이라는 제3의 종합의 가능성을 제시한다. 이러한 종합의 논리는 「수염」의 다른 시구 안에서도 반복된다. '존재'의 긍정과 부정, '무의미'의 긍정과 부정, 즉 '이다'와 '이지 않다'라는 모순을 하나로 지양해 내려는 의지는 이 시에서 계속 보이고 있거니와, "삼심원"은 바로 이항대립적인 모순을 하나로 보는 데서 오는 이미지인 것이다. 그러므로 이상의 시에서 간과되지 않고 새롭게 발견되어야 하는 것은 그의 시가 대칭구조로 이루어졌다는 데 그치는 것이 아니라, 모든 대칭은 대칭점으로서의 중심을 가지며 둘로 양분된 구조는 다시 하나로 볼 수 있다는 것이다. 그러므로 둘은 둘로 이루어진 하나를 다시 만들어낸다. 그것은 곧 진실 안에 진실과 비진실이 모순적으로 대립하고 있는 것, 그것이 또 하나의 진실이 되는 이치이다. 그가 여성을 "정조"를 기준으로 "처녀"와 "창녀"로 보지만 자기가 사랑하는 여자 안에는 "처녀"도 "창녀"도 함께 있는 것이다. 한 여자 안에 있는 "처녀"와 "창녀"를 실존적으로 다 받아들일 수 있는 것은 사랑의 힘밖에 없다. 그는 사랑하기 때문에 그녀 안에 존재하는 모순까지 아울러 그녀를 하나의 실존으로 이해하면서, 그러나 그 자신이 요구하지 않을 수 없는 진실로서의 "정조"를 요구하고 있는 것이다.[41]

---

41) 이상의 강한 도덕성은 죽음충동과 연관된다. 「月原橙一郎」의 "不道德이 行刑"이라는 표현은 "墓墳"과 일맥상통한다. 이에 대해서는 다음 참조.
P. Ricœur,"Eros, Thanatos, Ananke", *Freud and Philosophy*, Trans. D. Savage, New Haven and London: Yale University Press, 1970, pp.293~309.

사람은光線보다도빠르게달아나면사람은光線을보는가, 사람은光線을본다, 年齡의眞空에있어서두번結婚한다, 세번結婚하는가, 사람은光線보다도빠르게달아나라.

·

聯想은處女로하라, 過去를現在로알라, 사람은옛것을새것으로아는도다, 健忘이여, 永遠한 忘却은忘却을모두求한다.

·

思考의破片을反芻하라, 不然이라면새로운것은 不完全이다, 聯想을죽이라, 하나를아는者는셋을하는것을하나를아는것의다음으로하는것을그만두어라, 하나를아는것은다음의하나의것을아는것을하는것을있게하라.

·

... 사람은달아난다, 빠르게달아나서永遠에살고過去를愛撫하고過去로부터다시過去에산다, 童心이여, 童心이여, 充足될수없는永遠의童心이여.

— 「線에 關한 覺書」 5. 부분. (157~158)

사람은絶望하라, 사람은誕生하라. 사람은誕生하라, 사람은絶望하라.

— 「線에 關한 覺書」 2. 부분. (151)

사람은光線보다 빠르게 달아나는速度를調節하고때때로過去를未來에있어서淘汰하라.

— 「線에 關한 覺書」 7. 부분. (165)

(사람은數字를버리라)

— 「線에 關한 覺書」 1. 부분. (147)

사람은사람의客觀을버리라.

主觀의體系의收斂에依한凹렌즈.

— 「線에 關한 覺書」6. 부분. (160)

「線에 關한 覺書」 연작은 시간성과 관련하여 순결과 타락의 문제를 살펴볼 수 있는 근거를 보여주고 있다. 이상은 근대의 시간관을 부정하고 있다. 그러나 그 부정은 무조건적인 거부가 아니라 근대성의 본질을 정확히 간파하면서 그것을 넘어서려는 것이다. 「線에 關한 覺書」1의 "사람은數字를버리라"고 한 시구에서, 근대성의 지향이라는 명목하에 시간을 계량화하는 것이 부정되고 있다. 그러한 부정은 나아가 「線에 關한 覺書」6에서와 같이 "客觀을버리라"는 의미로 발전되고 있는데, 그 대안으로 주어지는 것은 바로 "主觀의體系의收斂에依한凹렌즈" 즉, 자신만의 유일한 진실을 가지고 보는 주체의 시선이다. 이러한 관점에서 볼 때 그 시간성은 객관적 시간이 아닌 주관적인 시간을 가리키는 것으로서, 이상에게 사랑의 시간은 "무시간성"[42]의 시간이 된다. 그러나 사랑이 소멸되어 가며 다시 시간은 진행되기 시작한다. 은유의 시간은 끝나고 환유의 시간이 시작되는 것이다.[43] 시간이 흐른다는 것은 존재가 불안을 느끼며 대상과 분리되어 간다는 것이다.[44] 사랑하는 대상에 대한 집착은 시간을 멈추게 하고, 새로운 대상을 찾아나서는 길은 시간을 흐르게 한다. 이 시에서는 "결혼"을 "두 번", "세 번" 하리 만큼

42) S. Freud, 「무의식에 관하여」, 『무의식에 관하여』, 윤희기 역, 열린책들, 1998, pp.192~193.

43) 시간성에 대해 참조 할 수 있는 이상의 시에는 「運動」(1931)이 있다. 이 시에서 시계는 나를 중심으로 한 시간을 가리키고 있으며, 나의 중심을 찾을 때 무의미한 운동으로부터 벗어날 수 있다고 하고 있다.

44) S. Žižek, 「세계의 밤」, 『까다로운 주체』, 이성민 역, 도서출판 b, 2005, pp.114~115.

시간이 빨리 지난다. 그런 "결혼" 생활 안에서 정조라는 것은 이미 부정되는 것이다. 그럼에도 불구하고, 「線에 關한 覺書」5에서는 "연상은처녀로하라"는 문제적인 시구가 발견된다. 사랑을 한 번 거치고 또 두 번 거치면서 타락을 겪지 않은 여자는 없을 것이지만은 다시 사랑을 할 때는 순결을 가진 처녀로 간주한다는 것이다. 시간은 순결에서 타락으로 가는 길이기도 하지만, 타락에서 다시 순결로 돌아가는 재생의 길이기도 한 것이다. 「線에 關한 覺書」2의 "사람은절망하라, 사람은탄생하라. 사람은탄생하라, 사람은절망하라"는 이 강렬한 시구에서도 느껴지는 바와 같이 절망이 곧 탄생이라는 역설에 의해 그는 또 다른 진실을 말하고 있다. 그런데 이 과정에서 "망각"(「線에 關한 覺書」5)이라는 것이 중요한 의미를 지닌다. 「線에 關한 覺書」7의 "過去를未來에있어서淘汰"하라는 표현이 곧 "망각"을 가리키는 것으로 볼 수 있는데, 여기서 "망각"은 회생의 기회를 주기 위한 "망각"이기 때문이다. 이상은 끝내 사랑의 진실에 대해 순결주의자이다. 그는 이러한 시간의 흐름 안에서 「線에 關한 覺書」5에서와 같이 "영원"과 "동심"을 동경하고 있다. 그가 만나 사랑한 여자가 몇 번의 "결혼"을 한 여자이든, 그녀에게서 "동심"과 같고 "영원"과 같은 순결을 만나길 원하고 있다. 여기서도 여러 번 "결혼"을 한 여자와 "처녀"라는 모순이 그가 순결을 갈망하는 진실 속에서 공존하고 있다.

1.

달빛속에있는네얼굴앞에서내얼굴은한창앏은皮膚가되어너를칭찬하는내말씀이發音하지아니하고미닫이를간지르는한숨처럼冬栢꽃밭냄새지지고있는네머리속으로기어들어가면서모심듯이내설움을하나하나심어가네나.

2.

진흙밭헤맬적에네구두뒤축눌러놓은자국애비내려가득고였으니 이는온갖네거짓네弄談에한없이고단한이설움을哭으로울기전에땅에놓아하늘에부어놓는내억울한술잔네발자국이진흙밭을매며헤뜨려놓음이냐.

3.

달빛이내등에묻은거적자국에앉으면내그림자에는실고추같은피가아물거리고대신血管에는달빛에놀란冷水가방울방울젖기로니너는내벽돌을씹어삼킨원통하게배고파이지러진헝겊心臟을들여다보면서어항이라하느냐.

—「素榮爲題」전문. (191)

사랑의 본질로부터 벗어나 사랑의 주체와 분리된 여인은 분노하고, 냉담한 데 그치는 것이 아니라 여전히 사랑 안에 머물러 있는 그를 속이기 시작한다. 「素榮爲題」에서 "나"는 "너"의 아름다움을 "칭찬"하지만, "너"는 "나"에게 "거짓"과 "농담"만을 되돌려 보내, 그로 인해, "나"는 "설움을곡으로" 운다. 이상 시에서 진실성이 교란된 양상으로 나타나는 것은 사랑의 주체로서의 "나"로부터 시작된 것이 아니라, "나"의 진실이 상대에 의해 상처받은 후에 그것을 보여주는 것에 불과하다. 사랑의 진실이라 믿었던 것 안에서 그와 정반대의 본질인 거짓된 요소들이 출현하게 됨을 역설적인 의미에서 거짓 없이 보여주는 것이다. 이 시에서는 끝내 여자의 "거짓"과 "농담"으로 진실이 완전히 부정된 사랑에 의해 망가진 사랑의 주체의 형상은 그로테스크하게 찢겨진 신체의 이미지를 갖고 있다. 그것을 아무렇지 않은 듯 "어항"처럼 관망하는 여인의 시선은 냉혹하고 무자비하다.

계집을 信用치않는나를 계집은 絶對로 信用하려들지 않는다. 나의 말이 계집에게 落體運動으로 影響되는 일이 없었다.

계집은 늘내말을 눈으로들었다내말한마디가계집의 눈자위에 떨어져 본적이없다.

期於코 市街에는 戰火가일어났다 나는 오래 계집을 잊었다. 내가 나를 버렸던 까닭이다.

―「普通記念」 부분. (189)

사랑의 두 주체인 남과 여 사이의 불신은 상호적으로 심화된다. 「普通記念」에서 "나"는 "계집"을 "신용"치 않으며, "계집"도 "나"를 "신용"치 않는다. 그런데, 주체가 타자로부터 "신용"을 얻지 못하는 이유는 "나" 자신이 먼저 상대를 "신용"하지 못하기 때문이다. 상대를 불신하는 태도가 똑같이 자신을 불신하는 태도로 되돌아오는 것이다. 그러한 불신은 이 시에서 "낙체운동"을 거스르는 것, 즉 중력의 법칙처럼 자연의 이치에 어긋나는 것으로 비유되고 있다. 이것을 통해 역설적으로 유추해낼 수 있는 것은, 사랑에서 두 주체 간의 믿음이 그 본질이라는 것이다. 그러나 믿음의 실추로 더 이상 사랑의 언어가 한 실존의 고유한 진실을 주고받는 것이 아닐 때, 타자의 시선은 나의 내부 아닌 "외부(dehors)"[45]만을 비춘다. 타자의 시선에 의해 주체는, 스스로 진실을 말할 수 있는 지위로서의 주체성을 박탈당하며, 철저히 객체화된 존재, 즉 "나의－바라보여진－존재"[46]로 한정되고 만다. 그러므로 이 시의,

45) 변광배, 『존재와 무－사르트르』, 살림, 2005, p.217.
46) *Ibid.*, pp.215~217.

사랑하는 여인이 "내말을눈으로듣"고 있다는 표현은 바로 타자의 시선에 의해 바라보여지는 존재에 머물며 더 이상 진실을 말할 수 없게 된 시적 주체의 탄식인 것이다. 그러나 바로 이 순간이야말로 역설적으로 사랑의 진실의 이면이 드러나는 순간이다. 그러나 그것은 진실이 사라진다는 것과는 다르다. 다만, 진실이 언어로써 의미를 구성하는 상징화의 차원을 벗어나 실재의 차원에서만 드러나게 되었다는 것이다. 보는 것(seeing)과 듣는 것(hearing)은 대립적이기도 하지만 서로 다른 영역에서 길항작용을 하는 것으로 볼 수 있는데, 그것은 시선이 닿을 수 없게 된 곳에서 들음으로써 인식을 하게 되며, 목소리가 사라지는 곳에서 봄으로써 인식을 하게 되기 때문이다.[47] 물론 전자와 후자가 등가인 것은 아니다. 듣는 것은 타자를 수용하는 것, 즉 타자를 긍정하는 것이라면, 반대로 보는 것은 타자를 수용하지 않는 것, 즉 타자를 부정하는 것이다.[48] 그러므로 들려야 하는 시적 주체의 말이 상대에게 보인다는 것은, 타자에 의해 자신이 거부되고 이해받지 못했다는 것을 의미한다. 그러나 그것은 역설적 의미에서 타자의 긍정이다. 타자가 단순히 자신을 긍정해 주기 위해서만 존재한다면, 타자는 더 이상 타자가 아니다. 그것은 사랑에서도 마찬가지이다. 타자 안에는 주체와 완전히 동일화되지 않는 그 무엇이 있기 때문에 타자인 것인데, 그럼에도 불구하고 타자를 배척하지 않을 때 그것이야말로 타자의 진정한 긍정[49]이라는 의미에서 보다 사랑의 본질에 다가간다고 할 수 있다. 그러나 그 모든 것이 거짓이라고는 할 수 없으되, 진실이라면 너무나 잔인한 진실이기

47) S. Žižek, "I Hear You with My Eyes", *Gaze and Voice as Love Objects*, Durham and London: Duke Univirsity Press, 1996, pp.93~94.

48) *Loc. cit.*

49) A. Zupančič, 「……이중 긍정을 거쳐……」, 『니체와 라캉: 정오의 그림자』, p.208.

에 그것을 밀쳐내려는 반동이 뒤따르지 않을 수 없다. 그러므로 이 시의 결말은 결국 "나는 나를 버"리는, 자기 상실에까지 이르는 모습을 보여주고 만다.

> 重要한位置에서한性格의심술이悲劇을演繹하고있을즈음範圍에는他人이없었던가. 한株ㅡ盆에심은外國語의灌木이막돌아서서나가버리려는動機요貨物의방법이와있는倚子가주저앉아서귀먹은체할때마침내가句讀처럼고사이에끼어들어섰으니나는내責任의맵시를어떻게보여야하나. 哀話가註釋됨을따라나는슬퍼할준비라도하노라면나는못견뎌帽子를쓰고밖으로나가버렸는데웬사람하나가여기남아내分身提出할것을잊어버리고있다.
>
> ㅡ「位置」 전문. (85)

> 正式IV
>
> 너는누구냐그러나門밖에와서門을두다리며門을열라고외치니나를찾는一心이아니고또내가너를도무지모른다고한들나는차마그대로내버려둘수는없어서門을열어주려하나門은안으로만고리가걸린것이아니라밖으로도너는모르게잠겨있으니안에서만열어주면무엇을하느냐너는누구기에구태여닫힌門앞에誕生하였느냐.
>
> ㅡ「正式」 부분. (193~194)

마지막으로, 위의 시 「位置」에서는 관계의 끝으로서의 "타인"이 없는 위치에 대해 언급하고 있다. "타인"이 없다는 것은 양가적으로 해석할 수 있다. 우선 그것은 사랑에 빠져 있을 때이다. 타자도 완전히 주체 안에 자리하여 '내 안의 당신'이라는 환상이 가능하게 된 때이다. 그러므로 그것은 아무리 슬퍼해도 아름다운 "비극"이다. 사랑하는 그 대상은 나의 "분신"과도 같은 존재이기 때문이다. 그러나 그러한 환상이 완전히 사라지고 난 다음에는 사랑의 대상은 더 이상 내 안에 있지 않다. 그것이 또 다른 관점에서 "타인"이 없다는 것을 의미한다. 이 시에서 사랑하는 연인 사이의 언어는 "외국어"가 된 것처럼 타인은 자신의 말에 대해 "귀막은체" 하고 있다. 어떻게든 타자에게 가 닿으려는 노력은 이 시에서 말이 안 통한다면 말과 말 사이의 마침표나 쉼표와 같은 "구두"점으로나마 자신이 존재하겠다고 하는 절실함으로 표현된다. 자신을 그러한 미비한 존재에 동일시한 이 은유는 끝내 타자와의 언어적인 소통에 대한 마지막 간절함인 것이다. 그러나 그것조차 불가능해지자, 이 시의 사랑이야기는 아름다움을 머금은 "哀話"에서 사랑의 신비를 벗기고 분해하는 "주석"으로 전락한다. 일말의 사랑의 진실이 남은 "비극"도 "애화"도 아닌, 그 끝에 "구두"점으로 남은 주체에게 자신이 사랑하던 연인인 "분신"은 사랑의 당사자와 상관없는 제삼자에 의해 처분되어야 할 대상으로 변해 있게 되는 것이 「位置」에서 가리키는 사랑의 마지막 위치인 것이다. 바로 그 위치는 「正式」에서 다시 "문"으로 표상됨과 동시에, 분신은 내가 알 수 없는 정체불명의 "누구"의 지위로 격하된다. 그것은 닫힌 "문"을 사이에 둔 '나'와 '너' 의 완전한 단절로 표현된다. 안팎으로 닫혀버린 관계는 서로에 대해 완전한 타자로 돌아서게 한다. 그러나 여기서 간과돼선 안 될 것은 이 시에서 완전한 타인인 "누구"는 관계의 죽음에 비유된 것이 아니라 "탄생"으로 비유되고 있다는 것이다. 그것은 역설적 의미에서 타자의 긍정이다. 존재가 다른 한 존재에게 "문"을 열어 받아들이려 하는 것은 사랑의 열정일 수 있으나, 그 "문"이 끝내 열리지 않음에도 불구하고, 자신의 세계로 귀속되지 않는 자신의 밖에 선 존재를 자기동일성을 벗어난다는 이유로 부정하지 않으며 그러한 상황에 대해 "탄생"이라 명명하는 것은 다시 한번 자신의 존재를 스스로 넘어서 타자를 긍정하는 더 뜨거운 열정인 것이다. "분신"(「位置」)의 "누구"(「正式」)로의 격하는, 타자에 대한 나르시시즘적 태도의 폐쇄성을 극복하고50) 타자에게 또 다른 주체로의 지위를 다시 부여하는 것으로 볼 수 있기 때문이다. 그것은 타자의 입장에서 타자 자신이 진정으로 원했던 것이다.

V. 모순의 운명애로의 긍정에 의한 사랑의 진실의 완성

1 밤

작난감新婦살결에서 이따금 牛乳내음새가 나기도한다. 멀지 아니하여 아기를나으려나 보다. 燭불을 끄고 나는 작난감新婦귀에다 대이고 꾸즈람처럼 속사겨본다.

'그대는 꼭 갓난아기 같다'고……

작난감新婦는 어두운데도 성을 내이고 대답한다.

'牧場까지 散步갔다왔답니다.'

작난감新婦는 낮에 色色이風景을暗誦해가지고 온것인지도 모른다. 내手帖처럼 내가슴안에서 따근따근하다. 이렇게 營養分내를 코로 맡기만하니까 나는 자꾸 瘦瘠해간다.

2 밤

작난감新婦에게 내가 바늘을주면 작난감新婦는 아무것이나 막 찔른다. 日曆, 詩集, 時計, 내 몸 내 經驗이들어앉아있음직한곳.

이것은 작난감新婦마음속에 가시가 돋아있는證據다. 즉 薔薇꽃처럼……

---

50) A. Zupančič, 「도덕법칙과 초자아 사이에서」, 『실재의 윤리』, pp.236~237.

내 가벼운 武裝에서 피가좀난다. 나는 이 傷채기를 고치기 위하여 날만어두면 어둔속에서 싱싱한蜜柑을먹는다. 몸에 반지밖에가지지 않은 작난감新婦는 어둠을 커-틴열듯하면서 나를 찾는다. 얼른 나는 들킨다. 반지가 살에 닿은 것을 나는 바늘로 잘못 알고 아파한다.

燭불을 켜고 작난감新婦가 蜜柑을 찾는다.

나는 아파하지않고 모른체한다.

—「I WED A TOY BRIDE」 전문. (201)

이 시 「I WED A TOY BRIDE」에서 "작난감新婦"는 우선 사랑의 대상인 아내에 대한 은유적(隱喩的) 표현이다. 이 시의 "작난감新婦"는, '장난감'이라는 표현에서, 사랑하는 관계에서 수동적인 대상으로서의 타자성(otherness)의 의미를 내포함과 동시에, "우유"와 "아기"를 매개함으로써 환유적(換喩的)으로는 모성성(母性性)의 의미도 내포한다. 타자성과 모성성의 양가성을 지닌 존재로서의 "작난감新婦"는 이 시뿐 아니라 이상 시 체계에서 여성성의 의미를 함축하는 중요한 기표가 된다. 이러한 양가성은 "바늘"과 "반지"의 이미지에서도 마찬가지로 나타난다. 남녀 관계에서 오가는 것이 사랑이지만 그것이 증오로 변질되면 때로 가학성을 띠는데, 그것은 "바늘"의 이미지로 표상된다. 사랑하는 여인에게 "바늘"을 준다는 이 시의 표현은 자신이 상대에게 상처를 준다는 의미와, 상대가 자신에게 상처를 줘도 저항할 수 없도록 자신을 노출한다는, 두 가지 의미를 동시에 지닌다. 결국 사랑이 상호적인 것과 마찬가지로, 상처 또한 상호적인 것이다. 타자를 향해 사랑을 긍정할 때는 그에 따르는 상처도 긍정하지 않을 수 없는 것이다. 이 시에서 그러한 사랑의 상처는 치명적이어서, "시집"을 비롯한 내 경험, 즉 내 존재가 그 중심에 있는 소중한 것들에 손상을 입힌다. 그런데 상처에 대한 기억을 간직하고 있는 감각은 상처 주지 않을 그 무엇이 다가와도 먼저 상처의 기억을 떠올리고 만다. 이 시에서 아내가 자신에게 다가올 때 지니고 온 것은 순결한 사랑의 약속으로서의 "반지"일 뿐임에도 불구하고, 그것은 "바늘"로 착각되는 것이다. 그것은 사랑의 순결에 대한 약속이 있었기 때문에 사랑의 배신으로 인한 타락도 있다는, 사랑이 내포하는 두 모순의 양가성을 동시에 보여주고 있다. 사랑의 진실 안에는 그 반대 본질로서의 모순이 필연적으로 내재 되어 있는 것이다.[51] 진실의 그러한 성격을 이 시의 의미구조 안에서는 "가시"를 가진 "장미"라는, 여인에 대한 은유적 이미지가 두 모순을 결합함으로써 보여주고 있다. 그러나 모순 간의 단순한 결합만으로는 그 자체로 사랑이 완성될 수 없다. 이 시에서 사랑으로 인한 상처는 "밀감"에 의해 치유된다. 그러한 사랑의 자기 치유에 의해 사랑의 진실과 그 반대의 비진실은 다시 하나가 될 수 있는 것이다. 사랑하지만, 상처 받고, 그렇지만 다시 자기치유에 의해 사랑할 수 있게 되는 그러한 변증법 안에서 사랑의 진실은 자신을 드러내 보이고 있는 것이다. 그러나 이것은 어디까지나 사랑의 관계에서의 남성 주체 자신만의 문제이다. 여성 주체가 과연 그러한지는 알 수 없다. 이 시 안에서 발화하고 있는 시적 주체는 남성일 뿐이기 때문이다. 아무리 자신의 연인을 사랑한다고 하여도, 이 시의 "작난감新婦"라는 은유 자체가 여성을 타자의 지위에 고정하며 대상화하고 있다는 한계를 넘어서지 못한다. 한 남성의 사랑을 받는 그녀는 온전한 그녀 자신이지 못하며 남성의 대상으로서의 그 무엇일 뿐이다.[52]

---

51) S. Žižek, 『무너지기 쉬운 절대성』, p.119.
52) B. Fink, 「성적 관계 같은 그런 것은 없다」, S. Žižek 외 『성관계는 없다』, 김영찬 편역, 도서출판 b, 2005, p.55.

整形外科는여자의눈을찢어버리고形使없이늙어빠진曲藝師의눈으로만들고만 것이다. 여자는실컷웃어도또한웃지아니하여도웃는것이다.

여자의눈은北極에서邂逅하였다. 北極은초겨울이다. 여자의눈에는白夜가나타났다. 여자의눈은바닷개(海狗)잔등과같이얼음판위에미끄러지고만것이다.

世界의寒流를낳는바람이여자의눈물을불었다. 여자의눈은거칠어졌지만여자의눈은무서운氷山에싸여있어서波濤를일으키는것은不可能하다.

여자는大膽하게NU가되었다. 汗孔은汗孔만큼의 荊棘이되었다. 여자는노래를부는다는것이찢어지는소리로울었다. 北極은鐘소리에戰慄하였던것이다.

거리의音樂師는따스한봄을마구뿌린乞人과같은天使. 天使는참새와같이瘦瘠한天使를데리고다닌다.

天使의배암과같은회초리로天使를때린다.
天使는웃는다, 天使는고무風船과같이부풀어진다.

天使의興行은사람들의눈을끈다.
사람들은天使의貞操의모습을지닌다고하는原色寫眞版그림엽서를산다.

天使는신발을떨어뜨리고逃亡한다.
天使는한꺼번에열個以上의덫을내어던진다.

日曆은쵸콜레이트를늘인(增)다.

여자는쵸콜레이트로化粧하는것이다.

[중략]

여자는코끼리의눈과頭蓋骨크기만큼한水晶눈을縱橫으로굴리어 秋波를濫發하였다.

여자는滿月을잘게잘게씹어서饗宴을베푼다. 사람들은그것을먹고돼지같이肥滿하는쵸콜레이트냄새를放散하는것이다.

—「興行物天使—어떤後日談으로」 부분. (142~143)

記憶을 맡아보는器官이炎天아래생선처럼傷해들어가기始作한다.... 感情의忙殺.

[중략]

脫身....

—「買春」 부분. (87)

한 실존의 고유한 주체성을 완전히 박탈당하고 남성들에 의해 철저히 대상화된 것이 바로 창녀이다. 위의 시 「興行物天使」에서 "천사"는 곧 창녀의 은유이다. 창녀는 한 남자의 대상인 "작난감新婦"에 비해 그 비극성을 온몸으로 체현한 존재이다. 한 남자의 사랑의 대상이던 아내가 '장난감'이라면, 모든 남자들의 사랑의 대상이 되는 창녀는 '천사'가 된다. 천사는 인간이 아니다. 천사는 인간 세계 안의 존재들과 관계를 맺으면서도 그들로부터 바깥으로 치부되는 곳에 있다. 바로 그러한 천사의 위상이 창녀의 위상이다. 창녀는 세계의 안이나 바깥으로 치부되는 곳의 "외부적 실존"[53]인 것이다. 그러므로 이 시에서 "북극"이라는,

53) 필자는 가라타니 고진의 외부성이란 개념에 대해 하나의 상징적 체계 안에 내면화되지 않는 부분을 가리키는 것으로, 그리고 그러한 것을 자신의 주체 안에 가지고 있

세계의 마지막 경계, 인간이 살 수 없는 황무지는 바로 그녀가 마지막으로 존재의 기반을 둔 공간이 되는 것이다. 그리하여 한 여인의 현실에서의 사회적 명분은 창녀이나, 그 은유는 "천사"라는 데는 그 표리 간의 모순에 의해 상당한 긴장이 형성된다.[54] 모든 인간은 페르소나라는 가면을 쓰고 살아가지 않을 수 없음으로 해서 내면의 본질적 자기와는 괴리 될 수밖에 없는 자기소외의 고통을 겪지 않을 수 없으나, "천사"에게서는 그것이 극에 달한다. 한 인간의 모순은 일면 생명체의 증거로서의 삶의 원동력이 되나, "천사"에게서는 그 모순이 폭력적으로 작용한다. 왜냐하면 그녀의 외면과 내면 사이의 모순은 타자의 욕망에 의해 완전히 강요된 것이기 때문이다. 이 시에서 "천사"라는 이름의 창녀는 "정형외과"에서 외모가 만들어지며, "쵸콜레이트"와 같은 화장을 하고, "정조" 있는 여자처럼 보이는 "원색사진" 속에 팔려나가는 과정을 통해 상품으로 만들어져, 자신의 그러한 상품성으로 자신의 본심과 상관없이 남자의 욕망을 유발하기 위해 유혹의 "추파"를 던진다. 그러한 그녀는 웃어도 웃지 않아도, 웃고 있도록 강요된다. 그녀에게는 타자의 욕망에 대해 '예'라고 답할 의무만 있고, '아니요'라고 답할 권리는 없다. 그녀는 포주에 의해 구타당하고, 도망가도 다시 덫에 걸려 돌아올 수밖에 없는, 인간으로서의 자유를 완전히 박탈당하고 비인간화된다. 창녀는 「買春」에서와 같이 내면성으로서의 상징이 되는 "記憶"도 "感情"도 잃고, 자신의 몸으로부터도 완전히 소외되는 "脫身"에 이르게 되는 것이다.

는 존재를 외부적 실존으로 보는 것으로 이해하였다. (가라타니 고진, *op.cit.*, pp.14~15.) 이상의 창녀는, 자신의 외면은 사회의 체계 안에 있으나, 체계에 의해 타자화되고 배제되는 내면을 가진 존재라는 점에서 외부적 실존이라고 할 수 있지 않은가 한다.

54) P. Ricœur, *op.cit.*, p.247.

인간과 인간 간의 사랑이 신의 사랑에 근거를 두지 않게 된, 타락한 신성의 시대[55]에 "천사"의 이미지는 창녀의 그러한 어두운 이면을 가린다는 점에서 잔혹하다. 이 시대의 천사는 신성과 아무런 관련이 없다. "나는 인정 많은 매춘부다"[56]라고 스스로 말 한, 고대 여신에게 부여된 신성성은 더 이상 남아 있지 않다. 여신이 곧 인정 많은 매춘부라는 등식이 가능한 것은 모성을 신성시하는 모계 중심 사회의 신화적 의미망이 작동하는 한에서이다. 그러나 근대사회에서 그러한 신화적 의미망은 문명의 억압에 의해 무의식에 잔존할 뿐, 그것이 인간마저 상품화하는 자본주의의 논리와 결합될 때는 오히려 본연의 의미를 상실한 채 더 위험하게 작동될 뿐이다. 이러한 시대에, 이 시에서 창녀를 "천사"가 되게 하는 것은 아이러니하게도 일종의 승화(sublimation)라고 볼 수 있다. 승화는 대상을 물(物, das Ding)의 존엄으로 끌어 올리는 것[57]이다. 그러나 그 물은 '당신이 원하는 것은 무엇인가'라는 물음에 대해 답을 하지 않는다. 역으로 상대방의 그러한 물음에 '내가 원하는 것은 ~ 이다'라고 답하지 않는 것이 물이며, 창녀란 바로 그러한 존재이다.[58] 창녀는 자신이 원하는 것이 무엇인지 대답하지 않도록 강요받은 존재인 것이다. 「興行物天使－어떤後日譚으로」에서 "천사"라는, 남성들의 숭배의 대상이 될 만큼 이상화된 이미지에 갇힌 여성은 그 숭배에

---

55) 이상 시 가운데 근대사회의 타락한 신성성을 주제로 한 작품에는 「二人 · 1」, 「二人 · 2」가 있다. 이 두 편의 시에는, 기독(예수)과 알 카포네(도둑)와 대립 관계에 있는데, 이것은 신성성과 자본주의가 양립할 수 없다는 것을 상징한다.

56) N. Roberts, 「기원: 여신과 창녀」, 『역사 속의 매춘부들』, 김지혜 역, 책세상, 2004, p.17.

57) J. Lacan, *The Seminar of Jacques Lacan Book VII: The Ethics of Psychoanalysis*, Ed. J. A. Miller, Trans. D. Porter, New York · London: W · W · Norton&Company, 1999, pp.110~113.

58) S. Žižek, 『이데올로기라는 숭고한 대상』, 이수련 역, 인간사랑, 2002, pp.194~196.

대한 대가로 더 이상 그녀 자신이 무엇인가를 원해선 안 된다. 그러므로, 그 여인의, 타자로부터 숭배를 받는 물의 존엄으로의 승화는 오히려 자신의 주체성을 박탈당하는 것이 된다. 이러한 잘못된 결론에의 봉착은, 진정한 사랑의 추구가 '사랑받는 대상이 무엇인가'에 대한 질문의 답을 구하는 과정이 아니라는 것을 방증한다. 이것은 상당히 의미심장하다. 그것은 결국 진정한 사랑의 추구가 자신의 존재 내의 문제, 즉 존재론의 문제라는 것을 알려주기 때문이다. 사랑의 진실은 사랑의 대상 아닌 사랑의 주체가 사랑 그 자체에서 구할 때만 드러나는 것이다.[59] 그러므로 사랑의 진실을 찾기 위해 "사랑받는 자로부터 사랑하는 자에게로 돌아가 그 자체로써 검토해야"[60] 하는 것이다. 이것은 사랑의 진실이 사랑의 대상을 예찬하는 데 있지 않으며 오히려 사랑의 실재에 접근해 가는 데 있다는 것을 보여준다.[61] 이상 시의 사랑은 그러한 진실을 찾아가는 과정에서 다음과 같은 시를 만난다.

불길과같은바람이불었건만불었건만얼음과같은水晶體는있다. 憂愁는DICTIONAIRE와같이 純白하다....

... 矮小한ORGANE을愛撫하면서歷史冊비인페이지를넘기는마음은平和로운文弱이다. 그러는동안에도埋葬되어가는考古學은과연性慾을느끼게함은없는바가장無味하고神聖한微笑와더불어小規模하나마移動되어가는실(糸)과같은童話가아니면아니되는것이아니면무엇이었는가.

---

59) M. Foucault, 「진정한 사랑」, 『성의 역사』2, 문경자 외 역, 나남출판, 1995, p.254.

60) Platon, *Phèdre*, Texte et Traduit par L. Robin (C.U.F). 204e. (M. Foucault, *op.cit.*, p.254. 재인용.)

61) M. Foucault, *op.cit.*, p.255.

진綠色납죽한蛇類는無害롭게도水泳하는琉璃의流動體는無害롭게도半島도아닌無名의山岳을島嶼와같이流動하게하는것이며그럼으로써驚異와神秘와또한不安까지를함께털어놓는바透明한空氣는北國과같이차기는하나陽光을보라. 까마귀는恰似孔雀과같이飛翔하여비늘을秩序없이번득이는半個의天體에金剛石과秋毫도다름없이平面的輪廓을日沒前에빗보이며驕慢함은없이所有하고있는것이다.

... 假睡狀態를입술위에꽃피워가지고있을즈음繁華로운꽃들은모두어디로사라지고이것을木彫의작은양이두다리를잃고가만히무엇엔가귀기울이고있는가. 水分이없는蒸氣하여온갖고리짝은마르고말라도시원치않은午後의海水浴場近處에있는休業日의潮湯은芭蕉扇과같이悲哀에分裂하는圓形音樂과休止符, 오오춤추려무나日曜日의비너스여, 목쉰소리나마노래부르려무나日曜日의비너스여.

그平和로운食堂또어에는白色透明한MENSTRUATION이라는門牌가붙어서限定없는電話를疲勞하여LIT위에놓고다시白色呂宋煙을그냥물고있는데. 마리아여, 마리아여, 피부는새까만마리아여, 어디로갔느냐, 浴室水道콕크에선熱湯이서서히흘러나오고있는데가서얼른어젯밤을막으렴, 나는밥이먹고싶지아니하니슬리퍼를蓄音機위에얹어주려무나.

... 太陽은이유없이도사보타아지를恣行하고있는것은 全然事件以外의일이아니면아니된다.

—「LE URINE」 부분. (123~124)

이 시의 제목 「LE URINE」는 프랑스어로 오줌이라는 단어이다.[62]

62) 프랑스어로 정확한 표기는 이승훈의 주해와 같이 L'URINE 가 맞다. 이러한 오기(誤記)는 남성 명사에 붙는 관사 'le'를 의도적으로 강조하기 위한 것으로 보인다. 원래 프랑스어에서 urine는 여성 명사이다. 이러한 점도 오줌과 남근성애의 상관성

이러한 이 시의 제목과의 연관성 안에서 "수척하고왜소한ORGANE을 애무"한다는 것은 곧 수음을 의미하는 것으로 해석될 수 있다. 이 시에 나타난 성애의 유형을 배뇨성애(urethral erotism)이자, 이와 시기적으로 일치하는 남근성애[63]로 볼 수 있게 하는 근거가 되는 대목이다. 이 시는 "불길"로 시작해서 "태양"으로 끝을 맺고 있거니와, 오줌과 남성의 성적 열망의 상관성[64]을 읽어낼 수 있게 한다. 오줌은 물로 되어 있음에도 불구하고 불의 성질을 지니는 것으로 간주된다. 배뇨성애가 강한 남성일수록 세상에 대한 불타는 열망을 가지고 있거니와, 성적 리비도에 충만한 남근은 불의 상징이 내포하는 의미와 일치하기 때문이다.[65] 이 시에서 "뱀"과 "까마귀" 또한 "불"과 "태양"과 마찬가지로 남성성의 상징체계 안에서 작동한다. 이상의 시 전체에서 차가움의 이미지를 가진 공간, 예를 들면 '북극'이나 '설원', '결빙지옥' 등은 남녀 간의 진정한 사랑, 양성간의 조화를 이룬 에로티시즘이 부재하는 공간으로 설정되어 있다. 그와 같은 점과 비교해 볼 때, 이 시의 "陽光", 즉 태양의 빛과 "까마귀", 즉 태양의 위치에서 세계를 조망하는 시선은 그러한 열기 없는 공간의 황무지와 같은 불모성을 극복하는 남성적 생명력[66]으로 묘사되는 것으로 볼 수 있다. 그것을 지지하는 이 시 안에서의 또 하나의 근거로서 주목할 것은 "반도"가 아닌 "산악"과 "수분이없는증기" 또한 대양에나 대기에 물이 없음을 보여준다는 것이다. 이에

의 근거가 될 것으로 보인다.

63) S. Freud, 「성욕에 관한 세편의 에세이」, 『성욕에 관한 세편의 에세이』, 김정일 역, 열린책들, 2000, pp.301~312.

64) S. Freud, 「성격과 항문 에로티시즘」, *op.cit.*, p.109.

65) S. Freud, 「불의 입수와 지배」, 『종교의 기원』, 이윤기 역, 열린책들, 1998, p.441.

66) 신범순, 「실낙원의 산보로 혹은 산책의 지형도」, 신범순 외, 『이상 문학 연구의 새로운 지평』, 역락, 2006, pp.47~48.

따라, 물을 불과 대칭되는 관계에서 여성적 생명력이라고 한다면, 「LE URINE」의 세계는 여성적 불모성의 세계에 충만한 남성의 생명력을 가지고 성애의 대상으로서의 여성을 찾는 과정에 놓여 있는 것으로 볼 수 있다.

그러한 과정에서 마주하는 여성은 "비너스"와 "마리아"라는 신화적 인물들이다. 「LE URINE」라는 시적 공간 안에서 신화 속의 그녀들이 근대라는 시간에 재등장할 수 있는 것은 이 시의 상상적 공간이 "역사의빈페이지"이자 "매장되어가는고고학"의 세계, 즉, 상징계의 여백으로서의 세계이기 때문인데 그곳은 다름 아닌 "동화"의 세계이기도 하다. 여성이 근대 문명에 의해 억압된 신성성의 뉘앙스를 다시 입고 나타난 것은 바로 그러한 배경 때문에 가능한 것이다. 그러나 근대의 "비너스"와 "마리아"는 이 시에서 그 누구도 더 이상 숭배의 대상으로서의 진정한 신성성을 지니고 있지는 않다.[67] 시의 남성 주체는 그녀들에게 명령문으로 말을 하고 있거니와, 그녀들의 지위에서 이름을 제외하고는 그 본연의 신성성을 찾아볼 수 없다. 이 시의 의미체계 안에서 "비너스"는 춤추고 노래하도록 요구 받는 존재로서, "설탕과같이청렴한이국정조"를 가지고, "입술위에꽃"을 피운 "여가수"와 대치 가능하며 동일한 의미작용을 하는 기호이다. 즉, "정조"와 "꽃"은 여성의 정신적 · 육체적 매력을 육화(incarnation)한 그런 존재인 것이다. 더불어 이 시에서 "축음기" 또한 성적 대상으로서 육화된 여성의 은유일 수 있다. 그녀는 사랑의 윤리로서의 "정조"를 요구받을 뿐 아니라 성애를 위한 육체적 매력을 동시에 지니고 있다. 그녀는 신격화된 사랑의 대상이 아니라, 인간화된 사랑의 대상인 것이다. 마리아 또한 마찬가지다. 성경에서 예

67) *Ibid.*, p.73.

수의 어머니로서의 성녀인 동정녀 마리아와 창녀로서의 막달라 마리아, 두 마리아가 있지만, 이 시에서의 "마리아"는 어떤 마리아를 가리키는지 알 수 없다. 그러나 성녀와 창녀, 그 어느 정체성을 대입해 본다할지라도 맞지 않는다. 왜냐하면, 그녀는 이 시 안에서 "MENSTRUATION", 즉 월경을 하고 있으므로 성녀로서 예수를 잉태할 수도, 창녀로서 성관계를 가질 수도 없음으로 해서 남성을 여성으로부터 격리시킴으로써 남성에게 "백색투명한" 감정, 즉 우수의 감정을 유발시키기 때문이다. 그러므로 그녀를 향해 이 시의 주체인 남성은 조금씩 꺼져가는 자신의 열정에 애처로워하며 "밤을막으렴"이라며 남성 상징으로서의 "태양"이 사라지는 것을 경계한다. 인간으로서는 단 한명의 남자의 여자도 아닌 동정녀 마리아나, 모든 남자의 여자인 막달라 마리아, 그 어느 편의 마리아도 인간적인 사랑을 하지 않았던 것에 비해, 이 시 안의 "마리아"는 한 남자의 여자가 되고 있음으로 해서 다시 인간화되고 있는 것이다.

이로써, 이 시에서 "비너스"와 "마리아"는 사랑에 의해 승화되는 것이 아니라 탈승화(desublimation)되고 있는 것으로 볼 수 있다. 탈승화는 숭배와 예찬의 대상에서 다시 인간화되는 것으로,68) 여신에서 여성으로 성화(sexualization)되고 있는 국면인 것이다. 사랑은 남성과 여성을 대자적(對自的)으로 성화한다는 데 진정한 의미가 있다. 사랑 안에서 비로소 남자는 남성으로서의 지위를, 여자는 여성으로서의 지위를 갖게 되며,69) 그에 따라 남성성과 여성성도 정립되는 것이다. 이것은,

68) A. Zupančič, 「희극으로서의 사랑에 대하여」, 『니체와 라캉: 정오의 그림자』, pp.266~269.

69) A. Badiou, "What is Love?", *Sexuation*, Ed. R. Salecl, Durham and London: Duke University Press, 2000, p.279.

승화가 사랑이라는 명목하에 숭고하게 여겨지는 대상에 대한 숭배로 성립되나, 실상 주체는 그 대상과 닿을 수 없다는 관계의 불가능성에 기반을 둠으로써, 진정한 상호주체성의 의미를 상실한 채 이성을 탈성화(desexualization)하는 것과 정반대의 작용이다.70) 이상 시의 사랑은 그 대상을 닿을 수 없는 곳의 숭고한 그 무엇으로 만들어 예찬하지 않는다. 오히려 이상 시의 주체는 신성성을 지닌 여성을 자신만의 사랑의 대상으로 탈승화하여 육화되고 성화된 차원에서 구체성을 가진 사랑을 추구한다. 그러나 그러한 사랑이 육적인 섹슈얼리티의 차원으로 타락하는 데 그치는 것이 아니다. 그것은 미지로서의 타자인 여성에 대해 그 사랑의 진실에 접근하기 위해 지난한 과정을 견뎌가는 것이다. 탈승화되고 성화된 여성은 비로소 남성과 상호작용할 수 있는 동등한 자격에서 주체화될 가능성을 가진다. 다음 시는 이상의 시 가운데서 여성 주체가 직접 발화하는 유일한 시가 된다.

> 여자인S玉孃한테는참으로未安하오. [중략] 우리들은S양앞
> 길에다시光明이있기를빌어야하오.
>
> 蒼白한여자
> 얼굴은여자의履歷書이다. 여자의입(口)은작기때문에여자는溺死하지아니하면아니되지만여자는물과같이때때로미쳐서騷亂해지는수가있다. 온갖밝음의太陽들아래여자는참으로맑은물과같이떠돌고있었는데참으로고요하고매끄러운表面은조약돌을삼켰는지아니삼켰는지항상소용돌이를갖는退色한純白色이다.
> 등쳐먹으려고하길래내가먼첨한대먹여놓았죠.

70) A. Zupančič, *op.cit.*, pp.266~269.

잔내비와같이웃는여자의얼굴에는하룻밤사이에참아름답고빤드르르한赤褐色쵸콜레이트가無數히열매맺혀버렸기때문에여자는마구대고쵸콜레이트를放射하였다. [중략] 웃는다. 어느것이나모두웃는다. [중략] 여자는 羅漢을밴것인줄다들알고여자도안다. 羅漢은肥大하고여자의子宮은雲母와같이부풀고여자는돌과같이딱딱한쵸콜레이트가먹고싶었던것이다. 여자가올라가는層階는한층한층이더욱새로운焦熱氷結地獄이었기때문에여자는즐거운쵸콜레이트가먹고싶지않다고생각하지아니하는것은困難하기는하지만慈善家로서의여자는한몫보아준心算이지만그러면서도여자는못견디리만큼답답함을느꼈는데이다지도新鮮하지아니한慈善事業이또있을까요. [중략] 여자는勿論모든것을抛棄하였다. 여자의姓名도, 여자의皮膚에붙어있는오랜歲月中에간신히생겨진때의薄膜도심지어는여자의唾線까지도 [중략] 여자는혼자望遠鏡으로SOS를듣는다. [중략] 發光하는波濤는여자에게白紙의花瓣을준다. 여자의皮膚는벗기고벗긴皮膚는仙女의옷자락과같이바람에나부끼고있는참서늘한風景이라는점을깨닫고사람들은고무와같은두손을들어입을拍手하게하는것이다.

이내몸은돌아온길손, 잘래야잘곳이없어요.

여자는마침내落胎한 것이다. [중략] 死胎도있다. [중략] 여자는이제는이미五百羅漢의불쌍한홀아비들에게는없으려야없을수없는唯一한아내인것이다. 여자는콧노래와같은ADIEU를地圖의엘리베이션에다고하고 No.1~500의어느寺刹인지向하여걸음을재촉하는것이다.

—「狂女의告白」 부분. (135~136)

이상의 시에서 한 번도 직접 발화하지 않던 여성 주체는 이 시 「狂女의告白」에서 처음이자 마지막으로 고백을 한다. 이 시의 언술은 남성 주체에 의해 진행되고 있으나, 그 내용의 중심은 여성에게 있으며, 언술의 대상이 되던 여성은 부분적으로나마 대상성에서 벗어나 주체성을 가지고 자기 고백을 하고 있다. 오필리아처럼 사랑의 광기에 익사한 여자에 대해 이 시의 남성 주체는 "미안"한 마음을 갖는데, 그러한 연민과 공감은 타자에 대해 수용적인 태도로 해석될 수 있다. 이 시에서와 같이 태도가 그렇게 변화할 때 비로소 "익사"하여 "창백한 여자"의 얼굴에서 그녀의 피부 이면의 영혼을 읽어내는 것이 가능하게 된다. "얼굴은여자의이력서"라는 이 시의 표현은 바로 한 여자에게는 그 어느 타자의 욕망에 대한 대상화와 무관하게 자신만의 역사가 있다는 것을 읽어내게 되었음을 보여주는 것이다. 이것은 한 남성 주체가 암흑과도 같은 미지인 실재로서의 타자이던 여성을 대화 가능한 상대로 "순화(gentrification)"[71]하여 재인식하게 되는 중요한 국면이다. 단순히 거울과 같은 관계 속의 '나'를 닮은 대상으로서의 상상적 타자이거나, 도무지 대화 불가능한 미지의 사물로서의 실재의 타자가 아닌, 비로소, 언어에 의해 이해 가능한 타자가 등장하고 있는 것이다.[72] 그럼으로써 여자는 비로소 "주체화(subjectivizaion)"[73] 되는 것이 가능해진다. 그녀는 이 시에서 타자의 '당신은 왜?'라는 질문을 함축한 시선에 대해 "등쳐먹으려고하길래내가먼첨한대먹여놓았죠"라고 자신을 자신의 언어로 변호한다. 그리고 "이내몸은돌아온길손, 잘래야잘곳이없어요"라고 자기 자신이 누구이며 자신의 삶이 어떠했던가를 유언처럼 남기고 있다. 그녀는 사랑의 진실을 구하려는 남성에게 알 수 없는 모습이었던 이유를 밝히며 고백한 것이다. 이처럼 자신의 실존을 드러내는 이 순간 그녀의 언어가 곧 진실의 언어이다. '나'에 의해서만 진실이 말[74]을 할 수 있게 되

71) S. Žižek, 「성적 차이의 실재」, S. Žižek 외, 『성관계는 없다』, pp.266~267.
72) *Ibid.*, p.265.
73) A. Zupančič, 「진리에서의 문제들」, *op.cit.*, p.168.

는 것이다. 모든 이들에게 하나로 관철되는 진실은 없으며, 그러한 진실이 있다는 강요에 의해 그것이 정말로 진실로 인정된다면 오히려 그 진실은 오류이다.[75] 나에게 진실이 있으되, 그것이 곧 타자의 진실과 그대로 일치하지 않을 수 있다는 것을 인정하는 것, 그로써 타자에게 '나'라는 주어를 주어 스스로 말하게 하는 것, 그럼으로써 타자를 "나에 의해 '바라보여진－존재(l'être- regardé)'에서 나를 '바라보는－존재(l'être-regardant)'로 변화하는 것을 '승격(transfiguration)'"[76]으로 용인하는 것, 그것이 바로 '너'와 '나'의 모든 진실에 일보 접근하는 것이다. 그러나 여기서 다시 문제가 되는 것은 날 닮은 당신으로서의 타자이든, 미지의 물로서의 타자이든, 상징화될 수 없는, 소리 없는 세계에서 나와, 처음으로 여성이 주체화되어 발화한 시점이 언제인가 하는 것이다. 그것은 이 시에서 보는 바와 같이 그녀가 "모든것을포기" 하고 자신마저 포기하였으나 아무로부터 구원받지 못하고 마지막 희망이던 생명의 잉태마저 "낙태" 되고 익사하게 된 시점, 즉 창녀로서의 삶이 끝내 죽음으로 귀결된 다음이다. 그러므로 그 발화는 그 자체만으로도 비극적이다. 한 여인의 진실이 삶 너머에서야 드러난 것이다. 익사체가 말을 한다는 불가능이 가능한 것은 그 죽음이 현실에서의 죽음이라기보다는 상징적인 죽음을 가리키는 것이기 때문이다. 그 죽음은 완전한 삶도 완전한 죽음도 아닌 어떤 경계로서, 역설적 의미에서 그 자체로 삶의 일부인 것이다. 그러므로 그녀의 진실이 밝혀지는 죽음으로서의 삶 너머는 오

---

74) F. Nietzsche, 「이 사람을 보라: 왜 나는 하나의 운명인지」, 『바그너의 경우 · 우상의 황혼 · 안티크라이스트 · 이 사람을 보라 · 디오니소스 송가 · 니체 대 바그너』, 백승영 역, 책세상, 2002, pp.456~457.

75) A. Zupančič, *op.cit.*, p.180.

76) 변광배, 『존재와 무－사르트르』, 살림, 2005, p.212.

히려 "삶이 결정되는 지점"[77]인 것이다. 이 시에서 남성들은 임신한 그녀가 "나한"을 잉태했다며, 그녀의 자궁을 "자선가"처럼 숭배하였고, 다시 그녀가 "낙태"하자 "없을래야없을수없는유일한아내"라며 어머니가 되지 못한 그녀를 다시 창녀로 전락시키면서도 그녀의 정조를 예찬했다. 그렇지만 남성들에 의해 창녀와 어머니를 오가는 그녀의 삶은 외로운 것이었을 뿐이다. 그 누구도 그녀의 진실을 진정으로 이해하지는 못했다. 그것은 남성들이 여성이라는 한 실존의, 삶에 연루된 것으로서의 진실을 깨닫지 못한 채, 진실의 내재성[78]을 보지 못하고 환상으로 대상으로서의 타자에 접근했기 때문이다. 환상은 진실을 가림으로써 상처로부터 보호해 줄 뿐이다.[79] 그것은 역사적으로 인간이 속음 자체가 아니라, 속음으로써 상처받는 것으로부터 벗어나기 위해 진실을 고정된 것으로 만들어 온 논리와 같다.[80] 과거에 소위 진실이라 불려온 것은 닳아빠진 은유에 불과한 환상으로, 시간의 누적에 의해 구속력을 갖게 된 인간관계의 총체일 뿐이다.[81] 그 인간관계의 총체 안에, 창녀는 있으나 없는 것으로 치부되어 왔고 그러므로 그녀에게 진실이라 불리는 것은 빗겨가는 것에 불과했다. 한 사회가 그녀를 거짓이라 부르고 거짓으로 대하는 데서 구원할 수 있는 유일한 것은 다음 시에서와 같이 사랑하는 자로부터의 시선에 의해 그녀의 진실이 승인받음에 의해서이다.

---

77) A. Zupančič, 「진리에서의 문제들」, *op.cit.*, p.186.

78) *Ibid.*, p.149.

79) J. Lacan, *op.cit.*, p.298.

80) F. Nietzsche, "On Truth and Falsity in Their Extramoral Sense", *Philosophical Writings vol. 48.*, Ed. R. Grimm, Trans. M. A. Mügge, New York: Continumm, 1995, pp.88~90.

81) *Ibid.*, p.92.

입안에짠맛이돈다. 血管으로淋漓한墨痕이몰려들어왔나보다. 懺悔로벗어놓은내구긴皮膚는白紙로오고붓지나간자리에피가아롱져맺혔다. 尨大한墨痕의奔流는온갖合音이리니分揀할길이없다고다물은입안에그득찬序言이캄캄하다. 생각하는無力이이윽고입을빼겨젖히지못하니審判받으랴陳述할길이없고溺愛에잠기면벌써滅形하여典故만이罪業이되어이生理속에永遠히氣絶하려나보다.

— 「內部」 전문. (90)

구원, 그것은 「內部」에서 보는 바와 같이 "溺愛"라는 사랑의 형식에 의해서 이루어진다. "溺死"(「狂女의告白」)를 극복하는 것은 "溺愛"(「內部」)인 것이다. 이 시의 "溺愛", 그것은 "참회"의 아픔에도 불구하고, "심판" 앞에서 유구무언이 될 수밖에 없음에도 불구하고, 사랑의 "죄업"을 자신의 생리 안에 영원히 간직하는, 자신의 전 존재를 다 던져 푹 빠져버린 사랑이다. 그것은 각혈과도 같이 죽음까지 자신의 운명을 결정지어버린 것이다. 각혈을 받아들이지 않을 수 없는 것처럼 거부할 수 없이 빠져드는 사랑으로서의 "익애"를 받아들이는 것은 '운명의 사랑(a mor fati)'이 아닐 수 없다. 운명의 사랑, 즉 운명애란, 필연적인 것을 참아내기만 하는 것이 아니라, 감추지 않으며, 오히려 더 사랑하려고 하는 것이다.[82] "필연적인 것에 대한 긍정은 다만 존재하는 것에 대한 긍정일 뿐이지 않고, 또한 존재하지 않는 것에 대한 긍정"[83]이기도 한데, 그것은 사랑에서도 마찬가지다. 사랑의 진실을 찾아가는 과정에서 만나게 되는 타자와의 관계에서 동일성뿐 아니라 비동일성을 모두 필연적인 것으로 받아들임으로써 그 사랑을 운명의 사랑이라는, 보다 진정

82) F. Nietzsche, 「이 사람을 보라」, 『바그너의 경우 · 우상의 황혼 · 안티크라이스트 · 이 사람을 보라 · 디오니소스 송가 · 니체 대 바그너』, pp.373~374.
83) A. Zupančič, 「……최소 차이로서의 허무로」, *op.cit.*, p.243.

한 사랑으로 격상할 수 있다. 진실과 반대되는 비진실로 간주되는 것도 타자에게 대상으로서의 지위만이 아니라 주체로서의 지위를 부여하여 직접 발화하게 하면 진실이 될 수 있다. 사랑은 이러한 동일성과 비동일성 사이의 모순을 필연적인 것으로서 받아들이고 그 모순 자체를 사랑으로 받아들이는 데 있다. 사랑하지만, 또한 사랑할 수 없는 부분까지 내포하는 타자와 그 타자 안의 또 다른 타자마저 사랑하는 것, 그로써 남녀 양자 간의 대칭이 아니라 주체성에 대해 동일성으로 환원되지 않는 타자성마저 배척하지 않고 긍정함으로써, 남녀의 주체가 각각 하나와 하나가 만나 둘이 아닌 셋이 되게 하는 것이 사랑이다. 하나와 하나가 만나 셋이 되는 것은 둘 사이에 무(無)가 있는 것을 다시 하나로 세기 때문이다.[84] 무가 있다는 것은 아무것도 없다는 것과 다르다. 그 무는 '나'에게도 닿을 수 없고, '너'에게도 닿을 수 없는, 양자 모두에게 타자성으로 드러나는 그 어떤 심연이다. 그 심연은 둘 너머 있으나, 그 너머는 바깥이 아니라 오히려 중심이다.[85] 이상의 시에서 대칭과 비대칭 그리고 중심의 비유가 관계의 문제에서 계속 변주되는 것은 바로 사랑의 진실을 추구하는 과정을 보여주고 있는 것이거니와, "익애"에 이르러서야 그 사랑의 비극적이지만 아름다운 궁극이 드러난다.

84) A. Zupančič, 「……이중 긍정을 거쳐……」, *op.cit.* pp.217~221.
85) *Ibid.*, p.221.

| 참고문헌 |

1. 기본자료

이상, 『이상문학전집』1, 이승훈 엮음, 문학사상사, 1999.

2. 국내논저

고인숙, 「보들레르의<rhétorique profonde>를 위한 試論」, 『상징주의文學論』, 민음사, 1982.

김윤식, 「이상 연보」, 『이상연구』, 문학사상사, 2002.

김 현, 「이상에 나타난 '만남'의 문제」, 『자유문학』, 1962. 10. (최재서 외, 권영민 편저, 『이상 문학전집』4, 문학사상사, 1996. pp.159~183. 재수록.)

변광배, 『존재와 무—사르트르』, 살림, 2005.

서영채, 『한국 근대 소설에 나타난 사랑의 양상과 의미 연구: 이광수, 염상섭, 이상을 중심으로』, 서울대학교 국어국문학과 대학원 박사학위 논문, 2002.

신범순, 『축제와 여성주의』, 서울대 국문과 박사과정 한국 현대 시사 연구 교재, 2006.

신범순, 「실낙원의 산보로 혹은 산책의 지형도」, 신범순 외, 『이상 문학 연구의 새로운 지평』, 역락, 2006.

진중권, 『미학 오디세이』 2, 새길, 1996.

3. 국외논저 및 번역서

고진, 가라타니, 「개체의 지위」, 『유머로서의 유물론』, 이경훈 역, 문화과학사, 2002.

______________, 「단독성과 개별성에 대하여」, 『언어와 비극』, 조영일 역, 도서출판 b, 2004.

Badiou, Alain, "What is Love?", *Sexuation*, Ed. R. Salecl, Durham and London: Duke University Press, 2000.

Fink, Bruce, 「성적 관계 같은 그런 것은 없다」, S. Žižek 외 『성관계는 없다』, 김영찬 편역, 도서출판 b, 2005.

Foucault, Michel, 「진정한 사랑」, 『성의 역사』2, 문경자 외 역, 나남출판, 1995.

Freud, Sigmund, 「꿈은 소원성취이다」, 『꿈의 해석』상, 김인순 역, 열린책들, 1998.

____________, 「불의 입수와 지배」, 『종교의 기원』, 이윤기 역, 열린책들, 1998.

____________, 「성욕에 관한 세 편의 에세이」, 『성욕에 관한 세편의 에세이』, 김정일 역, 열린책들, 2000.

Heidegger, Martin, 『존재와 시간』, 이기상 역, 까치 출판사, 2001.

Kant, Immanuel, 『판단력 비판』, 이석윤 역, 박영사, 2003.

_____________, *Ethical Philosophy*, Indianpolis, IN: Hacket, 1994. (A. Zupančič, 『실재의 윤리』, 이성민 역, 도서출판 b, 2004. 재인용.)

Lacan, Jacques, *The Seminar of Jacques Lacan Book VII: The Ethics of Psychoanalysis*, Ed. J. A. Miller, Trans. D. Porter, New York · London: W · W · Norton&Company, 1999.

Nietzsche, Friedrich, "On Truth and Falsity in Their Extramoral Sense", *Philosophical Writings vol. 48.*, Ed. R. Grimm, Trans. M. A. Mügge, New York: Continumm, 1995.

__________, 「이 사람을 보라」, 『바그너의 경우 · 우상의 황혼 · 안티크라이스트 · 이 사람을 보라 · 디오니소스 송가 · 니체 대 바그너』, 백승역 역, 책세상, 2002.

Platon, *Phèdre*, Texte et Traduit par L. Robin (C.U.F). 204e. (M. Foucault, *op.cit.*, p.254. 재인용.)

Ricœur, Paul, *The Rule of Metaphor*, Trans. Robert Czerny, Toronto: UTP, 1979.

Roberts, Nickie, 「기원: 여신과 창녀」, 『역사 속의 매춘부들』, 김지혜 역, 책세상, 2004.

Wheelwright, Philip, 『은유와 실재』, 김태옥 역, 한국문학사, 2000.

Žižek, Slavoj, "I Hear You with My Eyes", *Gaze and Voice as Love Objects*, Durham and London: Duke University Press, 1996.

__________, 『이데올로기라는 숭고한 대상』, 이수련 역, 인간사랑, 2002.

__________, 『그들은 자기가 하는 일을 알지 못하나이다』, 박정수 역, 인간사랑, 2004.

__________, 『무너지기 쉬운 절대성』, 김재영 역, 인간사랑, 2004.

__________, 「세계의 밤」, 『까다로운 주체』, 이성민 역, 도서출판 b, 2005.

Zupančič, Alenka, 『니체와 라캉: 정오의 그림자』, 조창호 역, 도서출판 b, 2005.

__________, 「도덕법칙과 초자아 사이에서」, 『실재의 윤리』, 이성민 역, 도서출판 b, 2004.

제4장 | 황동규(黃東奎) 초기 시(詩)에 나타난 나르시시즘의 사랑 연구

『어떤 개인 날』을 중심으로

I. 서론

1. 연구사 검토

황동규(黃東奎, 1938~)는 4.19 민주화 혁명(1960)을 기점으로 하는, 새로운 감수성의 시대를 대표하는 시인으로, 한국현대시사에서 식민지의식과 전후(戰後) 허무의식으로부터 벗어나는 중요한 전환점을 마련한 세대[1]이다. 그는 한국시단에 처음 등장한 한글세대로서, 본격적인 언어 미학적 탐구[2]가 가능해진 여건 위에 지성적 서정의 세계를 확립해 왔다. 그는 서정주의 추천에 의해 「시월」(『현대문학』, 1958. 2월호.)로 등단한 이래, 『어떤 개인 날』(1961)부터 『사는 기쁨』(2013)에 이르기까지 15권의 시집을 상재했다. 그의 시적 편력은 '20세기 후반의

1) 김윤식 외, 「V. 산업화 시대의 문학－1.현대시의 본격 전개」, 『우리 문학 100년』, 현암사, 2000, pp.268~270.

2) *Loc. cit.*

한국 시사(詩史)'[3]를 관통하는 것으로서, 1960년대의 개인적 감성과 자아의 문제, 1970년대의 강렬한 현실 인식, 1980년대의 정신적 내면세계의 심화, 1990년대의 자유로움과 가벼움의 추구[4], 2000년대의 노년기의 육체적 하강과 정신의 상승[5] 등으로 시세계의 변화를 개략할 수 있다.

이 중 그의 초기 시에 대한 평가는 김용직이 '비극적 세계관에 바탕을 둔 개인적 서정의 세계'[6]라고 지적한 바와 같이, 청년의 사랑과 우수를 주요 테마로 하고 있다는 점에서 대체로 일치하나, 인간 절대를 향한 비극적 자세가 자기 소멸적 폐쇄성[7]에 갇혀, 내면 응시자의 상태로 남아 있음[8]을 한계로 지적하기도 한다. 이와 같은 논의를 종합하여 볼 때, 황동규 초기 시의 사랑은, 사랑의 대상이 부재하는 상황에서의 폐쇄적이고 내면적인 사랑이라고 할 수 있을 것이다. 그러나 황동규 시에

---

3) 김주연, 「역동성과 달관」, 하응백 엮음, 『황동규 깊이 읽기』, 문학과지성사, 1998, p.164.

4) 황동규의 시세계를 시대적으로 좀 더 엄밀히 구분하면, 제1기는 『어떤 개인 날』(중앙문화사, 1961)과 『비가』(창우사, 1965), 제2기는 『태평가』(1968), 『열하일기』(1972), 『나는 바퀴를 보면 굴리고 싶어진다』(문학과지성사, 1978), 제3기는 『악어를 조심하라고?』(문학과지성사, 1986), 『몰운대행』(문학과지성사, 1991), 『풍장』(문학과지성사, 1995) 중반부, 『미시령 큰바람』(문학과지성사, 1993), 제4기는 『풍장』 후반부, 『외계인』(문학과지성사, 1997), 『버클리 풍의 사랑 노래』(문학과지성사, 2000)에 해당한다. (황동규/하응백 대담, 「거듭남을 찾아서」, 하응백 엮음 『황동규 깊이 읽기』, 문학과지성사, 1998, p.21.) 그 이후로 『우연에 기댈 때도 있었다』(문학과지성사, 2003), 『꽃의 고요』(문학과지성사, 2006), 『겨울밤 0시 5분』(현대문학, 2009), 그리고 『사는 기쁨』(문학과지성사, 2013)과 『연옥의 봄』(문학과 지성사, 2016)이 더 출간 되어 그의 시세계는 현재진행형이라고 할 수 있다.

5) 홍정선, 「해설－몸과 더불어 사는 기쁨」, 황동규, 『사는 기쁨』, 문학과지성사, 2013.

6) 김용직, 「시의 변모와 시인－ 황동규론」, 『문학과 지성』, 1971. 여름호.

7) 김병익, 「사랑의 변증과 지성」, 『황동규 깊이 읽기』, 문학과지성사, 1998, pp.75~78.

8) 김우창, 「내적 의식과 의식이 지칭하는 것」, 『열하일기』 해설, 지식산업사, 1982, p.262.

대한 많은 비평문[9]들과 논문[10]들이 사랑의 개념에 대한 학문적 · 이론적 정의 없이 논의하고 있어 그 한계를 드러낸다. 본고는 황동규 초기 시에 나타나는 사랑이, 내면(內面)[11]에 대한 사랑을 상징하는 나르시시즘의 사랑이라 가정하고, 크리스테바(Julia Kristeva)의 사랑의 이론을 방법론으로 원용하여 그 가정을 논증해 가고자 한다.

2. 연구 방법론

사랑[12]은 주체[13](sujet), 사랑의 대상(objet), 대타자[14](Autre)의 3자

---

9) 김승희, 「바퀴를 굴리는 사랑주의자」, 『문학사상』 82, 1979. 9월호.
성민엽, 「난해한 사랑과 그 기법」, 『작가세계』, 1992. 여름호.
윤재근, 「사랑과 고뇌의 확대와 심화」, 『월간문학』, 12권 3호, 1979. 3월호.

10) 유지현, 『황동규 시 연구』, 고려대학교 국어국문학과 석사학위 논문, 1992.
송태미, 『황동규 시 연구』, 경희대학교 국어교육학과 석사학위 논문, 2000.

11) 내면은 '정신의 공간'으로, 나르시스에게 사랑의 주체이자 동시에 대상이 된다. 나르시스적 사랑은 서구의 정신 현상을 내면의 세계로, 자기반성의 공간으로 승천시키는 데 결정적인 계기가 되었다.
Julia Kristeva, 『사랑의 역사』, 김영 역, 민음사, 1995, pp.174~182.

12) 이 논문에 언급된 사랑은 모두 크리스테바의 『사랑의 역사 *Histoires D'Amour*』(1985)에 나오는 나르시스적 사랑을 지칭하는 것으로 한다. 크리스테바는 서구적인 주체성의 역사 속에 나르시스적 상상력이 끊임없이 변주되고 있음을 보여주며, 현대적 의미의 나르시스적 사랑이 무엇인가를 구명하고자 한다. 크리스테바는 고대 그리스의 플라톤에서 기원하는 에로스적 사랑, 성서의 아가페적 사랑 등과 나르시스적인 사랑을 대비시키며, 이들 사랑에 대한 나르시스적 사랑의 본질적 근원성을 주장한다.

13) 크리스테바의 주체 개념은 무의식적 주체와 사회적 주체를 동시에 내포한다. 이것은 그녀의 주체 개념이 두 가지 계보의 축이 만나 이루어진 결과이다. 그 계보의 하나는, 헤겔(Georg Wilhelm Friedrich Hegel)—마르크스(Karl Marx)—마오쩌뚱(毛澤東)의 축이며, 또 하나는 프로이트(Sigmund Freud)—라캉(Jacques Lacan)의 축이다. 크리스테바의 사회적 주체 개념은 역사와 주체의 관계를 유물론적으로 복원하기 위한 것이다. 마르크스의 사상에서 역사는 생산 양식의 역사일 뿐, 주체의 역사는 아니며, 주체는 단지 의미 생성의 과정에 지나지 않는다. 마오쩌뚱은 바로 이러한

간의 전이[15](transfert)의 역학으로, 기본적으로 나르시시즘(Narcissism)의 구조에 의존한다. 나르시시즘은 수면에 비친 자신의 영상을 사랑한 죄로 죽음에 이르는 나르시스의 신화에 기원을 둔 개념으로, 프로이트(Sigmund Freud)로부터 라캉(Jacques Lacan)을 경유하여 크리스테바에 이르러 사랑의 이론으로 전개된다. 프로이트의 나르시시즘은 '타자와 자아의 동일시(idéntification)'로서, 리비도적 에너지를 소진할 수 있도록 하는 바깥 세상 속의 대상(객체)을 이상적 자아(ideal Ich)로 간주[16]하는 것을 의미한다. 그러나 라캉의 나르시시즘[17]은, 프로이트가 현실

인식에 마르크시즘이 교도화(dogmatisation)한 원인이 있다 보고, 혁명적 실천에 주체성을 불러들인다. 개인적 요소와 직접적 요소가 강조된 마오쩌뚱의 주체 개념은 실천을 활성화하는 모순으로 이해된다. 한편, 라캉의 주체는 무의식의 주체이지만 대타자의 영역에 종속됨으로써, 즉 사회적 상징체계에 종속됨으로써 사회적 주체로서의 역할을 수행할 수 있게 된다. 크리스테바는 마오쩌뚱과 라캉의 주체 개념을 결합하여 무의식적이면서도 사회적인 주체 개념을 확립함으로써, 정치경제학적 혁명과 미학적 혁명을 동일한 지평에서 기획할 수 있도록 하였다. 『사랑의 역사』에서의 주체는 미학적 측면, 특히 문학적 측면에 초점을 맞추고 있다. 크리스테바의 주체 개념은 Julia Kristeva, 『시적 언어의 혁명』, 김인환 역, 동문선, 2000, p.23.을 참조할 수 있다.

14) 주체(sujet)는 거울 단계(stade du miroir)에서 거울 속의 상과 자신을 상상적으로 동일시함으로써 자아(moi)를 형성한다. 거울 단계에서 오이디푸스 단계로 넘어가면, 아버지의 이름, 즉 상징적 질서로서의 제 3자가 등장하는데. 그는 자아가 영원히 동화할 수 없는 근원적 타자성을 지녔기 때문에, 그를 가리켜 대타자(Autre)라 한다. 대타자는 주체에 대해 명령하여 주체가 사회적 상징체계를 따르게 한다. 대타자는 담론이 구성되는 공간으로서, '무의식은 타자의 담론'이라고 할 때, 이는 곧, 무의식적 주체가 대타자의 담론에 의해 구성되고 지배됨을 뜻한다. Julia Kristeva, 『사랑의 역사』, pp.62~63. 참조.

15) 전이는 정신분석학적 용어로 무의식적 희망들을 실재화 하는 과정을 가리킨다. 유아기 원형들이 다시 부상하여 강한 직접적인 감각으로 경험되는 과정을 의미한다. 사랑에서의 전이는 주체의 사랑이 현실 속의 사랑의 대상에서 대타자로 옮겨가는 것을 의미한다. *Ibid.*, pp.28~33. 참조.

16) *Ibid.*, p.193.

17) 나르시시즘은 성장 단계에 따라 1차 나르시시즘과 2차 나르시시즘으로 나누어서 볼 수 있다. 1차 나르시시즘은 거울 단계에서 유아가 육체적 이미지를 창조할 때

속의 대상에 주목한 것과 달리, 겉모습의 실재 즉, 육체와 연결된 이미지와 자신을 동일시[18]한 결과로 이해한다. 이때 나르시스적 주체의 이미지가 비춰지는 곳은 상상계(想像界)와 상징계(象徵界) 사이의 빈 지대[19](vide)로, 일종의 화면(écran)[20] 역할을 하는데, 나르시스 신화의 수면에 해당한다. 크리스테바는 이들의 이론을 발전적으로 계승하여, 사랑은 동일시의 구조를 기본으로 하는 나르시시즘과 이상화(idéalisation)에 기반을 두는 것으로 본다. 즉, 사랑은, 주체가 사랑의 대상에 의해 매개된 상을 대타자와 동일시하고 이상화하는 구조에 의해 형성되는 것이다.[21] 주체가 대상과 동일시하려는 것은 충만성을 가진 것으로 가정되는 근원적 주체가 머물던 모태적 상태, 즉 코라[22](chora)적 상태에서

일어나는 것을 가리킨다. 본고에서 정의하는 나르시시즘은 엄밀한 의미에서 2차 나르시시즘임을 밝혀둔다. Dylan Evans, 『라캉 정신분석 사전』, 김종주 외 역, 인간사랑, 1998, pp.320～321. 참조.

18) Julia Kristeva, *op.cit.*, p.193.

19) 소쉬르(Ferdinand De Saussure)에 의하면, 빈 지대는 기호의 자의성에 의해 생기는 지시대상/기표/기의 사이에 있는 빗금의 지대를 가리킨다. 이곳은 직접적으로 지칭하여 범주화하는 것이 불가능한 미지의 영역으로 간주되기 때문에 빈 지대라 일컬어진다. 라캉은 이 빈 지대를 영상화하여 빈 화면으로 이해하였다. 크리스테바는 빈 지대를 코라에서 주체가 분화되고 남은 상태의 미지의 영역으로 이해한다. 따라서 빈 지대를 빈 화면이자 코라적 공간으로 간주할 때, 빈 화면에 떠오르는 이미지는 시각적일 뿐 아니라, 모든 감각과 울림의 재현이다. *Ibid.*, p.42.

20) Julia Kristeva, *Histoires d'Amour*, Paris: Denoël, 1983, p.31.

21) 사랑이 전이의 역학이라는 것은 바로 이러한 관계에서 설명될 수 있다. 주체와 (대상으로서의) 타자와의 관계는 주체와 대타자와의 관계로 전이되는 것이다.
Julia Kristeva, 『사랑의 역사』, pp.28～29.

22) 코라는 하나의 정돈된 우주로 통일되지 않은, 양분을 공급하는 모성적인 그 무엇이다. 코라는 무의식의 심층에 놓여 있으며, 주체 형성의 장이자, 원억압에 의해 비천한 것(abject)들이 침잠해 있는 공간이다. 인간이 시적 언어에 의해 코라 상태를 복원하려는 것은 주체가 사랑을 갈구하는 것과 같은 맥락에서 이해될 수 있다. 그것은 사랑이 억눌린 표현들의 압축이며 문학적 다의성인, 기호들의 고통이 차지하는 특별한 장소인 것과 마찬가지다. 이러한 데서 문학의 체험과 사랑의 체험과 본질적으로 같은 것으로 놓을 수 있는 논거가 마련된다.

원억압(refoulement originaire)을 거쳐 상징계로 편입하며 주체가 성립되는 과정에서 손상된 부분을 회복하기 위한 시도로 이해할 수 있다. 주체가 타자를 이상화하게 되는 것은, 대타자가 발생론적 차원에서부터 주체에게 자아의 이상(Idéal du moi)을 제시하는 기능을 해왔기 때문이다.[23] 그런데, 대타자는 사회적 상징으로서의 언어가 구성되는 공간으로, 주체와 대타자 간의 동일시는 언어를 구성하는 언술행위[24](énonciation)에 의해 이루어진다. 주체는 타자의 말들을 받아들여 그 말들과 동화하고, 반복하고 다시 만들어냄으로써 타자와 하나[25]가 된다. 이러한 과정을 통해 사랑하는 주체는 말하는 주체, 즉 언술 행위의 주체로 태어나며, 언술 행위는 사랑의 명명화(命名化)가 되는 것이다.

이렇게 동일시의 구조에 의해 이루어지는 사랑의 언술 행위는 곧 은유[26](métaphore)의 구조와 일치한다. 일반적으로, 의미의 이동이라는 관점에서 언술행위의 주체와 대상이 그 경계선을 혼동할 때, 언어에 미치는 유기적 관계를 은유라 한다.[27] 따라서 주체가 사랑하게 되는 감정

Julia Kristeva, 『시적 언어의 혁명』, pp.26~29.

23) Julia Kristeva, 『사랑의 역사』, p.62. 참조.

24) 언술 행위는 언표(énoncé: 언술 내용)와 구별된다. 발생론적 구조주의자로서의 크리스테바는 완성된 텍스트로서의 현상 텍스트(phéno-texte)와 발생으로서의 텍스트인 생성 텍스트(géno-texte)를 구분하였다. 언표가 현상 텍스트에 대응된다면, 언술행위는 생성 텍스트에 대응될 것이다.
Julia Kristeva, 『시적 언어의 혁명』, p.98.

25) Julia Kristeva, 『사랑의 역사』, p.46.

26) 크리스테바는 사랑의 나르시시즘적 구조와 은유의 구조를 동일한 메커니즘으로 이해하며, 궁극적으로 은유의 존재론을 확립하고자 한다. 크리스테바는 고대 그리스로부터 현대에 이르는 수사학의 역사를 통해 은유론을 검토하는 가운데, 존재를 행위로 확장하는 적극적 의미의 은유론을 옹호한다. 특히 아리스토텔레스의 은유론을 현대적으로 발전시킨 리쾨르(Paul RicŒur)의 은유론에 의존하고 있다. *Ibid.*, pp.409~421.

27) *Ibid.*, p.411.

전이의 대상은 은유적 대상이다.[28] 본고는, 황동규의 『어떤 개인 날』에 실린 시들의 은유 분석을 통해, 이 시들의 사랑을 나르시스적 사랑임을 구명하고자 할 것이다.

II. 나르시시즘의 '사랑의 동일시(Idéntification)'

1. 동일시의 매개물로서의 화면(écran)

사랑의 대상은 은유의 대상이다. 또한 사랑의 대상은 주체의 은유이다. 따라서 주체가 동일시하고 있는 대상을 밝힘으로써 사랑의 대상을 찾을 수 있으며, 역으로, 그 사랑의 대상을 통해, 주체가 자신에 대해 가지고 있는 하나의 상으로서의 서정적 자아를 그려낼 수 있다. 시에서의 언술행위의 주체는 시적 화자인 '나'로 나타나며, 그 대상은 2인칭인 '너', '그대', '당신'으로 나타난다.[29] 사랑의 주체인 '나'가 2인칭인 '너', '그대', '당신'과 동일시하고 있는 것은 거울(수면) 역할을 하는 일종의 화면(écran)의 매개를 통해 확인할 수 있다.

(a) 언젠가 흘러가는 강물을 들여다보다가 문득 그 속에 또 흘러

28) *Ibid.*, p.52.

29) 『어떤 개인 날』에 상재된 30편의 시 가운데, 언술행위의 주체가 시적 화자로서의 1인칭 '나'로, 사랑의 대상으로서의 2인칭 '너', '당신', '그대' 로 나타나 있는 시는 25편이다. 나머지 5편 가운데, 1인칭 '나'는 드러나 있지만, 2인칭이 드러나 있지 않은 시는 「눈」, 「물의 밝음」, 「새벽빛」 3편이다. 나머지 2편, 「동백 나무」와 「조그만 방황」에는 1인칭도 2인칭도 나타나 있지 않은 채, 서정적 자아의 독백만으로 전개된다. 본고에서는 1인칭과 2인칭이 직접 명시되어 있는 25편의 시만 분석 대상으로 한다.

가는 구름을 보았습니다.

…

(b) 강물을 들여다보는 나를 들여다보는 당신. (c) 나를 흘러가게 하며 (d) 또 무엇인가 내 속에 흘러가게 하는, 흐르는 구름 속에 햇빛이 축포처럼 터지고, 허나 소리들이 모두 눈감고 숨죽이는 (e) 그런 마음을 다시 내 속에 띄우는 당신.

—「소곡(小曲)」2 부분.[30] (49)

위의 시「소곡 2」의 "강물"은 거울이다. (a)에서 나는 "강물"에 흘러가는 구름을 본다. (b)에서는 "당신"이 "구름"을 들여다보는 "나"를 본다. 그러므로 "당신"은 "강물" 안의 "구름"이다. 그런데 (c)에서 당신은 나를 흘러가게 한다. 즉, "나"는 흘러가는 "구름"이다. (d)에서 "내" 안에 또 흐르는 "무엇"이 있다. 그것은 "구름"인 "당신"이다. 즉, "당신"도 "구름"이고 "나"도 "구름"이다. 그러므로 "나"는 "당신"이고 "당신"은 "나"이다. 이 시는 "강물"을 매개로 '당신↔구름↔나'가 서로 치환 관계, 즉 은유 관계에 놓여 있다.[31] 한편, 거울로서의 "강물"은 자신의 마음, 즉, 내면이다. (e)에 의해 앞의 모든 장면이 내면에 떠오른 이미지임을 확인할 수 있게 된다. 즉, 거울로서의 "강물"은 은유적 관계에 의해 거울로서의 내 속(내면)이 되며, 내면은 나르시시즘의 사랑의 공간으로서 준비되는 것이다.

그런데, 위의 시가 물거울의 이미지를 보여주고 있듯이, 일반적인 나

30) 이 논문에서 인용한 황동규 시는『황동규 시전집』I(문학과지성사, 1998)을 따르는 것으로 한다. 인용 지면은 괄호 안에 표기한다. 또한 (a), (b)…는 인용자가 붙인 것이다.

31) 이것을 확증하는 것은 '보다'와 '흘러간다' 두 동사의 치환이다. 처음에 '나－보다', '당신－보다'가 뒤에는 '나－흘러간다', '당신－흘러간다'가 되고 있음을 알 수 있다.

르시스 신화를 거의 변형 없이 재현하고 있다면, 다음 시 「겨울 노래」는 이 시집의 가장 지배적인 이미지인 겨울 풍경이 어떻게 사랑의 내면 풍경을 구성하고 있는지 그 실마리를 보여준다. 이 시에서는 "얼음장"이 사랑의 주체인 '나'와 사랑의 대상인 '너'를 매개하는 화면(écran) 역할을 하고 있다. 같은 시집의 많은 시들에서도 얼음은 마찬가지 역할을 하는 것으로 나타난다.

> (a) 너의 집밖에서 나무들이 우는 것을 본다./ 얼은 두 볼로 불 없이 누워 있는/ 너의 마음가에 바람 소리 바람 소리./ (b) 내 너를 부르거든/어두운 뒤꼍으로 나가/ 한겨울의 꽝꽝한 얼음장을 보여다오./ (c) 보라, 내 얼굴에서 네 무엇을 찾을 수 있는가./ 네 말없이 고개 쳐들 때/ (d) 하나의 미소가 너의 얼굴에, 하나의 겨울이 너의 얼굴에./ 아는가/ (e) 그 얼은 얼굴의 미소를 지울 수 있는 것이/ (f) 우리에게 있는가.
>
> ―「겨울 노래」 부분. (19)

(b)에서 '나'와 '너'의 만남은 "얼음장"을 매개로 한다. (c)에서 "얼음장" 위에 비추어진 내 "얼굴" 위로 네 "얼굴"이 포개진다. 즉, 내 "얼굴"은 네 "얼굴"이다. (d)에서는 같은 통사구조의 반복에 의해, "미소"와 "겨울"이 치환 관계에 놓인다. 이렇게 해서 (e)의 "얼은 얼굴의 미소"가 "너"의 얼굴에 떠오르며, (f)에서의 나와 너를 동시에 지칭하는 "우리"라는 시어에 의해, 나의 "얼굴"에도 그것이 떠오름을 알 수 있다. 즉, '나'는 '너'와 동일시되어 있는 것이다. 사랑하는 주체는 사랑의 대상과의 동일시되었을 때, "미소"를 짓게 된다. 그런데 이 "미소"는 (a)의 "우는 것"의 대립항이다. '우리-미소'에 대한 대립적 의미항으로 '나무-

우는 것'을 대응시켜보면, "나무"의 의미를 유추할 수 있다. "나무"[32]는 곧 "우리"가 되기 이전의 "나" 또는 "너"이다. "나무"는 다름 아닌 서정적 자아 자신의 가장 대표적인 이미지인 것이다. 요컨대, 화면(écran)으로서의 "얼음장"은 주체와 대상 간의 경계에 놓여 양자 간의 만남을 가능하게 하며, 자아와 타자 사이의 경계를 허물 수 있는 가능성을 지니게 한다.

2. 동일시의 장애물로서의 차폐막(遮蔽幕)

그러나 자아와 타자와의 동일시에 의한 결합은 상(像)에 의해서만 가능할 뿐, 현실 속의 실체 간의 관계에 의해 가능한 것은 아니다. 따라서 사랑의 대상으로서의 타자는 끝끝내 타자로 남는다. 바로 여기서 화면(écran)은 사랑의 장애물로서의 차폐막의 역할을 한다.

> 2.
> (a) 어두운 겨울날 얼음은/ 그 얼음장의 두께만큼 나를 사랑하고/ 그 사랑은 오랫동안 나를 버려두었다.
>
> 3.
> 만나라, 친구들이여, 눈 멎은 저녁 모퉁이에서 갑자기 떨리는 손들을 내밀고, 찾아라, (b) 서로 닮은 점들을 서로 닮은 곳에 흘러내리는 눈물을. 잘들 있었는가. 그대들은 어느 곳에 상처를 받았는가? 나도 닮은 곳에 얼음을 받지 않았는가?
>
> —「겨울날 단장(斷章)」 부분. (30~31)

32) 이 시에서뿐만 아니라 이 시집 전체를 통해서 '나무'의 은유는 가장 중요한 의미를 가진다.

(a)에서 '얼음은 날 사랑하였지만 날 오래 버려두었다는 것'을 통해, "얼음"의 화면과 차폐막으로서의 이중적 성격을 확인할 수 있다. (b)에서는 '닮은 곳↔눈물 흘리는 곳', '상처받은 곳↔닮은 곳', '닮은 곳↔얼음 받은 곳'이 서로 은유 관계에 놓여 있다. 이를 논리적으로 재배열하면, 서로의 닮음을 확인하게 했던 "얼음"이 곧, 상처받는 곳이 되었음을 알 수 있다. 닮은 곳이 상처가 된 것은 동일시의 열망이 좌절되었음을 의미한다.

> 어느 겨울날
> (a) 눈이 그쳤을 때, 바람이 불 때, 내 외롭지 않을 때/ (b) 나는 갔었다, 너의 문 닫는 집으로/ (c) 얼은 벽에 머리 비비고 선 사내에게로/ 너의 입가에서 웃음으로 바뀌던 너의 서 있는 자세에로. (d) 나를 성에 사이로 이끌던/ 헐벗은 옷 틈새의 웃음 소리, 내민 살의 내민 살의 웃음 소리./ 네 앞에 누가 잠잠할 수 있을 건가./ 누가 네 머리 비비는 웃음을 끊고 싶지 않을 건가./ (e) 허나 배반하고 말았다, 눈을 가리고 얼은 듯이 쓰러지며/ 배반하고 말았다, 나를 벗어나려 하는 말들을.
>
> ―「얼음의 비밀」 부분. (26)

(a)에서 "눈이 그쳤을 때"는 "내 외롭지 않을 때"와 은유적 치환 관계에 있다. 나르시시즘의 사랑은 대상이 부재하는 상황에 상상적 융합에 의해 이뤄지는 사랑이므로, 사랑 자체가 일종의 '기다림'이며, '외로움'은 사랑의 본질적인 기분이 된다. 그러므로 더 이상 "외롭지 않"다는 것은, 더 이상 사랑하지 않는 것이라는 역설이 성립된다. 요컨대, "눈" 그친 순간은 더 이상 외롭지 않은 순간이며, 사랑이 끝난 순간이다. 이러한 사랑의 종말에 대한 선언은 (e)를 통해 확인된다. '나를 벗어나려는

말', 즉, 자아의 경계를 허물고 타자를 지향하던 언술행위(énonciation)를 "배반"하는 것, 즉, 사랑의 언술행위를 거두어들이는 것으로써 사랑의 막은 내리게 된다. 이제 "얼음"은 타자와의 동일시를 가능하게 하는 화면이 아니라 "성에" 가득하여, 아무것도 비추어 줄 수 없는 차폐막으로서의 "얼음벽"이며, 이것은 (b)와 같이, "문 닫는" 이미지로 나타난다. 타자에 대해 '문 열고[33]' '문 닫는' 행위는, 사랑하는 관계에서 상호 간의 동화 작용과 분리 작용을 의미한다. 다시 말해, '문 닫힘'은 자아의 결핍이 타자에 의해 충족되리라던 기대가 좌절되고, 영원한 타자성(他者性) 앞에 사랑이 굴복했음을 보여준다.

Ⅲ. 나르시시즘의 '사랑의 이상화(Idéalisation)'

1. 이상화에 의한 주체성의 절정

위와 같은 동일시에 의한 결합의 실패는 이미 예정된 것이다. 사랑의 구조에서, 사랑의 대상은 내면의 상을 확립하는 데 매개역할을 할 뿐, 실제의 사랑은 주체와 대타자 사이로 전이되어 이루어지는 것이기 때문이다. 대타자는 발생론적으로 주체가 도달할 수 없는 영원한 타자성을 지닌다는 데 그 비극이 예정되어 있는 것이다. 그러나 사랑이 절대적인 것으로 미화되고 이상화되는 이유 또한 주체와 대타자와의 관계에 의해 설명될 수 있다.

---

33) 타자를 향해 문을 연다는 것은 종(種)의 진보와 각 세대의 성숙과 각 개인의 역사 속에서 결정적인 역할을 한다. Julia Kristeva, *op. cit.*, p.41.

(a) 진실로 진실로 내가 그대를 사랑하는 까닭은 내 나의 사랑을 한없이 잇닿은 그 기다림으로 바꾸어 버린 데 있었다. 밤이 들면서 골짜기엔 눈이 퍼붓기 시작했다. (b) 내 사랑도 어디쯤에선 반드시 그칠 것을 믿는다. 다만 그때 내 기다림의 자세를 생각하는 것뿐이다. 그동안에 눈이 그치고 꽃이 피어나고 낙엽이 떨어지고 또 눈이 퍼붓고 할 것을 믿는다.

— 「즐거운 편지」 부분. (40)

(a)에서 "그대"는 사랑의 은유적 대상[34]임과 동시에 "나"를 바꾸어버리는 권능으로 명령을 내리며 대타자의 지위를 점하는 것으로 해석될 수도 있다. 여기서 사랑은 소유의 차원 아닌 존재의 차원임을 보여준다. 타자를 단순히 대상화한다면, 타자를 소유하는 것이 사랑의 목적이 될 것이다. 그러나 "그대"가 부재함에도 사랑 자체에 의미부여 할 수 있는 것은, 사랑이 존재의 심화 그 자체이기 때문이다. 대타자는 주체에게 동일시를 통해 이상화할 수 있는 계기를 마련해 줌으로써, 일시적으로는 주체의 경계를 허물어뜨리지만, 궁극적으로 주체성의 절정에 달하게 한다. 그렇기 때문에 주체는 (b)와 같이 사랑이 실패할지라도 기다림 자체를 긍정할 수 있는 것이다. 한편, 대타자는, 언어가 구성되는 공간이란 관점에서 볼 때, 이상화는 대타자를 청자로 한 주체의 언술행위로 이루어진다. 이 시의 시제(詩題)가 「즐거운 편지」인 것은 주체성이 절정에 이른 "즐거운" 상태가 곧, 도취된 글쓰기, 즉 "편지"[35]에 의해

34) 사랑이 대상과 은유적으로 관계를 맺는다는 것은, 욕망이 대상과 환유적으로 관계 맺는다는 것과 대조된다. 욕망의 환유적 대상이 환상적 이야기를 지배한다면, 사랑의 은유적 대상은 환각의 결정 현상을 그리며, 사랑의 담론을 미화시키는 일을 한다. *Ibid.*, p.54.

35) 사랑 노래로서의 서정시가 내면 고백적 성격을 지니기는 하지만, 특히 황동규의 초기 시에서 '편지', '엽서', '기도(祈禱)', '고회(告悔)' 등의 형식은 이러한 성격을 보다

미적으로 승화[36]된 상태임을 보여준다.

> 1. 며칠 내 시작한 눈 그치지 않은 어느 저녁 네가 거리로 나오면 침묵이 있고 눈을 인 어깨가 있는 한 사내를 만나게 될 것을. (a) 그 사내 등 뒤에 내리는 설경(雪景)을 만나게 될 것을. 그 설경 속에 모든 것은 지금 말이 없다. 너는 알리라. (b) 떠날 때보다는 내 얼마나 즐겁게 돌아왔는가. 외로운 것보다는 내 얼마나 힘차게 힘차게 돌아왔는가. // 2. (c) 꿈을 꾸듯 꿈을 꾸듯 눈이 내린다./ 바흐의 미뉴엣/ 얼굴 환한 이웃집 부인이 오르간 치는 소리.// 그리하여 돌아갈 때는 되었다./ (d) 모퉁이에 서서 가만히 쌓인 눈을 털고/ 귀 기울이면 귀 기울이면/ 모든 것이 눈을 감고 눈을 받는 소리.// 말하자면 하나의 사랑은 그렇게 받는 것이 아닐 건가./ (e) 그리하여 받는 사람의 얼굴이 모르는 새 빛나/ 이윽고 눈을 맞은 얼굴을 쳐들 때/ 오고픈 곳에 오게 된 것을 깨닫는 것이 아닐 건가.
>
> —「엽서」 부분. (46~47)

이 시는 (c), (d)에서 보듯이, "꿈"↔"눈", "눈"↔"사랑"이 서로 치환 관계에 놓여 은유 구조를 형성하고 있다. "눈"은 곧 "꿈"같은 사랑에 대한 은유적 이미지인 것이다. 주체는 "눈"을 맞으며 사랑의 주체로 태어나고, 이러한 주체의 변이는 현동적 존재(現動的 存在)[37]로의 소생이다. 사랑에 의해 존재는 "빛"을 얻고, '즐거움'에 가득 차는 것, 이것이 바로 은유의 역학에 의해 이루어진 존재론적 활력[38]을 얻은 현동적 존재로

두드러지게 한다.

36) 존재의 미적인 승화는 아리스토텔레스적 의미에서의 '존재의 현동화'와 리쾨르적 의미에서의 '존재론적 활력'이라고 할 수 있다. 주체는 사랑의 체험을 통해 활력을 발휘하며 소생하는 것이다. *Ibid.*, p.418~420.

37) *Ibid.*, p.420.

38) 리쾨르(Paul Ricœur)는 은유의 의미론적 목표가 존재론적 활력을 얻게 하는 데 있

의 소생이며, 주체성의 절정이다. 마치 죽어 있는 것과 같이 경직된 존재에 변화를 일으키고 삶의 활력을 불어넣는 것은 바로 은유적 구조를 가진 사랑의 힘인 것이다.

2. 이상화에 의해 파멸된 주체성과 공격성

그러나 주체는 이상화된 대타자에 자신을 비출 때, 주체성의 절정에 이르기도 하지만, 정반대로 산산조각으로 파멸되기도 한다.[39]

> (a) 내 그처럼 아껴 가까이 가기를 두려워했던 어린 나무들이 얼어 쓰러졌을 때 나는 그들을 뽑으러 나갔노라. 그날 하늘에선 갑자기 눈이 그쳐 머리 위론 이상히 희고 환한 구름들이 달려가고, 갑자기 오는 망설임, 허나 뒤를 돌아보고 싶지 않은 목, (b) 오 들을 이 없는 고백. (c) 나는 갔었다, 그 후에도 몇 번인가 그 어린 나무들의 자리로. … (d) 날 부르는 자여. 어지러운 꿈마다 희부연 한 빛 속에서 만나는 자여, 나와 씨름할 때가 되었는가. 네 나를 꼭 이겨야겠거든 신호를 하여다오. 눈물 담긴 얼굴을 보여다오. 내 조용히 쓰러져주마.
>
> —「이것은 괴로움인가 기쁨인가」 부분. (32)

(a)와 (c)의 "나무"는, 「겨울 노래」에서 살펴보았듯이, 주체의 은유이다. "나무"가 쓰러진 자리에 '나'가 놓이고, 쓰러진 "나무"에 감정이입[40]이 되고 있다는 데서 다시 확인된다. 주체가 쓰러진 것은 주체의

다고 본다. 존재론적 활력이란, 단순히 개념에 의해 파악되는 어떤 것을 미지의 것에 대한 것과 같은 예감을 지니도록 하는 활력이다. *Ibid.*, pp.418~419.

39) *Ibid.*, pp.18~19.

40) 사랑의 동일화의 가장 강력한 한 현상은 감정이입에 의해 이루어진다. *Ibid.*, p.43.

붕괴이다. 본래적으로 무의식적인 주체는 대타자와의 관계에 의해서만 주체성을 확립한다. 그러나 (b)에서 "들을 이"가 없어진 것은 언술행위의 청자이자, 언어가 구성되는 공간으로서의 대타자와 분리되었음을 뜻한다. 이것은 주체성의 본질적인 위기이다. 이러한 위기 상황에서 주체의 (대)타자에 대한 태도는 공격성[41](agressivité)으로 바뀐다. (d)에서 "날 부르는 자"이자 '꿈 속에 보는 자'인 (대)타자와 "씨름"을 하게 되는 것이 바로 그것이다.

> 조금이라도 남은 기쁨은 버리지 못하던/해지는 언덕을 오를 때면 서로 잡고 웃던/해서 (a) 눈물겹던 사내여 오라. 우리 같이 흰 흙을 핥던 오후에는 배가 안 고프고/언덕에서 내리 뵈던 깊은 황혼/ (b) 캄캄하게 그 황혼 속을 달려가던 사내여 오라// 겨울날 빈터에 몰려오는 바람 소리/그 밑에 엎드려 얼음 씹어 목을 축이고/ (c) 얼어붙은 못가에/등을 들판으로 돌리고 서서/ 못 속에 있는 우리의 마음을 바라볼 때/몸과 함께 펄럭이던 우리의 옷을 보라.//걷잡을 수 없이 떨리는 손/ (d) 그 떨리는 손에 네 목을 잡고/내 들려 주리/쓰러지지 않았던 쓰러지지 않았던 사내의 웃음을.// 어둡다 말하면 대답 소리 들리는/ (e) 칫날을 만지면 손가락 떨어지는/ 그런 떨리는 노래는 이제 우리에게./서로 붙잡은 우리의 어지러움/ 어지러움 속으로 길을 헐벗고 달려가고/ 그 길 끝에 열려 있는 술집은 이제 우리에게.// (f) 친구여 너는 술집의 문을/ 닫아도 좋다.
>
> —「겨울 밤 노래」 부분. (24~25)

---

41) 라캉에 의하면, 공격성은 나르시시즘의 양가성에 내재해 있는 속성이다. (Jacques Lacan, "Function and Field of Speech and Language", *Écrits: A Selection*, Ed. and Trans. A. Sheridan, New York: W. W. Norton & Company, 1977, p.42.) 이 시의 제목이 「이것은 괴로움인가 기쁨인가」인 것 또한 사랑의 양가성에 대한 수사적 질문으로 생각된다.

나르시시즘의 한 면이 자기애(自己愛)라면, 그 이면에는 공격성(agressivité)이 중요한 요소로 자리 잡고 있다. 그러므로 나르시시즘의 사랑의 좌절은 이미 공격성으로 돌변하게 될 가능성을 내재하고 있었던 것이다. 모든 동일화의 역학이 타자에 대한 폭력성(暴力性)을 내포하듯이, 사랑에 좌절한 "눈물겹던 사내"는 이제 동일시의 환상(幻想)을 갖게 했던 "얼어붙은 못가"에서 '등을 돌리고', 타자의 "목을 잡고" 대결 의식을 보인다. 자아는 이제 "쓰러지지 않았던 사내의 웃음"을 보여주리라는 공격적 위협을 사랑의 대상에게 돌리고 있다. 사랑의 언어활동은 대타자의 이상적인 청각 영상 속에 주체를 존재하게 하는 것으로 음악적 성격을 가지며 노래[42]로서 존재한다. 그러나 사랑의 대상을 절대적으로 이상화하던 열렬한 사랑의 노래는 "쉿날을 만지면 손가락 떨어지는" 살의에 찬 「겨울 밤 노래」, 즉 증오의 노래로 변하게 된다. 증오는 훼손된 주체성을 회복하기 위한 자기보존(自己保存)의 충동(衝動)[43]이기 때문이다.

IV. 나르시시즘의 '사랑의 죽음 충동(thanatos)[44]'

1. 사랑의 체험에 내재하는 상상적 죽음

그러나 다음 시에서 시적 주체는 결국 타자와의 대결에서 자기희생

42) Julia Kristeva, *op. cit.*, p.64.
43) *Ibid.*, p.195.
44) 프로이트에 의하면, 삶에 대한 본능으로서의 에로스(eros)와 이에 대응하는 죽음에 대한 충동이 있는데, 크리스테바는 프로이트적 죽음충동을 별도로, 타나토스(thanatos)라 부르고 있다. *Ibid.*, p.565.

적인 패배를 선택한다. 사랑은 자기보존본능을 넘어 자기 자신조차 희생시킬 수 있는 나르시스의 힘에 대한 찬가[45]인 까닭이다. 이러한 자기 희생적 성향은 공격성의 방향을 자기 자신에게 돌리게 하는데, 이것이 곧 나르시시즘의 사랑에 숨겨져 있는 자살 충동이다.[46]

> (a) 아무래도 나는 무엇엔가 얽매여 살 것 같으다/ 친구여, 찬물 속으로 부르는 기다림에 끌리며/ 어둠 속에 말없이 눈을 뜨며/ 밤새 눈 속에 부는 바람/ 언 창가에 서서 새이는 밤/ 환한 미명, 외면한 얼굴/ 내 언제나 날 버려두는 자를 사랑하지 않았는가./ 어둠 속에 바라지 않았는가./ 그러나 이처럼 이끌림은 무엇인가./ 새이는 미명/ 얼은 창가에 외면한 얼굴 안에/ 외로움, 이는 하나의 물음. (b) 침몰 속에 우는 배의 침몰/ 아무래도 나는 무엇엔가 얽매여 살 것 같으다.
>
> —「어떤 개인 날」 부분. (35)

(a)에서는 죽음으로 유혹하는 수면에 현혹된 주체의 고백이 진술되고 있다. 나르시스의 신화가 상기시켜 주듯이, 사랑의 완성은 곧 죽음인 까닭이다. (b)의 "침몰"하는 "배"는 물속으로 빠져들어 자살하는 자아의 환상이며, 이러한 환상에 "얽매여" 산다는 것은, 실재로 자살한다는 것이 아니라, 끊임없이 사랑의 열정 속에 상상적 죽음을 체험한다는 것이다.

> (a) 나의 마지막이 당신의 마지막처럼 될지도 모른다는 것은 얼마나 내 마음을 다스롭혀 온 일이었던가.//당신에게 잠시 들어 있던 그 체온.// (b) 나의 마지막이 숲속에서 잃어버린 길처럼 되든지, 어둠 속

45) *Ibid.*, p.10.
46) *Ibid.*, p.194.

에 몸부림을 죽인 바다와 같이 되든지…… (c) 그것은 모두 당신 몸 속에서 한번 살다 나온 입김과 같은 것이고, 그때 나도 꿈꾸듯이 살아 있던 것의 기쁘고 슬픈 온도를 당신에게 바칠 수 있을 것입니다.

—「소곡(小曲)7」 부분. (54)

(a)에서 보듯이, "나의 마지막"과 "당신의 마지막"은 은유 관계에 놓여 있다. "나의 마지막"이라는 상상적 죽음의 체험은 "당신의 마지막"과 완전한 동일화를 이루는 사랑의 완성인 까닭에 "내 마음을 다스룹혀온 일"이 된다. 자아와 타자의 경계선이 무너진 순간은 자아의 입장에서 죽음이지만, 그것은 역설적으로 자아가 갈망해 온 진정한 사랑의 완성인 것이다. 나의 죽음을 통해 "당신의 몸속"에서 살게 되는 것은 곧, 나르시시즘의 사랑의 절정이다.

2. 사랑의 완성으로서의 죽음

(a) 1. 내 사랑했으므로, 맨발로 치는 종소리, 사막 위의 하루 저잣거리, 예수여, 내 너를 사랑했으므로, 불놀이 때 불꽃을 안고 뜨는 대기처럼 내 사랑했으므로, 네 앞에 내 머리는 이처럼 높다.// 2. 모래 위에 그림자, 너의 이마 위의 그림자, 너를 이처럼 어지럽게 안은 사막 위의 거리, 때로 이는 바람, 너는 무엇을 준비했는가. 피해 없는 일생, 피해 없는 일생, 여자와 앵무새들. (b) 예수여, 너의 후예들이 사랑할 것은 다 있다. 청춘에서 먼 죽음, 눈물 없는 고독, 최후의 참회를 미리 외우는 사내들…… 보라, 우리의 지평엔 무엇이 있는가 무엇이 지나가는가. 사막 위의 거리, 모래 위의 그림자, 나는 캄캄히 앉아 있다.

—「피에타」 부분. (59)

이 시는 「피에타[47]」라는 제목에서도 알 수 있듯이 예수의 죽음을 애도하는 시로서, "나"는 사랑의 은유적 대상인 "예수"의 죽음에 동화되어 가고 있다. (b)는 "예수"의 요절을 뒤따르는 자살을 암시하고 있다. 나르시시즘의 절정에서 사랑의 완성은 죽음이 되고, 그 죽음은 "예수"의 죽음과의 동일시를 통해 일종의 신격화(神格化)가 이루어지고 있다. (a)에서 보듯이, "예수"를 사랑함으로써, "예수"를 높이는 것은 곧 "나"를 높이는 것이 되기 때문이다. 따라서 죽음에 대한 애도는 역설적 의미에서 사랑의 찬미가 된다. 본질적으로, 사랑하는 나르시스는 자살하는 나르시스를 숨기고 있는 것이다.

요컨대, 타자에 대한 증오조차 자기희생적 죽음충동으로 향하게 된 후의 자아와 타자 간의 완전한 합일에의 열망은 죽음을 통한 사랑의 완성을 지향하며, 이는 필연적으로 죽음의 신격화를 가져온 것이다.

V. 결론

나르시시즘의 사랑은 현실 속 사랑의 대상에 의해 매개된 상을 대타자에 전이하여 동일시하고 이상화하는 사랑이다. 그 상은 주체가 자신의 이미지를 대타자에게 투사한 것으로 본질적으로 내면적 사랑이다. 나르시시즘의 사랑은 동일시와 이상화의 극점에서 자기희생을 감행함

---

47) 이탈리아어로 경건한 마음, 경건한 동정(同情)이란 뜻으로, '신이여 불쌍히 여기소서.' 라고 기도할 때 이 명사가 쓰인다. 고유명사로서는 그리스도교 미술에 자주 표현되는 주제로, 보통 성모 마리아가 죽은 예수의 시신을 무릎에 안은 구도를 특히 이렇게 표현한다. 대표적인 예로 미켈란젤로(Michelangelo di Lodovico Buonarroti Simoni)의 「피에타」가 있다.

으로써 주체의 개체성을 극복하고자 하는 사랑이며, 이 과정에서 주체성의 절정과 주체성의 붕괴 사이를 오가며 존재의 심미적 심화와 죽음충동 사이를 동시에 체험하게 하는 사랑이다.

황동규의 초기 시에서 나르시시즘의 사랑의 동일시는 '수면(水面)'으로 나타나기도 하지만, 주로 '얼음'으로 나타난다. 그러나, '얼음'은 자아와 타자 간의 관계를 매개하는 화면이 되기도 하지만, 영원한 타자성 앞에 가로 놓인 차폐막 역할을 하기도 한다. 이 '얼음'을 사이에 두고, 자아와 타자는 동일시와 동일시의 좌절을 오가며, 동화와 분리의 역학을 보여 준다. 나르시시즘의 사랑의 이상화는 '편지', '엽서', '기도'와 같은 내면 고백적 장치에 의존하는 경향이 있는데, 이러한 내면 고백을 가능하게 하는 '편지', '엽서' 등은 언술행위가 구성되는 공간으로서의 대타자의 표상이라고 할 수 있으며, 자아이상으로서의 대타자와의 동일시를 통해 추구되는 이상화는 사랑의 주체를 '즐겁고' '빛'나게 함으로써, 주체성의 절정에 서게 한다.

한편, 영원한 타자성의 대상인 대타자에 대한 이상화와 대조되는 초라한 주체는 훼손당한 주체성을 회복하기 위해 대타자를 향해 공격성을 표출하기도 한다. 이러한 공격성은, '씨름', '싸움' 등의 이미지로 나타나며, 자기 보존적인 증오의 '노래'로 나타나기도 한다.

마지막으로, 나르시스의 신화가 암시하듯, 사랑의 주체는 사랑의 대가로 죽음을 맞이할 운명에 처하게 된다. 사랑의 주체에게 죽음은 두 가지 의미를 지니는데, 그 하나는 자아와 타자의 경계를 허물고자[48] 하는 사랑의 열정 속에서 체험하는 상상적 죽음이고, 다른 하나는 나르시

48) 바타이유에 따르면 사랑은 존재의 불연속성을 뛰어넘으려는 시도이다.
Georges Bataille, 『에로티즘』, 조한경 역, 민음사, 2009, p.16.

시즘의 사랑의 완성으로서의 죽음이다. 물속에 빠져 듦으로써 죽음을 통해 사랑을 완성하는 행위는 죽음에 대한 애도와 사랑에 대한 찬미의 두 가지 의미를 동시에 지닌다. 따라서 죽음은 사랑의 정점으로서 신격화 된다.

황동규의 첫 시집 『어떤 개인 날』의 사랑은 나르시시즘의 사랑으로, 위와 같은 특성들을 보여주고 있다. 이러한 특성들을 황동규 시 세계의 발전 단계에서 재해석해보자면, 나르시시즘의 사랑은 미성년의 사랑이라고 할 수 있지 않을까 생각된다. 미성년[49]의 사랑은 비성애적(non-genital) 사랑이자 비현실적 사랑이다. 이러한 미성숙한 사랑의 세계는 순진성의 세계로서, 현실에 대한 비현실적 고뇌를 포함하는 순진성이다. 황동규의 시가 전후 문학을 극복할 수 있었던 것은 현실에 대한 순진성으로 인해 보호될 수 있었던 생리적인 서정의 힘이 아니었던가 생각된다. 이후 역사적 현실에 대한 개안과 생활인으로서의 성숙 과정에서 황동규의 시 세계도 이러한 순진성의 세계를 벗어나게 되며, 황동규 시의 1기는 마감된다.

황동규의 이러한 초기 사랑시(love poem)는 한국근대시사에서 한편으로는 김소월－한용운 계보의 사랑시와 또 한편으로는 이상－김춘수 계보의 사랑시와 비교해 볼 수 있다. 김소월－한용운의 사랑시도 황동규의 사랑시처럼 사랑의 대상으로서의 연인에 대한 동일시나 이상화의 양상은 찾을 수 있지만, 공격성은 황동규의 사랑시에만 나타난다.

---

49) 황동규의 절친한 문우 마종기의 증언에 의하면, 이 시집에 실린 사랑 노래들은 황동규가 고등학교 때 사랑했던 여인에게 바치기 위해 쓰인 것이라고 한다. (마종기, 「황동규의 문학과 인간」, 『황동규 깊이 읽기』, 문학과 지성, 1998, p.280.) 황동규가 고등학생 때 이미 학생 문단에서 활동했다는 사실을 보아서도, 첫 시집인 이 시집에는 그의 사춘기적 감수성의 세계를 보여주고 있다고 할 수 있다.

사랑의 좌절로부터 비롯되는 타자에 대한 공격성은 김소월의 사랑시의 경우 자신으로 내향화되어 우울(melancholy)의 양상으로 나타나며[50], 한용운의 사랑시의 경우 타자의 절대성을 수긍하는 승화(sublimation)의 양상으로 나타난다[51]. 한편 이상－김춘수의 사랑시도 황동규의 사랑시처럼 사랑의 대상으로서의 연인에 대한 소외(alienation)의 양상이 나타나지만, 이상－김춘수의 사랑시는 주체와 타자 간의 관계를 통한 존재의 탐구에서 '무엇이 진리인가'를 묻는 데 반해[52], 황동규의 사랑시는 존재의 있는 그대로의 실존 자체를 노래한다. 황동규의 사랑시가 김소월－한용운의 사랑시와 달리 공격성을 날것으로 드러내거나, 이상－김춘수의 사랑시와 달리 진리보다 실존을 노래하는 것도 그 사랑시의 주체의 미성년적 특성에서 비롯된다고 여겨진다. 그러나 소년의 미성숙은 성숙을 전제하지 않는다. 그 자체로 윤리적으로 순결하며 미학적으로 아름답다. 이렇게 한국근대시사에서 4.19세대이자 한글세대의, 새로운 순결성의 시학은 황동규의 사랑시에 의해 태어난다.

50) 오주리, 『소월의 사랑시 연구－연가와 비가를 중심으로』, 서울대학교 국어국문학과 대학원 석사학위논문, 2004, p.15.
51) 오주리, 「릴케의 "두이노의 비가"와 한용운의 "님의 침묵"에 나타난 사랑의 의미 비교 연구」, 『비교문학』 제53집, 한국비교문학회, 2011, p.187.
52) 오주리, 「이상 시의 '사랑의 진실' 연구」, 신범순 외, 『이상의 사상과 예술』, 신구문화사, 2007, p.443.

| 참고문헌 |

1. 기본 자료

황동규, 『황동규 시 전집』1 · 2, 문학과지성사, 1998.
_____, 『우연에 기댈 때도 있었다』, 문학과지성사, 2003.
_____, 『꽃의 고요』, 문학과지성사, 2006.
_____, 『겨울밤 0시 5분』, 현대문학, 2009.
_____, 『사는 기쁨』, 문학과지성사, 2013.
_____, 『연옥의 봄』, 문학과지성사, 2016.

2. 논문 및 저서

김병익, 「사랑의 변증과 지성」, 『황동규 깊이 읽기』, 문학과지성사, 1998.
김승희, 「바퀴를 굴리는 사랑주의자」, 『문학사상』82호, 1979. 9월호.
김용직, 「시의 변모와 시인－ 황동규론」, 『문학과 지성』, 1971. 여름호.
김우창, 「내적 의식과 의식이 지칭하는 것」, 『열하일기』 해설, 지식산업사, 1982.
김윤식 외, 「V.산업화 시대의 문학－1.현대시의 본격 전개」, 『우리 문학 100년』, 현암사, 2000.
김주연, 「역동성과 달관」, 『황동규 깊이 읽기』, 문학과지성사, 1998.
마종기, 「황동규의 문학과 인간」, 『황동규 깊이 읽기』, 문학과지성사, 1998.
성민엽, 「난해한 사랑과 그 기법」, 『작가세계』, 1992. 여름호.
송태미, 「황동규 시 연구」, 경희대학교 국어교육학과 석사학위 논문, 2000.
유지현, 「황동규 시 연구」, 고려대학교 국어국문학과 석사학위 논문, 1992.

오주리, 「소월의 사랑시 연구—연가와 비가를 중심으로」, 서울대학교 국어국문학과 대학원 석사학위논문, 2004.
_____, 「이상 시의 '사랑의 진실' 연구」, 신범순 외, 『이상의 사상과 예술』, 신구문화사, 2007.
_____, 「릴케의 "두이노의 비가"와 한용운의 "님의 침묵"에 나타난 사랑의 의미 비교 연구」, 『비교문학』 제53집, 한국비교문학회, 2011.
윤재근, 「사랑과 고뇌의 확대와 심화」, 『월간문학』 12권 3호, 1979. 3월호.
하응백 외, 『황동규 깊이 읽기』, 문학과지성사, 1998.
홍정선, 「해설—몸과 더불어 사는 기쁨」, 황동규, 『사는 기쁨』, 문학과지성사, 2013.

Bataille, Georges, 『에로티즘』, 조한경 역, 민음사, 1989.
Evans, Dylan, 『라캉 정신분석 사전』, 김종주 외 역, 인간사랑, 1998.
Kristeva, Julia, 『사랑의 역사』, 김영 역, 민음사, 1995.
___________, 『시적 언어의 혁명』, 김인환 역, 동문선, 2000.
___________, *Histoires d'Amour*, Paris: Denoël, 1983.
Lacan, Jacques, *Écrits: A Selection*, Ed. and Trans. A. Sheridan, New York: W. W. Norton & Company, 1977.

제2부

보론: 한국 현대소설의 사랑에 대한 연구

제5장 | 1930년대 후반 영국 신심리주의(新心理主義)의 사랑 담론 수용 연구

최정익(崔正翊)의 「D. H. 로렌쓰의 ≪性과 自意識≫」을 중심으로

I. 1930년대 후반의 문학사적 상황

"불안의 시대"[1]로 불리는 1930년대 후반은 근대성의 모순이 전면에 노정된 시기다. 이 시기에는 제2차 세계대전(1939~1945)으로 인하여 전 세계의 문인들 사이에 역사의 종말에 대한 위기의식이 팽배해 있었다. 이러한 상황에서 문학은 역사의 비극에 대하여 절대적 부정성(Negativität)[2]으로서 존재의 의미가 있는 것으로 변화해갔다. 이러한 정황은 일본제국주의의 파시즘화가 되어가던 식민지조선의 문인들 사이에서도 크게 다르지 않았다. 계몽적 이성의 지표가 되었던 카프(KAPF)도 전주사건(1934. 8.~1935. 12.) 이후 해체되며, 「조선 사상범 보호 관찰령」(제령 제16호, 1936)[3]에 의해 사상전향을 강요받게 되어

1) 백철, 『국문학전사』, 신구문화사, 1981, pp.383~386.
2) Theodor Adorno, 『부정변증법』, 홍승용 옮김, 한길그레이트북스, 1999, pp.467~468.

이른바 '조선현대문학의 분해기'가 도래한 것이다. 이로써 근대적 주체의 구성담론으로서의 근대문학[4]도 변화를 맞게 된다. 이 시기에는 이성중심주의(理性中心主義, rationalism)[5]가 좌절되며 전향(轉向, conversion)의 문제가 대두되는 등 문학의 담론도 내향화 하게 된다. 즉, 이 당시 문단의 두 축이던 구 카프계열의 작가들과 구인회(九人會) 계열의 작가들을 비롯하여, 현실대응에 무력해진 작가들 사이에서 내면에 미적 세계를 구축하려는 성향이 강화되었던 것이다. 최재서(崔載瑞, 1908~1964)는 그러한 상황의 변화를 '내면의식의 추적'[6]이라고 규정한다. 이른바, 신심리주의문학(新心理主義文學, New Psychological Literature)[7]의 핵심인 '내면으로의 전환'(inward-turning)[8]이 이 땅의 문단에도 보이기 시작한 것이다. 이러한 새로운 심리주의를 자신들의 본질적인 문학적 정체성으로 규정하며 집단적으로 문학사에 등장한 작가군이 있는데, 이들이 바로 ≪단층(斷層) La Dislocation≫[9]의 동인들이다. 이들

---

3) 권영민, 『한국 계급문학 운동사』, 문예출판사, 1998, p.338.
4) 권영민, 『서사양식과 담론의 근대성』, 서울대학교 출판부, 1999, pp.8~10.
5) *Ibid.*, p.222.
6) 최재서, 「현대 지성에 관하여」, 『문학과 지성』, 인문사, 1938, pp.131~132.
7) 신심리주의문학은 윌리엄 제임스(William James)의 『심리학의 원리 *The Principles of Psychology*』로부터 처음 영감을 받고 프로이트(Sigmund Freud)의 정신분석학과 베르그송(Henri Bergson)의 생철학 등의 영향을 받아 인간의 심층심리의 탐구를 미학화 하려했던 문학이다. 신심리주의문학은 영문학에서는 제임스 조이스(James Joyce)의 『율리시즈 *Ulysses*』, 버지니아 울프(Virginia Woolf)의 『달러웨이 부인 *Mrs. Dalloway*』, D. H. 로렌스(David Herbert Lawrence)의 『채털리 부인의 연인 *Lady Chatterley's Lover*』 등이 대표적이고, 불문학에서는 마르셀 프루스트(Marcel Proust)의 『잃어버린 시간을 찾아서 *A la Recherche du Temps Perdu*』가 대표적이며, 일문학에서는 가와바타 야스나리(川端康成)의 『수정환상(水晶幻想)』 등이 대표적이다.
8) Leon Edel, 『現代 心理 小說 硏究』, 이종호 옮김, 형설출판사, 1983, p.22.
9) ≪단층 La Dislocation≫은 김이석, 김화청, 이휘창, 김여창, 유항림, 구현묵, 최정익, 김성집, 양운한, 김환민, 김조규 11인이 참여한 순문예 동인지로, 이들은 모두

은 보다 심층적으로 근대적 주체의 내면심리 자체를 문학화하기 위해 일련의 심리주의를 수용하였으며,[10] 가치 있는 심리주의 작품들을 문학사에 남긴다.[11] 그들의 이러한 성과는 인간의 심층심리의 시적이고 심미적 차원이라 평가된다.[12] 이러한 내면으로의 전환은 도피이자[13] 패배[14]로 비판되기도 한다. 그러나 자의식의 과잉이 작가들 자신에게도 비극[15]이지만, 자기해체도 내적 성실성[16]이므로, 그들이 내면문학의 계보를 심화[17]했다는 점은 여전히 고평된다.

평양에 연고를 둔, 특히 광성중학교를 졸업한 인물들이다. 1호는 1937년 4월, 2호는 1937년 9월, 3호는 1938년 3월에 발행되는데, 이는 1년여 만에 단명한 것으로 알려져 왔다. 그러나 최근 1940년 6월 발행된 4호가 발견되어 새롭게 조명 받고 있다. 이에 대해서는 「≪단층≫ 4호에 대하여」(김명석, 『한국문학연구의 새로운 가능성』, 국학자료원, 2001)를 참고할 수 있다. ≪단층≫ 4호에 대한 논의는 복도훈(2001)에 의해 큰 성과를 보이고 있다. ≪단층≫은 다른 문예지와 달리 이론이나 평론이 거의 없이 시와 소설 창작을 중심으로 활동이 전개되었다는 점이 특징이라고 할 수 있으며, 또한 참여한 동인들의 변동이 거의 없어 상당히 통일적인 색채를 지닌다는 것도 특징이라고 할 수 있다. 또한 이들은 기독교 계열의 부르주아 계층이라는 공통점도 지닌다. (김예림, 「30년대 중후반의 정신적 균열과 탈구의 순간 고스란히 반영－1930년대 후반과≪단층≫의 세계」, 『문화예술』261, 한국문화예술진흥원, 2001. 4, pp.139~140.)

10) 김윤식 · 정호웅, 「모더니즘 小說의 형성과 그 분화－허준 · 최명익의 心理主義 小說」, 『한국 소설사』, 예하, 1999, p.253.

11) 백철, 「심리 소설과 신변 소설」, 『신문학사조사』, 신구문화사, 1983, p.517.

12) 최재서, 「≪단층≫파의 심리주의적 경향」, 『문학과 지성』, 인문사, 1938, p.187.

13) 임화, 「창작계의 1년」, 『朝光』, 1939. 12, p.134.

14) 김남천, 「신진 소설가의 창작 세계」, 『인문평론』, 1940. 2, p.60.

15) 조연현, 「자의식의 비극」, 『문학과 사상』, 세계문학사, 1949, p.107.; 이재선, 「의식 과잉자의 세계」, 『한국 현대 소설사』, 홍성사, 1979.

16) 김윤식, 「근대성 또는 주인과 노예의 변증법」, 『한국 현대 문학사』, 서울대학교출판부, 1999, pp.546~547.

17) 김윤식, 「고백체 소설 형식의 기원」, *op.cit.*, p.136. 내면 문학은, 염상섭에 의해 제도적인 내면이 발견된 이래, 1930년대 초반 이상, 1930년대 중반 최명익 · 허준, 1950년대 장용학에게」 이어져, 우리 소설사의 내적 형식을 한 계보를 이루고 있다.

이러한 평가를 따라 ≪단층≫파가 가장 내면적인 것으로서의 사랑 담론, 특히 과거에 비해 성(性)과 자의식(自意識)과 관련된 양상을 다룬 논문들[18]이 축적된다.[19] ≪단층≫파의 사랑의 성격은 관념화된 사랑[20]으로 규정되기도 하지만, 한편 환락 추구적 사랑[21]으로 규정되기도 하여, 상반된 평가가 공존하는 양상을 보인다. 전자는 자의식을 우위에, 후자는 성을 우위에 둔 평가인데, 본고는 사랑의 개념을 도입하여 자의식과 성이 서로 대립되고 모순된 것으로 보는 시각을 지양하고, 오히려 그것을 사랑의 모순된 양면성으로 보아 일원적으로 해명할 수 있도록 심층적으로 접근하고자 한다. 이 논문은 ≪단층≫의 일원인 최정익(崔正翊)이 영국의 신심리주의 소설가인 D. H. 로렌스(D. H. Lawrence, 1885~1930)의 사랑 담론을 본격적으로 논평한 「D. H. 로렌쓰의 ≪性과 自意識≫」[22]을 분석적으로 논구한 다음, 그의 소설 「자극의 전말」의 문학사적 의의를 밝히는 방식으로 논지를 전개해 나아갈 것이다.

---

18) 신수정, 「≪단층≫파 소설 연구」, 서울대 석사학위 논문, 1992.
김민정, 『1930년대 한국 심리 소설의 자의식 연구』, 서울대 석사학위 논문, 1994.
이수영, 「일제말기 모더니즘 소설의 현실대응양상 연구」, 서울대 석사학위 논문, 2000.
복도훈, 「≪단층≫파 소설 연구」, 동국대 석사학위 논문, 2001.
오병기, 「1930년대 한국 심리 소설의 자의식 연구」, 대구대 박사학위 논문, 2000.
박근예, 「단층파 문학 연구」, 『대학원 연구 논집』, 이화여자대학교 대학원, 2003.

19) 그 밖에 최근 논의로는 평양 모더니즘이라는 로컬리티의 관점으로 접근한 논문들이 등장하고 있다.
김정훈, 「≪단층≫ 시 연구」, 『국제어문』제42집, 국제어문학회, 2008. 4.
정주아, 「불안(不安)의 문학과 전향시대(轉向時代)의 균형감각: 1930년대 평양(平壤)의 학생운동과 ≪단층(斷層)≫파의 문학」, 『어문연구』제39호, 한국어문교육연구회, 2011.

20) 김윤식, 『한국현대현실주의소설연구』, 문학과 지성사, 1990, p.110.

21) 홍성암, 「≪단층≫파의 소설 연구」, 한양대 석사학위 논문, 1983, p.21.

22) 최정익, 「D. H. 로렌쓰의 性과 自意識」, ≪斷層≫제1호, 白光社, 1937.

Ⅱ. 신심리주의 문학의 사상적 배경의 형성과정과 D. H. 로렌스의 사랑 담론의 수용 과정

1. 신심리주의 문학의 사상적 배경의 형성 과정－윌리엄 제임스, 앙리 베르그송, 지그문트 프로이트를 중심으로

내면 자체를 미적 대상으로 한 데서 ≪단층≫ 동인 중 최정익의 「D. H. 로렌쓰의 ≪性과 自意識≫」을 이해하는 데 핵심이 되는 자의식(自意識, self-consciousness)이라는 개념은 철학적으로 다음과 같은 의미를 지닌다. 일반적으로 자의식은 자기 자신에 대한 의식을 뜻한다. 나아가 윌리엄 제임스(William James, 1842~1910)에 의하면, 자의식에는 사고의 흐름(the stream of thoughts)[23]이 있어 그 흐름 가운데서 '나(I)'로 지나간 것들 중 일부가 기억되어 어떤 '나(me)'로 강조되는 것이다.[24] 이러한 자의식의 개념을 바탕으로 의식의 흐름(stream of consciousness)이란 문학적 기법[25]이 정립되면서 신심리주의 문학이 시작된다. 베르그송(Henri Bergson, 1859~1941)의 지속(durée)의 철학, 즉, 인간을 하나의 심리적 유동체(la masse fluide)[26]로서 창조적 진화(évolution créatrice)[27]를 해가는 것으로 보는 관점도 역시 윌리엄 제임스의 자장 안에 있으면서 신심리주의 문학에 영향을 미쳤다. 프로이트의 전의식(前意識, preconscious)이나 무의식(無意識, unconsciousness)[28] 개념도 이상과

---

23) William James, 『심리학의 원리』 1, 정양은 옮김, 아카넷, 2005, p.409.
24) *Ibid.*, pp.702~703.
25) Robert Humphrey, *Stream of Conciousness in the Modern Novel*, Berkeley & Los Angeles:University of California Press, 1965, p.4.
26) Henri Bergson, 『창조적 진화』, 황수영 옮김, 아카넷, 2005, pp.22~23.
27) *Ibid.*, p.315.

같은 시대적 조류에서 탄생했다는 것은 주지의 사실이다. 그런데 흥미로운 것은 ≪단층≫ 동인이 가장 먼저 사상적으로 탐구하는 자세로 수용한 것은 바로 D. H. 로렌스라는 사실이다. 그렇다면 어떠한 이유에서 D. H. 로렌스가 최정익의 선택의 대상이 되었는지 논구해 보도록 하겠다.

2. 1930년대 후반의 D. H. 로렌스의 사랑 담론의 수용 과정 — 한흑구, 최재서, 김영석을 중심으로

최정익에 앞서 1930년대 후반 한국근대문학사에서 D. H. 로렌스를 수용한 인물로는 한흑구, 최재서, 김영석이 있다.[29] 이들의 논의를 먼저 최정익에 대한 논의에 앞서 풀어가 보고자 한다. 이 중 최초인 한흑구의 「D. H. 로랜스론」이 있다. 그 일부를 살펴보면 다음과 같다.

---

28) 전의식과 무의식에 개념에 대해서는 다음 글을 참조할 수 있다.
Sigmund Freud, 「자아와 이드」, 『쾌락의 원칙을 넘어서』, 박찬부 옮김, 열린책들, 1998, pp.94~98.

29) 1940년대 이후 1980년대까지의 D. H. 로렌스 수용사에 대해서는 한국에서의 D. H. 로렌스 관련 논저를 모두 서지학적으로 정리를 해놓은 김정매의 『한국에서의 로렌스 수용－서지학적연구 1930~1987－』(한신문화사, 1989)를 참조할 수 있다. 1990년대 이후 현재까지의 D. H. 로렌스에 대한 수용사로 본고에서는 백낙청, 「로렌스와 재현 및 (가상)현실 문제」, 『안과 밖』제1호, 영미문학연구, 1996; 강정석, 「D. H. 로렌스의 소설에 나타난 니체의 영향」, 『D. H. 로렌스 연구』 7권, 한국로렌스학회, 1999; 이영철, 「로렌스(D. H. Lawrence)의 탈근대성－니체(Friedrich Nietzsche)의 탈기독교적 시각과 후설(Edmund Husserl)의 현상학적 인식론과 관련」, 『영어영문학연구』 제35권 제2호, 대한영어영문학회, 2009. 5; 임태연, 「로렌스의 여성인물과 존재의 충만함: 연애하는 연인들의 구드런, 허마이오니, 어슐라를 중심으로」, 서울대학교 영문학과 석사학위논문, 2009; 오영진, 「니체와 로렌스: "권력에의 의지"의 역사」, 『D. H. 로렌스 연구』20권 1호, 한국로렌스학회, 2012.에 주목하여 논구하였다.

(i) 로렌스는 마치 니체의 초인주의적 철학과 같이 원시인을 숭배하고 원시인적 생활을 할 수 있는 자유로운 인간의 생활이 재현하기를 힘써 추구하는 낭만사상과 인간본능론적 자연주의사상을 주창하였다.

[중략]

(ii) 로렌스는 다시 『무의식적 공상』이란 소설로서 인간본능적 추구의 성적 문제가 무엇인 것을 표현하였다. 19세기에 있어서의 성적 요소를 떠나 「미」의 관념은 20세기 현대인에게 있어서는 「미」가 아닌 것같이 되고 말았다. 낭만주의적 19세기에 있어서는 「성」의 문제가 「미」의 중심적 관념이 된 것은 로렌스의 작품뿐만 아니라 현대 제작가들에게서도 표현되고 있다.

— 한흑구, 「D. H. 로랜스론」 부분.[30]

한흑구는 먼저 (i)에서 D. H. 로렌스가 니체(Friedrich Wilhelm Nietzsche)의 초인사상(超人思想)의 영향을 받았다는 사실을 주지시킨다. 초인은 니체의 위버멘쉬(Übermensch)[31]의 번역어이다. 위버멘쉬는 자기 자신을 초극하여 그 이상으로 창조된 존재이다.[32] 1920년대 이미 수용되어 왔던 니체의 사상이 1930년대 후반 영국의 신심리주의의 기수, D. H. 로렌스를 경유하여 다시 수용되고 있는 양상이다. 이어서 한흑구는 (ii)에서 보듯이 D. H. 로렌스에 의해 예술에서의 미가 사랑에서 성으로 확대되었다며, 당대에는 독자들에게 이해받지 못했던 D. H. 로렌스 문학을 옹호한다. 그러나 한흑구의 니체에 대한 이해에서 '본능(本能, instinct, Trieb)'에 대한 언급은 학문적으로 정통한 것으로 판단

30) 한흑구, 「D. H. 로랜스론」, 『동아일보』, 1935. 3. 14~15.

31) Wilhelm Friedrich Nietsche, 『니체 전집 13 — 차라투스트라는 이렇게 말했다』, 정동호 옮김, 책세상, 2000, p.16.

32) *Loc. cit.*

되지는 않는다. 본능이란 "유기체가 그 어떤 행동을 하도록 추동하는 내적인 생명적인 힘"[33]이다. 즉 본능의 의미가 현대과학이 정의하듯이 단지 동물의 행위를 이끌어낸 데 그치지 않는다는 것은 철학사를 살펴보면 곧 알 수 있다. 예컨대, 아리스토텔레스(Aristoteles)의 『형이상학 *Metaphysics*』의 '모방본능', 아퀴나스(Thomas Aquinas)의 『신학대전 *The Summa Theologica*』의 '이성적 본능', 허치슨(F. Hutcheson)의 『미와 덕의 관념의 기원에 대한 연구 *An Inquiry into the Origin of our Ideas Beauty and Virtue*』의 '도덕본능', 쉴러(F. Schiller)의 『인간의 미적 교육에 대하여 *Über die ÄAsthetische Erziehung des Menschen*』의 '예술본능', 핑커(S. Pinker)의 『언어본능 *The Language Instinct. How the Mind Creates Language*』의 '언어본능' 등의 개념은 현대과학이 본능을 육체적인 것, 특히 성적인 것과 연관 짓는 고정관념을 깨뜨린다.[34] 이러한 관점에서 한흑구의 본능에 대한 이해는 바로 최재서에 의해 논박된다. 예컨대, 한흑구 다음으로 D. H. 로렌스에 대한 최재서의 글을 살펴보면 다음과 같다.

(i) 로렌스의 관심하는 바는 자기의 정신의 진리를 알고 그와 동시에 다른 사람의 정신의 진리를 알려는 것이다. 그리고 그는 이 진리를 성을 통하여 알려고 하였다. 이런 점에 있어서 로렌스는 몹시 종교적이었다.

[중략]

(ii) 성은 무슨 목적을 위하여 사용하여선 못쓴다. 감각적 만족을 위하여 자손생식을 위하여 혹은 결함있는 성격에 충족감을 주기 위

33) 이남인, 「셸렌의 본능축소론 비판을 통한 본능 개념의 현상학적 정립」, 『철학사상』 제56권, 서울대학교 철학사상 연구소, 2015, pp.176~177.
34) *Ibid.*, pp.181~182.

하여 이용하여선 못쓴다. 성은 마땅히 다른 사람의 인격을 알기 위하여 눈으로 볼 수도 없고 맘으로 알 수도 없고 다만 생동적 타 인격의 촉감적 게시로써만 파악할 수 있는 타인격을 알기 위하여서만 사용될 것이다. —이것이 성에 대한 로렌스의 철학이다.

[중략]

(iii) 로렌스가 원하는 바는 결국 재산보다도 형제보다도 결혼보다도 사랑보다도 아니 성의 심연보다도 더욱 깊은 인간적 상호관계이었다. 자기 자신의 최저에 도달한 두 사람 사이에 생겨나는 무애하고 무언한 순수결합—이것이 새로운 사회의 핵심이고 새 시대의 열쇠이다.

[중략]

(iv) 부부생활에 있어서 로렌스는 가장 엄격한 영국청교도적 전통을 밟은 사람이다.

— 최재서, 「D. H. 로랜스론— 그 생애와 예술」[35] 부분.

(i)에서 보는 바와 같이 최재서는 로렌스가 성에 대한 본능주의자로 오해를 받고 있는 상황으로부터 그를 구제하려는 차원에서 그가 "정신의 진리"를 추구한, 종교적 품성의 작가였다는 것을 강조한다. 최재서는 D. H. 로렌스가 (ii)에서 밝힌 바와 같이 성이 생식이나 쾌락, 위안을 위한 것으로 수단화되는 것을 반대하며 두 인간존재 간의 인격을 전인적으로 알기 위한 것으로 주장했다고 전한다. 나아가 인간의 인간에 대한 그러한 진실한 태도에서 오는 결합이 (iii)에서와 같이 사회의 핵심이라고 본 것이 D. H. 로렌스의 본래의 사상임을 최재서는 강조한다. 최재서의 이러한 지적은 D. H. 로렌스가 후설의 상호주체성에 기반을 둔 관계를 강조하는 인간관으로부터도 영향[36]을 받았다는 것을 재확인시

35) 최재서, 「D. H. 로랜스론— 그 생애와 예술」, 『조선일보』, 1935. 4. 7~12.
36) 이영철, *op.cit.*, p.171.

켜주는 근거가 되기도 한다. 최재서가 이렇게 주장하는 점은 D. H. 로렌스의 사상에서 니체주의적인 본능을 주목한 한흑구의 주장과 비교해 보았을 때, 그 입장이 대립적이기까지 하다. 예컨대 (iv)에서 최재서가 D. H. 로렌스가 영국청교도주의였다는 점을 강조하는 것은 그를 니체주의자로 보려는 한흑구의 주장과 양립하기 어렵기 때문이다. 한흑구, 최재서와 구분되는, D. H. 로렌스에 대한 제3의 관점은 김영석에게서 나타난다. 김영석은 이 시대에 이례적으로 D. H. 로렌스에 대한 글을 2편이나 남기고 있어 주목된다. 그의 「영국 신심리주의 문학 소고: D. H. 로랜스」와 「D. H. 로랜스론」에서 핵심논점이 담긴 부분을 살펴보면 다음과 같다. 먼저 「영국 신심리주의 문학 소고: D. H. 로랜스」이다.

> (i) 로렌스는 『무의식의 환상』이란 책에서 다음과 같이 말했다. '본질적으로 종교적 혹은 창조적 동인(動因)은 모든 인간 행동의 제1 동인이다. 성적 동인은 제2의 것이다.' 이와 같은 사상은 로렌스를 신비주의로 끌어들였다.
>
> [중략]
>
> (ii) 로렌스의 문단적 지위를 확정시킨 자전적 소설 『자식들과 애인들 *Sons and Lovers*』(1913)에서는 웨디프스 콤플렉스를 취급하였다. [중략] 모친의 애정의 구속에서 벗어나지 못한다(이 현상을 로렌스는 거모설(巨母說)로 설명한다.
>
> [중략]
>
> (iii) 이와 같이 로렌스는 성이 존재치 않는 혼돈으로부터 성이 분극작용을 하여 현금은 완전한 양극이 되어 양자간에는 소량의 유사점도 없다고 한다. 이 주장은 융그의 "아니마", "아니머스" 설과는 반대되는 입장에서 출발한 것이 명확하다.
>
> — 김영석, 「영국 신심리주의 문학 소고: D. H. 로랜스」 부분.37)

위에 인용한 김영석의 D. H. 로렌스에 대한 첫 글은 주로 그의 작품을 상세하게 해제하는 데 지면이 할애되고 있다. 그러나 한흑구와 최재서의 대립지점에 대해서는 명확한 답을 준다. 즉, (i)에서 보는 바와 같이 로렌스는 인간의 종교적 · 창조적 면모를 제1의 동인으로, 인간의 성적 면모를 제2의 동인으로 보아, 둘을 모두 인정하는 신비주의의 입장을 취했다는 것이다. 또한 이 글은 제목에 '신심리주의'라는 단어가 있는 데서 알 수 있듯이 D. H. 로렌스의 성에 대한 인식을 프로이트의 이론과 융(Carl Gustav Jung, 1875～1961)의 이론을 대별시켜 비교하면서 D. H. 로렌스는 프로이트의 오이디푸스 콤플렉스(Oedipus complex)를 작품 안에서 보여주고 있지만, 융의 '아니마(Anima)－아니무스(Animus)'[38] 개념과는 오히려 반대되는 남녀 성구분에 대한 인식을 가지고 있다고 결론 내린다. 이러한 논의가 1935년에 한국의 문단에서 이루어지고 있다는 것을 보았을 때, 당대의 신심리주의에 대한 수용은 거의 동시대적이었다고 해도 과언이 아닐 정도란 것을 알 수 있다. 김영석은 D. H. 로렌스에 대한 자신의 두 번째 글인, 다음의 글에서 질적으로나 양적으로 강화된 자신의 견해를 피력한다.

> (i) 「의식의 흐름」을 취급한 소설은 전대의 의미의 프롯이란 것은 전혀 찾아 볼수 없는 것이다. (현대적 의미로 해석한다면 「의식의 흐름」을 묘사한 것을 프롯이 아니라 할 수 없지마는)./그러나 같은 심리분석적 태도를 취하고 있었다고 하지마는 어떤 사상적 체계 밑

37) 김영석, 「영국 신심리주의 문학 소고: D. H. 로랜스」, 『동아일보』, 1935. 7. 31.～8.2.
38) 아니마(Anima)는 남성에게 여성적 의식을 보상하는 형상이고, 아니무스(Animus)는 여성에게 남성적 의식을 보상하는 형상이다.
Carl Gustav Jung, 「자아와 무의식의 관계」, 『인격과 전이』, 한국융연구원 C. G. 융 저작 번역위원회 옮김, 솔, 2007, pp.99～116.

에서 「생성」(Becoming)의 세계를 표현코자한 로렌스는 그들과 얼마간 다른 태도를 보여준다. [중략] 그는 자신의 내적 경험을 통하여 얻은 철학을 선언하기 위하여 자신을 주요인물로 하고 그 인물이 작자의 이상의 경지에 도달하고자 노력하고

(ii) 「어쨌든 인성 속에 있는 비인간성 즉 물리적인 것이 고풍적인 인간성보다 더욱 나에게는 흥미가 있습니다. 고풍적인 인간성은 일정한 윤리체계로서 인물을 구상하고 철두철미 여기에 의거케 한다. 일정한 윤리체계를 나는 반대하는 바입니다.」

이와 같이 로렌스는 두뇌의 작용을 받지 않는 순수육체의 생리적 또는 물리적 활동을 선양한 것이다.

(iii) 로렌스의 자연물에 대한 사상의 특징은 무생물을 생물과 동일시하고 생물을 인간과 연락이 있는 영의 소유자로 보는 것이다. [중략] 로렌스는 관찰자의 입장에서 자연을 묘사한 것이 아니라 묘사하고자하는 사물의 일부분이 되어 그 사물자체의 입장에서 묘사한 것이다. 이 태도는 벨그손의 태도와 같다. 인간과 자연과의 동일화, 이것은 인간의 자연에로의 부활을 의미하는 것이다.

— 김영석, 「D. H. 로랜스론」 부분.[39]

예컨대, 김영석은 「영국 신심리주의 문학 소고: D. H. 로랜스」에서 '신심리주의'로만 지칭했던 것을 「D. H. 로랜스론」에서는 '의식의 흐름'으로 지칭하며 거기서부터 새로운 의의를 찾는데, 문제적인 것은 바로 (i)에서처럼 '의식의 흐름'을 '생성'의 관점에서 보기 시작했다는 것이다. 첫 번째 글에서는 (ii)에서처럼 프로이티즘의 관점에서 작품이 분석되는 것으로 한정이 되어 있었다면, 두 번째 글에서는 인간을 병리적

39) 김영석, 「D. H. 로랜스론」, 『신동아』58~59, 1936, pp.8~9.

존재로 보는 프로이트주의의 관점에서 인간을 '생성적 존재'로 보는 베르그송주의의 관점으로 확대된 양상이 나타났다는 것이다. 이처럼 인간을 생성의 존재로 보는 것은 니체의 존재론의 핵심이기도 하다는 점에서 문제적이다. 한흑구가 앞에서 언급한 바와 같이, 그리고 뒤에서 최정익이 언급할 바와 같이 D. H. 로렌스는 니체의 사상의 영향을 많이 받은 작가이다. 또한 (iii)에서 D. H. 로렌스가 자연과 인간을 보는 관점에서도 니체주의가 읽힌다. (iii)에서 D. H. 로렌스는 생물 대 무생물, 인간 대 자연의 구분을 무화하려 한다. D. H. 로렌스는 '살아 있는 우주'를 강조하는데, 이것은 물활론이나 범신론과는 차원이 다르며, 삶의 순수한 관계 안에서 생물과 무생물이 함께 존재한다는 발상이다.[40] 마찬가지로, 니체에게 비유기물도 과거에 유기물이었거나 미래에 유기물이 될 잠재성을 가진 것이다.[41] 아인슈타인(Albert Einstein)의 상대성이론(相對性理論, the theory of relativity)이 비활성 상태의 물질 또한 잠재적 상태의 에너지[42]로 간주하는 것도 일견 발상 면에서 니체의 사상과 일맥상통한다. 실제로 D. H. 로렌스는 『무의식의 판타지』에서 「신성한 가족」이란 제목 하에 아인슈타인의 상대성 이론을 언급하며 관심을 보였던 것이다.[43] D. H. 로렌스의 자연에 대한 관념도 철학적으로는 니체, 과학적으로는 아인슈타인과 크게 다르지 않다. D. H. 로렌스의 자연관의 가치를 읽어 낸 김영석의 글은 그러한 데서 1930년대

40) 백낙청, *op.cit.*, pp.297~298.

41) Keith M. May, "Lawrence: How One Becomes What One Is", *Nietzsche and Modern Literature-Themes in Yeats, Rilke, Mann and Lawrence*, London: Palgrave Macmillan, 1988, p.112.

42) *Loc. cit.*

43) D. H. Lawrence, 「신성한 가족」, 『무의식의 판타지』, 박화영 · 박신영 옮김, 현대미학사, 1993, pp.26~27.

후반의 세계사적 흐름과 동시대적인 가치가 있다.

요컨대, 1930년대 후반 한국근대문학사에서 처음으로 D. H. 로렌스가 수용된 것은 한흑구에 의해서였다. 그는 D. H. 로렌스에 대한 독자들의 평균적인 이해, 즉 성과 사랑에 대한 부분을 니체주의적인 것으로 긍정적으로 규정하여 수용한 데 의의가 있으며, 최재서는 D. H. 로렌스에 대한 불명예에 대한 오해를 불식시키고, 그의 사랑 담론의 종교성을 부각하며 그의 사랑 담론이 인간관계에 대한 본질적 성찰을 하고자 한 데 있다는 것을 밝힌 의의가 있다. 마지막으로 김영석의 경우 D. H. 로렌스에 대한 두 편의 글이 모두 한흑구와 최재서의 글에 비하여 탐구적인 태도로 쓰인 만큼, 신심리주의에 대한 이론적인 접근과 실질적인 텍스트 분석에서 비롯된 해석으로써 단순한 소개글 수준을 넘어섰다는 데 의의가 있다. 그러나 『단층』 동인인 최정익은 자신이 직접 작품을 창작하는 입장에서 D. H 로렌스의 본질을 보다 심도 있게 이해하려고 노력한 성과가 보인다. 최정익의 D. H. 로렌스론과 소설은 다음 장에서 살펴보도록 한다.

Ⅲ. 1930년대 신심리주의 문학의 사랑 담론의 심화 — 최정익을 중심으로

1. 최정익의 D. H. 로렌스론의 심화 —「D. H. 로렌쓰의 ≪性과 自意識≫」을 중심으로

『단층』 동인 중 최정익은 영국의 신심리주의 소설가 D. H. 로렌스의 사랑 담론을 성(性)과 자의식의 상관관계의 관점에서 연구하였다. 이것을 확인할 수 있는 논문은 『단층』제1호에 실린 최정익의 「D. H. 로렌쓰의 ≪性과 自意識≫」이다. 이 논문은 우선 D. H. 로렌스의 사랑에 관한 이론 전반을 소개하는 형식을 갖추고 있다. 최정익의 그 글은 앞 장에서 다룬 한흑구의 「D. H. 로랜스론」, 최재서의 「D. H. 로랜스론 — 그 생애와 예술」, 그리고 김영석의 「영국 신심리주의 문학 소고: D. H. 로랜스」와 「D. H. 로랜스론」을 뛰어넘어 당대의 글 중 D. H. 로렌스에 대한 가장 높은 이해를 보여주고 있는 것으로 평가된다.[44]

> 「그럼으로 사람이 부모를 떠나 안해와 연합하야 두흘이 한몸을 일울이로다. 부부두사람이 다 벗은 몸이로되 북그러움이 없더라」—(창세기 2장 24절 25절)라는 구절과 「또 갈아대 내가동산에서 주의 음성을 듣고 나의 몸이 벗었음을 두려워하야 숨엇나이다」—(창세기 3장 10절)라는 두 구절 사히에는 얼마나 먼 거리가 있는것인가?
>
> — 최정익, 「D. H. 로렌쓰의 『性과 自意識』」 부분. [45]

그의 논문은, 인간이 아담과 이브라는 남과 여로 만들어져 부부가 되었으나 선악과(善惡果)를 따먹고 나서 발가벗은 몸에 대한 부끄러움을 알게 된 후, 에덴동산으로부터 추방되었다는 기독교적 교리로 시작함으로써, 그 성의식의 근간이 어디에 있는지 분명히 보여준다. 『단층』 동인은 김예림[46]이 지적했듯이 기독교의 영향권 안에 있다는 공통분모가 있다는 데서 이전의 D. H. 로렌스에 대한 수용보다 서구적 사유

---

44) 김진석, 『한국 심리 소설 연구』, 태학사, 1998, p.200.
45) 최정익, 「D. H. 로렌쓰의 『性과 自意識』」,≪단층≫ 1호, pp.103~104. 이하, 이 글의 출처는 괄호 안에 숫자만 표기한다.
46) 김예림, *op.cit.*, pp.139~140.

의 본질에 깊이 있게 접근하였다고 평가할 수 있다. 이렇듯 성경의 창세기의 인용에서 시작하는 D. H. 로렌스의 사랑에 관한 이론은 첫째, 인간은 남성과 여성이라는 종별적 분리가 이루어져 태어났으며, 둘째, 남녀 각 성은 그 독존가치를 지니고 있어 본능적으로 상호 견인성에 이끌려 육체적 결합을 추구하게 되어 있으며, 셋째, 인간에게는 선악과로 상징되는, 성에 대해 부끄러워하는 자의식이 있다는 기본 전제를 보여준다.

그러나 그의 이론은 생물학주의에 입각하여 성을 하나의 본능의 소산으로 보는 견해에 강력히 반대한다. 오히려 생명의 본질은 인간의 내부에 있으며, 성 자체가 관념적인 자아의식의 대상이 될 수 있다고 한다.[47] 최정익에 의하면 D. H. 로렌스의 성에 대한 관심은 지성 과잉의 서구 문명사에 반발하여 생명 의식을 고양하고자 한 니체나 지드(Andre Gide, 1869~1951)의 사상과 맥락을 같이 한다. 이들이 공통적으로 지적하는 현대인의 문제는 바로 자의식의 과잉이다. 이것은 '순수한 지성(知性)'과 구분되는 '지적(知的)인 자아의식(自我意識)'이 과다한 내향성의 인간인, 현대의 대개의 지식인에게 나타나는 공통점이다.[48] 그리하여 지식인들은 무기력한 센티멘털리즘에 빠져 육체 속의 생명의 약동을 잃게 된 것이다.[49]

이 같은 D. H. 로렌스의 사상은 니체의 사상으로부터 영향을 받았다. 우선 한국의 경우 한흑구 · 최재서 · 김영석 이후에도 실존주의가 팽배했던 1960년대에 백승철이 현대문학의 허무주의 사조를 개괄하는 가운데 D. H. 로렌스의 혁명적 존재론이 니체의 부정정신과 디오니소

47) 최정익, *op. cit.*, p.105.
48) *Ibid.*, p.106.
49) *Ibid.*, p.107.

스적 예술관의 영향임을 밝혔다.[50] 다음으로 외국의 경우, 통크스(Jennifer Michaels-Tonks), 밀튼(Colin Milton), 로빈슨(H. M. Robinson), 슈타인하우어(H. Steinhauer), 메이(Keith M. May) 등도 반세기 이상에 걸쳐 지속적으로 D. H. 로렌스에 대한 니체의 영향을 밝혀왔다.[51]

그 가운데 가장 주목할 만 한 것은 메이의 주장이다. 그는 로렌스의 '영웅'은 니체가 생명의 과정에서 인간이 스스로 자신의 존재를 상승해 가는 '자아형성(self-becoming)'과 모든 존재의 원리인 '힘에 대한 의지(will to power)'로부터 영향을 받은 것이라고 한다.[52] 니체에 의하면 힘에 대한 의지는 '존재가 존재한다는 것'(what being is)[53]이다. 하이데거도 니체의 철학에 대한 나름의 해석을 전개한 『니체』의 「예술로서의 힘에 대한 의지」에서 힘에 대한 의지가 곧 존재이자 존재의 본질이라고 보았다.[54] 나아가 그는 '존재한다는 것'(being)을 '존재로 되어감'(becoming)이라고 보았다.[55] 이러한 존재의 자기동일성 안에서 자기 변화의 상승을 이끌어 내는 철학이 로렌스에게도 녹아 있다. 물론 D. H. 로렌스의 그러한 경향은 중기에 두드러지며 초기와 후기에는 니체에 대

---

50) 백승철, 「현대문학의 철학적 기초 (2)－허무의 하리케인」, 『경향신문』, 1965. 1. 8. p.5.

51) 강정석, 「D. H. 로렌스의 소설에 나타난 니체의 영향」, 『D. H. 로렌스 연구』7권, 한국로렌스학회, 1999, pp.5～6.

52) 니체의 의지 개념은 그의 선배 철학자 쇼펜하우어(Arthur Schopenhauer, 1788～1860)의 『의지와 표상으로서의 세계 *Die Welt als Wille und Vorstellung*』(1819)의 의지의 보편성이란 주제의식으로부터 영향을 받았다. Keith M. May, *op.cit.*, pp.111～112.

53) *Loc. cit.*

54) Martin Heidegger, "The Will to Power as Art," *Nietzsche, vol. I*, Trans. with notes and analysis by David Farrell Krell, San Francisco: Harper & Row, 1979, p.61. (Keith M. May, *op.cit.*, p.111. 재인용.)

55) *Loc. cit.*

한 비판 또는 거리두기도 나타나기는 한다. 그가 니체와 차별화되는 부분이라면 종교성에 대한 부분일 것이다. 최정익은 다른 논자들과 달리 D. H. 로렌스와 관련하여 기독교에 대한 논의를 종교성에 대한 논의로 발전시킨다. 그러한 부분을 살펴보면 다음과 같다.

> 내가 믿는 위대한 종교는 이지보담도 현명한 것으로써의 혈과 육을 믿는 것이다. 정신은 우리를 그릇되게하xx 우리의 피가 늣기고 믿고 가르키는바는 언제나 진리이다. 이지는 단지 구속이요 억제일 뿐이다.
>
> — 최정익, 「D. H. 로렌쓰의 『性과 自意識』」 부분. (108)

최정익이 D.H. 로렌스를 직접 인용한 부분에서 그가 "혈과 육"이라고 부르는 것은 성(性)으로, 성만이 정신적 생의 근원적인 유일한 리얼리티라고 한다.(108) 이렇듯 육체에 신성마저 부여한 신비적 유물론으로 규정되는 D. H. 로렌스의 사랑에 대한 이론은 자의식을, 성을 구속하는 것으로서, 그리고 인간의 능동성이 침체화한 결과로서, 다소 부정적으로 규정한다. D. H. 로렌스는 사랑을 현세적인 행복으로 간주한다.[56] D. H. 로렌스의 이러한 점은 니체가 현세 너머의 이면세계를 부정하면서[57] 현대문명이 성에 대하여 죄악시하는 것을 비판하는 것과 일맥상통한다. 니체의 영향을 받은 로렌스는 정신적 인간의 표상의 반대 방향으로 나아감으로써, 즉 유기체의 동적이고 생명감 넘치는 성적 결합을 통해 인간의 자기완성이 이루어질 수 있다고 한다. 그러나 D.

56) David Herbert Lawrence, 「사랑」, 『로렌스의 성과 사랑』, 이성호 옮김, 범우문고 35, 2002, p.40.

57) Wilhelm Friedrich Nietzsche, *op.cit.*, p.46.

H. 로렌스의 『무의식의 판타지』는 프로이트가 인간의 모든 행동의 최우선 동기가 성에 있다고 주장하는 데 반박하며, 종교적 또는 창의적 동기가 먼저이고 그 다음에 성에 있다고 한다.[58] 그만큼 D. H. 로렌스는 최재서의 전술처럼 종교적이었다. 그러나 D. H. 로렌스는 C. G. 융처럼 정신분석학을 종교학으로 발전시켜 나아가는 데는 동의하지 않는다.[59] 그는 다만, 인간 존재가 자신의 출생과 사망, 그리고 우주의 탄생과 종말 등에 대해 무지하다는 데서 신앙이 성립한다는,[60] 종교가 존재하는 이유의 원론을 긍정한다. 그에게 종교성은 존재의 근원에 대한 물음이다. 줄곧 그의 성과 사랑에 대한 담론에서 어머니가 중심에 있는 것도 바로 그것이 자신의 존재의 근원에 대한 물음이기 때문일 것이다. 그러한 가운데 성이야 말로 존재의 근원인데 도덕률에 의해 그것을 죄악시하는 것을 그는 위선이라고 보았다. 그의 성에 대한 관점을 더 살펴보면 다음과 같다.

> 성이라는 것은 남성의 개성적 혈조가 여성의 개성적 혈조와 자극적 관계 우에 성립되는 것을 말한다. 물론 이것뿐만은 아니지만은 성의 주요한 기능적 리얼리티라는 것은 이것이다. 로렌스에 의하면 이 「혈의 의식」이 인간의 기원이요 원천인 것이며 따라서 이러한 「혈의 의식」이 운용하는 성은 무의식이요 그럼으로 또 사랑은 맹목인 것이다.
>
> — 최정익, 「D. H. 로렌쓰의 『性과 自意識』」 부분. (113)

그는 자의식을, 성을 구속하는 것이라고 했다면, 성을 운용하는 것은

58) David Herbert Lawrence, 「서론」, 『무의식의 판타지』, pp.17~19.
59) *Ibid.*, p.19.
60) *Ibid.*, p.21.

무의식이라고 지적했다. 그리고 남녀 간의 사랑은 이러한 무의식적 성의 힘에 의해 맹목적인 성격을 띨 때 그 본질에 닿을 수 있다고 한다. 그러나 D. H. 로렌스의 사랑에 관한 이론을 단순히 성애에의 탐닉을 지향하는 관능적 에로티시즘의 일환으로 이해해서는 안 된다. D. H. 로렌스는 새로운 인간상에의 탐구를 위하여 성의 금기를 넘었을 뿐이다. 그것은 프로이티즘의 새로운 도전과 일맥상통하면서도 독창성을 지니고 있다. 최정익이 자신의 논문에서 인용하고 있는 D. H. 로렌스의 『아들과 연인 *Sons and Lovers*』(1912)의 일부를 살펴보면 다음과 같다.

(i) 폴은 어머니에게 돌아왔다. 그녀와의 유대는 그의 삶에서 가장 강한 것이었다. 그가 여러 가지 생각을 할 때 미리엄의 존재는 축소되었다. 그녀에게는 막연하고 비현실적인 느낌이 있었다. 그리고 어느 누구도 중요하지 않았다. 이 세상에 비현실성으로 녹지 않고 탄탄한 곳이 한 군데 있었다. 그곳은 그의 어머니가 있는 곳이었다.

(ii) 그는 그녀에게 충실했기 때문에 그의 영혼에는 자기희생의 만족감이 있었다. 그녀는 그를 가장 사랑했고 그는 그녀를 가장 사랑했다. 그러나 폴은 어머니의 사랑만으로 충분하지 않았다. 그의 새롭고 젊은 삶은 너무나 강력하고 긴박해서 다른 것을 향하여 돌진했다. 그것은 그를 미칠 정도로 불안하게 만들었다. 그녀는 이것을 알아차렸고 미리엄이 그의 이 새로운 삶만 가져가고 그 뿌리는 자기에게 남겨주는 여인이기를 쓰라리게 원했다.

— D. H. Lawrence, 『아들과 연인』 부분.[61]

D. H. 로렌스의 『아들과 연인』은 그의 초기 자전소설로 알려져 있

61) D. H. Lawrence, 『아들과 연인』2, 정상준 옮김, 민음사, 2015, pp.22~23.

다. 이 작품에는 그의 가정사가 그대로 반영되어 있어 작품론뿐만 아니라 작가론을 연구하는 데서도 중요한 가치가 있다. 특히 이 작품은 여러 논자가 지적하듯이 프로이트의 오이디푸스 콤플렉스(Oedipus Complex)[62] 개념을 문학적으로 형상화한 것으로 평가되어 왔다. 위에 인용한 부분 중 (i)은 어머니와 아들 간의 사랑의 심리를 보여주고, (ii)는 아들과 연인 간의 사랑의 심리를 보여준다. (i)과 (ii)는 오이디푸스 콤플렉스와의 연관성 아래서 해명될 수 있는 중요한 대목이라고 판단된다. (i)은 모든 인간이 태어나자마자 만나는 첫사랑의 대상인 어머니에 대한, 아들의 근친상간적 욕망이 오이디푸스 콤플렉스기 상태로 잠재되어 있는 것을 보여준다. 한편 (ii)는 폴(Paul)이 자기희생, 즉, 어머니에 대한 근친상간적 욕망을 철회하는 대신, 즉 상징적 거세를 받아들여 사회화되는 대신, 미리엄(Miriam)이라는 새로운 대상에게로 사랑이 전이(轉移, transference)[63]되는 것을 보여준다. 이러한 방식으로 D. H. 로렌스는 자신의 분신적 존재인 폴의 일생을 통해 그려지는 사랑의 궤적에서 도덕률의 검열에 의해 성과 무의식의 영역을 배제하지 않고 새로운 인간상을 찾으려 했던 것이다. D. H. 로렌스에게서 오이디푸스 콤플렉스의 테마는 『무의식의 판타지』에서 한 인간을 완성하는 교육에서 정신의 초기형성에 어머니가 미치는 영향[64]에 대한 관심과 일맥상통한다.

62) 프로이트는 『꿈의 해석』에서 소포클레스의 비극 『오이디푸스 왕』에 대한 해석을 통해 아들의 어머니에 대한 근친상간적 욕망이 모든 남성에게 잠재되어 있음을 보여주고자 한 데서 오이디푸스 콤플렉스라는 용어를 설명한다. (Sigmund Freud, 『꿈의 해석』상, 김인순 옮김, 열린책들, 1998, pp.345~349.) 나아가 그는 『토템과 타부』에서 토테미즘에 대한 논의를 거쳐 거세공포증(去勢恐怖症)을 해명하는 과정에서 오이디푸스 콤플렉스에 대한 논의를 심화한다. (Sigmund Freud, 「토템과 타부」, 『종교의 기원』, 이윤기 옮김, 열린책들, 1998, pp.387~388.)

63) 정신분석학에서 사랑은 전이이다.
Julia Kristeva, 『사랑의 역사』, 김영 옮김, 민음사, 1996, p.28.

그는 소크라테스의 '너 자신을 알라'는 자기지 추구의 철학에 반기를 들며, 문제는 '아는 것'이 아니라 '존재하는 것'이라고 주장한다.[65] 그는 사랑에 잠재된, 유아기의 모자관계에 대한 내적 성찰을 통해 존재의 형성과정에 대해 묻고 있는 것이다. 즉, 이것은 기존과 다른 방식의 존재물음이다. 인간을 의식의 영역 너머 무의식의 영역까지 탐구해 들어가는 새로운 존재론 또는 전존재론(前-存在論)[66]인 것이다. 서구의 철학사(哲學史) 상 존재론을 담지해 왔던 형이상학의 새로운 계승자로서 현대의 심리주의의 가치는 여기에 있다. 여기서 존재의 문제는 주체와 타자의 문제로 확장되고, 바로 이 지점에 여성이라는 타자가 존재의 확립에 결정적인 것으로 사유되고 있는 것이다. D. H. 로렌스가 이상적으로 생각하는 인간형은 바로 『아들과 연인 *Sons and Lovers*』에 나오는 폴로 정신지상주의자로 자라 지난한 심적 고뇌의 과정을 거친 후에야 생의 원천을 발견하는, 다분히 비극적인 주인공이다. 그가 성의 문제를 강조하는 것에 대하여 긍정적으로 해석을 내린다면, 성의 문제는 그 자체에 목적이 있는 것이 아니라, 그것으로써 광명한 정신적 활동을 하는데 목적이 있는 것이라는, 이원론적 일원론이라고 볼 수 있을 것이다. 여기서 이원론이란 D. H. 로렌스의 사랑관의 핵심인 음양설(陰陽說)에 상응하는 것으로, 남녀 간의 서로 다른 개성의 조화가 우주의 본질이라는 관점이다.[67] 이것이 D. H. 로렌스에게서 핵심이 되는 것은 "우리가 진리라고 부르는 것은 실제 경험에서는, 남성적인 것과 여성적인 것의

---

64) D. H. Lawrence, 「정신의 초기 형성」, 『무의식의 판타지』, pp.74~83.
65) *Ibid.* p.74.
66) Jacques Lacan, 「무의식과 반복」, 『세미나 11 – 정신분석의 네 가지 근본 개념』, Jacques Alain-Miller 편, 맹정현 · 이수련 옮김, 새물결, 2008, p.52.
67) 안진수, 「D. H. 로렌스의 문학사상-≪무의식의 판타지≫와 관련하여」, D. H. Lawrence, 『무의식의 판타지』, 박신영 · 박화영 옮김, 현대미학사, 1993, pp.265~266.

결합이 완성되는 삶 속의 순간적인 상태"[68]라는 진리관에까지 닿아있기 때문이다. 반면에 부정적으로 해석을 내린다면 이원론이 일원론으로 환원되지는 않을 것이다.[69] 여기서는 D. H. 로렌스에 대한 이원론적 관점과 일원론적 관점에 대한 결론적 판단을 유보하고, 최정익이 주목한 D. H. 로렌스의 성차(性差)에 대한 인식을 조금 더 추적해 보면 다음과 같다.

> 만일 남성이 사고자, 행동자로써 능동적 적극적 창의자라면 타방 정서, 감정, 공감적 이해의 창의자로 여성은 여성으로써의 본질적인 기능이 있는 것이다. 그럼으로 그는 결코 봉건적인 남존여비의 사상진을 고수하는 것이 아니라 반대로 여성에게 절대적 의의를 부여하였다. 그럼으로 그런 그 이유는 극히 명료하다. 재언하면 로렌쓰의 사상의 핵심은 성에 있는 것이다. 성의 중핵인 act of coition의 자극적 회류의 원천은 무엇인가? 그것은 상술한 바 인간의 공감중핵이었다. 이러한 성의 적극성과 여성의 적극성은 언제나 공감대에서 완전히 부합되기 때문이요, 그 보담도 성의 창조적인 생식적 기능도 또한 여성에게 있기 때문이다.
>
> — 최정익, 「D. H. 로렌쓰의 『性과 自意識』」 부분. (115)

---

68) D. H. Lawrence, "Study of Thomas Hardy", *Study of Thomas Hardy and Other Essays*, Ed. Bruce Steel, Cambridge: Cambridge University Press, 1985, p.72. (백낙청, *op.cit.*, p.290. 재인용.)

69) 예컨대, D. H. 로렌스의 남성과 여성에 대한 관점에 비판적인 견해를 보이고 있는 필자로는 오영진이 있다. 그는 D. H. 로렌스가 니체적인 권력에 대한 의지에 입각한 남성우월주의자인 한에서 여성의 개념을 자신의 사상에 단순히 보족적으로 도입한다고 본다. (오영진, *op.cit.*, pp.67~68.) 나아가 오영진은 루카치(G. Lukács)의 『이성의 파괴』, 아도르노와 호르크하이머(M. Horkheimer)의 『계몽의 변증법』, 아르노비치(Hiliard Arnovitch)의 "In Nietzsche's Shadow: Unenlightened Politics" 등의 논의를 빌려, 니체의 초인사상, 주인의 도덕, 권력에 대한 의지 등의 개념이 필연적으로 파시즘으로 연결될 수밖에 없다는, 강도 높은 비판을 가한다. (오영진, *op.cit.*, pp.50~52.)

그는 위의 인용에서 보듯이 남성에게는 사고 · 행동 즉 적극적 · 능동적 창조자라는 지위를, 여성에게는 정서 · 감정 즉 공감적 이해의 창조자라는 지위를 부여한다. 그가 남녀 간의 성적 결합에서 강조한 것의 핵심은 공감으로 사랑을 통해 양성이 융합되어 새로운 생명의 단위가 형성될 때 정신에도 창조적 순간이 찾아온다는 것이다. 이렇듯 성을 통한 무의식적 결합이 본연적 자아를 발견하도록 이끈다는 것이 D. H. 로렌스의 사랑에 대한 이론의 요체라고 할 수 있다. 그는 남녀 간의 결합의 필연성에 대해서는 다음과 같은 논의를 전개한다.

> (i)「중요한 것은 性 순수한 상태에서 보수할 것이다. 내가 의미하는 순수는 남성에 있어서의 순수한 웅성(雄性), 여성에 있어서의 순수한 자성(雌性)이다. 원래 여성은 하방으로 지구의 중심으로의 지향성을 가지고 있고 여성의 적극성은 하방에 흘러 달의 인력에 의존한다. 그리고 남성은 상부로 태양과 황문의 활동으로 향하려는 지향성을 가지고 있다. 남성과 여성은 모든 점에서 동적으로 차이가 있는 것이다.」
>
> — 최정익,「D. H. 로렌쓰의『性과 自意識』」부분. (120)

> (ii) 이것이 로렌쓰의 양성의 순수성인 것이다. 이러한 순수성의 현실이 성의 완전한 달성인 동시에 인간 활동의 순조로운 도정일 것이다. 그러나 현대인은 지성이나 이 기독교적인 애 때문에 양성이 혼돈되었고 역행하고 있는 것이다. 자의식적인 인간은 언제나 그러하다. 그럼으로「여성으로 하여금 진정한 무의식적 자아에 복종시키고 뇌리에 박힌 자아를 추출 시키라」즉 추방 이전「이부」의 본성으로 여성을 돌아가게 하라는 말이다.
>
> — 최정익,「D. H. 로렌쓰의『性과 自意識』」부분. (120)

D. H. 로렌스의 남녀 간의 공감은 동질성에서 비롯된 것이 아니라, 양성 간의 상반된 차이의 조화에서 비롯되는 것이다. 그는 양성의 순수성이란 상태를 가정했는데, 그것은 남자의 순수한 웅성(雄性)과 여자의 순수한 자성(雌性)이라는 개념이다. 그의 사랑에 대한 이론은 남자와 여자는 태어날 때부터 고유한, 남자다움과 여자다움을 가지고 있다는 관점을 지니고 있는데, 이에 따르면 남자는 태양과 같은, 상승하는 양기를 가지고 있으며, 여자는 달과 같은, 하강하는 음기를 가지고 있다는 것이다. 이러한 관점은 남성성과 여성성을 신화화하여 남성과 여성의 고착된 위상을 전복 불가능하게 하는 남성 중심적 이데올로기의 소산으로 볼 수도 있다. 그와 일맥상통하는 관점에서 심슨(Hilary Simpson) 등의 페미니스트들은 D. H. 로렌스가 성차별적이라며 비판한다.[70] 그러한 페미니즘의 관점은 주지하다시피 보부아르(Simone de Beauvoir, 1908~1986)의 『제2의 성 *The Second Sex*』(1949)이나 밀레트(Kate Millet, 1934~)의 『성정치학 *Sexual Politics*』(1970) 등의 저서에 의해 확산된 것이다.[71] 그러나 최근에는 다시 그의 관점이 남녀 모두 자아실현이라는 "존재의 충만함(the fullness of being)"[72]을 주장한 것이라고 옹호되기도 한다.[73] 그의 사랑에 대한 이론이 기존의 보수적인 성 관념과 다른 것은 그의 그러한 결론이 부단한 서구 지성사에 대한 비극적인 투쟁과 반항에서 비롯된 바, 여성에게도 진정으로 자신의 무의식적인 자

70) Hilary Simpson, *D. H. Lawrence and Feminism*, DeKalb, III: Northern Illinois UP, 1982, p.13. (임태연, 「로렌스의 여성인물과 존재의 충만함: 연애하는 연인들의 구드런, 허마이오니, 어슐라를 중심으로」, 서울대학교 영문학과 석사학위논문, 2009, p.1. 재인용.)

71) 임태연, *op.cit.*, pp.1~2.

72) D. H. Lawrence, "Study of Thomas Hardy," p.127.

73) 임태연, *op.cit.*, p.i.

아에게 복종하라는 혁명적 발언을 하고 있다는 데 있다. 그의 이러한 통찰력 깊은 시각과 정신분석학과의 연계점을 찾으면 다음과 같다.

> 헉슬레이는 「로렌쓰 서한집」서문에서 로렌쓰의 특수한 개성적 실험은 Wordsworth의 소위 『불가해한 실재상 *Unknown modes of being*』에 대한 비범한 감수성이었다. 그는 항상 세계의 신비를 강렬히 인식하였으나 그의 신비라는 것은 Numen 즉 신성이었던 것이다. 우리의 대부분이 망각한 우리의 의식의 경계의 피안에 있는 타자인 암흑한 존재를 로렌쓰는 결코 잊어버리지 않았다.
>
> — 최정익, 「D. H. 로렌쓰의 『性과 自意識』」 부분. (121)

"의식의 경계의 피안에 있는 타자인 암흑"이란 프로이트적인 개념의 무의식에 근접한 개념이라고 사료된다. 그 무의식이 가진 힘을 신성에 가까운 잠재력을 가진 것으로 인식했다는 것은 D. H. 로렌스의 치열한 고뇌에서 빚어진 앞서가는 통찰력이라고 할 수 있을 것이다. 선악과가 자의식의 근원이며, 이러한 자의식이 성의 억압의 근본적인 원인이라고 보는 것은 도덕적 명령의 역할을 하는 초자아가 생의 근원적 에너지로서의 이드를 통제하는 것으로 보는 관점과 같다고 할 수 있다. 프로이트적 관점에서 문명화 과정이 곧 성의 억압의 과정으로서, 현대인의 전적인 병리화가 모두 이러한 성의 문제와 관련 있다는 통찰력과 D. H. 로렌스의 통찰력은 상당히 근사하다. 그러나 프로이트와 D. H. 로렌스의 차이점이 없는 것은 아니다. 최정익은 D. H. 로렌스의 프로이트에 대한 비판 —범성주의—을 정당한 것으로 보고, 그가 시인적 감수성으로 무의식의 사상을 받아들여 성의 리얼리스트로서 프로이트 이상의 신화적 · 상징적인 것을 찾았다고 평가[74] 하며 그 차이점을 드러낸다. 그러나 최정익은 D. H. 로렌스가 말년에 스스로 개인심리 추구로 회귀하며 결국 육체의 신비주의를 실현 못한 것을 지적하며, 그의 한계까지 인식한다.[75]

이렇듯 『단층』파는 일본을 경유하여 프로이트주의를 받아들임과 동시에, D. H. 로렌스를 통해 그것을 다시 받아들였으나, 그것을 적극적으로 수용하는 가운데 이에 대한 일정 거리와 비판적 태도를 가질 만큼의 높은 역량을 지니고 있었다. 그런데 여기서 문제적인 것은 최정익이 D. H. 로렌스를 어떻게 받아들였느냐 하는 것이다. 최정익은 그를 통해 인간의 내향화로 인한 자의식의 과잉이 성의 불임성을 낳게 했음을 인식하고, 그렇다면 이것을 어떻게 현실에 적합하도록 적용하여 하나의 세계관을 넘어 삶의 원리로 발전시킬까 하는 것을 고민한다.[76] 이러한 고민을 직접적인 작품의 창작을 통해 실험적으로 실천했다고 보인다. 그러므로 다음 장에서는 최정익의 소설 작품들을 통해 성과 자의식에 대한 문제의식이 어떻게 형상화되고 있는지 살펴보기로 한다.

2. 최정익의 소설 「자극(刺戟)의 전말(顚末)」에 나타난 D. H. 로렌스의 사랑의 담론의 양상

본고는 창작방법론과 작품의 상관성을 비교하여 논의를 심화해 보고자 한다.[77] D. H. 로렌스 수용의 주축인 최정익의 「자극의 전말」을

---

74) 최정익, *op.cit.*, p.119.
75) *Ibid.*, p.122.
76) *Ibid.*, p.116.
77) 이와 같은 선행연구들 가운데 신수정(1992)을 주목할 만하다.

살펴보면 다음과 같다.

> 꿈—. 부질없는 의식뿐이요, 진실한 행동이 없으니, 결국 꿈이지 않은가. 원체 이러한 꿈이란 싸허올닐수록 공허스럽게 문허지는 것이지만 나는 이런 꿈에라도 범백을 가추어 핏기 없는 생활을 다소나마 윤택하게 꿈여보자하는 역설적인 욕망에 턱없는 애착까지도 늑기며 때로는 그 어느 의식의 모멘트에서라도 사색을 즐기며 어떤 진실을 추구하는 역동이 되어주기를 은근히 바라는 때도 있다. 나는 자리에 누우며 매일 같이 일기를 쓰고 조회에서 한거름도 움직일 수 없는 행동성을 아참이 되도록 누워서 뒤채이고 뒤채여 향락하는 것이었다. 그러나 「생활에 대한 열과 진실을 가져보기로 하자」라고 호탕스럽게 적어본 어제밤 일기는 종시 반쪽의 꿈으로 에미꼬 때문에 무참히도 깨여지고 말았다.
>
> — 최정익, 「刺戟의 顚末」 부분. (53) [78]

「자극의 전말」에서 진실한 행동이 없는, 부질없는 의식만 남은 전향지식인인 '나'는 공허한 관념 속에서 유희적인 사색을 하거나 생활에 대한 열의 없는 냉연한 태도로 무위도식 하며 다만 쉽게 사랑의 유혹에 자신을 내맡긴다. 전향에 의한 모럴 딜레마 속에서의 치열한 자기 자신과의 싸움에 의해 의식이 핍진해진 지식인들은 제 기능을 다 할 수 없게 된 초자아(superego, Über-Ich)[79]의 불안정성으로 인해 성에 대해서는 느슨해진, 방조적 태도를 보이게 되는 것이다. 자아이상(ego-ideal,

78) 최정익, 「刺戟의 顚末」, ≪단층≫제2호, 백광사, 1937, p.53. 이하, 이 소설의 출처는 괄호 안에 숫자만 표기한다.

79) Sigmund Freud, 「자아와 이드」, pp.114~115. 초자아는 양심, 검열, 이상 등의 기능을 가지는 심리적 대리자다.
미국 정신분석 학회 편, 『정신분석 용어사전』, 이재훈 외 옮김, 한국심리치료연구소, 2002, pp.504~505.

Ichideal)[80]과 도덕성의 준거를 제시하는 초자아의 이드(Id)에 대한 통제력의 약화는 자신의 내부의 "욕망(慾望, desire)"[81]에 대한 발견에 이어 '에미꼬'라는 여성에 대한 사랑으로 관심이 기울어지고 있는 것이다. 여기서 욕망을 인간의 본질[82]의 한 부분으로 발견하는 것은 지식인이란 관념에 갇힌 인간관을 확장한 것이라는 의의도 있다. 그러나 "인간의 욕망, 그것은 타자의 욕망이다.(Le désir de l'homme, c'est le désir de l'Autre.)"[83] 그러므로, 주체는 사랑의 대상으로서의 타자를 찾게 된다. 그 대상이 가족이란 제도 밖에 있을 때 도덕성은 무도덕성의 위기에 부딪히게 되는 것이다. 이러한 현실에 대한 부적응이 시사하는 바는 적지 않다. 여기에도 단지 무기력한 지식인의 퇴폐한 삶으로만 볼 수 없게 하는 진정성의 일말이 숨어 있다. 지식인으로서의 강한 자의식을 갖게 한 초자아의 위기가 바로 현실주의적 삶의 태도로 전환되지 않은 것은 또 다른 어떤 심리적 기제가 작용하고 있다는 것을 방증한다. 이

80) Sigmund Freud, 「나르시시즘에 관한 서론」, 『무의식에 관하여』,윤희기 옮김, 열린책들, 1998, p.76. 자아이상은 프로이트가 후기에 초자아라고 부른 용어와 같은 의미이다. 미국 정신분석 학회 편, *op.cit.*, p.412.

81) "욕망은 만족에 대한 갈망도 아니고 사랑에 대한 요구도 아니다. 욕망은 후자로부터 전자를 뺄 때 결과하는 차(差)이다. 즉 그것들의 분열현상 자체이다."
Jacques Lacan, *Écrit*, Paris: Seuil, 1966, p.691. (Bruce Fink, 『라캉의 주체－언어와 향유 사이에서』, 이성민 옮김, 도서출판 b, 2010, p.170. 재인용.)

82) 욕망을 인간의 본질로 처음 본 것은 스피노자이다. (Baruch de Spinoza, 『에티카』, 강영계 옮김, 서광사, 1990, pp.188～189.) 라캉도 역시 스피노자의 견해를 따른다. (Jacques Lacan, 「결론지어야 할 나머지－20 네 안의, 너 이상의 것을」, 『세미나 11 － 정신분석의 네 가지 근본 개념』, p.415.) 그러나 라캉의 욕망은 무의식의 욕망이라는 점에서 차이가 있다. (Dylan Evans, 『라캉 정신분석 사전』, 김종주 외 옮김, 인간사랑, 1998, p.279.)

83) Jacques Lacan, *Écrit*, Paris: Seuil, 1966, p.814. (Bruce Fink, *op.cit.*, p.112. 재인용.) 이것은 세 가지 의미를 갖는다. (i) "인간의 욕망은 타자의 욕망이다." (ii) "인간의 욕망은 타자의 욕망과 동일하다." (iii) "인간은 타자가 욕망하는 것을 욕망한다." *Ibid.*, pp.112～113.

렇듯 와해된 초자아와 쾌락을 거부하는 자아로 인해 주체가 불안정해진 까닭에 이드의 지배를 받는 성의 문제가 표면화되는 것이다.

그러나 D. H. 로렌스의 성과 사랑을 통한 자아의 완성이라는 적극적 이론의 수용과 달리, 최정익 작품의 지식인의 모습은 여전히 자의식 과잉에 사로잡혀 주체의 분열적인 양상을 드러내며 성과 사랑에 대해서도 불구적인 모습을 보인다. D. H. 로렌스의 이론조차 하나의 이상적인 관념의 선에서 머무는 것이다. 그러한 한계는 다음과 같은 대목을 통해 확인할 수 있다.

> 주제넘게 무엇을 생각하나 하면서도 제법 순수한 방심상태에 몸까지 취한 듯이 그답지도 못하게 단정히 자세를 모듭고 쏘다질 듯이 허공을 바라보는 에미꼬의 모양에서 일즉이 늑기지 못한 어떤 숭엄하고 건실한 정서가 마음을 짓누르는 듯하다. 이러틋 뜻하지 않은 성모상을 그려보는 오날아참의 공기는 자못 신기롭기도 하다. 그러나 그도 나의 꿈의 여운이라고 할까 화장이 진해저 유달리 눈에 띄이는 투명스럽게도 싯멀건 목언저리며 뽀푸린 원피스를 통해서 탄녁잇게 들먹거리는 핑핑한 젓가삼 다시 흘으듯이 선을 그어 잠간 원을 돌니다가 밋그러지듯 드러내 놓은 포동포동한 종다리 결코 열여덟이라고는 볼 수 없는 균형잇게 숙성한 그의 육체를 대하며 살몃이 옷을 벗겨서 마음에 그려보자.
>
> — 최정익, 「자극의 전말」 부분. (54)

지식인으로서의 주인공인 '나'는 불과 열여덟 살밖에 되지 않는 여자를 사랑의 대상으로 상정하여 그 육체의 관능미를 눈으로 탐닉하는데, 이러한 데서는 일면 여성의 아름다움에 대한 이상화(idealization)[84]가

84) 이상화는 대상이 그 속성의 변화 없이 개인의 마음에서 드높여지는 것이다. 반면

없지도 않아 보인다. 그러나 '나는 나이다'라는 자의식 과잉의 인간의 표상인 지식인에게 여성이 억압된 성의 분출을 통한 생명에의 지향과 이를 통한 정신적 각성과 자아 완성으로 가는 동등한 파트너로 여기는 지에 대해서는 회의적이다. 그에게 여성은 단지 하나의 성적 대상으로 물화(物化) 되어 있다. 여성은 단지 하나의 사물(Das Ding)[85]로 존재할 뿐이다. 그것은 남녀 간의 관계를 통해서 욕망이 상호적으로 작용하고 있지 않는다는 데서 알 수 있다. 여기서 남성의 욕망은 '여성이 무엇을 원하고 있나' 라는 여성의 욕망에 대한 질문을 무시한 채 남성 주체 안에 폐쇄적으로 머물고 있다. 남성은 여성에게 여성을 하나의 주체로서 자신에 대해 어떠한 욕망을 가지는지, 그 인식이 상당히 미미한 단계에 있다. 지식인 남성에게 여성은 남성 주체의 개인적 역사에 하나의 의미 연쇄로 유입되지 못한 채 철저히 육체성의 영역인 실재(實在)에 갇혀 있다. 이렇듯 실재 그 자체로만 존재하는 여성은 의미화가 불가능함으로 인해 신비성을 지닌 존재, 미적으로 이상화되는 존재가 될 수 있다. 그러나 이것은 결코 '나는 나이다'라는 자의식 과잉의 지식인의 신념의 한 부분을 변화시키진 못한다. 그러므로 이러한 남녀관계에서 그의 여성에 대한 태도는 단순히 성적 유희에 그칠 뿐 진정한 사랑으로 볼 수 없다. 사랑은 사랑의 대상을 하나의 주체로 인정하는 상호-주체적(inter-subjective) 관계에서 성립하며, 이때에 자신의 근원적 욕망이 무엇인가를 타자를 통해 확인할 뿐 아니라, 타자의 욕망이 무엇인가를 물음으

승화(昇華, Sublimation)는 주체가 탈성화하며 이상을 형성하는 것이다. Sigmund Freud, 「나르시시즘에 관한 서론」, pp.77.

85) 라캉에게 사물(das Ding)은 기표 너머에 있는 것으로 칸트(Immanuel Kant)로부터 영향을 받았다. Jacques Lacan, "Das Ding", *The Seminar of Jacques Lacan Book VII – The Ethics of Psychoanalysis 1959~1960*, Ed. Jacques Alain-Miller & Trans. Dennis Porter, New York & London: W · W · Norton & Company, 1997, pp.54~55.

로써, 타자의 이상적 기대에 부합해가려는 새로운 의미화의 과정, 즉 타자와의 변증법적 관계에 의해 자신의 주체를 새롭게 세우는 것이기 때문이다.

그의 이러한 여성에 대한 대상화의 태도는 정부(情婦)가 아닌 아내에 대해서도 마찬가지다. 그는 정부에 대해서나 아내에 대해서나 어느 편으로도 전인적(全人的)인 태도를 보이지 않는다. 아내나 정부나 여성이되 사물적인 여성이지 주체로서의 여성이 되고 있지 못한 양상은 마찬가지다.

> 그러나 빨개진 얼굴을 숙이여 애끓는 동정을 일으키거나 원망의 눈물을 흘리어서 엄숙한 불안조차도 던지는 법이 없이 에미꼬의 눈자극과 입 언저리에는 xx와 불만이 가득 찬 차가운 웃음이 가늘게 떠오를 듯 좀처럼 짓이고 있는 침착을 잃지 않는다. 나는 왜 그다지도 서두르는 비겁한 사내 나타나는 듯이! [중략]「에미꼬 왜 울지 않나 분하지두 않나…」그러나 에미꼬는 가느다란 눈에 싼 듯한 웃음을 머금고 돌아누었을 따름이다. 그것을 결코 부끄러움을 문질러버리려는 어색한 웃음은 아니었다. 나는 지금 와서 새삼스럽게 에미꼬의 정조를 의심하려는 것은 아니다. 또 그럴 자가 부러웁다. 다만 나에게 준 것이 그의 순박한 정열의 표정이면 그뿐이다. 나의 요구는 그것에 만족했을 것이요 또 그러기 때문에 나는 그 정열에 대한 넉넉한 보수로써 의레히 성의 있는 책임을 마음으로 져야만 되었다. 그가 당황스런 동작에 격한 고통을 일으키며 엄숙한 항의자세를 취했던들 나는 얼마나 측은한 책임감에 눌리어 강렬한 양심의 채찍을 받았을 것이었으랴. 그가 표시한 정렬에 비하면 나는 오직 권태에 지친 식은 땀 한 방울을 덜어주었을 뿐인 아무런 진실도 매력도 없는 단지 울분을 소화 시킨 데 지나지 못한다고 할 수가 있지 않은가. 사실 따지고 보면 이러한 것은 진실에 대한 허위의 대변일 수밖에

없고 이것을 묵인한다는 것은 양심적 인간의 의지적 x이다. 아무리 허무한 생활에 허덕이는 지금의 나라고밖에 할 수 없다고 해도 말려 들어가는 것은 지적 양심마저 이런 데까지 질질 끌려나려 가는 것은 너무나 무서운 죄악이다.

— 최정익, 「자극의 전말」 부분. (61)

'나'는 종국에 여자를 육체로만 탐한 결과 불화를 야기할 뿐 아니라, 그런 육체에의 탐닉에 대한 자의식이 되살아 올 때면 양심[86]의 가책을 느낀다. 성(性)을 중심으로 남녀 간의 연애가 벌어지고 있지만, 둘의 관계만을 문제 삼는 사랑의 범주를 벗어나는 넓은 외연을 가지고 있다. 그것은 어디까지나 지식인으로서의 자의식이 한 순간도 완전히는 소멸하지 않는 데서 알 수 있다. '나'가 '에미꼬'와의 관계에 빠지게 된 것은 시대에 대한 '울분'이었던 것이다. 타락한 지식인으로서 자기 모멸적 감정에서 여자와의 성적 일탈에 몸을 던졌던 '나'는 뒤늦게야 사랑에도 사랑의 모럴이 있다는 것을 깨닫는다. 역사의 부름 앞에 답하는 것만이 양심이 아니라, 남자와 여자가 알몸으로 온 실존을 다 던져 만날 때는 그에 따르는 또 다른 책임이 있다는 것을 발견한 것이다. 그것은 자신에게 순정과 열정과 정조마저 다 바친 '에미꼬'와 권태로운 삶으로부터의 일탈적 출구로서 여자를 대한 자신을 비교하면서 자각하게 된 것이다. 그러나 단지 육체로만 여겼던 '에미꼬'의 순정과 진실성을 접하며 그녀에 대해 인간적인 책임감을 느끼고, 자신의 그러한 무책

86) 양심은 프로이트의 용어에 의하면 초자아의 역할이다. 초자아는 자아에 도덕적 잣대를 댄다. 도덕적 죄의식은 자아와 초자아의 갈등에서 비롯된다. 초자아의 엄격성은 우울증을 유발하기도 한다.
Sigmund Freud, 「심리적 인격의 해부」, 『새로운 정신분석 강의』, 임홍빈 외 역, 열린책들, 1998, pp.87~100.

임한 성적 행각에 대해 죄의식을 느끼는 것은 그 모든 일이 저질러진 다음이다. 한낱 성적 유희의 대상으로 다룬 '에미꼬'가 그 모멸감을 견디며 오히려 '나'에 대한 이해심으로 태연한 태도로써 인간적인 배려를 하는 사랑의 깊이를 가늠할 때면 그는 죄의식이 더 깊어지는 것이다. 그 이유는 그가 상대를 충분히 인간적인 존중감으로 대한 것이 아니었기 때문이다. 그러나 깨어난 죄의식이 '에미꼬'에 대한 진정한 사랑을 일깨우는 것은 아니다. '에미꼬'는 정부(情婦)로서의 한계를 벗어나지 못한다. 그가 자신의 무책임한 행동을 통해 깨닫게 된 것은 '허무'이다.

허무, 즉 니힐(Nihil)은 무(無)로서, 니힐리즘은 '존재자 전체는 무'라는 교설이다.[87] 여기서 다시 한 번 파시즘이 횡행하던 시대의 지식인들의 니힐리즘이 문제가 된다. 파시즘은 근대사의 파국이었다. 니체는 니힐리즘을 기존의 모든 이상(理想)이 무가치하게 된, 유럽 역사의 필연적 귀결로 보며, 허무의 순환인 영원회귀로 니힐리즘이 완성된다고 보았다.[88] 이에 대하여 하이데거는 니체가 인식한 역사에 대한 근본 사실 자체가 니힐리즘이라고 해석했다.[89] 최정익도 바로 시대사적으로 니힐리즘에 봉착해 있던 것이다. 최정익의 작품에서 니힐리즘에 빠진 지식인에게는 무엇이 옳은지 그른지, 그가 믿어오던 신념체계가 더 이상 왜 옳으며 왜 그른지에 대해 답하지 못하게 된 시대가 온 것이다. 니체는 허무주의를 '가치의 탈가치화'[90]로 보았으며, 하이데거는 그것을 다시 '가치라는 존재(Wert-sein)'[91]의 상실로 보았다. 1930년대 후반 식민

87) Martin Heidegger, 『니체』 1, 박찬국 옮김, 길, 1997, pp.418.
88) Friedrich Wilhelm Nietzsche, 「원칙들과 미리 말하는 숙고들」, 『유고 1887년 가을 ~ 1888년 3월』, 백승영 옮김, 책세상, 2005, p.9.
89) Martin Heidegger, *op.cit.*, pp.181~187.
90) Friedrich Wilhelm Nietzsche, 「원칙들과 미리 말하는 숙고들」, p.22.
91) Martin Heidegger, 『니체』 2, 박찬국 옮김, 길, 2012, p.49.

지 조선은 최정익과 같은 지식인들에게 바로 탈가치화의 시대, 가치라는 존재의 상실의 시대가 된 것이다. 그러한 허무에 빠진 지식인들은 모든 것에 대해 몰가치성의 함정에 빠지게 되고 사랑이라는, 인간에게 가장 존엄한 가치에 대해서도 몰가치하게 대했던 것이다. '에미꼬' 역시 자신을 무가치하게 대하는 '나'에 대해 응분의 대가를 보여줄 수도 있었으나 오히려 그녀의 희생으로 진정한 사랑을 일깨우고 자신의 존엄한 가치를 드러내는 것이다.

> 염오에 떨니는 무거운 침묵이 목매인 도야지처럼 머리 속을 뒤흔들어 끌려간다. 나는 문득 내 아내를 생각했다. 분수령에다 닥친 예감 앞에서 왼몸을 홍분에 비틀고 공포에 떨던 순직한 아내, 다시금 부끄러움에 얼굴이 앵도알 같이 빨개져 가엽게도
>
> 가삼을 쑤시고 파고들던 수줍은 아내, 신뢰에 가득찬 순종과 애끓는 애정이 녹듯이 끌리는 첫날밤의 애연한 인상이 그래도 떠오른다. 나는 아내의 품이 한없이 그립다.
>
> 나는 아내에게 꿈결에도 사랑한다는 말을 입밖에 내본적이 없다. 그렇게 몇해를 떠돌아 다니면서도 그립다는 편지 한 장 써본 기억도 없다. 물론 아내도 그러 하였다. 그러면서도 이러한 노골스런 의지적 표시보담도 오히려 은은스럽고도 섬세한 감동이 언제나 두 개성을 보히지 않는 신비스러운줄노 얽커매인 듯이 끊일 줄 모르는 묘연한 열정이 구상에 가득찬 멜로디를 일으키며 그 의지의 줄을 타고 넘는 듯하였다. [중략] 결국 나는 내 아내를 사랑하고 있는 것이 사실이다. 아내를 사랑한다는 것은 죄도 아니요 수치스런 일도 아니면서도 왜 나는 사랑한다는 한 마디의 말조차도 해주지 않을까. 또 왜 아내는 그것을 요구하지도 않았을까.
>
> ― 최정익, 「자극의 전말」 부분. (62)

"나"는 다시 자신을 성적으로 유혹한 요녀인 정부 대신에 모성애마저 느끼게 하는 선량한 "아내"를 떠올리게 된다. 그가 기억하는 "아내"의 속성은 남편에 대한 공포 속에서도 신뢰와 순종과 애정으로 가득한 여성이다. 이러한 여성상은 D. H. 로렌스 개념의 자성(雌性)을 지닌 여성이라고 보기 어렵다. 오히려 전통적 여성상에 가깝다. 뿐만 아니라 '사랑한다'라는 말을 하지 않는다는 것은 언어를 매개로 한 사랑이 이루어지고 있지 않다는 것인데, 이것은 온전한 사랑의 개념으로 보기에는 상당히 부족하다. 이것은 말을 하지 않아도 생활 속에서 쌓여온 정(情)에 불과하다. 그러나 그가 아내를 사랑하는 것이라는 자기 확신을 가진 다음에야 안도를 하는 것은 여전히 성에 대한 죄의식을 자극하는 자의식이 작용하고 있기 때문이다. 결국 그의 선택은 정부에 대한 일탈적 육체의 유희에서 결혼 제도 하에 묶인 부부라는 관계로 돌아오는 것이다. 결국에는 가정으로 돌아가는 남자는 자신이 끝내 외도를 하지 않았다는 것에 대한 안도감을 보인다. 그러나 사랑의 대상이 "아내"에서 정부로, 정부에서 "아내"로 바뀐다 할지라도 여자는 자신의 주체성을 드러내는 내면이 거의 나타나지 않으며 다만 지식인 남성의 시선에 의해 의미부여가 되고 있을 뿐이다. 여성이 사랑의 주체로 확립되는 경우는 없으며 다분히 남성에 대해 대상적인 존재에 불과하다. 여성은 자의식 과잉의 지식인 남성의 관념화된 성의식의 완급에 따라 대체되곤 하는 대상적 존재일 뿐, 남성 주체의 존재의 의미에 그 어떤 영향도 미치지 못한다.

최정익의 「자극의 전말」을 통해 본 D. H. 로렌스의 수용 양상을 정리하면 다음과 같다. 이러한 것은 D. H. 로렌스의 사랑의 이론에 입각한 자아의 해방과 완성 같은 의미와는 거리가 멀며, 다만, 모럴의 상실로 인한, 과잉된 자의식의 불균형에 의해 균열된 자아상만 드러내 보일 뿐이다. 지식인의 성적인 방황을 보여주는 이러한 궤적은 그의 도덕성이 불안정하게 순환하는 궤적과 일치한다. '나'는 남녀 간의 사랑에서의 모럴이 무엇인가 묻고 답하는 과정에서, 사랑의 가치를 전적으로 믿고 타자에게 자신을 열어 보임으로써 존재론적으로 비약해 가는 순수한 사랑의 모럴이 아니라, 사회가 정해 놓은 제도 안의 관계에서의 책임이라는 관습적 모럴로 되돌아가는 것이다. 그런 의미에서 역사가 훼절되어 가는 순간에도 개인의 사적인 영역의 마지막 보루인 가정으로 도피하고 안주하고 있는 것이 최정익의 소설의 지식인이 보여주는 내면화의 궤적이라고 할 수 있을 것이다. 그의 지식인으로서의 자의식은 처음에는 체제의 폭압에 굴복하나 결국 타협함으로써 자신을 보전하는 생존의 논리로 후퇴하고 있는 것이다. 결국 자신의 문학세계에 투신하는 삶을 살지도 못하고, 사랑을 통한 구원에 투신하는 삶을 살지도 못한 지식인의 방황이 무력하게 현실에 안주해 가는 동선을 보여주는 최정익은 D. H. 로렌스 도입으로 심리주의라는 문학의 새로운 장을 열었으나 D. H. 로렌스의 예술과 철학의 이상주의와는 다른, 허무주의적 결말에 이르렀다. 그러나 이것 또한 한국근대문학사 가운데의 과도기적 성과라고 할 수 있을 것이다.

| 참고문헌 |

1. 기본자료

≪斷層≫제1호~제3호, 白光社, 1937~1938.

Lawrence, David Herbert. "Study of Thomas Hardy", *Study of Thomas Hardy and Other Essays*, Ed. Bruce Steel, Cambridge: Cambridge University Press, 1985. (백낙청(1996), 재인용.)

__________________, 『무의식의 판타지』, 박신영 · 박화영 옮김, 현대미학사, 1993.

__________________, 『로렌스의 성과 사랑』, 정성호 옮김, 범우문고, 2002.

__________________, 『아들과 연인』1 · 2, 정상준 옮김, 민음사, 2015.

2. 국내외 논저

강정석, 「D. H. 로렌스의 소설에 나타난 니체의 영향」, 『D. H. 로렌스 연구』7권, 한국로렌스학회, 1999.

권영민, 『서사양식과 담론의 근대성』, 서울대학교 출판부, 1999.

______, 『한국 계급문학 운동사』, 문예출판사, 1998.

김남천, 「신진 소설가의 창작 세계」, 『인문평론』, 1940. 2.

김민정, 「1930년대 후반기 모더니즘 소설 연구」, 서울대 석사학위 논문, 1994.

김영석, 「영국 신심리주의 문학 소고: D. H. 로랜스」, 『동아일보』, 1935. 7. 31~8.2.

______, 「D. H. 로랜스론」, 『신동아』58~59, 1936. 8~9.

김예림, 「30년대 중후반의 정신적 균열과 탈구의 순간 고스란히 반영-1930년대 후반과 ≪단층≫의 세계」, 『문화예술』261, 한국문화예술진흥원, 2001. 4.
김윤식, 『한국 현대 문학사』, 서울대학교출판부, 1999.
______, 『한국현대현실주의소설연구』, 문학과 지성사, 1990.
김윤식 · 정호웅, 『한국 소설사』, 예하, 1999.
김정매, 『한국에서의 로렌스 수용-서지학적연구 1930~1987-』, 한신문화사, 1989.
김정훈, 「≪단층≫ 시 연구」, 『국제어문』 제42집, 국제어문학회, 2008. 4.
김진석, 『한국 심리 소설 연구』, 태학사, 1998.
미국 정신분석 학회 편, 『정신분석 용어사전』, 이재훈 외 옮김, 한국심리치료연구소, 2002.
박근예, 「단층파 문학 연구」, 『대학원 연구 논집』, 이화여자대학교 대학원, 2003.
백낙청, 「로렌스와 재현 및 (가상)현실 문제」, 『안과 밖』제1호, 영미문학연구, 1996. 11.
백승철, 「현대문학의 철학적 기초(2)-허무의 하리케인」, 『경향신문』, 1965. 1. 8.
백철, 『국문학전사』, 신구문화사, 1981.
____, 「심리 소설과 신변 소설」, 『신문학사조사』, 신구문화사, 1983.
복도훈, 「≪단층≫파 소설 연구」, 동국대 석사학위 논문, 2001.
신수정, 「≪단층≫파 소설 연구」, 서울대 석사학위 논문, 1992.
안진수, 「D. H. 로렌스의 문학사상-≪무의식의 판타지≫와 관련하여」, D. H. Lawrence, 『무의식의 판타지』, 박신영 · 박화영 옮김, 현대미학사, 1993.
오병기, 『1930년대 한국 심리 소설의 자의식 연구』, 대구대 박사학위 논문, 2000.
오영진, 「니체와 로렌스: "권력에의 의지"의 역사」, 『D. H. 로렌스 연구』20권 1호, 한국로렌스학회, 2012.

이남인,「겔렌의 본능축소론 비판을 통한 본능 개념의 현상학적 정립」,『철학사상』제56권, 서울대학교 철학사상 연구소, 2015.
이수영,「일제말기 모더니즘 소설의 현실대응양상 연구」, 서울대 석사학위 논문, 2000.
이영철,「로렌스(D. H. Lawrence)의 탈근대성－니체(Friedrich Nietzsche)의 탈기독교적 시각과 후설(Edmund Husserl)의 현상학적 인식론과 관련」,『영어영문학연구』제35권 제2호, 대한영어영문학회, 2009. 5.
이재선,「의식 과잉자의 세계」,『한국 현대 소설사』, 홍성사, 1979.
임태연,「로렌스의 여성인물과 존재의 충만함: 연애하는 연인들의 구드런, 허마이오니, 어슐라를 중심으로」, 서울대학교 영문학과 석사학위논문, 2009.
임화,「창작계의 1년」,『朝光』, 1939. 12.
정주아,「불안(不安)의 문학과 전향시대(轉向時代)의 균형감각: 1930년대 평양(平壤)의 학생운동과 ≪단층(斷層)≫파의 문학」,『어문연구』제39호, 한국어문교육연구회, 2011.
조연현,「자의식의 비극」,『문학과 사상』, 세계문학사, 1949.
최재서,「≪단층≫파의 심리주의적 경향」,『문학과 지성』, 인문사, 1938.
______,「D. H. 로랜스론－그 생애와 예술」,『조선일보』, 1935. 4. 7～12.
한흑구,「D. H. 로랜스론」,『동아일보』, 1935. 3. 14～15.
홍성암,「≪단층≫파의 소설 연구」, 한양대 석사학위 논문, 1983.

Adorno, Theodor,『부정변증법』, 홍승용 옮김, 한길그레이트북스, 1999.
Bergson, Henri,『창조적 진화』, 황수영 옮김, 아카넷, 2005.
Edel, Leon,『현대 심리 소설 연구』, 이종호 옮김, 형설출판사, 1983.
Evans, Dylan,『라캉 정신분석 사전』, 김종주 외 옮김, 인간사랑, 1998.
Fink, Bruce,『라캉의 주체－언어와 향유 사이에서』, 이성민 옮김, 도서출판 b, 2010.
Freud, Sigmund,『꿈의 해석』상, 김인순 옮김, 열린책들, 1998.

__________, 「나르시시즘에 관한 서론」, 『무의식에 관하여』, 윤희기 옮김, 열린책들, 1998.
__________, 「자아와 이드」, 『쾌락원칙을 넘어서』, 박찬부 옮김, 열린책들, 1998.
__________, 「토템과 타부」, 『종교의 기원』, 이윤기 옮김, 열린책들, 1998.
Heidegger, Martin, 『니체』 1, 박찬국 옮김, 길, 2010.
__________, 『니체』 2, 박찬국 옮김, 길, 2012.
Heidegger, Martin, *Nietzsche, vol. I, The Will to Power as Art*, Trans. with notes and analysis by David Farrell Krell San Francisco: Harper & Row, 1979. (Keith M. May(1988) 재인용.)
Humphrey, Robert, *Stream of Conciousness in the Modern Novel*, Berkeley & Los Angeles:University of California Press, 1965.
James, William, 『심리학의 원리』1, 정양은 옮김, 아카넷, 2005.
Jung, Carl Gustav, 「자아와 무의식의 관계」, 『인격과 전이』, 한국융연구원 C. G. 융 저작 번역위원회 옮김, 솔, 2007.
Kristeva, Julia, 『사랑의 역사』, 김영 옮김, 민음사, 1996.
Lacan, Jacques, "Das Ding", *The Seminar of Jacques Lacan Book VII – The Ethics of Psychoanalysis 1959~1960*, Ed. by Jacques Alain-Miller & Trans. by Dennis Porter, New York & London: W · W · Norton & Company, 1997.
Lacan, Jacques, 『세미나 11 – 정신분석의 네 가지 근본 개념』, Jacques Alain-Miller 편, 맹정현 · 이수련 옮김, 새물결, 2008.
Lacan, Jacques, *Écrit,* Paris: Seuil, 1966. (Bruce Fink (2010), 재인용.)
May, Keith M., "Lawrence: How one becomes what one is", *Nietzsche and Modern Literature – Themes in Yeats, Rilke, Mann and Lawrence*, London: Palgrave Macmillan, 1988.
Nietzsche, Wilhelm Friedrich, 『니체 전집 13 – 차라투스트라는 이렇게 말했다』, 정동호 옮김, 책세상, 2000.

__________, 「원칙들과 미리 말하는 숙고들」, 『니체 전집 20 — 유고 1887년 가을 ~ 1888년 3월』, 백승영 옮김, 책세상, 2005.
Simpson, Hilary, *D. H. Lawrence and Feminism*, DeKalb, III: Northern Illinois UP, 1982, p.13. (임태연(2009), 재인용.)
Spinoza, Baruch de, 『에티카』, 강영계 옮김, 서광사, 1990.

제6장 | 신경숙의 『깊은 슬픔』에 나타난 사랑과 슬픔의 의미 연구

I. 서론

신경숙의 '깊은 슬픔'이란 정서는, 우리가 '한(恨)'[1]이라 불러온 정서를 연상시킨다. 한은 가장 한국적인 정서이기도 하다.[2] 그녀의 문학에는, 내면성의 문학[3], 형용사의 문학[4], 그리고 여성성의 문학[5]이라는

---

1) 한은 일본의 모노노아와데와 대조를 이룬다. 한은 삭임의 기능을 가지며, 상극의 원리에서 화해의 원리로의 승화되고, 미학적 · 윤리적 표상으로 발전할 수 있다. (천이두, 『한의 구조 연구』, 문학과 지성사, 1999, p.263.) 한의 이러한 점 등은 신경숙의 '깊은 슬픔'과 통한다.

2) 문순태(「한이란 무엇인가」, 『민족문화』1집, 서울, 1985) · 고은(「한의 극복을 위하여」, 한길사 편, 『한국사회연구』, 한길사, 1980) 등이 이와 같은 언급을 하였으며, 특히 한을, 융(C. G. Jung)의 원형(archetype) 개념으로 본 견해는 한을 융의 집단적 무의식 개념의 일종으로 보려는 본고의 견해와 어느 정도 상통하는 면이 있다. (민성길, 「한(恨)의 정신병리학(精神病理學)」, 라캉과 현대정신분석학회 편, 『코리안 이마고』 2, 인간사랑, 1998, pp.62~63. 재인용.)

3) 황종연, 「내향적 인간의 진실」, 『21세기 문학이란 무엇인가』, 민음사, 1999.; 김병익, 「불길한 아름다움」, 『문학동네』, 1996. 겨울.; 김주연, 「상실 체험과 환영 속의 사랑」, 『동서문학』, 1997. 가을.; 김치수, 「슬픔의 현상학, 혹은 잃어버린 시간 찾기」,

레테르 들이 따른다. 그것 또한 한민족의 집단적 무의식(kollektives Unbewußtes)[6]의 특성과 거리가 멀지 않다. 1990년대, 신경숙에 대한 평가는 주로 1980년대 문학에 대한 대타의식, 즉 거대담론 또는 사회적 상상력의 서사를 대체할 문학이라는 데서 이루어졌다. 그러나 현 시점에서 신경숙은 그 시대에 높은 미학적 성취를 이루었으면서도 대중적인 사랑을 받은 작가로 평가된다.[7] 한편 바로 그 대중성이 비판되는 것도 사실이다.[8] 특히, 그녀의 문학은 사랑 등의 문제에서 제도가 허용하는 범주에 안주하고 싶어 하는, 독자들을 배반하지 않는다는 지적도 있다.[9] 그러나 그것은 그녀의 문학이 한민족의 감수성에 뿌리내리고 있다는 것을 방증하기도 한다.

그렇다면 어떻게 그녀는 이런 지위에 이르렀는가. 그녀는 '1인칭의 문학'을 추구한다.[10] 즉, 개인성의 문학을 대표한다. '나'라는 자의식

『동서문학』, 1999. 겨울.; 남진우, 「우물의 어둠에서 백로의 숲까지」, 『숲으로 된 성벽』, 문학동네, 2010.; 신승엽, 「성찰의 깊이와 기억의 섬세함」, 『창작과 비평』, 1993. 겨울.

4) 김훈, 「글과 무늬」, 『세계의 문학』, 1992. 겨울.; 김미현, 「소설쓰기, 삶이 지고 가는 업(業)」, 『창작과 비평』, 1996. 겨울.; 김윤식, 「글쓰기 욕망의 현장감」, 『문학사상』 1999.7.

5) 김미현, 「유산과 불임의 발생학」, 『판도라 상자 속의 문학』, 민음사, 2001.;김은하, 「90년대 여성 소설의 세가지 유형」, 『창작과 비평』, 1999. 겨울.; 류보선, 「여성성을 통한 세상 읽기, 한국 문학의 새로운 방향」, 『문화 예술』, 1999.5.; 황종연, 「여성 소설과 전설의 우물」, 『문학동네』, 1995. 가을.

6) 융, 「자아와 무의식의 관계」, 『인격과 전이』, 김충열 · 이부영 역, 솔, 2007, p.31.

7) 출간 당시 베스트셀러였던 『깊은 슬픔』이 영화화된 것은 신경숙 작품의 대중성을 보여주는 좋은 예이다. 2000년 대 출간된 장편 소설들, 즉, 『엄마를 부탁해』(창비, 2008)는 2009년 전체 베스트셀러 1위였고, 『어디선가 나를 찾는 전화벨이 울리고』(문학동네, 2010)도 그 인기를 이어갔다.

8) 최성실, 「옛 것의 집착에서 찾는 대중성」, 『문학사상』, 1995. 11.

9) 방민호, 「성장, 죽음, 사랑, 그리고 통속의 경계」, 『동서문학』, 1998. 가을.

10) 김화영, 「태생지에서 빈집으로 가는 흰 새」, 『문학동네』, 1998 봄.

(self-consciousness) 아래 글을 쓰며, 글쓰기의 근원을 자신의 내면에 둔다. 바로 그 지점이 글쓰기의 출발점이다. 또한 그녀의 글쓰기는 '무엇'이라는 대상에 대한 글쓰기가 아니라, 그녀 자신에 대한 글쓰기이다. 그녀는 글을 쓰는 주체인 동시에 쓰인 글로서의 대상이기도 하다. 그녀는 '글쓰기의 과정으로서의 작가'(écrivant)와 '글쓰기의 효과로서의 작가'(écrivain)라는, 작가의 양면성을 동시에 드러낸다.[11] 그녀는 '나는 글을 쓴다. 그러므로 존재한다'는, 작가로서의 존재론을 텍스트의 심층에 감추지 않고 그 표층에 드러내는데, 그것은 한편 실존적 층위에서 '나는 누구인가'라는 물음을 던지는 형식을 통해서이다. 또 한편 그것은 미학적 층위에서 자기반영성(self-reflexiveness)을 만들어냄을 통해서이다. 자기반영성은 자전성과 구분된다. '나'라는 1인칭을 주인공으로 내세우든지 않든지 간에 작가가 자신을 모델로 삼고 있다는 것을 독자들이 유추할 수 있는 경우 자전성을 띠고 있다고 한다.[12] 그러나 하나의 텍스트가 텍스트 자체에 메타-텍스트(meta-text)를 포함할 때 자기반영성을 지닌다고 한다.[13] 자전성이 텍스트와 작가의 삶의 관계를 문제 삼는다면, 자기반영성은 텍스트와 텍스트의 관계를 문제 삼는 것이다. 신경숙의 경우, 전자와 후자 모두 해당된다. 그녀는 실로 '나'라는 문제를 존재론적인 차원이나 미학적인 차원에서 한 극점까지 추구한 작가다. 완성된 텍스트로 드러나는 페노-텍스트(pheno-text)뿐 아니라 과정 중인 텍스트로 드러나는 제노-텍스트(geno-text)를 동시에 드러

---

11) 작가(écrivant)와 작가(écrivain)의 구분은 바르트(R. Barthes)로부터 시작되었다. 최애영, 「프랑스 현대 문학 비평과 정신분석 — "텍스트 분석을 위하여" —」, 『문학동네』 36권, 2003. 가을. 참조.

12) Philippe Lejeune, 『자서전의 규약』, 윤진 역, 문학과지성사, 1998, p.35.

13) Linda Hutcheon, *Narcissistic Narrative: The Metafictional Paradox*, Waterloo: Wilfrid Laurier University Press, 2013, pp.4~6. 참조.

냄으로써, 텍스트의 심층으로 침몰해버리는 글쓰기의 주체를 지켜낼 수 있는 것이다.[14] 이러한 글쓰기가 바로 신경숙의 글쓰기이며, 이것이 바로 그녀가 주체로서의 '나'의 옹호자의 편에 선 작가임을 입증해준다.

그녀는 '나는 글을 쓴다, 그러므로 존재한다'라는 자신의 존재증명을 죽음에 대한 사색과 병행한다. 이 같은 특성의 작품들이 한 계열을 이룬다. 대표적으로 단편 「멀리, 끝없는 길 위에」와 장편 『외딴방』 등이 그렇다. 이 계열은 높은 예술성에 도달하였다는 평가를 받으나, 이것이 전부는 아니다. 자칫 에고이즘에 갇힌, 비사회성의 문학에 한정될 수 있는 그녀의 세계는 여기서 한 걸음 더 나아간다. 나를 넘어 타자로, 자연발생적 글쓰기를 넘어 가공된 미의 세계로, 죽음을 넘어 사랑으로 나아가는 방향성이 바로 그것이다. 이러한 방향성에 그녀가 지향하는 이상적인 미가 있어, 태생적인 것으로부터의 도약이 가능하게 된다. 그러한 지점에 『깊은 슬픔』이 시도된다고 보인다.

여기서 하나의 역설이 성립된다. 그녀는 철저히 글쓰기 안에서 '나'를 소환하고, '나'와 다를 바 없는 '그녀'를 소환함으로써, '우리' 안의 깊[illegible] 하는데, 바로 그 '누구'가 우리가 잃어버렸던 자신이라는 신원확인(identification)이 되게 함으로써, 근원부터 뒤흔들린 존재의 균열 사이에서 새로운 존재가 깨어나게 하는 것이다. 이로써 새로운 정체성(identity)을 확립하지 않을 수 없게 된 존재는 무의식의 층위에서 공유하는 원체험과 같은 어떤 동일화(identification)의 체험을 겪게 되는 것이다. 바로 이러한 저력이 '나'의 중심을 경유하여 '우리'에 이르게 하는 역설을 가능하게 한다.

---

14) 제노-텍스트와 페노-텍스트의 개념에 대해서는 Kristeva, 『시적 언어의 혁명』, 김인환 역, 동문선, 2000, p.98. 참조.

『깊은 슬픔』은 소설의 첫 장과 마지막 장인 「프롤로그」와 「에필로그」가 메타텍스트 역할을 함으로써 자기반영성을 드러내고 있으며, 글을 쓰는 '나'가 '그녀'라 칭한 여자의 사랑의 서사를 보여주는 가운데 '그녀'와 거울상의 관계에 놓인 다수의 인물의 서사를 교차시키는 구조로 되어 있다. 이러한 구조 안에서, '나'에서 '그녀'로, '그녀'에서 '우리'로, 그리고 다시 '우리'에서 '그녀'로, '그녀'에서 '나'로 초점이 되돌아오는 가운데, 주체는 의식과 무의식 사이에 가로 놓인 보이지 않는 경계가 불안하고 위험스럽게 뒤흔들리는 것을 체험하게 된다. 이 논문은 그러한 관계들 간의 형식내용을 이루고 있는 사랑의 문제와 그 불가능성을 감싸고 있는 정서로서의 슬픔의 문제에 천착하여 논의를 풀어나가 보고자 한다.

II. 메타텍스트의 자기반영성을 통해 드러나는 사랑에 대한 새로운 의미부여

신경숙 소설이 근본적으로 말하고자 하는 것은, 사랑이다.[15) 『깊은 슬픔』도 사랑이란 주제를 다룬 대표작이다. 이는 메타텍스트로서의 기능을 하는 「프롤로그」와 「에필로그」에 드러나 있다.

> 사랑이 불가능하다면 살아서 무엇 하나, 가끔 우는 여자.
>
> — 「프롤로그」 부분.[16)(상 9)

---

15) 김주연, *op.cit.*, p.336.

16) 이 논문에서 인용한 신경숙의 소설은 『깊은 슬픔』상 · 하(문학동네, 1994)를 따르는 것으로 한다. 인용 지면은 괄호 안에 표기한다.

액자소설의 외화로, 텍스트 전체를 비추어 보게 하는, 자기반영적 성격의 「프롤로그」는, 내화에 등장하는 여주인공을 위의 인용을 통해 직접 규정하고 있다. 즉 사랑이 한 인간의 실존적 질문에 대한 유일한 답이라 믿는 여주인공의 진술로 사랑의 절대성을 보여주고자 하는 것이 「프롤로그」로 예고하는 작품의 주제이다.

> 사랑은, 사랑은 불가항력이라고 여기는 여자. (불가항력이란 얼마나 불가항력적인 말인가. 인간의 힘으로는 어찌 할 수 없는 일이라니, 사회 통념으로 방지할 수 없는 힘이라니, 정치도 권력도 끼어들 수 없다니. 그저 심금을 울리는 그 아름다운 자유) / 불가항력이라고 스스로 느끼는 상태에 이른다는 건 행복한가, 불행한가? 서로 그러기로 하자고 약속한 질서를 무너뜨리는, 진실로 자신마저 제어할 수 없는 힘이 사람에게 존재하는 게 살아가는 데 힘일까, 아닐까?
>
> ―「프롤로그」 부분. (상 10)

그 사랑의 절대성은 "불가항력"이라 칭해진다. 불가항력이란 단어는 위험하고도 아름다운 뉘앙스를 풍긴다. 왜냐하면, 이 불가항력은 "서로 그러기로 하자고 약속한 질서", 즉 한 사회의 금기(taboo)에 저항하기 때문이다. 한 존재 안에서 그 불가항력은 삶과 죽음을 가르는 경계까지 닿는데, '나'라는, 글을 쓰는 화자는 그것을 감히 "심금을 울리는 아름다운 자유"라며 옹호한다. 사랑에서 실존의 근거를 찾는 것이 '그녀'라는 여주인공이라면, 사랑에 의미부여를 하는 것은 '나'라는 글 쓰는 화자이다. 작가의 자아상이 투사되어 있는 것이 '그녀'라면, "사회 통념"과 "서로 그러기로 하자고 약속한 질서", 즉 세속적 의미의 모럴의 비판으로부터 '그녀'를 옹호하고, 새로운 모럴을 타진하는, 초자아(super ego)

의 지위에서 내성하며 글을 써나가고 있는 것이 '나'인 것이다.

> 지금 생생한 죄, 조금은 추억으로 들어가 이 삶 속에서 덜어지리. // 나, 아직 추억으로 보낼 수 없는 마음의 죄 있어, 그 사람 어디선가 나, 태어나지 말았기를 바라는 건 아닌지.
>
> ―「프롤로그」 부분. (상 14)

그러나 그 비판은 내면화된 타자에 의해 만들어지는 죄의식이다. 사회의 금기에 도전하며 사랑을 옹호하는 편에 서는 '나' 자신도, 사랑에 동반되는 "죄"에 괴로워하며, 속죄를 치르고 싶어 한다. 그 속죄는 현재 갈망하는 사랑을 과거의 "추억"으로 한정하는 것이다. 사랑의 불가능성에 굴복하는 것은 상징계의 질서를 따르며, 스스로 결여를 가진 주체임을 받아들이는 것이다. 사랑을 현재형으로 품는 것은 거세를 거부하는 것과 같은 죄로 여겨질 수밖에 없다.

> 사실은 그 여자에게 살아갈 힘을 주고 싶었는데 그래서 무슨 전망이든 남기고 싶었는데, 나 전망이란 단어와 오래 싸우기만 했을 뿐. 한사코 이리로 오고 만 내 마음을 변명하지.
>
> ―「에필로그」 부분. (하 270)

결국 "그 여자"라는 가상의 인물을 만들어 낸 '나'는 "그여자"를 옹호하는 데 실패하고 만다. 「에필로그」에 남기길 바랐던 "전망"이라는 것이 바로 금기의 경계에 가닿아 상처 입은 자들마저 구원할 새로운 '사랑의 모럴'을 제시하고자 하는 것이었을 텐데, 결국, 한 개인의 권능만으로는 그것에 실패하고 만 것이다. 작가로서의 한 개인이 할 수 있는 것은 고작 상상의 공간에서 생명을 부여하는 것뿐이다. 결국 글을 쓰는 '나'는 자기도 해결하지 못한 죄의 문제를 안은 채, 자기 심판의 결과로, 자신의 창조물이었던 '그녀'를 자살하도록 하고 만다.[17] 다만, 마지막으로 유서라는 형식을 통해 망자의 진실을 고백하게 한다. 죽음이라는 대가를 치르고서만, 한 존재의 진실이 고백되는 글이 가능해졌다는 것은 불행하다. 그럼에도 유서에서나마 "그 여자"로 불리다 "나"라는 주어를 찾은 은서의 말은 연민할 만 것은 못된다.

> 나, 그들을 만나 불행했다. // 그러나 그 불행으로 그 시절을 견뎠다.
>
> —「에필로그」 부분. (하 275)

유서에서 사랑과 불행에 대한 "그 여자"의 태도는 문제적이다. 그녀는, "불행"했다는 고백은 숨기지 않는다. 그런데, 독특한 것은 '불행을' 견뎠다고 한 것이 아니라 "불행으로" 견뎠다고 한 것이다. "그 여자"에게는 인간 본연의 쾌/불쾌에 대한 반응이 뒤집혀 있다. 본능으로 사는 자들은 쾌를 따르고 불쾌를 피하려 하지만, "그 여자"는 자연법칙마저 넘어서는 것이다. "그 여자"는 고통을 향유(jouissance)한다. "그 여자"가 궁극적으로 닿으려 한 것은 무엇인가.

> 살아보는 게 아닌 글로써는 그저 그 가까이 조금 가볼 수 있을 뿐, 아니 애써보는 것일 뿐, 투명한 물속인 듯 들여다 볼 수는 없어, 나 어떤 일에든, 그것의 생애로 깊이 들어가려는 이를 사랑한다. [중략] 그 여자 이야기를 쓰다 울고 싶어지면, 저, 불가능의 흐름 속으로 그

17) 이에 대해 일부 평자들에 의해 자살이라는 설정의 필연성에 대해 문제제기를 받아왔다. 본고는 정신분석학적 관점에서 후술하도록 한다.

여자마저 사라져버릴 것 같으면, 나, 그 여자가 읽었던 것과 내가 읽었던 것과 내가 읽었던, 두 편의 시를 생각하리.

—「프롤로그」 부분. (상 11, 13~14)

그것은 닿을 수 없는 불가능성으로서의 심연이다. 그 심연은 깊이를 헤아릴 수 없는 '물'의 이미지로 표상된다.[18] 인간의 시선이 차단되는 불투명성의 세계. 그래서 빠져들어야만 겪어볼 수 있는 세계. 그러므로 '저'라는 지시어로 표현되는 세계. 그 세계는 상처받을 가능성마저 은폐한다. 상처의 가능성이란 궁극적으로 죽음의 가능성을 의미한다. 죽음의 가능성이란 삶의 불가능성이다. 그러므로 그 불투명성의 세계는 불가능성의 세계이다. 즉 그 심연은 불투명성이 걷히고 나면 '텅 빔'일 뿐이라는 것이 폭로되고 말 심연이다.

나, 삶을 되찾기엔 너무 멀리 나와 버렸어. 무엇이라도 간절하게 원하면 거기에 닿을 수 있다고 믿었지. 하지만 어찌 된 셈인지 그 원하는 것에 닿아지지가 않았어.

—「에필로그」 부분. (하 273)

그 심연은 타나토스(thanatos)가 지배하며, 광기와 폭력이 횡행하고 "나"에게 자살마저 하게 한다. "나"는 그 심연을 건너려다 우울증의 증후와 자기폐쇄적인 퇴행 증후를 보이다, 식욕 이외에는 아무런 욕망도

18) 심연으로서의 '물'의 이미지는 '바다'와 '우물'로 변주되기도 한다. "나, 자라한테 끌려 바닷속으로 가고 싶었어. 그래 손을 놓지 않고 물을 따라갔지. 하지만 바다로가 아니라 거기 물속에 넘어져 이마가 찢겼어." (「사랑하느냐고」) ; 유혜란으로 하여금 은서를 되돌아보게한 건 은서의 모습에서 깊이 파인 우물이 느껴져서였다. [중략] 두레박이 어두운 속을 한없이 내려가 드리어 닿는 물살, 그 차가우나 맑은 물, 은서에게서 유혜란은 그걸 느꼈다. (「불을 끄면 네 얼굴이」)

남지 않은 세계까지 가 더 이상 삶으로 되돌아 나올 수 없게 된다. 그 귀결은 자살이 되고 만다.

> "모르겠다. 왜 네가 인생을 망치려는 건지." // "망치려는 게 아니라 찾으려는 거야."
>
> —「사랑하는 슬픔」 부분. (상 125)

> 은서는 눈을 질끈 감았다. 생각해 보면 완에 대한 자신의 마음행위란 이미 뭔가로 이루어져 꿈쩍 않고 있는 완을 향해, 나를 사랑하지 않는다면 나는 죽을 거야, 식이었다는 걸 그녀는 깨달았다. 하지만 그런 식만이 내겐 길로, 그녀는 더 눈을 질끈 감았다. 그런 식만의 길이 남아 있었어, 닿을 수 없었으니까.
>
> —「사랑하느냐고」 부분. (상 204)

그러나 은서가 죽음을 감수하면서 갈구했던 것은 사랑이었다. 남들이 보기엔 인생을 망치려는 태도가 당사자에게만은 사랑을 고수하고자 하는 의지였던 것이다. 닿을 수 없는 곳에 닿게 하는 마지막 길, 그것이 바로 죽음임을 자각하지 못한 것은 아니었다. 다만, 죽음을 불사하는 자세가 결국엔 원하는 것을 이뤄준다고 믿은 것이 그녀의 실수였다. 그것은 맹목에 불과했다. 그러한 맹목은 타자를 절대화하는 태도에서 비롯된다. 자신이 욕망하는 대상을 절대적인 지위까지 올려놓고자 하는 것은 완전성에 대한 갈망 때문이다.

> 나, 인생에 대해 너무 욕심을 냈구나./ 한 가지 것에 마음 붙이고 그 속으로 깊게 들어가 살고 싶었지. 그것에 의해 보호를 받고 싶었지. 내 마음이 가는 저이와 내가 한 사람이라고 느끼며 살고 싶었어.

> 늘 그러지 못해서 무서웠다. 그 무서움을 디디며 그래도 날들을 보낼 수 있었던 건 그럴 수 있을 거란 믿음이 있어서였지. 하지만 이제 알겠어. 그건 내가 인생에 너무 욕심을 낸 거였어.
>
> —「에필로그」 부분. (하 272)

그녀가 꿈꾸는 사랑은 대상과 합일되어 보호받고 있다는 느낌을 받는 것이었다. 사랑을 선택하는 데는 크게 두 가지 기준이 있다. 하나는 자신을 보호해 줄 부모와 같은 대상을 찾는 것이고,[19] 다른 하나는 자신과 동일시 할 수 있는 나르시시즘의 대상을 찾는 것이다. 은서가 꿈꾼 사랑은 전자가 후자보다 우세함을 알 수 있다. 만약, 나르시시즘의 동일시가 중요한 국면이면, 사랑의 대상에 내재하는 어떤 본질들을 문제 삼았을 것이다. 라캉에 의하면 사랑은 본질적으로 나르시시즘의 관계에 기반을 두고 있다.[20] 그러한 타자와의 동일시에 대한 열망은, 내가 이상(理想)으로 여기는 타자를 자신의 미래로 삼고자 하는 점이라는 데서, 리쾨르(Ricœur)가 말한 존재론적 열정[21]이라고 할 수 있다. 그러나, "그 여자", 은서는 그렇지 않다. 관계 자체에 대한 열망이 강하게 나타난다. 그러므로 그녀에게는 나르시시즘의 동일시보다는 관계의 형식 그 자체가 중요하게 작용하고 있다. 관계의 역학에 대해서는 다음 장에서 살펴보도록 한다.

---

19) S. Freud,「사랑을 선택하는 특별한 기준」,『성욕에 관한 세 편의 에세이』, 김정일 역, 열린책들, 2000, p.187.

20) J. Lacan, "The Transferance and the Drive", *The Seminar of Jaques Lacan Book XI: The Four Fundamental Concepts of Psycho-Analysis*, Ed. J. A. Miller, Trans. A. Sheridan, New York · London: W · W · Norton & Company, 1981, p.186.

21) P. Ricoeur, *The Rule of Metaphor*, Trans. Robert Czerny, Toronto: UTP, 1979, p.249.

III. 사랑의 삼자관계 형식의 반복
—오이디푸스 콤플렉스의 불완전한 극복

무슨 일이든 기다릴 수만 있으면, 삶이란 기다림만 배우면 반은 안 것이나 다름없다는데, 은서는 웃었다. 그럴 것이다. 우리는 태어나서부터 뭔가를 기다리지. 받아들이기 위해서 죽음까지도 기다리지. 떠날 땐 돌아오기를, 오늘은 내일을, 넘어져서는 일어서기를, 나는 너를.

—「석류를 밟다」 부분. (상 17)

세는 기다릴 것이다. [중략] 은서는 그걸 안다. 완의 전화를 기다려봤기에, 세의 기다림을 안다.

—「종일……손가락을」 부분. (상 44)

완을 기다려보아, 기다림이 얼마나 사람 마음을 많이 상하게 하는지를 알기에, 세의 이마에 찍혀 있는 시계자국이 마음에 걸렸다. 그러면서도 완에게 다친 마음 한쪽이 펴지는 것 같은 건 무슨 까닭인지.

—「지나간 날짜들」 부분. (상 141)

사랑이 불연속적 존재로서의 인간이 결합을 통해 연속성을 확보하기 위한 노력이라면,[22] 사랑하는 대상과의 어긋남은 다시 인간을 불연속적인 존재로 만든다.[23] 이러한 가운데 사랑의 실존은 기다림의 형상

---

22) Georges Bataille,『에로티즘』, 조한경 역, 민음사, 2009, p.16.
23) 김미현, *op.cit.*, pp.350~351. 본고는 김미현이 밝힌『깊은 슬픔』에서의 사랑의 경향으로 환유화 · 권력화 · 사회화를 지적한 것에 대해 부분적으로만 동의한다. 환유화에 대해 은유화의 국면, 권력화에 대해 용서의 국면, 사회화에 대해 개인화의 국면이 병존하며, 오히려 후자들이 신경숙이 궁극적으로 지향했던 점이었다고 보

을 하고 있다. 내가 당신을 기다리는 일은 사랑의 문제만이 아니라 삶에 일관되게 관통하는 원리를 배우는 것이다. 기다림으로써 자신이 사랑으로 존재한다고 믿는 은서라는 인물이 있다. 그녀가 기다리는 남자는 완이다. 그런데 또 그녀를 기다리는 남자 세가 있다. 기다리는 사람이 사랑하는 사람이고, 기다리게 하는 사람이 사랑받는 사람이다. 그녀를 중심으로, 그녀가 바라보는 사랑인 완과, 그녀를 바라보는 사랑인 세가 있는 것이다. 사랑을 하는 방향과 사랑을 받는 방향이 불일치하는, 전형적인 삼각관계의 구도를 이루고 있다. 그러한 삼각관계는 통속성에 기인하는 것이 아니다. 유년시절의 가족관계에서 기인하는 것이다.

> 집을 나간 어머니, 그를 찾아 또 자주 집을 나가야 했던 아버지. [중략]// 어쩌면 그 마음시림이, 둘이 아무리 밥을 실컷 먹고 드러누워도 남아 있던 그 허기가……은서는 저녁을 짓는 이수를 보며 쓸쓸했다. 그것이 너를 어디에도 마음 못 붙이게 하는지도 몰라. 그것이 나에게 또한 괜히 세를 밀쳐내게 하고 아무리 손을 뻗어도 닿지 않을 것 같은 완에게로만 가게 하는 건지도 몰라.
>
> —「이수야, 자니?」 부분. (상 58~59)

은서와 삼각관계를 이루는 완과 세는 각각 자신의 "어머니"와 "아버지"를 닮았다고 한다. 이때 닮음이라는 동일성의 성립은 내재적 속성에 의한 것이 아니다. 그들과의 관계가 은서로 하여금 어떠한 지위에 놓이게 하였느냐가 중요할 뿐이다. 즉, '사랑하는 자인가 아니면 사랑받는 자인가', '능동적인 지위인가 아니면 수동적인 지위인가', '버리는 자인가 아니면 버림받는 자인가', 그리고 '상처 주는 자인가 아니면 상처 받

이기 때문이다.

는 자인가' 등, 이항관계에서 자신과 같은 항에 놓여있을 때 닮음이 성립되는 것이다. 은서의 어린 시절에 사랑을 먼저 배신한 쪽은 "어머니"였다. "어머니"가 버리는 자의 지위이고 "아버지"가 버림받는 자의 지위이다. 이러한 틀 안에서 완은 버리는 자로서 "어머니"를 닮은 것이고, 세는 버림받는 자로서 "아버지"를 닮은 것이다.

> 이 남자는 어딘지 모르게 어머니를 닮았다. 이 남자를 향한 단조로웠던 마음이 깨진 자리에, 어디서나 보고 싶고, 어디서나 그리운 갈망이 생긴 자리에, 그 자리에 낯선 꿈을 꾸고 있는 것 같은 눈물겨움도 함께 깃들었다. 어머니.
>
> ―「사랑하는 슬픔」 부분. (상 128)

완이 어머니를 닮았다고 하는 것은 오로지 과거에 "어머니"가 은서 자신을 외면함으로써 상처를 주었으며, 그 상처가 외상(外傷)으로 남아 "어머니"를 용납할 수 없게 된 은서에게 "어머니"와 마찬가지로 자신에게 상처 줄 수 있는 사람이 완이었다는 의미이다. "어머니"로부터 버림받고 외면받는 데 익숙한 은서는 아픔을 견디는 것이 사랑과 구분되지 않았다. "어머니"와의 관계에서 하염없이 대상을 바라보고 기다리는 것 자체가 자신의 존재의 형상을 결정지어버린 은서는 자신을 버릴 수 있는 완이 그럴 존재라는 것을 알게 된 다음부터 그를 사랑하게 된다.

> 나는 사랑해. 네 예측할 수 없음, 네 조심성, 네 단호함. 내 눈에 이제 너보다 더 아름다운 건 없어. 이렇게 말하면 안 되겠지. 그러면 너는 저만큼 더 물러서겠지. 너의 마음을 내게 붙들어 놓으려면 너를 사랑한다고 말할 게 아니라 세를 사랑한다고 말해야 될 거야. 그게 너의 마음을 얻어내는 길일 거야.//……사랑한다면 사랑하는 마음끼

리 보태져서 할 일이 있을 텐데……서로 돋아나게 하고……살고 싶게 하고……내가 너를 사랑한다고 한 건 그러기 위해서였는데……왜 그렇게 멀어지기만 하는 거지? 왜 내가 가지도 못하게 하는 거지? 내가 무얼 잘못했어?// 너에게 이렇게 기울어버린 내 마음이 잘못일까? 사랑한다고 말해버린 내가 잘못일까? 그 뒤로 너는 나를 어디에 묻어버린 것 같아. 나는 너에게 아무것도 아닌 것이 돼버린 것 같아. 그런데도 난 그나마 그런 너조차 없으면 어떻게 해야 할지를 모르겠어서.

—「사랑하는 슬픔」 부분. (상 119~121)

은서의 완에 대한 사랑은 "어머니"에 대한 애증의 양가감정을 반복하고 있다. 은서는 "어머니"를 사랑하지만 "어머니"에게 다가갈 수 없던 어린 시절의 슬픔을 완에게서 느끼고 있다. 예측불가능하며, 다가갈 수 없고, 잘못하고 있다는 느낌을 주는 사람으로서의 완은 "어머니"의 자리에 있는 것이다. 여기서 사랑받지 못함으로 인해 죄의식마저 느끼는 것은 무의식중에 작용하는, "어머니"에 대한 사랑의 금지에 의해 자신에게로 내향화된 감정이 증오와 공격성을 숨기고 있기 때문이다. 사랑하는 대상 앞에서의 죄책감은 "어머니"에게서 완에게로 전이되고 있다.

세의 조용한 얼굴은 아버지를 닮았다. 이젠 세상에 없는 아버지. 그렇게 어머니를 찾으러 다녔으면서도 돌아온 어머니를 완전히 받아들이지 못해 평생을 어머니 기척에 예민하셨던 아버지. 돌아온 어머니를 밀쳐내는 대신 한없이 다정히 대했던 아버지.

—「지나갈 날짜들」 부분. (상 167)

세는 완과는 반대다. 어디서나 이슬어지의 냄새를 풍기고 다녔다. 그가 도시 한복판에 서 있을 때도 그는 표가 났다. [중략] 이 남자가 안타까워하는 건 내가 아니고 이슬어지일지도 모른다. 내가 이슬어지 사람이 아니어도 이이가 이리 내 곁에 있을까.

—「지나갈 날짜들」 부분. (상 158)

이 남자가 기어이 우는가./ 곧 은서의 어깨가 세의 눈물에 더워졌다. 세의 얼굴을 끌어안아 주고 싶으나 은서는 제 몸만 더 오그라뜨렸다. /"무섭다."/"뭐가?"/"모든 것이."/은서는 고개를 숙였다. 무섭겠지. 나도 완을 생각하면 무서워. 그 앞에 서면 모든 것이 다 무서워.

—「지나갈 날짜들」 부분. (상 156)

한편, 세가 "아버지"를 닮았다고 하는 것은 사랑하는 사람을 바라만 보는 지위에 놓여 있다는 데서 그러하다. "어머니"에게 배신당하고도 순애보적인 사랑을 한 "아버지"였다. 그럼으로써 "아버지"는 "어머니"에 의해 끊임없이 상처받는다. 세는 "아버지"가 그랬던 것처럼 나에 의해 상처받는다. 은서는 "어머니"에 의해 상처받는 자로서 "아버지"와 동병상련 입장에서 동일시할 수 있던 것과 마찬가지로, 세가 상처받은 모습을 보일 때, 완에 의해 상처받은 자신의 모습을 동일시하며 치유한다.

그러나 이들의 삼각관계가 은서를 중심으로 일렬로 배열되어 있는 것은 아니다. 완과 세도 유년시절을 함께 보낸 친구로서 둘 사이에도 욕망의 변증법이 형성되어 있다.

완은 풀썩 웃어버렸다. 세가 없었으면 저 여자 생각만이 전부여서 다른 일이 전혀 손끝에 잡히지가 않았던 그런 열정은 없었을지도 모르지. 맞은편에서 걸어오는 여자란 여자 모두가 다 저 여자인 것만 같고, 저 여자의 마음만 곁에 붙들어 놓을 수만 있다면 다른 일은 어째도 괜찮을 정도로 그렇게 애가 타진 않았겠지.

—「사랑하는 슬픔」 부분. (상 109)

"…나머지는 막막해, 은서야. 네가 왜 갑자기 완에게로 그렇게 마음이 기울어버렸는지 알게 된다면 그런다면 나도 그렇게 해줄 수 있을 텐데, 그런 부질없는 생각을 하곤 했다."

—「지나갈 날짜들」 부분. (상 170)

완은 세가 은서를 사랑하지 않았으면 자신도 은서를 사랑하지 않았을 것이라고 한다. 세는 완이 어떻게 은서의 마음을 얻었는지 알면 그것을 그대로 모방하겠노라고 한다. 완은 세의 욕망을 모방하며, 세는 완의 방법을 모방하고자 한다. 그러나 상대방에게 보이는 그 무언가가 자신에게는 절대로 보일 수 없는 것이다. 사랑에서 자신이 사랑받는 이유를 자신이 가지고 있지 않은 까닭이다. 내가 타자에 의해 사랑받는 이유는 타자의 시선에만 보이는 왜상(anamorphosis)[24]과 같다. 은서가 완에게 사랑을 느끼는 것은 내면의 결핍과 냉랭함이 그녀의 마음을 붙잡아 놓기 때문이다. 즉, 부재하는 결핍이 사랑의 원인으로 작용하고 있는 것이다. 따라서 없는 어떤 것들이 사랑의 이유이기 때문에 세는 결코 완을 모방할 수 없다. 완도 역시 세의 욕망을 모방하는 것에 성공할 수는 없다. 완 자신이 능동적으로 움직이지 않아도 이미 채워져 있는 은서의 자리에 의해 사랑의 방향은 정해져 있기 때문이다.

요컨대, 타자의 욕망에 대한 모방, 결핍에 대한 동일시, 그리고 애정의 방향의 일방성 등에 의해 이들의 삼각관계는 모든 사랑을 실패하게 만든다. 다시 말해서 그것은 근본적으로 어린 시절의 가족 관계에 의한 외상으로 인해 사랑의 대상이 이중화(아버지와 어머니, 세와 완)되었기

24) J. Lacan, "The Problem of Sublimation", *The Seminar of Jaques Lacan Book VII: The Ethics of Psychoanalysis,* Ed. J. A. Miller, Trans. D. Poerter, New York · London: W · W · Norton & Company, 1997, pp.135~141.

때문이며 또 한편으로는 상호주체성(inter-subjectivity)에 이르지 못한 비대칭성(은서→완, 완→세, 세→은서) 때문이라고 할 수 있다.

Ⅳ. 사랑의 금기에 대한 태도로 나타나는 남성성과 여성성

결혼 이후 은서와 완과 세의 삼각관계가 역전되어, 세가 은서를 버리려 하고, 완이 은서를 차지하려 한다. 그때, 은서는 자신을 버리려하는 세를 사랑하고 자신을 바라보는 완을 외면한다. 사랑하는 대상이 누구든지 은서는 자신이 버림받고 기다리는 자의 지위에 있을 때 그 누군가를 사랑한다고 느낀다. 그것은 상실이 동반하는 상처가 어느 감정보다 강렬한 각인을 남겼기 때문이다. 그런데, 결혼 이후 새로운 문제가 등장한다.

> "…당신은 오늘 지옥을 본거야. 난 그것이 두려워."
>
> —「나, 다시 그를 만나」 부분. (하 50)

> 지옥이 어디 따로 있겠소. 그리움이 끊긴 마음이 지옥이지.
>
> —「나, 다시 그를 만나」 부분. (하 96)

결혼 이후에 "지옥"으로 상징되는 국면이 등장한다. 그 "지옥"은 양가성을 지닌다. 한편으로 "지옥"은 금기를 마주하게 된 상황이기도 하고, 또 한편으로 사랑이 없는 상황이기도 하다. 사랑이 없는 결혼도 "지옥"이지만, 그러한 상황을 넘어서 금기와 충돌하는 것도 "지옥"인 것이다. 금기는 사랑을 억압하는 기능과 사랑을 자극하는 기능의 두 측면을 지니고 있다. 그것은 결혼 이후 불륜이라는 금기로 전면화된다. 이런 금기와의 대면에 의해 사랑의 대상이 바뀌는 은서의 심리적 메커니즘은 대상상실의 순간을 통해서만이 사랑을 느끼는 사도-마조히즘[25]의 관계를 떠올리게 한다.

이 작품에서 사랑이라는 이름 아래 엮인 남녀관계는 대체로 폭력을 동반한다. 우선, 은서의 아버지와 어머니의 관계가 그렇고, 은서와 세의 관계가 그러하다. 또 은서와 완 사이에 직접적인 폭력이 존재하는 것은 아니지만, 완의 아이를 임신하였을 때 은서와 아이와의 관계가 그러하다. 또한 부수적인 인물군인 화연과 그녀와 근친상간하는 사촌의 관계, 서 씨와 그녀의 죽은 남편과의 관계 등, 거의 모든 애정관계에서 폭력이 배제되지 않는다. 이 작품에서 한이라고 할 만한 깊은 슬픔을 가진 여자들의 상처의 근원에는 폭력이 자리 잡고 있다.

그런데 그 폭력은 남성을 가해자로 여성을 피해자로 나누는 이분법을 허락하지 않는다. 폭력에 정당성을 부여하는 책임을 여자들이 갖고 있는 것으로 설정되어 있으며, 그러한 사실을 여성들도 묵인해버리고 있다. 이때 여성들의 책임이란 바로 금기에 도전한 것이다. 어머니는 가출했으며, 은서는 남편을 두고 과거의 남자를 잊지 않았다는 것이다. 남자들이 여자들에게 가하는 폭력은 이 사회가 정한 금기의 선을 지키는 데 사용됨으로써 정당화된다.[26]

---

25) S. Freud, 「매 맞는 아이」, 『억압, 증후, 그리고 불안』, 황보석 역, 열린책들, 1998, p.157.

26) 여기서 합리화된다는 것은 법적으로가 아니라 남녀 간에 무의식적 층위에서 그렇다는 것이다. 그러므로 가정 폭력은 엄연한 불법 행위라는 것은 여전히 유효하다. 따라서 이 작품에 나타난 폭력에 대한 인식은 상당히 시대착오적인 것으로 여성주의의 관점에서 비판받을 소지가 있다.

> 너무나 순간적으로 당한 일이어서 은서는 몸에 남아 있는 상처들만 아니면 꿈을 꾸었는지도 모르겠다고 생각했을 것이다. 상처를 들여다 볼 때마다 이게 무슨 끔찍한 일인가 싶어 전율이 왔지만, 이것으로 세의 마음이 후련해졌다면, 그래서 세를 괴롭히는 의심이 사라지기만 한다면, 그 대가로 넘기리라 싶어, 은서는 세에게 아무 말도 하지 않았다.
>
> —「누나, 자?」 부분. (하 142)

은서의 경우, 그 폭력으로 상대방을 증오하는 것이 아니라, 상대방의 분노가 해소되어 자신을 더 사랑해주길 기대한다. 심지어 폭력을 미연에 막지 못하도록 처신한 자신에게 잘못이 있다고 생각하는 것이다. 은서는 자신이 상처를 받고 피해자가 되는 순간에도 타자를 이해하는 입장이 되고 만다. 그렇게, 타자가 자신에게 어떠한 반응을 보여도 상대에게 자기희생적으로 대하는 것은 완전한 사랑을 구현하고자 하는 자기만족적 행위이다.[27] 그러나, 사랑은 관계의 문제로서, 타자의 승인에 의해서만 진실이 성립한다는 것을 고려해 볼 때, 자신의 순수한 욕망을 거슬러 타자의 욕망을 위해 자신이 파괴되도록 하는 것은 결국 자신의 욕망을 지워감으로써 물(物)의 지위로 퇴행하는 것이다. 그것도 남자에 의해 추앙받고 신비화되는 물화(物化)가 아니라 경멸받는 지위로의 추락인 것이 문제이다.

> 어머니 마음이 이랬을까.
>
> —「외로워지는 관계」 부분. (하 102)

---

27) S. Zizek, 『믿음에 관하여』, 최성렬 역, 동문선, 2003, p.77.

그런데 여기서, 은서가 결혼 전에 완을 짝사랑하다 버림받았을 때, 자신이 "어머니"를 사랑하던 때를 떠올릴 수 있었으며, 세와 결혼한 후, 완에 대한 사랑을 들키게 되어 폭행을 당했을 때, "어머니"와 자신을 동일시 할 수 있었다는 것은 중요한 국면이다. 이들의 애정관계에서 '왜 사랑에 빠지는가?'에 대한 답이 상당히 미약하게 제시되어 있다. 은서와 완과 세는 어린 시절 친구 관계로, 성인이 되어 도시로 나온 다음에도 서로에게 마음의 고향 같은 역할을 해준다. 누군가에게 마음의 고향이 되어주기 때문에 상대를 사랑하게 된다는 것, 그것은 넓은 의미에서의 모성으로 회귀하고자 하는 무의식적 욕망의 표현이다. 모천으로 돌아가는 연어들의 회귀본능을 예로 들고 있는 것도 그러한 근거가 된다. 물론 여기서 모천으로 상징되는 모성이 곧 어머니라는 인격체와 일치하는 것은 아니다. 그렇지만 결핍에 대한 보상으로 자신을 안온하게 보호해 줄 사랑에 대한 갈망은 계속된다.

> 똥마려워요……어머니와 수혜를 만나 처음으로 한 말이 똥마려워요, 라니. 그녀는 수치심에 온 얼굴이 벌게졌다. [중략] 생 물똥을 싸댈 만큼 울어대는 자신을 두고 가버렸다는……저 심연에서 쉬지 않고 들끓던 서러움. [중략] 그녀의 심연은 물똥을 눈 그 바다였던가.
>
> ―「누나, 자?」 부분. (하 174~176)

또한 「누나, 자?」에서 은서가 동생 이수에게 들려 준 자작소설에서 여자아이가 "어머니"와의 이별과 재회를 통해 성장해가는 과정에서 "물똥"을 싸는 모티프가 상징적으로 사용되고 있는 것은 은서와 "어머니"의 관계를 히스테리적인 것으로 볼 여지를 준다.[28] "어머니"를 사랑

28) 임상적으로 히스테리로 확정하기에는 근거가 될 만한 분석의 자료가 충분한 것은

했으나, "어머니"로부터 버림받은 외상의 기억이 아물지 않아 "어머니"에게 냉담하게 대하며 지내지만 속으로는 "어머니"를 항상 그리워해왔던 은서. 그러나 그것이 오이디푸스콤플렉스를 극복하지 못했기 때문은 아니다. 다만 그 해소 과정이 고통스럽게 지속될 뿐이다. "물똥"의 일화에서 "물똥"으로 인한 불편을 완전히 극복하고 성장의 관문을 통과하고 있는 것으로 설정되어 있는 것도 오이디푸스콤플렉스가 해소되었다는 증거이다.

그러므로, 은서는 상징적 차원에서는 "아버지"의 욕망에 동일시한다. 그녀는 '아버지의 법'을 따르는 딸로서 가출한 "어머니"에게 문을 열어주지 말라는 "아버지"의 명령에 순종한 바 있다. 그러나 '아버지의 법'을 철저히 내면화 하여 상징적 질서에 안주하지는 못한다. "어머니"에 대해 치솟는 연민은 과도한 증오로만 자제할 수 있다. 그리고 "어머니"와의 분리체험의 공포는 머리가 문에 끼는 악몽을 반복적으로 꾸는 것으로 무의식으로부터 회귀해 온다. 상상적 차원에서는 "어머니"와의 분리가 충분히 이루어지지 못한 것이다. 그녀는 "아버지"와 "어머니" 사이에서 이중적으로 상처받는다. 한편으로 자신이 사랑하는 "아버지"가 "어머니"에 의해 자신과 함께 버림받음으로써 상처받는 것이고, 다른 한편으로 "아버지"가 "어머니"를 벌할 때 같은 여자로서 "어머니"의 지위에 동일시함으로써 상처받는 것이다. 그녀는 "아버지"와 "어머니"의 관계 속에서 자신을 가해자와 피해자로, 혼란스러운 동일시를 하며 심리적으로 복잡하게 뒤얽히게 된다.

아니지만, 아버지와 어머니에 대한 관계, 그리고 성인이 된 후의 애정 관계에서 자신의 욕망을 불충분하게 충족시킨다는 점에서, 병적으로 치우친 정도는 아니지만, 다소 그러한 증후가 보인다고 할 수 있다.

그러므로 차후에, "어머니"와의 상상적 동일시는 사랑 없는 결혼관계로부터 일탈하여 금기의 위반에 다가가곤 함으로써 폭력을 자초하는 피학적인 자아상을 갖게 한다. 은서의 불행한 사랑의 국면들은 어떤 의미에서 자신의 피학적인 자아상에서 비롯된다. 그녀는 상징적 차원에서 "아버지"와 동일화되어 가학적인 초자아를 가지고 있다. 다분히 가학적인 초자아와 피학적인 자아가 결합되어 그녀는 끝없이 자신의 욕망을 실현할 수 없는 방향으로 몰아간다. 그럼으로써 그녀의 여자로서의 고유한 욕망은 채워지지 않는다. 그녀는 상징적 차원에서 남성으로 대변되는 '아버지의 법'에 동일화하고 있으므로, 남성이 자신에게 가하는 폭력에 대해 저항하지 못하며, 오히려 그 심판을 더 강화한다. 그러는 과정에서 피학적인 자아상의 상처는 더 깊어간다. 사도－마조히즘적으로 변질된 남녀관계에서는 위안과 치유가 있을 수 없다.[29]

> 화연. 상처의 이름.// 그랬을지도 몰라. 그녀는 나를 사랑하게 돼버렸지. 너무 멀리다 두고 너무 상처투성이의 사랑을 해온 그녀였기에 아주 가까이 있고, 다시는 다칠 염려가 없는 나를 사랑하게 돼버렸겠지. 처음으로 그 사람을 잊게 해준 게 나라고 고백했어. 나도 그랬어.
>
> －「폭설 때문이었어」 부분. (하 206)

---

29) 이상의 가학성과 피학성에 대한 논의는 항문기적인 데서 원인을 찾아볼 수도 있을 것이다. 그러나 이 논문에서는 선(善)의 구조가 메저키즘의 구조와 일치한다는 라캉의 이론에 근거를 두고 남녀 간의 애정 관계에 누가 도덕적 우위에 서느냐의 싸움이 내재되어 있다는 해석을 해보았다. 선은 메저키즘의 구조를 가지고 있다는 것에 대해서는 다음을 참고할 수 있다.
J. Lacan, "The Function of the Beautiful," *The Seminar of Jaques Lacan Book VII: The Ethics of Psychoanalysis*, Ed. J. A. Miller, Trans. D. Porter, New York · London: W · W · Norton & Company, 1997, p.239.

화연, 그녀가 이루려는 불가능한 사랑이 내겐 힘이었어. 세상엔 저런 여자도 있구나, 거기에 비하면 나는 그저 사랑 가까이 가려 했을 뿐이었다는 그 생각이 내게 힘이 되어주었지.

—「나 태어나지 말았기를」 부분. (하 222)

그러므로 은서는 화연이라는 여자와의 관계 안에서만 위안과 치유를 얻을 수 있다. 초자아의 명령에 대해 맹목적으로 복종하기는 했지만, 근원적 차원에서는 왜 그래야만 하는지 알 수 없는 주체는 무의식적 차원에서 끝없이 상징계의 그물을 벗어나는 여성적 향유에 탐닉하게 된다. 화연과 은서는 금기라는 잣대에 의해 서로를 심판하지 않는 관계인 것이다. 그녀들은 각각 자신들의 사랑에서, 무의식적 욕망의 차원에서 타자와의 분리를 거부하고, 하나로 합일된 관계에의 갈망을 포기하지 않으며, 그것이야말로 사랑이고, 그들이 겪고 있는 고통도 그러한 사랑의 증거라며 자신들의 사랑을 합리화하는 여자들인 것이다. 여성만이 타자에 도달할 수 있음으로 인해 누리는 여성적 향유를 고통에도 불구하고 받아들이고 있는 것이다.[30] 그녀들은 각각 근친상간과 불륜이라는, 상징적인 차원에서는 승인받지 못한 자신들의 사랑에 대해 처음으로 타자에 의해 승인받는 기쁨을 누림으로써 치유 받게 되는 것이다. 이들 관계 안에서만, 남녀관계 안에서, 승화된 도덕성이라는 명분 아래 감수된 피학성이 멈추게 된다.[31]

은서가 세의 폭행과 문을 열어주지 않은 사건 이후 그에 대한 사랑이 더 깊어지는 역설은, 세에게서 "아버지"의 모습을 보았기 때문일 수도

30) 홍준기, 『오이디푸스 콤플렉스, 남자의 성, 여자의 성』, 아난케, 2005. 참조.
31) O. Kernberg, 『남녀관계의 사랑과 공격성』, 윤순임 외 역, 학지사, 2006, pp.209~213.

있다. 물론 그녀들은 작품에서 세의 의처증이 심해질 때 우정 이상의 관계가 아니냐는 의심을 받는다. 그러나 은서는 세의 그러한 의심을 전혀 이해하지 못하며 동성애관계가 아니라고 한다.[32] 그녀에게는 사랑의 끝에서 자살을 하지 않을 수 있도록 자신을 긍정해줄 수 있는 그 누구라도 필요했던 것이며, 그것이 바로, 그녀보다 더 큰 고통과 슬픔에도 불구하고 사랑을 포기하지 않는 화연이었던 것뿐이다. 타자란 주체의 자기동일성에 상처를 입히는 자이다. 반대로 동일성의 확인은 치유가 된다. 물론 여기서의 동일성은 차이의 공존을 인정하는 가운데 타자를 나와 같이 동등하게 인정한다는 것이다.

은서가 완에 의해 상처를 받았음에도 불구하고 완에게 돌아가 위로해달라고 했던 장면은 의미심장하다. 그것은 사랑에서 타자의 지위가 절대적이라는 것과 동시에 그 관계가 폐쇄적이라는 것을 의미하기 때문이다. 그러한 관계에서 박효선이라는 제3자에 의해 강제로 사랑의 대상을 빼앗겨버렸을 때, 그것은 자아상실로 돌아온다. 그러므로 자살을 막을 수 있는 유일한 치유책은 화연과의 관계에서 동병상련을 통해 그 슬픔을 넘치도록 내버려두는 것밖에 없던 것이다.

> 내게 그녀는 그렇게 힘이었지만 하지만 나를 사랑하게 돼버린 그녀에게 나는 또 다른 상처의 이름이었을 뿐이야. 견딜 수조차 없는

---

32) 그녀들의 관계는 세의 의처증적 시선에서와 같이 동성애적이라고 할 수는 없다. 동성애자는 자신의 생물학적인 성(클리토리스가 아닌 질을 통해 남성에 의해 수동적 성의 지위를 갖게 되는 것)을 완전히 포기하면서 자신이 팔루스를 가지지 못했음으로 인해 다른 여자에 대해 자신이 팔루스가 되어 줄 수 있다고 착각하는 주체이다. 다만, 그녀들의 관계는 무차별적이고도 무한정한 타자에 대한 포용과 긍정으로서의 허여성(gift)을 지니고 있다. 이 작품 속의 그녀들은 여전히 아버지로부터 사랑의 대상이 전이 된 남성들을 사랑하고 있다. 그러므로, 그녀들은 동성애자가 아니다. 이에 대해 보다 자세한 것은 홍준기, *op.cit.* 참조.

상처의 벼랑이었을 뿐이야. 나는 그녀를 이해해. 그래 나는 그녀를 내 살갗 밑으로 흐르는 피처럼 느껴. 한 사랑을 힘겹게 넘어와 보니 더 벽이었던 거래. 그래서 그녀는 그만 삶을 끝내기로 결정했을지도 모르지. 하지만 그게 어쨌다는 거야? 그녀가 나를 사랑하게 된 건 죄가 아니야. 그녀가 더 외로워서였어. 그녀가 더 아파서였어. 그녀가 더 슬퍼서였어.

—「폭설 때문이었어」 부분. (하 206)

화연의 죽음도 같은 논리로 해명될 수 있다. 화연은 은서에 대한 사랑과 절망으로 자살을 하게 된다. 동일성의 확인을 통해 치유가 이루어지는 듯하였으나, 어느 한계점에 가서는 결국 은서도 자신과 다른 타자이며, 자신의 큰 상처를 다 감싸줄 수 없다는 것을 알게 되었을 때, 그 슬픔의 무게를 더 이상 견디지 못하고, 오랫동안 싸워왔던 자살충동에 져버리고 만 것이다.

"그래 네가 날 구해준 거야." / "……" / "내가 물었지. 화연이 죽고 나서 너에게 나는 어떤 사람이냐고? 네가 그랬잖아. 나는 너의 고향이라고." / "넌 한번도 나를 완이나 이수나 그 여자같이 사랑해본 적이 없어." / "너는 그 이상이야." / 세가 은서를 쳐다봤다. 정말이야. 내가 어떻게 해야 네 마음의 지옥이 걷어지겠니. / "뒤늦게 알았을 뿐이야. 나는 이 사실이 아주 늦어버린 일이 아니길, 그렇길 바랄 뿐이야."

—「폭설 때문이었어」 부분. (하 208~209)

그러나 은서에게 그 자살충동이 두 번에 걸쳐 억제되는데, 첫 번째는 화연에 의해서이고, 두 번째는 세에 의해서이다. 완이라는 사랑의 대상이 상실되었을 때 그 자리를 화연이 대신 채워주고, 화연이 다시 상실되었을 때 세가 대신 채워줬던 것이다. 그러므로 은서에게 세는 완과 달리 구원자로서의 의미도 갖는다. 그런 맥락에서 세에 대한 사랑은 완에 대한 사랑보다 뒤늦게 깨달았지만 그 이상이라고 고백된다. 그러나 신뢰를 잃어버리고 연인이 아닌 심판자로서의 지위에 선 세는 사랑으로 되돌아 갈 수 없다.

요컨대, 사랑의 문제에서 금기와 마주치게 되는 국면에서, 남성은 보편으로서의 법의 지위에 서려 함으로써 타자를 진정으로 사랑하지 못하게 되는 데서 남성성을 드러내며, 여성은 그 법에 복종하나 그 법을 넘어서는 가치를 향유할 수 있으되, 그 대가로 고통을 받으며 희생되어 간다는 데서 여성성을 드러낸다고 할 수 있다.[33]

V. 결론을 대신하여—사랑의 슬픔에 의한 카타르시스 효과와 그 윤리적 · 미학적 가치

마지막으로 이 작품에서 살펴보아야 하는 것은 제목 '깊은 슬픔'의 정체이다. 이 작품은 슬픔에 관한 실존의 현상학에서부터 심리적 메커니즘까지 잘 보여주고 있다. 슬픔은 학문적 분석으로 환원되지 않는 미학적 가치를 지닌 정서로 여겨질 수 있다. 또한 이 작품에서 은서와 화연을 비롯한 여성인물이 우울증적 증후, 폭식, 자살 등의 양상을 보여

33) J. Lacan, "A Love Letter", *The Seminar of Jaques Lacan Book XX: On Feminine Sexuality, The Limits of Love and Knowledge*, Ed. J. A. Miller, Trans. B. Fink, New York · London: W · W · Norton & Company, 1998. 성구분 공식 참조.

준다는 것과 슬픔의 상관관계도 살펴볼 수 있다.

> 슬픔에는 더 큰 슬픔을 부어 넣어야 한다. 그래야 넘쳐흘러 덜어진다. 가득 찬 물잔에 물을 더 부으면 넘쳐흐르듯이, 그러듯이. 이 괴로움은 더 큰 저 괴로움이 치유하고, 열풍은 더 큰 열풍만이 잠재울 수 있고.
>
> —「석류를 밟다」 부분. (상 16)

> 끊임없이 화연이 곁에서 그녀 자신의 슬픔에 대해 얘기해주지 않았다면 나는 그만 거기서 벼랑을 만났을 것이다.
>
> —「나, 태어나지 말았기를」 부분. (하 222)

먼저 이 작품은 슬픔의 가치를 절대적으로 옹호하고 있다. 슬픔은 병적인 것이나 억제의 대상이 아니다. 이 작품 안에서 슬픔은 오히려 채워서 넘치게 함으로써만 치유될 수 있는 것이라고 한다. 이것은 소위 아리스토텔레스의 카타르시스(catharsis)[34] 이론과 일맥상통한다. 이러한 논리에서 슬픔은 '치유되어야 할 것'이 아니라 오히려 '치유하는 것'이 된다. 이러한 점은 융의 이론에 의해서도 지지된다.

> 만약 우울증이 그를 사로잡았다면 우울증을 잊어버리려고 일을 하거나 그와 비슷한 것을 억지로 자신에게 강요하지 말고 그의 우울증을 받아들이고 우울증으로 하여금 말하자면 발언하도록 해야 할 것이다.[35]

---

34) 아리스토텔레스, 『시학』, 천병희 역, 문예출판사, 2002. 참조.
35) K. C. Jung, *op.cit.*, p.131.

이러한 논리는 또한 한풀이와도 연관성이 있다. 김열규[36]는 한은 '말로 풀어야' 한다고 하였는데, 이것은 언어에 의한 치료에 중점을 둔 정신분석 등의 정신치료적 관점과 일치한다. 서론에서 한은 '삭임'에 의해 공격성과 퇴영성을 미학적 · 윤리적 가치로 승화한다고 말 한 바 있다.[37] 이것은 다시 말해 슬픔의 응어리로서의 한을 향유하며 언어로 풀어가는 과정으로로 볼 수 있다.

그렇다면 슬픔은 어떻게 쓰는 '나'에 의해 그리고 사랑에 빠진 그녀, '은서'에 의해 옹호되는지 살펴보아야 한다. 먼저 슬픔은 타인과 분리된 자아에 드리운 그림자인 것은 부정할 수 없으나 한편 자신의 통일성을 재통합하는 자아의, 정동적 응집력을 재구성하는 힘을 가지고 있다.[38] 은서는 극심한 자아상실로 인간으로서의 품위마저 잃어가는 퇴행적인 모습을 보이면서 자신 안의 사랑을 들여다볼 때면, 자신이 어떻게 사랑을 했으며, 그러나 왜 아무것도 할 수 없는지 알고 있다. 즉 대개의 정신질환들이 자아의 일관성에 장애를 일으킨다면 슬픔은 그 반대인 것이다.[39] 슬픔 안에서 내적 통일성을 유지하며 자신을 반추해 볼 수 있는 것이다.

또한 슬픔은 증오를 제지하며 공격성을 걸러내기도 한다.[40] 이 작품의 여성들은 폭력에 대한 공포와 폭력을 가한 남성들에 대한 분노를 가지고 있다. 그러나 어느새 그러한 분노는 슬픔으로 변해 있다. 만약, 분노가 그대로 표출되었다면 공격성으로 드러났을 것이나, 슬픔이 그 공

---

36) 김열규, 『한맥원류』, 주우, 1975. (민성길, *op.cit.*, p.60. 재인용)
37) 천이두, *op.cit.*, pp.236~237.
38) J. Kristeva, 『검은 태양』, 김인환 역, 동문선, 2004, p.33.
39) *Ibid.*, p.32.
40) *Ibid.*, p.22.

격성을 억제한 것이다. 악에 대해 악으로 되갚지 않는 것, 그로써 선의 상징으로서의 아름다움[41]을 간접적으로 옹호하는 것, 그것은 윤리적 가치가 있다. 자신을 자살의 유혹에까지 이르게 했던 완에 대한 사랑의 기억은 변함이 없다.

> 완의 가슴속으로 슬픔이 미끄러져 들어왔다. 내 사랑.
>
> —「나, 태어나지 말았기를」 부분. (하 225)

그러므로 중요한 것은 슬픔을 통해 불가능한 사랑과의 결합을 이룰 수 있다는 것이다.[42] 이 작품에서 사랑과 슬픔은 구분되지 않는다. 슬픔은 사랑의 대상을 상실한 국면, 즉, 객관적으로 사랑이 끝난 국면에서도, 사랑을 할 때와 같은 감정적 동일성을 유지시키고, 분노로 인한 공격성을 무화시킴으로써, 자기 파괴적으로 변질될 수 있는 에너지를 승화하는데, 이러한 내적 에너지는 한 예술가의 창조적 힘이 되기도 하는 것이다. 사랑을 이루려는 힘이 곧 슬픔으로부터 솟아오르는 힘이기도 한 것이다.

그러나, 안타까운 것은 그 슬픔과 우울증의 경계가 상당히 허약하다는 것이다. 프로이트에 따르면 슬픔이나 우울증은 모두 상실감의 일종이나, 전자의 경우, 대상 상실을 인정함으로써 자신 안으로부터 그 대상을 분리할 수 있게 하나, 후자의 경우, 대상 상실을 인정하지 않음으로써 자신 안에 애증의 대상을 끝까지 끌어안고 있는 것이다.[43] 사랑의

---

41) I. Kant, 『판단력 비판』, 이석윤 역, 박영사, 2003, p.243.

42) J. Kristeva, *op.cit.*, p.24.

43) S. Freud, 「슬픔과 우울증」, 『무의식에 관하여』, 윤희기 역, 열린책들, 1997, pp.248~251.

결말에 이르러 여성인물들이 자살에 이르게 된 것은 사랑했던 대상을 끝까지 포기할 수 없으나, 그 파괴적인 양가감정을 감당할 수 없을 때였던 것이다. 그러나 사랑에 대해 완전히 애도를 표함으로써 그 대상을 떠나보낼 수 없어서 죽음을 맞이했다는 것은, 역설적으로 자살에 의해 사랑을 지킬 수 있었다는 것이다. 바로 이러한 데에 죽음보다 더 높은 가치를 지닌 사랑을 옹호하는 슬픔의 역할이 있다.

| 참고 문헌 |

1. 기본 자료

신경숙, 『깊은 슬픔』상 · 하, 문학동네, 1994.

2. 국내 논저

김미현, 「소설쓰기, 삶이 지고 가는 업(業)」, 『창작과 비평』, 1996. 겨울.
______, 「유산과 불임의 발생학」, 『판도라 상자 속의 문학』, 민음사, 2001.
김병익, 「불길한 아름다움」, 『문학동네』, 1996. 겨울.
김윤식, 「글쓰기 욕망의 현장감」, 『문학사상』, 1999.7.
김은하, 「90년대 여성 소설의 세가지 유형」, 『창작과 비평』, 1999. 겨울.
김주연, 「상실 체험과 환영 속의 사랑」, 『동서문학』, 1997. 가을.
김치수, 「슬픔의 현상학, 혹은 잃어버린 시간 찾기」, 『동서문학』, 1999. 겨울.
김화영, 「태생지에서 빈집으로 가는 흰 새」, 『문학동네』, 1998. 봄.
남진우, 「우물의 어둠에서 백로의 숲까지」, 『숲으로 된 성벽』, 문학동네, 2010.
류보선, 「여성성을 통한 세상 읽기, 한국 문학의 새로운 방향」, 『문화 예술』, 1999.5.
민성길, 「한(恨)의 정신병리학(精神病理學)」, 라캉과 현대정신분석학회 편, 『코리안 이마고』2, 인간사랑, 1998.
방민호, 「성장, 죽음, 사랑, 그리고 통속의 경계」, 『동서문학』, 1998. 가을.
신승엽, 「성찰의 깊이와 기억의 섬세함」, 『창작과 비평』, 1993. 겨울.

오주리, 「소월의 '사랑시' 연구－연가와 비가를 중심으로」, 서울대 국문과 석사학위 논문. 2004.
천이두, 『한의 구조 연구』, 문학과지성사, 1999.
최성실, 「옛 것의 집착에서 찾는 대중성」, 『문학사상』, 1995. 11.
최애영, 「프랑스 현대 문학 비평과 정신분석 － "텍스트 분석을 위하여" －」, 『문학동네』 36권, 2003. 가을.
홍준기, 『오이디푸스 콤플렉스, 남자의 성, 여자의 성』, 아난케, 2005.
황종연, 「내향적 인간의 진실」, 『21세기 문학이란 무엇인가』, 민음사. 1999.
______, 「여성 소설과 전설의 우물」, 『문학동네』, 1995. 가을.

3. 국외 논저 및 번역서

Bataille, Georges, 『에로티즘』, 조한경 역, 민음사, 2009.
Freud, Sigmund, 「슬픔과 우울증」, 『무의식에 관하여』, 윤희기 역, 열린책들, 1997.
____________, 「사랑을 선택하는 특별한 기준」, 『성욕에 관한 세 편의 에세이』, 김정일 역, 열린책들, 2000.
Hutcheon, Linda, *Narcissistic Narrative: The Metafictional Paradox*, Waterloo: Wilfrid Laurier University Press, 2013.
Jung, Carl Gustav, 「자아와 무의식의 관계」, 『인격과 전이』, 김충열 · 이부영 역, 솔, 2007.
Kant, Immanuel, 『판단력 비판』, 이석윤 역, 박영사, 2003.
Kernberg, Otto, 『남녀관계의 사랑과 공격성』, 윤순임 외 역, 학지사, 2006.
Kristeva, Julia, 『시적 언어의 혁명』, 김인환 역, 동문선, 2000.
___________, 『검은 태양』, 김인환 역, 동문선, 2004.
Lacan, Jacques, "The Transference and the Drive", *The Seminar of Jaques Lacan Book XI: The Four Fundamental Concepts of Psycho-Analysis*, Ed. J. A. Miller, Trans. A. Sheridan, New York · London: W · W · Norton & Company, 1981.

__________, "The Function of the Beautiful," *The Seminar of Jaques Lacan Book VII: The Ethics of Psychoanalysis*, Ed. J. A. Miller, Trans. D. Porter, New York · London: W · W · Norton & Company, 1997.

__________, "The Problem of Sublimation", *The Seminar of Jaques Lacan Book VII: The Ethics of Psychoanalysis*, Ed. J. A. Miller, Trans. D. Porter, New York · London: W · W · Norton & Company, 1997.

__________, "A Love Letter", *The Seminar of Jaques Lacan Book XX: On Feminine Sexuality, The Limits of Love and Knowledge*, Ed. J. A. Miller, Trans. B. Fink, New York · London: W · W · Norton & Company, 1998.

Lejeune, Philippe, 『자서전의 규약』, 윤진 역, 문학과지성사, 1998.

Ricoeur, Paul, *The Rule of Metaphor*, Trans. Robert Czerny, Toronto: UTP, 1979.

Žižek, Slavoj, 『믿음에 관하여』, 최성렬 역, 동문선, 2003.

※ 이 책에 수록된 논문들의 원문 출처는 아래와 같다. 이 책은 기존의 논문들을 수정·보완하여 다시 묶은 것임을 밝힌다.

오주리, 「소월의 사랑시 연구－연가와 비가를 중심으로」, 서울대학교 국어국문학과 대학원 석사학위논문, 2004.

오주리, 「릴케의 "두이노의 비가"와 한용운의 "님의 침묵"에 나타난 사랑의 의미 비교 연구」, 『비교문학』 53, 한국비교문학회, 2011.

오주리, 「이상 시의 '사랑의 진실' 연구」, 신범순 외, 『이상의 사상과 예술』, 신구문화사, 2007.

오주리, 「황동규(黃東奎) 초기 시(詩)에 나타난 나르시시즘의 사랑 연구－『어떤 개인 날』을 중심으로」, 『비평문학』 50, 한국비평문학회, 2013.

오주리, 「1930년대 후반 영국 신심리주의(新心理主義)의 사랑 담론 수용 연구-최정익(崔正翊)의 「D. H. 로렌쓰의 ≪성(性)과 자의식(自意識)≫」을 중심으로」, 『비교문학』 67, 한국비교문학회, 2015.

오주리, 「신경숙의 『깊은 슬픔』에 나타난 사랑과 슬픔의 의미 연구」, 『한국문예비평연구』 34, 한국문예비평학회, 2011.

오주리吳周利

서울에서 태어나 서울대학교 윤리교육과를 졸업하고, 동대학원 국어국문학과 대학원을 졸업했다. 시인으로서 대학문학상, 『문학사상』 신인상, 한국문화예술위원회 창작기금 등을 받으며 문단활동을 하고 있다. 서울대학교에서 강사로서 시 창작을 가르쳐 왔으며, 현재 가톨릭관동대학교 교양대학 조교수로서 문학을 가르치고 있다. 김춘수 연구로 한국연구재단으로부터 연구지원금을 받았다. 시집으로 『장미릉』(한국문연, 2019)이 있고, 학술서적으로 『김춘수 '형이상시(形而上詩)'의 '존재와 진리' 연구―'천사(天使)'의 변용(變容)을 중심으로』(국학자료원, 2020) (근간)가 있다.

한국 현대시의 사랑에 대한 연구

김소월 · 한용운 · 이상 · 황동규 시에 대한 정신분석학적 접근

초판 1쇄 인쇄일 | 2020년 1월 22일
발행일 | 2020년 1월 23일
초판 2쇄 인쇄일 | 2021년 2월 23일
발행일 | 2021년 3월 05일

지은이 | 오주리
펴낸이 | 한선희
편집/디자인 | 우정민 우민지
마케팅 | 정찬용 정구형
영업관리 | 한선희 김보선
책임편집 | 우정민
펴낸곳 | 국학자료원 새미 (주)
등록일 2005 03 15 제25100－2005－000008호
경기도 고양시 일산동구 중앙로 1261번길 79 하이베라스 405호
Tel 442－4623 Fax 6499－3082
www.kookhak.co.kr
kookhak2001@hanmail.net

ISBN | 979－11－90476－09－6 *93810
가격 | 25,000원